会见日

曹军庆 著

北京出版集团
北京十月文艺出版社

目录

会见日

摩托车前后轮胎都被人放了气，被谁扎穿了。简方明蹲在地上检查来检查去，没找到扎破轮胎的地方。“可能就是放了气。”他站起身来，下结论似的说道。关秀英行动不便，腰身粗，脸上布满雀斑。他们把摩托车停在强制戒毒所外面。所有车都停在这里。别人全是自己开着车来，有很高档的车，也有很普通的车。不开车的人找人送过来，也有人打的来。像他们夫妇俩合骑着一辆摩托车过来的人很少。

今天是会见日。每月十五号，一个月份里只有这一天是会见日。强制戒毒所门外像是熙熙攘攘的集市。人群拥挤着在门卫那里取号。拿到号再到候见大厅排队。候见大厅在候见楼一楼，会见的地方在二楼。跟到医院去集体体检差不多，要么就是在大医院候诊。有个类似吧台的地方，两名女警察和一名男警察对照表格查看人们的号码。大厅有扩音器，就是那种集会上的扩音设备，有人在大声喊话：“前二十名排队上楼。”人群中起了小小的骚动，前二十名起身去排队，上去的楼梯布置有安检口。排在后面的继续坐着，也有人四处走动。一个个头看上去很矮小的男人油头粉面，不时地对着手机屏幕抿头发。哪个男人多看他一眼，他就会谄媚地从衣兜里掏出烟来递一根上去。有男人接了他的烟，更多的人没接。他洒过香水，衣袖上浮着暗香。关秀英皱了皱眉头，男人身上的香水味令她手足无措。坐在她旁边的老奶奶暗自垂泪。老奶奶带着六七岁小女孩，小女孩很懂事地拿手绢给奶奶擦去泪水。女孩营养不良，脸色像烧冥钱的麻纸。老奶奶一定很嫌弃她，瞪着她的目光很凶狠。她来看孙子。孙子今年十七岁，是小女孩的哥哥。他们的父母亲都在外地打工，一年只回来一次，平日里就老奶奶带着他们。洒过香水的男人来看姐夫，一起来的还有他姐姐。姐姐始终抬不起头，就像吸毒的人是她。她看着她弟弟——即使在这种地方也在对别的男人卖弄风情。据她所知弟弟近来运气不太好，她希望今天他能有收获。又有一群人来到大厅。他们的衣着打扮很像是进了咖啡馆或电影院，一个比一个时尚。女人穿裙子，露出大长腿。男人穿西装。他们无论男女都吸着烟，站在一起高谈阔论。有警察过去干预他们，建议他们小声点。他们很给警察面子，声音渐渐小下去，但是不一会儿又会高起来。听说他们是一伙的，来看同一个人。简方明站在墙角落里和一个胖男人说话。胖男人大声咳嗽，看上去明显睡眠不好，眼圈黑得像乌鸦。简方明很巴结他，他稍稍前倾的身体明明就是弯着腰。关秀英依稀记得他是邻村的村支书，熊书记在他们当地很有势力，没想到在这里还能碰到他。他们都住在城郊，关秀英一家的村子叫方岗村，熊书记的村子叫红庙村。他们的土地都被征用了，有些土地被征用之后建起楼房盖起了工厂。另一些被征用的土地只是由围墙围着，荒废着，里面杂草丛生。这些地方就像是地震之后留下的废墟，就像是挖掘过什么文明之后留下的遗址。但是周边又有新楼房新马路。废墟遗址和新楼房新马路杂糅在一起，星罗棋布，犬牙交错。兜售毒品的人鬼鬼祟祟地在这里走来走去，他们很容易在这些地方推销出他们手上的毒品，也很容易随便找个地方隐蔽自己。仿佛这样的地方就可以来无影去无踪。关秀英压根不知道他们是什么时候来到这里的，真是神不知鬼不觉啊。熊书记正在跟简方明说，他要想办法让他的儿子早点出去。这么好的时光把年轻人关在这里实在太浪费了。他儿子当初是经他自己举报送进来戒毒的，那时候他觉得戒毒是“头等大事”，不戒不行。但是现在他后悔了。“我要不惜代价把他弄出去。”他说。关秀英不知道两个男人在那里说什么，她的注意力在自己的肚子上。婴儿在里面踢了她一脚，或是打了她一拳。她很温柔地摸着肚子，她在嘴上顺着简方明的意思说希望这次怀着的仍然是个儿子，但是她心里更愿意是个女儿。关秀英四十三岁，简度二十三岁，也就是说她生下第一个孩子过了二十三年之后又一次怀孕了。县医院的妇产科医生告诉她，这种年龄已是高龄产妇，要注意防范风险。简方明在那天夜里对关秀英说：“我有点怕。”关秀英说：“别怕。”她在说别怕的时候用一只手死死扼着自己的喉咙。她心里想怕什么，死的是我又不是你。因为是在夜里，简方明并没有看见她的动作。他只是觉得她的语音有些模糊不清。

现在轮到他们这一拨人上去了。每次前往会见的名额限定为二十人。所谓二十人的名额指的是吸毒者——这里叫学员。因此实际上去探视的人远不止二十人。有的学员一个人会有一群人来看望。也有学员只有一对一看望。更悲伤的情况是没有人看望，他们这时候只能枯坐在宿舍里。前来看望简度的是他的父亲简方明和他的母亲关秀英，还有关秀英腹中未被命名的婴儿——有可能是他的弟弟也有可能是他的妹妹。这些人从楼梯口上到二楼，他们在安检口耽搁了一小会儿时间。他们要经过一道仪器窄门，并且还要接受人工检查。楼梯上有些拥挤。那个坐在关秀英旁边的老奶奶脚步踉跄，她摔倒了两次。小女孩搀扶着她。她捂着嘴巴，努力隐忍着没有哭哭啼啼。

二楼大厅是个很空旷的地方。大厅中央用透明玻璃围着，很像是个独立的很大的玻璃罩子。一只巨型玻璃罩倒扣在大厅里。玻璃外面是可以绕着罩子行走的圆形通道。并不是完整的圆形。因为房间的另一端是吸毒者也就是学员们的进出口。因此两边的通道在距离房间另一端两三米的地方同时堵上了。探视者在倒扣着的玻璃罩外面只能绕行大半个圈。学员坐在里面等候探视者。他们剃着光头，穿着统一的服装，依次坐在玻璃后面。每个人面前都有一只话筒。探视者很难在进来的时候一下子就认出他们要探视的人。二十个坐在里面的人就像是同一个人，太相像了。探视者只得绕着玻璃的圆形通道从这边转到那边。转上一遍找不着还得原路折返，回过头来再转一次。那些坐在里面的吸毒者也就是学员们往往一眼就能认出前来探视他们的人。他们在里面招手，做各种小动作提示他们。可是效果并不明显，因为所有人都做着这种动作。他们眼睁睁地看着探视自己的人从身边焦急地走过去。他们为他们看不到自己而恼火，于是大喊大叫。大厅里更为嘈杂。都是声音。只有声音。声音缠绕、混杂、板结。终于找到了，都找到了要找的人。探视者坐在外面，和里面的人隔着玻璃相对而坐。外面也有话筒。里面的人和外面的人都握着话筒讲话，不是讲话是喊话。大厅沦陷在声音里，什么也听不到。没有人知道别人在说什么。手上没有话筒的人听不清一个词语和句子。声音之外的表情。声嘶力竭。悲愤。歇斯底里。绝望。恨铁不成钢。悔恨。怜悯。愤怒。攥紧的拳头。额头拼命抵在玻璃上。哭泣。控诉。讲述最难以启齿的隐私。惶恐。指责。亲情绑架。发泄。恐吓。乞求。索要。所有这些表情在每一张面孔上呈现。唯有简度很平静，他没有表情。他平静的脸很像是两只鞋子，这使得他的面孔就像是被一双脚踩在玻璃上。他的五官无非是两只鞋子踢踏到玻璃上了，在玻璃上面经过辨认可以从鞋印里拼凑出一张脸。

简方明要求先和儿子通话，关秀英同意了。他把要说的话都写在手机备忘录里。本来他准备写在纸上，后来觉得那样做不太合适。又不是在会议上发言，又不是领导做报告，拿着一张写满字的纸对着玻璃叫喊实在太傻了。但是他又担心平时想好了要说的话到时候又忘记了，他得记下来。有人告诉他手机备忘录有这个功能。这时他举着手机一字一句地念着他写下的那些话。他在劝他的儿子回头是岸。吸上毒的人是可以戒掉的，有现成的例子。戒掉毒你还是好样的。我们等着你回来。有人说对误入歧途的人要多多鼓励。所以简方明的手机备忘录里还有这样的话“儿子你是最棒的，你能坚持在戒毒所里就是成功”。

他一直往下说。有些话是他自己想出来的，有些话是他从网上或微信朋友圈里抄录下来的。可是简度很不耐烦，他极其粗暴地打断了简方明。他说：“你去找队长，找政委，找所长，告诉他们我不是神经病。”

“我没有精神病。”

“去，现在就去！”

说着，简度伸出一根手指，指着门口。

简方明有些惊慌，写在手机备忘录上的话还没说完。没想到和儿子的通话就这样被他草率地中止了。他并不沮丧，却有如释重负之感。他自己也不相信他在前面所说的那些话。另外也有人说一旦吸上毒就得终生戒毒。他不能跟儿子说这个。看来简度也不想讨论这个问题，他更关心自己的精神状况，他要为自己正名。简方明只得说：“好，探视结束后我们马上去找领导。”

“你确定？”

“我确定。”

关秀英接过话筒，她对父子俩刚刚谈过什么一无所知。她有她自己要说的话。她说：“简度，妈妈又怀孕了，你知道吗？”

简度摇着头，“我不知道。”

“你要我站起来吗？你要看一看妈妈的肚子吗？”

“不要。”简度显得很困惑，“可是你为什么要怀孕呢？”

“是啊，我为什么要怀孕呢？”关秀英哭了起来，她再也忍不住了，她哭得呼天抢地，“对不起啊简度，妈妈对不起你。”

“你对不起我什么呢？”

“我马上就要生孩子了，马上。好像是后天。我不是很清楚，或者是明天。说不定也可能就是今天。这种事早几天晚几天都很正常。你怪我吗简度？我不知道他是你的弟弟还是你的妹妹。”

“你已经很老了吧，在你这个年纪还能生孩子吗？”简度问道，他歪着头。

“应该还能生吧，可是会很危险。”

简度露出疲态，眼神里满是事不关己的厌倦。关秀英其实是想从简度那里得到一句祝福的话或者哪怕只是一句责骂的话。但是都没有。他说："你和他一起去找我领导吧，告诉他们我不是神经病。"

简度说的他当然是简方明。他现在迫切需要他们去做的事情就是跟领导申诉他的精神没有问题。

他提前结束会见，从玻璃罩子里站起身来，转身离开。关秀英看着简度的背影从房间另一端的那扇门里走了出去。

简方明扶着关秀英，他不能让她摔倒。

他说："你不要紧吧？"

她说："我不要紧，就是简度不太好。"说到这儿，关秀英还在哭，"我知道，我就是知道他不太好，他还是不太好。"

"他总是不太好。"简方明说，"我们尽力了，也只能做到这么多。我们已经把他送到戒毒所来了，我们还能做什么？"

"你一直这么说。"关秀英很不满，"你一直说我们尽力了，你这是推脱责任。"

"不推脱责任又能怎样？"简方明软弱无力地说道。话说到这儿又遇到死结，每次说到简度都会说到死结上来。

十五号是会见日，会见日前两天也就是十三号学员们可以和家里通电话。简度在那天晚上把电话打给了简方明。他知道把电话打给简方明一个人就可以了。在他们通电话的时候，关秀英一定会竖着耳朵站在旁边倾听。他问他们两天后会不会来看他，简方明明确回答说会，他们要来看他。他告诉他们，戒毒所里现在流传着一种很可怕的谣言，大家都在说简度是个疯子，是个有严重精神病的疯子。谣言越传越盛。他不知道谣言因何而起，不知道谣言到底是从哪里传出去的。有可能是从自己宿舍里传出去的，他表示有这种可能。他宿舍里住着另三个人从来不值得他信任。一个不仅吸毒还贩毒。第二个吸毒抢劫。第三个吸毒之后会成为狂热的妄想症患者——我怀疑他还兼有窥私和告密嗜好。他们都是阴谋家。简度分析道，把他说成是个疯子很可能是他们的阴谋。当然还有另一种他完全不能接受的可能，那就是关于他是个疯子的谣言来自他的档案。比如说他的家人在填写他的基本档案时是不是误称过他有一段时间神经不正常？简方明向他保证没有，他的档案里绝不会有这样的材料。再说，简度坚称：所谓他有一段时间神经不正常不过是夏茶对他的诬告。她把他抹黑了。是她为自己想要离婚所找的无聊的借口。简方明表示同意。“那么，”简度说，“你们一定要去找我领导，你们去跟他说清楚。”

“好吧，我们去说。”

夏茶和简度是在网上认识的，他们经过一场并不漫长的网恋之后结婚了。简度性格内向，他和他的父母都认为网恋对他更适合一些。夏茶因为容貌普通——对她而言网恋和贸然见面相比更算得上是优选。在现实中见面不一定能谈成，但是他们在网上一拍即合。结婚的时候简度二十一岁夏茶二十岁。夏茶来自山区，能在方岗村这样的地方生活她相当满足。这是城郊啊，很快就是城区。你看看那些高楼，你看看那些圈在围墙里的土地，你不知道它们将会变成什么。方岗村是个充满了机会的地方，比她老家强多了。夏茶对现实很满意，对未来也怀着憧憬。她找到了一份工作，在一个楼盘里做售楼员。除了拿底薪还能拿到分成。简度做外卖小哥，穿上“饿了么”的马甲，骑着电动车走街串巷。那是关秀英最留恋的一段生活，那样的日子再也回不来了。那样的日子随着简度吸毒一去不复返了。

关秀英不知道这种名叫麻果的东西是怎么来到方岗村的。关秀英的娘家老屋在尖山村，至少尖山村还没有这种东西。可是方岗村有。听说方岗村的麻果是凡哥带进来的。也有人说是俊哥带进来的。还有人说是楚哥带进来的。凡哥也好俊哥也好楚哥也好，他们是谁？关秀英不认识他们，也没见过他们。他们认为方岗村这样的地方非常宜于销售麻果这种东西。方岗村到处是已经建好了的楼房、正在建的楼房和还没建的楼房。它就是一块大工地，又不是大工地。它是很繁华的地段，又是一片一片废墟。被卷起的土堆。深沟。漂亮的街巷、卖场和一些类似遗址的地方。这里住着很多本地人，也住着很多外地人。有些人相互认识，更多的人相互不认识。突然间很多人都在吸麻果，简度也在吸。简度不再上班。不再穿“饿了么”的马甲。他有时候手舞足蹈，有时候长时间发呆。一开始是别人送麻果给他吃，后来是他自己买。再后来越买越贵。

简度不再是简度，他变成了另一个人。夏茶和他离婚不是因为他吸毒，而是她认为吸毒把他的脑子吸坏了。她天真地认为吸毒是可以戒掉的。但是她无法容忍他疑神疑鬼。简度确信他的头发里藏着发报机，夜深人静的时候他会把国家机密发送到国外去。天亮之后他就会后悔，他不能原谅自己。我怎么能干出这种事？为了摧毁发报机，他把自己的头发全都剪掉了。他成了光头。但是他认为发报机仍然还在，甚至发报机有可能就是他脑袋本身。他的脑袋不再是一团肉和骨头，而是一块机器。在他光亮的头皮上面暗藏着发报机键盘。

夏茶把这些匪夷所思的言行全都告诉了关秀英，并提出离婚请求。关秀英表示理解，两个女人一起吃了顿饭，告别时还相互拥抱。关秀英想夏茶这孩子能全身而退实属不易。夏茶离婚后告发了简度，简度因此进了戒毒所。

她对关秀英说："他曾经是我老公，我还是想帮他。"

简度能够容忍夏茶告发他吸毒，却不能容忍她诬告他是个精神病。

但是关秀英说夏茶不会说这种话。她心肠这么好，不会说简度是个疯子。尤其在外面她不会这么说。

"我们去找领导吧。"关秀英跟简方明说。

他们来到候见楼一楼，先找大队长，大队长身边围着一群人。再找政委，政委身边也围着一群人。他们只好找戒毒所所长。所长姓叶，听说他以前是学化学的，能分析毒品的化学成分。叶所长脸上挂着亲切的笑容，他刚刚接待了一拨人。会见日这天所长政委都很忙。那拨人离开了，正好有个空当。他们走上前去，简方明说："叶所长，我们是简度的家属，我是他爸，她是他妈。"

"哦，我知道简度。"叶所长仍然微笑着。他提到简度的名字就像幼儿园的阿姨提到幼儿园的孩子。

"简度很不安，他坚持要我们跟领导汇报。"说话的是关秀英，她捧着自己的肚子。

"有什么问题吗？"叶所长问的是简度，同时他也在关心关秀英。他说："你好像怀孕了，有什么不方便的地方吗？要不要喝杯热水？"说着，他对着哪里招了招手，有人马上送过来一杯热水，关秀英接过来端在手上。

“戒毒所里有人说他是神经病，简度很担心这种说法。”

“是简度告诉你们的吧？”

“是的，简度说谣言传得很厉害。”

“确实有这种说法，我们也听到了，说简度的精神有问题。但是我们不能确定。我们不能说他精神有问题，也不能说他精神没有问题。本着负责任的态度，我们还需要观察一段时间。不着急，你们也别着急。”

“可是他不是神经病，我们保证。”

叶所长笑得越发亲切，“你们怎么保证？”

“我们保证他精神没有问题，你们可以把他当作正常人。”

“简度的精神有没有问题，如果需要我们可以做医学鉴定。现在还没有到那一步，我说过我们还要观察。你们反映的情况我知道了。你们也很辛苦，还是先回去吧。”

他们和叶所长的谈话就这样结束了，又有人过来围住叶所长。他们现在往戒毒所外面走去，关秀英不放心，很沮丧。她说：“简度的事情不乐观，一点也不乐观。”

“什么事情？”

“他让我们跟领导说的事情。”

“怎么就不乐观了呢？”

关秀英说：“叶所长好像不相信我们。”

“他没有说不相信我们。”简方明说，“他说什么了？让你觉得他不相信我们？”

“我们保证简度精神没问题，叶所长却说要对他做医学鉴定。”

“他不是说还没到那一步吗？到了那一步才会做。”

“这就是不相信啊，真到了那一步要做医学鉴定，谁知道简度迈不迈得过那道坎？你见过对没有精神病的人做医学鉴定的吗？”

“没见过。”

“我也没见过。”关秀英忧心忡忡地说，“所以我害怕，我害怕医学鉴定对简度不利。真要被鉴定为精神病了，简度肯定不能接受。他会大闹的，谁也不知道他会闹出什么样的乱子来。”

“是啊，谁也不知道他会闹出什么样的乱子。”简方明听关秀英这么说，也很担心。他了解简度的性格，特别偏激。偏激在父母面前能占到便宜，在戒毒所里会是什么情况呢，他们想都不敢想。

“你有什么办法吗？”关秀英问道。简方明估计她问的是有没有什么办法能够阻止戒毒所对简度做医学鉴定。

简方明想了想说：“我没有什么办法。”

“你总是没有办法。”

简方明承认关秀英说得对，她这么说的时候几乎没有一丁点失望的情绪。她早就习惯了他这么窝囊，他也习惯了。

走到摩托车停放处，简方明发现摩托车的前后轮胎都没气了。谁把轮胎的气放掉了，或是谁直接把轮胎扎破了。他们今天的计划是看过简度之后就去尖山村。尖山村是关秀英的娘家老屋，地处太平县响堂镇。太平县和幸福县相邻，方岗村地处幸福县城郊。戒毒所所在地是个地级市，管着好几个县。从方岗村到戒毒所有四十几里路，从戒毒所到尖山村也有四十几里路，但是方岗村和尖山村之间只有二十几里路。三个地方地形呈三角形。摩托车坏了怎么去尖山村呢？附近也没有补轮胎的地方。关秀英把轮胎破了这件事当成是不吉利的事儿，这不是好兆头。但是她忍着没有说出来，她不想简方明和她一样心里有阴影。

简方明独自一人又进到戒毒所里面去了。我不去找他们能怎么办呢？我总不能背着摩托车去尖山村吧。叶所长身边还围着一群人，政委身边好像没人，那就去找政委吧。听他说完，政委打了个电话，他安排一辆警用故障车把摩托车拖到修理厂去补轮胎。然后很和气地对他说："摩托车放在故障车厢里，你们夫妻俩就坐在故障车驾驶室里。"

"我想知道我的轮胎是怎么破了的。"

政委笑着说："这事我也没法知道。"

关秀英的预产期在后天，会见日是今天。她要先见到简度，再去尖山村待产。当初关秀英能从尖山村嫁到方岗村被认为是嫁得好的女人。同村里，没有哪个女人比她嫁得更好。现在她却想回到尖山村，关秀英坚信尖山村至少比方岗村安全。那里已经没有什么人了，都不住在那里，更没有人吸毒。简度进了戒毒所，他要在里面待两年。他进去以后，她有了再生一个孩子的想法。实际上这也是简方明的想法，他们执意要再生一个孩子。大约十个月前，关秀英果真怀孕了。可是她不愿意把孩子再生在方岗村。如果孩子长大了又吸上毒怎么办？是啊谁能保证他不吸毒？没人能保证。关秀英于是想不如移民吧，移民到一个没有吸毒的地方去。可是能移民到哪里去呢？移民是他们最为迫切的愿望，想来想去却找不到一个可以移民的地方。最后还是关秀英想到了尖山村。

她说："我们移民到尖山村去吧。"

"那里太穷了。"

“穷有什么关系呢？”

“是啊，穷一点怕什么！”

“反正又饿不死人。”

“饿不死。”

尖山村是关秀英老家，据说村里没住着几个人。年轻人都到外地去了。关秀英的哥哥关木山在尖山村还有三间老屋，那也是关秀英小时候住过的屋子。关木山跟着儿子住在广东佛山，常年不回家。关秀英给哥哥打电话，说她想住到尖山村老屋去。关木山没问为什么，他二话不说就同意了。住吧住吧，那个鬼村子你要住多久就住多久。他提醒关秀英，村子越发荒凉了。以前住着的几个老人有的已经去世，有的进了养老院。听说现在村子里一个人也没有了，你能住下去吗？

两个月前他们骑着这辆摩托车去了一趟尖山村，也算是探探虚实，村里果然没有人。他们把关木山的屋子收拾干净。村头有棵古槐树，古槐树还在。槐树下有口井，井水浑浊。水面落满了树枝和叶片。关秀英问简方明：“你觉得我们能在这里住下去吗？”

“我觉得能住下去。”

“你能我也能。”

“为什么？”

“这是我出生的地方呀。”

“那就移民到这里吧。”

“移民吧。”

故障车把他们送到修理厂随即又开走了，工人在补胎。补胎的工人不停地呸呸往外吐痰。他解释说他嘴里苦，刚刚不小心吃了颗霉瓜子，他希望他们不要介意。“我们不介意。”关秀英说。

简方明也说：“我也有嘴里苦的时候。”

他们站在一边等着，关秀英肚子隐隐有点痛。她突然问简方明：“如果我难产了你怎么办？”

“救你呀。”简方明不知道她怎么会想到难产，没道理呀。“怎么会难产呢？你生简度的时候不是顺产吗？”

“那时候我年轻。”关秀英轻描淡写地说道。

“年纪大了不一定就会难产。”

“可是年纪大了医生说危险也增加了。如果真是难产，如果只能救一个，你是救大人呢还是救孩子？”

关秀英仰起脸，她脸上有几颗雀斑。

简方明想到了那个著名的难题：婆婆媳妇同时落水了，我是先救母亲呢还是先救妻子？“我都救。”他说，“你和孩子我都要。”

“别傻了。”关秀英笑着说，“救孩子。”

“不行。”简方明好像已经身处现场，他在据理力争。

关秀英把手交到他手上，他握着她。“听我的，”她说，“救孩子吧。”

车胎很快就补好了，那个人还在呸呸地吐痰。简方明启动摩托车，他驾驶摩托车有很多年头了。一个人骑车如果心情又很好的时候，他可以双手撒把，尽管只撒那么一会儿，身心也会特别通透，像是找到了飞翔的感觉。他还会边骑车边唱歌。唱黄歌比如《十八摸》。那都是很早以前的事情了，后来再也没有那种时候。关秀英坐在后座上，挺着大肚子怎么坐都很困难。她没法搂他的腰，只能两只手揪着他的两个肩头。他尽量骑得慢一点，让车走得平缓一些。关秀英在他耳边说："你还记得那张照片吗？"

"什么照片？"简方明声音很大，风把他说的话扯碎了，扬到后面去。

"网上的照片。"关秀英继续在他耳边说，"汶川地震的时候那个人的老婆死了，他骑着摩托车把他死了的老婆带回家去。他把死人绑在背上，就那张照片。"简方明没理她，他知道即将分娩的女人总会东想西想。她们总要想一些不靠谱的事情，想起一些久远的甚至与她们无关的事情。那张照片能说明什么？就因为现在我们也同骑着一辆摩托车吗？这时，关秀英的泪水滴在他脖子里。他以为在下雨，以为雨水滴落在他身上了。但他知道不是，他知道是关秀英正伏在他的肩头哭泣。

再生个孩子是他们两个人的心愿，也是一起做出的决定。理由是二胎放开了。多子多福多一个孩子总比只有一个孩子好。还有一个理由是现在再生一个怎么也能养得活。将来等他们老了也能多一个人养老送终。他们在商量这件事情的时候你一句我一句说出了一大堆理由。关秀英把头埋在简方明脖颈上，她想我们说了那么多理由，可是最重要的理由我们谁也没有说出口，谁也不愿意挑明了说。每每想到这里，关秀英都会有撕心裂肺的痛感。有人说只要吸上毒的人就是死人。他看上去是活人其实已经是死人了。这种说法太绝对，太可怕。它堵死了所有的道路。说这种话的人太混账了，不得好死。他们排斥这种说法，内心里却又胆战心惊地认同这种说法。她也好简方明也好他们都不会承认，但是他们也已经把简度当成死人了。他们不再对他抱有哪怕一丁点希望。这才是他们决定再生一个孩子的真实理由。实际上他们已经放弃了简度，他们要在四十三岁的时候重新来过。但是他们谁也没有这样说。这样说是犯忌的，这样说有违天理。他们伤害了简度，也无疑是在抽打自己的良心。为人父母这样想太不厚道了，太残酷了。

“简度哎！”关秀英迎着风大声喊叫。

这一声喊撞击着简方明的胸膛，摩托车颠簸了一下，又颠簸了一下。

他们先回到方岗村，取了一包东西再去尖山村。那包东西早就清理好了，还有一些东西以后陆陆续续回来拿。关秀英肚子还在疼痛。摩托车轮胎在戒毒所那里莫名其妙地破了不是什么好事情。关秀英没有把她肚子疼痛的事实告诉简方明，她想疼疼就好了。可是不是这样。她在摩托车后座上疼得越发厉害。她甚至开始流血了，她闻到了血腥的味道。他们马上就要驶出幸福县城，再走十几里路就是幸福县边界。越过边界进入太平县境内再走十几里路就到了尖山村。但是关秀英坚持不下去了。

她说：“我快要死了。”她又想到了那张照片。那张网上流传的照片此时栩栩如生。

简方明停下车，她的血淌到前面来了，他的裤子上也沾满了血。“你可能要生了。”他安慰她说。他掉转车头，往普爱医院开去。

“我会死的。”关秀英说着。她处在昏迷状态，身体在摩托车后座上无法坐稳。简方明一只手驾驶摩托车，另一只手从身后扯着她，不让她摔倒。“你要坚持住！”他对着身后的女人无情地吼叫。“你要坚持住！”他一遍又一遍地吼叫着。但是她的身体很笨重，左摇右晃。他不能保证她一定不会摔下去。他又一次停下车，请求过路人用绳索把他们捆绑在一起。有几个卖菜的过路人帮了他，人家叹息着用绳索绑住他们，还打了个死结。他们这会儿看着就像是那张照片，那张关秀英刚刚提过的照片。摩托车现在开起来快多了，普爱医院就在前面。

他们进了医院，关秀英第一时间被送进急救室。医生护士匆匆忙忙进去了好几个人。简方明想起了关秀英说过的话，如果只能救一个我是救大人呢还是救孩子？没有人问他。时间过得太慢了，简方明守在急救室门口。有个护士推开门走出来，她的护士服上沾着新鲜血迹，那应该就是关秀英的血。他想跟她说话，舌头却像是也打了死结。她瞅了简方明一眼，跑着离开。随后，很快，她抱着什么器械又回来了。差不多过了一小时，或者两小时，也可能是三小时。他记得今天是会见日，今天是十五号，其他的都不记得。这时医生和护士出来了，他们鱼贯而出，就像是哪个电影里的镜头。领头的那个人走到简方明面前，她对他说："恭喜你母子平安！"

简方明瘫坐在普爱医院地板上，恍惚中他像是听到了新生婴儿的啼哭声。仔细辨认却又不是。他认得那声音，那是简度刚出生时的啼哭声。他还记得关秀英在昏迷之前说过一句话。

她说："简方明啊，看来我们去不了尖山村。"

读词典的人

他瘦小，他高大。瘦小的他想尽办法帮助高大的他。高大的他甘愿受他帮助，仿佛瘦小的人更有力量。好像这才是逻辑，事实上远不是这回事。都知道李应该体弱多病，却没人知道他舌苔上还长了个硬硬的小东西，说话吃饭都不利索。被他帮助的郝龙彪听说后，要报告管教干警，李应该不让。

“那是我们的秘密。”他说，“反正不痛不痒，不碍事。”他张开嘴，把舌头伸出来给郝龙彪看。

据他说，刚进戒毒所的时候硬东西只有芝麻粒大，二十三个月之后也就是现在，已经有绿豆大小。说话打喷嚏有点障碍。吃饭也别扭，硬东西分明是异物，跟其他食物混着——舌头卷来卷去吞咽不下去。虽不痛不痒不红肿，但在长大。不知道是什么，只知道它在。在舌苔上慢慢长大。长到多大？大到受不了，大到自个儿就能爆炸，连同嘴巴一起爆炸。这是李应该的想法，夜深人静时他在心里和自己说话。总有一天。爆炸。就是说舌苔上长了个定时炸弹。这么一想，就能听到轻微的嘀嘀嗒嗒的响声。硬东西在他舌苔上嘀嘀嗒嗒响着，一点点长大，像个发育中的小机器。

郝龙彪是比李应该晚两个月进来的，长得人高马大。威武帅气，有阳光气息。皮肤粗糙健康。才二十多岁，不到三十岁。李应该想，这个人如果出现在哪本书里，大概是个草原上赶马车的人。马车夫。或者大酒店里的侍者。硬领衬衣，腰板挺直，鞠躬，微笑，然后在若有若无的音乐声中将宾客引入餐桌。他的外表在书里面适合这类身份。这里没有草原，李应该想到电影《布达佩斯大饭店》，他适合做那种酒店里的侍者。身上有刺青，但是眼神里隐藏着怯懦。这让他看上去是个矛盾体，混合物。被他隐藏着的怯懦不是那种来到新环境——因为不适——谁都会出现的短暂怯懦，而是陈旧之物，是老早就盘踞在他眼神底部的陈旧的怯懦。它被证明一直在那里，此时在他眼里就像惊慌的兔子或松鼠一闪而过，倏忽不见。可是李应该一眼就看到了，明白这是个胆怯的孩子，他身上的刺青不过是虚张声势。这种矛盾非但没有拉开他与郝龙彪的距离，相反令他渴望走近他，心中生出怜惜之情。

在郝龙彪进来之前的那两个月里，李应该很少与人交往，几乎不交往。他孤独，对人对事充满蔑视。他瞧不起戒毒所里的那些同类人，蔑视油然而生，挥之不去。蔑视的理由细细想来也是否定自己。都在一个坑里，都滚着烂泥巴。蔑视因此与愤怒相伴相生。只是他没有表现出愤怒，只是一味蔑视。戒毒所所长说到他时用了一个词语，说他是在人群中间深居简出。听到深居简出，很多管教干警都会心地笑了。的确是，有人大隐隐于市，他则是大隐隐于戒毒所。他很少跟人说话，只说不得不说的话。比如排队出操做工进餐他必须大声喊：到！报数时也必须喊出轮到他的那个数字。大多数时间他都在阅览室和宿舍读书。读书他专挑那些冷僻的书。

他是个守纪律守规矩的人，这期间他的舌苔上开始长东西。

戒毒期都是两年，表现好的人按规定减期。到了时间的人自行出去。即将出去的学员找人留联系方式。有些人会这样。留电话号码，留微信，写在本子上。拥抱，说出告别时才会说的甜言蜜语，热泪盈眶。谁跟谁啊！以后多联系，有福同享，有难同当。

查建新皮肤焦黑，像南亚人。他经常去印度，去巴基斯坦。爱眨眼，跟人争执时一秒钟能眨三次眼皮。爱眨眼的人容易被误认为阴谋家，心眼活，鬼点子多。这种人在这里没有被不信任，相反得到普遍尊敬。跟鬼点子多的人在一起更安全，至少把安全放在他人身上比放在自己身上更可靠。

他还有一个星期就要出去，查建新拿着硬皮塑料笔记本到处找人，春风无限。

“兄弟，留个电话吧。”他说，还忙着眨眼睛，“再留个微信，你也知道，现在微信比电话更管用。”他还把前面的留言翻出来，你看谁留了，谁谁谁也留了。

查建新还有更远大的志向：出去把以前的师兄能联系上的都联络起来。以后的师弟能联系上的也联络起来。

“操！”

查建新举着拳头说：“我们是师兄弟，真正的同门师兄弟。什么是同志情？我们就是！团结，我们要团结，团结就是力量。”

他身后跟着一个人，叫吴照书。吴照书像是打断了腿，走路只能拖着腿走。一会儿拖着左腿，一会儿拖着右腿。但是他发誓说他的腿很结实，“没断。”这时吴照书也举着拳头吼了一句，“团结就是力量。”

后面还有更多人，都是围观者。

查建新把笔记本递给李应该，李应该说：“我不留电话，谁也不留。”

“为什么？”查建新拼命眨眼睛，“你是瞧不起我？还是瞧不起大家？”

那些围观者聚拢来，吴照书阻拦他们，“不要往前挤。”

“没有瞧不起谁，我以后不想跟人联系。”

“这个家伙说他以后不想跟人联系，”查建新说，“你们信吗？”

“不信。”吴照书说。另一些人面面相觑。

“或者，你就是瞧不起我这个笔记本。”

“我不敢。”李应该说，“你笔记本里面什么样的大鱼没有啊。”

“是啊，什么样的大鱼没有呢。”

“写吧，写上你的电话。”围观者中有一个温和的声音说道。那个人的温和打动了他，他不能不识抬举。他看了那人一眼，他明白他的善意。他写下了保留电话，同时他忘掉了那个人的面孔。

“这就对了嘛。”查建新跟很多人握手、击掌、拍打彼此肩背。

他冷眼观看他们表演，很像某些培训班结业时的情景。激动、伤感以及欲言又止的依依惜别。

笔记本不过是查建新的联络图，以后如果他要做什么事情的话——笔记本里的联络图将为他提供基本的人际网络。

氛围融洽。

查建新忽然搂住李应该的肩头，悄声说："你留下的电话号码是假的。"

李应该心头一震，他怎么知道？他的确篡改了电话号码中的一个数字。不待他回答，查建新已经松开了他肩头上的手。随后他指着李应该说："我们会有办法找到你。"他的眼睛眨得更快了，这意味着威胁他？还是暗示什么？眨眼的动作会不会是在传递人尽皆知的信息？

正是这时候，郝龙彪由管教干警领着进了这间宿舍。

孤独冷漠的李应该刚刚拒绝了查建新。

郝龙彪进来时在他心里撕开了一道口子，哗一下撕开了。看到他，李应该感觉有一束阳光照进宿舍。在灰暗的人群中，他的样子耀人眼目。他是个生气勃勃的年轻人。进来的人都有罪，罪在他身上却像无关紧要的浮尘。谁没有罪？罪在他那里只要洗一把脸就能洗掉。每天早上晚上，他只要洗一把脸他就干净了。有些人清洗不了。不是什么样的罪都可以得到清洗。但是他肯定在害怕什么。他怯懦。李应该忽然想到要保护他，这来自直觉，他们可以做朋友。在戒毒所里交朋友既危险又有歧义，是禁忌。你不知道哪一张脸是真实的面孔，哪一张脸不过是面具，或者是面具的面具。可是李应该一眼相中了郝龙彪。

他个头大，饭菜里的油水肯定不够，可以先在这上面做文章，靠近他。

吃饭的时候，李应该主动和郝龙彪坐在一起，他把碗里不多的肉片夹给他。郝龙彪疑惑地望着他，“你不吃肉？”

李应该摇头说：“我不能吃肉。”

“为什么你不能吃肉？”

“我吃肉拉肚子。”

“吃肉怎么会拉肚子？”

“我舌苔上在长东西，硬东西。”李应该伸出舌头说，“刚开始像芝麻，这会儿有沙粒那么大。”

“可能这个才是原因。”

“你是说我拉肚子的原因吗？”

“我是说这个。”

“大概是，可能。”

他去阅览室看书，也拉着郝龙彪。他思考。面部表情痛苦，有时痉挛。倦怠的时候，他盯着书本冥想。郝龙彪于是想，他盯了那么久，书上的文字会不会消失呢？比如书上的文字消失了，书本就会变成一摞装订成册的白纸。他拿着白纸能读到什么呢？可是那些文字都去哪儿了？他的冥想或者他紧盯着书本的眼神，有超乎寻常的吸纳能力吗？他能把文字从书上全都吸走？就像停留在白纸上的苍蝇因为吸力，全都呼啦啦飞进了哪个通道？

但是李应该在说话。他说，查建新太乐观了，他还在做联络图，做什么都没用。除非他在这些人中间重新推销毒品，把他们当作现成或潜在的客户。否则，别的事情做不了。他难道不知道我们都被贴上标签了吗？即使离开这里身上的标签也撕不下来。别人很容易就从人群中识别我们——我们是戒过毒的人。戒过毒和吸过毒是一个意思，说法不同而已。都是水，以前我们是水中的一滴水。

没人从水中认出水，也没人从人群中认出我们。现在不一样，现在我们变成了水里的一粒油污。我们是粥锅里的一颗老鼠屎。油污没法融入水，老鼠屎也不能变成粥。融不进去。人和人不同，标签贴在我们脸上，揭不掉。别人厌恶我们，防着我们。他们很想知道我们有没有艾滋病，提防我们会不会为了毒资铤而走险，就像电视里经常出现的镜头那样去偷窃，去抢劫。他们用嫌弃的眼神看我们。

“你想过这些吗？”书摊开在李应该膝头，他这样问郝龙彪。

郝龙彪说：“没想过。”他的样子很无辜。

李应该说：“你知不知道你很无辜？”

“无辜什么？”郝龙彪一脸茫然。

他到底是个什么样的青年？他明明和我们一样，不一样不会进来。却又那么单纯，那么明亮。

“那么，你也看看书吧。”

“我认不了多少字。”

“能认多少？”

“我只念过小学三年级。”

都什么年代了，居然还有人学历是小学三年级，谁信！

郝龙彪生在名叫毛笔镇的小镇上，毛笔镇在山里面，不产毛笔，父亲是镇上的银行信贷员。小镇开了好多石材厂，山上挖石头。经郝家勇贷款都赚了大钱。郝家勇动心了，也辞职开厂。彭芳在幼儿园做阿姨，反对他辞职，她说不能孤注一掷。郝家勇没听她的。结果搞砸了。镇里整顿石材厂，是上面的意思，保护山林。不能再挖山，郝家勇背上大笔债务。他被击倒了，卧床不起。郝家勇是个意志薄弱的人，经不起失败。就像个打架打输了的人，只能回家打自己。打自己比打对手更顺手，更能击中要害。

毛笔镇从前有个小贩，因为输了一场架，在家里抠掉了自己一颗眼珠子，那时候他老婆正在厨房做晚饭。毛笔镇有这个传统。

郝家勇宅着，不出门，怄气生生把自己怄伤了。他唉声叹气，怨恨时运不济，怨恨生不逢时。责怪自己头脑发热，无力回天。彭芳安慰他，不起作用。他发烧，有时发冷，时冷时热。体重下降。医院找不出病因，胡乱打几针，胡乱吃些药。没有转机，老样子。七个月后急转直下，郝家勇疯了，成了毛笔镇上的神经病男人。

郝龙彪不知道父亲是怎样疯掉的，李应该说是不是打击太大了。郝龙彪那时还是个小孩子，只有几岁，他回答不了李应该。

李应该问他疯了是什么症状，郝龙彪说他提着把尖刀到处晃。

那是把杀猪刀，又尖又长。不是说他身躯摇晃，而是他手上不停地晃着那把刀子。晃出各种不同的花样。他一边走路，一边晃刀子，嘴里还咕咕哝哝地说着什么。

自从郝家勇疯掉了，他嘴里就开始讲着别人听不懂的语言。毛笔镇没人能听懂他在说什么。他在说着异族的语言，或是在说着毛笔镇古时候的语言，谁也弄不清楚，反正一个字也听不懂。这是件奇怪事，一个人疯得那么彻底，居然会忘掉自己的语言，并无师自通地说着另外一种语言。镇上老人说，郝家勇被什么东西附体了，那东西就附在他脑子里。他成天四处游荡，也不做事情。

彭芳和他离婚。她哭着说：“不离婚我生命安全没保障。”

谁知道那把晃着的尖刀会不会在什么时候失手了——突然就扎进了她的身体？

彭芳后来嫁给了毛笔镇上的寿衣店老板，寿衣店卖寿衣，兼卖纸人纸马和花圈。老板日子过得殷实。彭芳是他的第四任妻子，前三任妻子均死于非命。一个溺水而亡，走路时不小心坠入河中。一个上吊死于家中。还有一个也就是第三任走在大街上，走到税务所楼下。风从七楼阳台上吹落了一只花盆，刚好掉在她头上，当场气绝。

李应该说："这本书一开始就讲，白嘉轩后来引以为豪的是一生里娶过七房女人。"他指着膝头上摊着的那本书，"书名叫《白鹿原》。"

郝龙彪说："我认不了几个字。"

"我可以教你，教你认更多字，读书。会见日前我给马欣打电话，让她带一本汉语字典进来。《新华字典》可以，《现代汉语词典》也可以，我们先从字典开始念起。"马欣是李应该老婆，"你叫她马姐叫她马嫂都行。我还可以教你书法。"

彭芳嫁给寿衣店老板后，她的结局成了毛笔镇很多人牵挂的疑问。她会不会步三个前任的后尘？厄运会不会放过她？结论是没有，厄运没有放过她，她的命运裹挟在看不见的惯性里。她怀上了寿衣店老板的孩子，分娩时难产而死。这种死亡太没有想象力了，却又不可挽回。彭芳之死让毛笔镇人扼腕叹息，他们见证了又一个牺牲品魂归尘土。毫无道理，她为了生命安全得到保障才离婚，没想到，等着她的却是更可怕的意外。

郝龙彪成了毛笔镇上的孤儿。虽然父亲还活着，但他是个疯子。

他寄居在彭芳父母家。外祖父是鞋匠，外祖母是菜贩子。他们把他当宝贝。他在镇小学念书，刚读三年级。有一天郝家勇突然来了，郝龙彪在矮桌上写作业。郝家勇抓住他，将他倒提着。一只手捏着他两只脚脖子，一只手晃着尖刀。他把他抓回家，从外祖父母家捉拿回来。一路上倒提着他，像倒提一只鸡或鸭。他们穿过两条街道，街上有人围观他们，没人敢近前。外祖父外祖母一直跟着，试图把郝龙彪抢夺回去。又惧怕尖刀。他们哀求郝家勇，说你儿子我们会照顾得更好，又不要你一分钱，我们免费照顾他。他住我们家比住你那里更合适。

他们尾随他。在他们哀求他的时候，郝家勇也在说话，高声地说着什么。顶撞他们，抢白他们。听上去就像是双方在争吵，激烈争吵。各自申述自己的理由。可是没人能听懂他在说什么，似乎他也听不懂他们在说什么。

有时候他停下来，侧耳倾听一会儿，像个盲人在听声音以辨别方向，他脸上茫然的表情证实没听明白。他摇摇头，又开始说话，拔高音量。别人也听不懂他。他们自说自话。郝龙彪没哭，在他最应该撕心裂肺痛哭的时候他没哭。他强忍着。他看到地面晃动，看到父亲的小腿和脚。看到更远处更多的脚。那些纷乱的脚，搅得尘土飞扬。

到家了，父亲把他扔在床上。他居然一下子就睡着了，呼呼大睡。

李应该认为不大可信，可这是事实。过度惊吓，疲惫，郝龙彪才十岁，一个小孩子能怎样。被父亲扔在床上，他就势往里滚了滚。滚得更靠近墙一些。他还记得裹着被子，裹着床单。他把自己包裹起来，身子在里面，脑袋也在里面。然后睡着了，他还做了一个梦，梦到彭芳。那时候彭芳早死了，死于难产。

半夜里郝龙彪醒了。可能是饿醒的，可能是让尿憋醒的，也有可能是父亲的响动把他吵醒了。他在黑暗中睁开眼睛，看到父亲在屋子里走动，在床边走动。手上的尖刀闪着光，很弱的光。他在说话。不知道说什么，嘴里不停地咕咕哝哝念叨着。郝龙彪牙齿颤抖，上下磕碰。他不敢动弹，身体僵着。担心稍稍弄出声音会惊扰到父亲。黑暗里有种诡异的平衡。随便动一动，平衡就会打破。他不想那样。这时他要尿尿，小肚子憋得难受。身上冒汗，额头上也冒汗。他不能起来，不能尿在被子里。拼命憋着。终归没能憋住，他尿到床上了。一泡温热的长尿。现在轻松了，紧绷着的肌肉松弛下来。可是紧接着他又担心父亲会发现。如果父亲发现他尿在床上会怎样？他站住，不再走动，鼻头嗅了嗅。时间不长，他站住的时间不长。他又开始走动，应该是没发现异样。像头推磨的驴绕圈子，他在巡逻吗？快天亮父亲才上床睡觉。郝龙彪和郝家勇睡在同一张床上，那张床是以前郝家勇和彭芳睡过的地方，他们在那张床上怀上并生下了郝龙彪。

从此，每天晚上都会重复前一个晚上的情景。郝龙彪醒过来，目睹父亲提着刀在黑暗里走动。他大睁着惊恐的眼睛，死死盯着他看，如同一个目不转睛的监视者。然后他把温热的尿撒在床上。

父与子那样过了三个月。

郝家勇不管儿子，不做饭。郝龙彪背着书包上学，中午别的学生回家，他也回家。家里没饭吃，下午他又空着肚子去学校。饥饿，眼冒金星。他吃地里的菜苗，口腔染成绿色。好几次他差点昏倒在课桌上，陈老师把他叫出来，拉到小卖部去。她买饼干他吃，买方便面他吃。郝龙彪说：“那是我吃过的最好吃的东西。”

戒毒所也有超市，开放购买日那天李应该买回很多东西送给郝龙彪。他在之前列出详尽的购物清单，有饼干方便面矿泉水口香糖，还有香烟。

“既是最好吃的东西，就让你吃个够。”李应该笑着说。

“倒真是吃够了。”

他们抽烟，抽二十块钱一包的烟。黄鹤楼牌香烟，有二十块钱一包的，也有一百块钱一包的。郝龙彪进来了一年，李应该在里面待了十四个月。郝龙彪二十八岁了，李应该岁数不详。

三个月后，郝龙彪的姑姑把他抢出来了。姑姑说：“再不把他抢出来，他会死在我哥哥手上。”

她在县城集贸市场卖咸鸭蛋，老公蹬三轮车。他们来到毛笔镇，姑姑堵在放学路口，把郝龙彪拎上三轮车。他骨瘦如柴，十岁的男孩轻得像只老鼠。

郝龙彪自此再没上过学。他的学历止于小学三年级。

“你知道我有多么想读书吗？陈老师说我是棵读书的好苗子。”

他在姑姑那里帮她卖咸鸭蛋。早晨四点钟就要起来，洗咸鸭蛋上面的黄泥巴。六点钟出摊。摆好摊姑姑会让他再回去睡会儿。姑姑租住的屋子很小，屋内有股难闻的臭鸡蛋味，但郝龙彪睡得很香。他在姑姑那里帮她干了两年。然后在一间理发铺当学徒工，学理发，也干了两年。又到一艘货运船上做杂工，做了一年。十五岁的郝龙彪长成了大个头男人。他到了南方，在工地上打工。

“我没文化，永远只能做粗重的活。”

“我们念《现代汉语词典》吧，”李应该说，“我说过要教你，就从词典念起。”

“不能先念《白鹿原》吗？我记得你说那里面的男人一生里娶过七房女人。”

“还是先词典吧，词典里面也有故事。”

郝龙彪进来的第一个月，马姐在会见日送来了《现代汉语词典》。李应该给她打电话，让她带字典进来。她没找着《新华字典》，家里只有这本。识字不要课本。不必入学。念《现代汉语词典》就够了。郝龙彪认得一些字，简单的字。你只认得那些字太少了。词典里的每个字都有注音、释义。字的来历。用那个字组词，组各种词。词语意思和故事。字的来历有故事，用字组词也有故事。

他们一起消磨集体活动之外的所有时间。李应该教他拼音，认字。马姐还送来了毛笔和纸。他教他练书法。从《现代汉语词典》第一页开始，一页一页往后念。

他把它当作识字书、故事书和书法书。

所长在各种场合表扬李应该，“他把我们戒毒所变成了一所学校。”

李应该想在两年时间把厚厚一本《现代汉语词典》念完。“念完了你出去也可以读书，什么样的书你都能读。”

有些会议所长准许他们不参加，有时要看电视警示片，或者看展览，所长也准许他们不来。“你俩就在阅览室念《现代汉语词典》吧。”

后来，所长和管教干警很怀念他们那种关系。李应该像个真正的学校老师教得认真，郝龙彪像个旧时代的学徒学得毕恭毕敬。学徒高大英俊，老师矮小瘦弱。郝龙彪一开始字写得很糟糕，写到后来居然比李应该写得还好。

两年后所长说："我们再也没遇到过那种学员。"

他们把《现代汉语词典》翻烂了。

郝龙彪在他进来的第二十五天就发作了，那是他第一次发作。在那之前他已经和李应该在阅览室谈过几次话。谈过郝家勇，谈过姑姑，也谈过南方打工的事情。那些密谈为李应该日后教他念《现代汉语词典》埋下了伏笔。

那天半夜，大约凌晨两三点钟，李应该发现郝龙彪在哭泣。他睡眠不好，宿舍里的人全睡着了，只有他醒着。郝龙彪先是在睡梦里压抑着抽抽搭搭地啼哭，像是偷偷摸摸地哭。不敢亮明身份，不能亮出悲痛。仿佛是那种没法公开、不可以广为传诵的哭泣。是很丢人的哭，不能打开。因此身体蜷缩着，像子宫里尚未出世的婴儿。然后突然间声音渐渐放大，变成号啕大哭。不管不顾，豁出去了。哭声那么响亮，像是他在睡梦中被人殴打，被一群人殴打。他那么绝望，那么惊恐。谁会在睡眠中那样哭？谁又会在睡眠中哭得那样大声？他的哭泣就像是一场急骤的暴雨。

宿舍里的人被惊醒了，一骨碌都坐起来。可是他不知道吵醒人了，继续号啕大哭，旁若无人。有个人说："他妈的这么闹腾我们还怎么睡？"

"让不让人睡？"

另一个人说："报告管教吧。"

还有人说："把他嘴堵上。"说这话的人来自幸福县帮派城区，他处理事情的方式更倾向暴力。他从床上蹦到地下，捡起一只不知是谁的鞋子。"我他妈塞进他喉咙里去。"

高低床，睡在他下铺的人说："干脆把他扔到走廊上去。"

"好主意，就让他把一层楼的人都吵醒吧。"

他们在商量怎么办，拎着鞋子的那个人已经到了郝龙彪床边。但是他们议论纷纷的声音并没有打断哭着的人，他还在尖声哭叫。

这时李应该说："我来试试。"

他抱着双拳对着拎鞋子的人拱了拱，拎鞋人于是站住了。他顺势坐到郝龙彪床头，附在他耳边悄声说着什么。他和睡梦中的他窃窃私语。对话。倾诉。没人听到他在说什么，声音小到听不见，因此没人知道他在说什么。他跟沉睡的人耳语。就像活着的人跟死者说话。灯亮着，宿舍里的人都看到了这一幕。首先是郝龙彪脸上的表情慢慢平静，不再那么狰狞。他的困境是不是缓解了？因此他的哭声在变小。哭声低下去，一直低到没有。暴雨停歇，不再有哭声。郝龙彪没有再号啕大哭。他重又安然入睡，面色红润。一个街头杂耍式的插曲，不知是不是李应该变出了小小的魔术。拉亮灯的那个人又把灯拉熄。人们的困意又上来了，一个个放下身子接着睡。可是每人心中都藏着一个谜，他怎么就有办法安抚他？一个人痛哭，另一个人却能让他不再痛哭。他对他的安抚又是在痛哭者的睡眠中完成的。他说了什么，他在安慰他吗？或是对他解释什么？那么，他的安慰或解释到底是怎么抵达他的呢？郝龙彪像是叹了一口气，又叹一口气。哭声正是在这时候停止的。李应该这才从他耳畔抬起头来，他脸上也淌着泪水。宿舍的灯熄掉了，没人能看到他脸上有泪。

值班干警从监控里观察他们。他给所长打电话，报告说："207宿舍有情况。有人在哭。灯亮了。其他人都坐起来了。睡在对面上铺的人跳到地上，拿着鞋子准备动手。"

他问："要出动警力吗？可能会出事。"

所长迷迷糊糊穿衣服，嘴上说："再等等，静观其变。"

"很瘦弱戴眼镜的那个人控制住了事态。灯熄了。警报解除。没有事情发生。"

所长把刚穿好的衣服又脱下。"没有事情发生就好。对了，那个人叫什么？"

干警说："我查了查，叫李应该。"

"李应该进来前是干什么的？"

"档案上写着无业。"

"无业是什么意思？"这个夜晚让所长很恼火，脑子里一团乱麻。

"档案里附有一份马欣写的证明材料。"

"马欣是谁？"

"是他老婆。据马欣说，李应该想要体验某种超验的东西，他想跟浮士德一样——和魔鬼订立盟约。但是他后悔了。马欣在后悔了后面打上五个感叹号。"

"浮士德是谁？"

"不知道浮士德是谁，材料上就是这么写的。"

马欣的证明材料就这几句片言只语，甚至无法从中拼贴出完整的意思。

所长打了个哈欠说："是这几句吗？"

"是这几句。"

"可能是知识分子。"所长下结论说。

马欣带进来的《现代汉语词典》是商务印书馆出版的二〇〇二年增补本。词典分凡例、音节表、新旧字形对照表、部首检字表和词典正文，另有若干附录。李应该对郝龙彪的教学从词典正文开始。词典正文首页至末页（不含附录）共有1689页。首页第一个字是：吖。念ā。吖和嗪组词，吖嗪是一种有机化合物，呈环状结构，含有一个或多个氮原子。这可太有意思了。更有意思的是第二字：阿。也念ā。阿可以组的词更多，意义更复杂。比如阿片，词典有详尽释义。阿片是从尚未成熟的罂粟果里取出的乳状液体，干燥后变成淡黄色或棕色固体，味苦。医药上用于止泻、镇痛和止咳剂。常用成瘾，是一种毒品。用作毒品时，叫大烟、鸦片（雅片）或阿芙蓉。

他们因毒品进来，他教他识字的时候，在词典正文首页就看到了毒品，这算是意外发现吗？但不是。这东西无处不在吗？是不是随时可以碰到？不过，阿是第二个字，还好不是第一个。第一个字吖嗪的化学结构还可以组成吡啶。吡啶在二〇一七年十月被联合国世卫组织列入2B类致癌清单。阿片是毒品。但阿片不是阿这个字唯一可以组成的词语。阿还可以组成另外的词语，还有另外的意思。这意味着简单的笔画和简单的文字后面，从来都潜藏着各种凶险的物质，并且保留着歧路丛生的意义指向。

李应该努力让郝龙彪相信，我们所生活的世界就是这个样子。

他们念词典正文，词典正文是一部大书。

戒毒所所长不知道浮士德是谁，可是正如他所言，李应该是个知识分子。他的身份不能始终悬而未决。没有办法披露他身世的原因在于李应该自己。他极其神秘。他的神秘很可能是他自己有意为之，这个毫无悬念。他是个网文大咖，在网上有海量粉丝。马欣是他的工作助理，兼任他妻子。他在生活中是个普通人，一个不起眼的人，偶尔受人欺负的人。他不接受访谈，不发布照片。不让人知道网上那个神一样的名字就是他。

他有部书叫《狂欢部落》，那是部巨著。就像他说《现代汉语词典》里的词典正文是部大书，《狂欢部落》无疑也是部大书。书中人物擅长制造药物，同时所有人都在滥用药物。他们把药物当食物。他们在生产食物的过程中，把药物当养分当肥料。药物埋在土壤里面，和种子搅拌在一起。放在水里。总之，要让药物充分渗透进食物中去。那是一个药物的国度，仙界，疯狂都城。药物是经济支柱，主宰文化。人们的行为方式也与药物密不可分。他们有各种致幻剂。有昂贵的上层人使用的致幻剂，也有廉价的下等人使用的致幻剂。药物让他们快乐。提高生活质量，增强免疫力。让他们睡眠更好，性欲更旺盛。更重要的是药物能让他们的思想更深刻。最富有的人，不过是因为他们拥有的药物与众不同——药效更神奇。那些无比厉害的人，也无非是他们的药物更厉害。药物成为武器，成为秘密武器。

李应该想写个英雄，药物之神。他既可以滥用药物，又可以自如地控制药物。他跟马欣商量说，所有的人都不能控制药物，都是被动的。只有他能。他可以自如地让药物发挥几成功力，或是在多大范围内封闭药物。那是自由之境。因此他想尝试一下：先吸，再戒。那注定会是一种超验体验。他说："这对我的写作有帮助。"

马欣坚决反对，她说你不能和浮士德一样去跟魔鬼订立盟约。但是李应该告诉她说："我已经吸过了。"

他就是这样进来的，马欣在证明材料上写了几句没头没脑的话也正是缘于此。

《狂欢部落》没有写完，停更了。它是当代网络文学史上最著名也是最辉煌的一座"烂尾楼"。有位评论家是这么命名的，她说它是一座"精神烂尾楼"。

郝龙彪不只发作了刚开始那一次，实际上随后他经常发作。每次发作都是李应该治好了他，他像个手到病除的坐诊医生。以至后来不等郝龙彪发作，还在他刚刚有了即将发作的迹象——李应该就过去了。他有灵敏嗅觉，能捕捉到将要发作的苗头。他轻手轻脚，像灵猫那样从自己床上一下蹿到郝龙彪床边，然后对着他絮絮叨叨地耳语。一场暴动尚在酝酿中已被压服，被消弭。

李应该进来二十三个月了，还有一个月就要出去了。词典正文只剩下最后几页。他舌苔上的硬东西已经长到绿豆那么大。他对郝龙彪说："我舌头上有颗定时炸弹，不知道什么时候会把我炸掉。"

"你出去了就去医院吧，做个检查。"

"我不信任医院。"李应该说。

"不信任也要做检查。"

“到处都有定时炸弹，身体里面，还有其他地方，说不定什么时候就会来一场莫名其妙的爆炸。”

“你想多了。”

“舌头上长硬东西，可能是提示我不要说话，从此沉默。”

“你没说什么。”

郝龙彪没弄懂他的意思，他所说的不要说话是不再写作。

两人正聊着，所长也来到阅览室。一起来的还有两名工作人员。他们当面给郝龙彪办了五天休假手续，毛笔镇派出所也来了人，要带他出去。李应该悄悄问所长出了什么事，所长告诉他郝龙彪父亲去世了。

郝家勇在毛笔镇的街道上摔倒了，另一种说法是他在木头镇的街道上摔倒了。他倒在地上说胡话，路人把他送进医院。他在两天后去世，去世前毛笔镇派出所曾介入此事。他们做笔录时把摔倒的两个地点都记下来了，因为有不同的目击证人讲述了事情经过。那是一次致命的摔倒，郝家勇正是因摔倒而死亡。派出所的人当时太匆忙，没有核实清楚，所以记录上出现了两个地点。

郝龙彪有五天时间为父亲操办丧事。医生告诉他，父亲临死前恢复正常，神志清醒。他重新听懂了每个人所说的话，自己也说回了从前的语言，他用毛笔镇方言和他们亲切交谈。

“我问他们父亲说了些什么，他们说不记得，病人说过的话我们怎么能都记得呢？”

“病人说话他们从左耳听进去，又从右耳出去了。”李应该说，“我不信任医院，不信任他们。”

“有个护士偷偷告诉我，父亲说他儿子尿床，他笑，哈哈大笑，他说他就睡在儿子的尿水里。”

“他还停留在你小时候，你十岁的时候。”

“他还说，他儿子叫郝龙彪，他记得我名字。”

“他这么说吗？”

“护士告诉我的，她长得胖乎乎的，跟我一说话脸就红。”她就说了这些，郝家勇也就说了这些。他死得很干脆，一点也不拖泥带水。还在给他吊盐水，他不声不响就断气了。

“那样就好，”李应该说，“我也想那样死去。”

“可是我不知道他在哪里摔死的，毛笔镇还是木头镇，我不知道。”

“这不重要。”

我一直做这种梦，很复杂的梦。我遭到围困，遭到许多指头围困。那么多指头，我陷在里面。指头上面的指甲都是利刃，闪亮的尖刀。脱离了手掌脱离了手指无数只单节指头向我扑来。它们像蝗虫，遮天蔽日而来。像乌云罩着我脑袋落下。我在指头的尖刀里，被千刀万剐。我终将尸骨无存。就是这种梦境。接着我梦见有个人朝我梦境里伸进脑袋，我梦见他在梦境里跟我说话。我不知道他在说什么，可是那些指头在消退。它们像潮水一样消退到无影无踪。

“那个跟我耳语的人是谁呢？”郝龙彪问道。

“我想，可能是你父亲。”

“现在我也这么想。”

李应该突发奇想，把他说成是他父亲。

但是，那个跟他耳语的人其实就是李应该。他说“我来试试”。当时他虽然这么说了，却并不知道要做什么。做什么？做什么？那就和他说话吧。好吧说吧，那么，说什么？他于是说儿子别怕。说完了这句开头语，他忽然发现有很多话可以说。都是他父亲会说的话。他说我手上的尖刀不会伤害你。我守护你。我为你驱赶所有那些不好的事物。那些危险，从天而降的不幸。我杀伐它们。这些话脱口而出，他真切地想到了他父亲。李应该在郝龙彪深夜里号啕大哭的时候想到了郝家勇。想到从他嘴里说出的那些谁也听不懂的语言，那些疯者的语言，那些被怀疑是异族的语言。在那一刻，他成了译者，一个受到天启的译者。他把疯者的语言翻译过来，把翻译过来的语言转述给郝龙彪。也许是错译，也许误译了，但是他仍然偏执地那样翻译、转译，译出另一空间另一个人的疯癫语言。他熟悉《狂欢部落》里面人物的语言，也试着去熟悉郝家勇的语言。他循环往复地说出那些话，以轻微到近乎无声的声音说出那些话。

郝龙彪渐渐平静，在他梦境里围困他的指头开始消退。

那时候李应该是个通灵者，他把他们接通。他精疲力竭。

他笑着说：“如果那东西一定要爆炸，我会抢在爆炸之前把我的舌头咬掉。”他又回到舌头上来了。

“不要！”

“爆炸只是个比喻。”

“我知道，你不能为了一个可笑的比喻就把舌头咬掉。”

“但它不能长得太大，我不允许！”

他们把词典正文念到最后一页，李应该如期出去了。郝龙彪比他晚两个月才出来，可是他再也找不到他。李应该没给查建新留联系方式，也没给郝龙彪留。即使他出来了，他也不知道他在哪里。过了两年，有人开始叫郝龙彪书法家。他越发惦念李应该的舌头，希望它还在他嘴里。就像所谓爆炸一样，估计他舌头上的硬东西也是个比喻。是啊，只是个比喻。这么想来，郝龙彪也就安心了。

耳鸣症

他们说我又不正常了。说这话声音很小，轻声细语说，尽量不让我听到。他们相互间有默契。某个微妙的手势，眉毛往上挑一挑，都有特殊含意。那是他们的信息流通，不让我了解。好像我听到他们的话就伤害到我了，需要照顾到我的情绪。他们彼此传递表情，发送信号。表情里包含着心照不宣的内容。他们观察我，监视我。严谨、深情。似乎每个人都对我负有责任。不能由着我再走到那一步。要挽救我，不让我再度滑入深渊。巧妙监视我，但是又要给我自由。或者要让我感受到自由。

"不能让他意识到你们在囚禁他。"这是戒毒专家给他们的忠告，"不能让他意识到你们在关押他，要让他充分享受自由。"

照他们的说法，我是自由的，什么都可以做，哪里都可以去。还有亲情，他们以亲情感染我。他们是我的父亲我的母亲和妻子，我还有个四岁的儿子。他们现在团结在一块儿。

"信任他，"戒毒专家说，"让他知道你们信任他。"

他们也正是这么做的，总是对我露出笑脸。父亲本性木讷，不大会笑，好在他学会了微笑。只要见到我，他脸上都会条件反射地挤出笑容，像贴上去的。我便迎合他，也笑。我们都在笑，有时候还会笑出声来，屋子里因此洋溢着响亮的笑声。那是一种戏剧性的笑声，戏剧性，有剧场效果。被导演出来的笑声。好像有一群鸭子被人捏着脖子，不得不定时定点一起发出嘎嘎的叫声。我就是这么觉得，觉得我们是鸭子。家里像是有了戏台子。大家都在演戏，都在装。但是又不能戳破，每个人守着本分。我也是，我被包裹在爱里面，不能令他们失望。我发誓做个浪子回头金不换的人，而不是忘恩负义之人。我就生活在这样温暖幸福的家庭里。

方艳红还坚持跟我谈心，一有空就跟我谈。她现在就像是我读书时的辅导员，像我小时候的班主任。或者像我未成年时的母亲。她内在的身份发生了奇异转变。要么叮嘱我，告诫我。要么跟我谈理想。她还跟我谈精神力量。而且，她尤其希望听到我忏悔。如果能听到我对她忏悔，她会更快乐。她的激动程度远超过我自己。听忏悔的人比忏悔者更触动灵魂。我不知道神父是不是这样子，她可能比神父更尽责。她就是我的神父。我们频繁谈心，没有时间限制。白天谈，晚上也谈。一对一，就像我是她的帮扶对象。她在对我精准扶贫。她说："我是在扶你的精神之贫。"

扶我的"精神之贫"，这是别人告诉方艳红的，她正在身体力行。我的精神已经荒芜，如何拯救我，忏悔仍然是重中之重。"你什么时候忏悔都不为晚。"什么时候。比如做爱，做爱之前我刚刚忏悔过了。我对她说："从前我真是太荒唐。我再也不会做这种事，打死我也不会再做了。"

"真的吗？"听到这话方艳红的眼睛就会放亮，比平时更亮。

"真的。"我保证说。

她说："中国人就是不懂得忏悔，你能说这些话真是太好了。”

说着，她的身体主动逢迎我。我注意到，每次忏悔过后，我们做爱的质量会更高，更销魂。我们都很满意。罪感里面，哪怕只是悔恨，居然也隐含着寻欢作乐的欲望。自诉，或者对自我罪的追诉。这是我们的秘密。

忏悔规定了两个内容，一个是我要忏悔，另一个是她要听到忏悔。

精神！方艳红从中得出结论，忏悔是一种精神力量。

当然，我们的生活并不都是做爱。生活还有另外更重要的内容。方艳红是个有心人，她无时无刻都以生活中的新素材来教导我，指点我。她发现了精神的力量有多么重要。她开始长时间地并且反复地和我讨论这个问题。精神的力量在她那里，有很多故事可以佐证。在她看来，我要想戒毒成功，最需要的力量，恰恰就是精神力量。

她跟我讲故事，故事中提到田光勇。田光勇是我们县城里有名的人物，我也认识。我所说的认识只是远远地看着他风光无限地从那里走过。我们没有打过招呼，不曾交谈过。他名下有商场有宾馆，是大老板。他才四十来岁，面色红润，身强力壮。他正过着好日子，有一天，他哥哥田光镜忽然被县医院诊断为胰腺癌。这是很凶险的一种癌症，癌中之王。田光勇把哥哥送到武汉一家肿瘤医院。他有钱，也还有些关系，能托人联系到有名的教授接诊他哥哥。他此行的目的就是把哥哥安顿好，让他得到最好的治疗，延续他的生命。人们都说没有田光勇的话，田光镜只有等死。

办好住院手续，也有床位。

都弄好了，教授闲聊时问田光勇："你和病人什么关系？"

"兄弟，他是我哥。"

"是亲兄弟吗？"

"亲生的。"

教授很随意地说："啊，是吗？这种病有很强的家族基因，你要有时间的话，也做个检查吧，筛查一下。"

田光勇说："好啊。"

这一查不打紧，也是胰腺癌。他再也没回来，和哥哥一起住下了。而且他还在哥哥之前离世，不到两个月就走了。他哥哥后来还拖了七八个月。

方艳红说，田光勇不是死于癌症而是死于精神。他的精神垮了，人就活不了。若不是精神垮掉，他不会死那么早。这是个反面例子。方艳红指出，如果他不检查，如果他不知道自己是胰腺癌患者。他肯定会活得更久。他那么活蹦乱跳的一个人，那么有钱，谁都不相信他会有病，也不知道他有病。精神不垮他会活着的，一直活到潜在的疾病最终爆发那一天。但是他没活到那一天，因为他提前知道了自己的结局。

讲完这个反面例子，方艳红又给我讲了一个正面例子。那是她的亲身经历。她以前在深圳富士康打工，同宿舍有个女工跳楼自杀了。她看着空出来的床铺，看着她的遗物，也曾经有过轻生的念头。想和她一起去。自杀的同事平时沉默寡言，方艳红其实很少和她交流。她说，我们只和老乡一起玩。可是在她死后，总能回忆起她的容貌。想到大家相似或相同的苦处，再想到她一死百了，终于摆脱了人世苦难。方艳红也曾想过步她后尘，活着不就是受苦吗？

死了也就免受这些苦了。但是，她又说，我终归挺过来了。我要活着。我的方法是，每天进出宿舍，我都逼着自己死死地盯着她的床铺看一眼。以此抵御诱惑。你不是要唤我跟你走吗？我偏不跟你走。后来她的床铺搬走了，我就盯着放过她床铺的地方看。再后来我们也搬出那间宿舍，住进另外的地方。

方艳红翻来覆去跟我讲这些正面或反面的例子，有些故事她不止讲过一次。但是，她意识不到她在重复，她苦口婆心地跟我做思想工作。用她的话说，她就是要在我的脑子里打下桩。打一根桩，打两根桩，打下的桩越多越好。她强调意志力。前面那些故事都是在强调意志。只要你坚强，你就一定不会再碰麻果。

在她讲的时候，我的耳朵里时常出现嗡嗡嗡的噪音。噪音还在变化。我真实听到了打桩的声音，听到锯木头的声音，还听到了金属铁皮在水泥地面上摩擦的声音。那些声音有时特别让我难受，几乎要掀掉我的头皮。

与我耳朵里出现噪音相反，方艳红的口才变好了。都是因为我。为了磨砺我的意志，她的口才竟然有了这么大进步。演讲能力快速提升。她还跟我宣讲女排精神，怎样在逆境中奋起。教我唱《感恩的心》，教唱这首歌时她热泪盈眶。她还能做出电视里聋哑儿童做过的哑语动作。手语。随着旋律，那些动作因为电视传播的缘故，曾经深入人心。我妻子现在也会做那些动作。她的泪水打动了我，我情不自禁地跟着她流泪。

她说："我们要感恩的人太多了。"我同意，这是事实。

我父母是做大理石生意的，哥哥单干，做大理石橱柜。我不喜欢这种生意，从小就不喜欢。粗笨，嘈杂，又有辐射。长期做下去，我怀疑我的家人都会得上癌症。我十四岁就辍学了，父母和哥哥忙于生意，都不管我。我跟着一个装裱师父学装裱。他脾气不好，喝醉了酒就装疯卖傻。听说他第一个徒弟也就是大徒弟曾经和他老婆有染，所以他对我很刻薄，经常冲我发火。在他喝醉了酒装疯卖傻的时候，他拿着剪刀想阉了我。他说，只有把天下所有的徒弟都变成太监，师父们才会把真本领传授给他们。我认为他不是发酒疯，他真想这么干。我只跟了他三年，三年间我从没见过师娘，也没学到什么真手艺。

于是，我去了武汉硚口，去找师父的侄子。他回县城时认识了我，他说装裱这一行没有前途，建议我早点走出去。师父的侄子给过我一张名片，他的谈吐和派头征服了我。我到了硚口才知道，他在跟人合伙开KTV。KTV的名字叫夜莺。他们的生意不太好，几个合伙人勉强糊口而已。师父的侄子答应让我入伙，算了我很小的股份。我在那里没有挣到钱，倒是长了不少见识。我亲眼看到有人吸毒，亲眼看到一个人拿着刀子捅伤另一个人。师父的侄子不让我碰毒，他也不碰。他要我们相互监督，约定谁要是碰了，另一个人可以行兄弟家法，拿刀砍他。被砍的人不得还手。

师父的侄子后来也离开了，他和一个包养了他五年的女人正式结婚了。那女人有钱，丧偶，比他大十三岁。我见过那女人，长得不算太差，就是脸上皱纹多了些。师父的侄子来和我告别，他穿着高档西装，说话慢条斯理。他说这可能是他所能得到的最好结果，范姐对他不薄。外界也说，范姐已经包了他五年，完全可以另包一个比他更年轻的男孩子。

“我感激范姐没这么做。”师父的侄子哽咽着说，“没想到她居然还和我结婚了，我终于修成了正果。”

他跟我告别的地方就在夜莺KTV的一间包房里。说到这里，师父的侄子唱了一首歌，正好也是《感恩的心》。大约七年后，方艳红在家里再度教我唱了这首歌。我当时陪着她流下泪水，她并不知道我想起了七年前的情景。他嗓音亮，歌也唱得好。唱完歌，他潇洒地挥了挥手走出去，范姐的豪车就等在外面。

师父的侄子跟范姐享福去了，我不到一年也走了。后来听说夜莺KTV也红火起来了，生意火爆。不过那是后话。我们在那里的时候一直都是要死不活的样子。我去了东北。范姐有个远房亲戚在哈尔滨做地产。师父的侄子给范姐吹了吹枕头风，据他打电话告诉我，吹枕头风之前他特别卖力。他央求范姐给我点事情做。我没文化，做不了大事，范姐让我带几个建筑工人去做小工。我是这几个人的头儿，算是小包工头。由我承接劳务，再把活分派给他们做。完工后验收，由我统一领取劳务费，然后我来分发给他们。我从劳务费中抽头，从每个人的工资中克扣一点。有时候我领到了工资谎称没领到，拖延一段时间再发给他们。这样我手头便有了些流动的钱，有些闲钱。东北建筑工地有季节性。到了寒冷的冬天就得停工，放几个月长假，化冻了才能开工。

我回到老家，算起来有好几年没回来过了。回来的时候，我刚好领到一笔钱。钱是那些人的工资，我躲着他们，没把钱发下去。这种事很多，我先把钱昧着。电视里经常有欠农民工工钱的消息，有大欠，也有小欠。我只是小欠，算不了什么。来年我可以去东北，也可以不去。

这时正好我哥结婚。嫂子是富士康工人。其中一个伴娘跟她是同事、闺蜜，也在富士康打工。没想到她还是我小学同学。她化了妆，我没认出她，是她先认出我。

她说：“你不是那什么，那什么你不是余新华吗？”她拎着裙摆，一张脸严肃得像是白色的冰块。

我说：“我是。”

接着我又问：“你是谁啊？”

“我是方艳红呀。”这时她笑了，脸上的冰块瞬间就融化了。她又说，“你小时候读书真蠢啊。”

我有些困窘，可是她说得没错，我的确蠢。

她笑得越发疯癫，“和我一样蠢。”

有她这句话，我又觉得亲切。女大十八变，方艳红长漂亮了。据她后来说，我也长好看了。我哥新婚之夜我们都喝了酒。那天晚上我和方艳红也住到一起了。是不是太快了？快不快我们不在乎。

我嫂子结婚后没去富士康，她辞工了，在家和我哥弄大理石橱柜。

方艳红也不愿意去深圳，我们先泡着。三个月后她怀孕了。我娶了嫂子的伴娘，正式结婚。她也跟着他们做大理石。本来我也可以做，做这门家族生意。但是我拖延时间，想慢一点再入手。我有点不甘心，十四岁拒绝做这行，漂流了这么久还是要做这个。做吧做吧，反正就这个命。即使领受这个命，我也要游手好闲一段时间，不愿意乖乖就命。我要反抗我的命运，哪怕只是暂时反抗也要反抗。我反抗大理石，反抗大理石生意。

结婚半年后，方艳红生了，给我生了个儿子，是早产儿。我对刚出生的孩子没有好感，我嫌他丑陋。

这时，我以前的装裱师父去世了。我去奔丧。在师父的葬礼上我见到了师娘，她不再年轻，容颜里隐藏着往日的风情。师父的历任徒弟都来了，主事的是师父的大徒弟。我也是第一次见到他。他和师娘的年龄差不多，看上去更般配一些。他们的行为都很规范。师父没有儿子，大徒弟就像是他的长子。他披麻戴孝，诸事都低垂着眼睛请示师娘。我因此怀疑他们是不是真的有染过。或者那只是谣言而已？

师父的侄子也回来了，他为叔叔送葬。范姐没有随行。她的习惯是乐于参加婚礼，却从不参加葬礼。据称，范姐不能承受丧葬之痛，却更愿意共享喜庆欢乐。师父的侄子比从前消瘦些，但更有派头。

入夜，我们有机会共处一室。他递给我一把刀子。

我说："干什么？"

他说："你砍我吧。"

"我为什么要砍你？"

"还记得我们的家法吗？"

"什么家法？"

"兄弟家法呀。"

他拿出东西，我后来才知道那就是麻果。他当着我的面吸食。他说："你忘记了我们间的约定吗？"

我说："我记得。"

"那么，你还不砍我？"

我拿起刀子，然后我又放下。我说："我要么砍你，要么和你一起吸。"

他瞪着我，眼珠子掉出来了，他又捡起来塞回眼眶，继续瞪着我。眼珠子再没掉出来，他眼里瞪出血来了。我可能记错了，记忆出了问题。眼珠子掉出来是我很久很久以后吸了那东西——在回忆中看到的他，而不是此时在现场所见。

师父的侄子告诉我，范姐如果知道他在吸这个，可能会派人杀了他。

那怎么办？我说："你能瞒她多久？"

"瞒一天是一天。"范姐于他有恩，他不愿意欺骗一个对他有恩的女人。恩重于山。没有她我还在干什么？没有她我能见到那么多世面吗？但是她从不调查我，范姐只要稍稍调查一下，我的底细马上就会暴露。

他那么无望地坐在床上，他要我砍他。按照约定，我砍他，他是不可以还手的。可是吸过之后他变得很嗨。他开始吹嘘，吹嘘他自己，吹嘘范姐。他吹嘘说，范姐说他是她所经历过的男人中最棒的一个。他问范姐经历过多少男人，范姐说她记不清楚。他说范姐是非常好的女人，正派，有良知，为人公道。

我真想拿刀砍他，让他闭嘴。我很为难，他给我出了大难题。我若不砍他，便是不守信诺。我若砍他，又下不得手。

范姐打电话来了，听着像是在安慰他。

师父的侄子举着手机到屋外听电话去了。床上还散落着几颗麻果，我拿了一颗。我并没有吸，只是团在掌心里。他听完电话又进来了，眼神扫了扫，发现那东西少了一颗。

他说："你是不是也搞了一个？"

"我搞了。"

“那你不必砍我了。”

看来很容易达成和解，我们可以不互相砍对方。师父的侄子开了房，他就住在这里。我又回到师父冰棺旁。大徒弟和师娘都在为他熬夜守灵。我揣摩他们真正的关系，手掌里多了颗麻果。我保证不在师父的灵柩旁吸它。但是师父曾经想阉了我，他说只有所有的徒弟都成了太监，他们才有可能得到师父的真传。

我记得把麻果带回去了，我想给方艳红看看，再扔掉。她在哺乳期。我们的儿子越长越好看。我不再嫌弃他丑陋，而是迷恋他，须臾离不开。我黏着他。麻果我收藏在钱包里，用一小块餐巾纸包着，和钞票放在一块。

我忘了那东西，有一次打麻将，付钱时才又看到它。我刚剥开餐巾纸，牌友说：“你也搞这个？”

另两个牌友说：“看不出来。”

说完，大伙儿都笑。原来，他们都搞，以为就我不搞。

我说：“我搞。”

“那就先搞吧，搞完再接着打。”他们哗一下推开麻将，就在麻将桌上搞。

我还很生疏，但我假装熟练。那是我第一次搞，没有人砍我，我早被赦免了。搞的时候已是后半夜，凌晨才结束。

打麻将的地方在酒店，我们开了房。是我开的，当时交了四百块钱押金。可是，服务员在押金条上误写成三百。凌晨退房，我们为此大吵。麻果在起作用，我正处在亢奋期。我砸柜台，砸柜台上的电脑，砸监控探头。

酒店经理第二天清账，发现多出一百块钱现金，他向我们道歉。但那时候我们已经被警察拘留了。

值班服务员现场报警。警察很有经验，首先给我们验尿。四个人均为阳性。我被拘留了十五天，派出所让家人领我回去。另三个人送进了强制戒毒所。我父亲跟警察扯皮，大吵大闹。他说警方办事不公平，凭什么把他们送到强制戒毒所，却把我放回家？警方解释说我是初犯，所以要给我改过的机会。初犯？他说自己是初犯，你们就认定他是？难道他不是说假话？吸毒的人哪个会说真话？我父亲不带我回去，坚持把我送走。警方还是头一次碰到这种家人，态度这么积极。

他是真心为我好。顺便说一句，我父亲也坐过牢。早年因为打架斗殴在里面待了三年。他自认为监狱是个锻炼人的地方。他自己正是在里面被教育改造好了，出来后才自食其力做起了大理石生意。我父亲认为，凡是男人，如果没读上大学，最好能去当兵，万一兵也没当上，去坐牢也行。当兵和坐牢都是不坏的经历。他坚决要求送我去戒毒，他说那里一定能把我改造好。警察反复做他工作，他们说，戒毒实际上是一个立体的体系。可以在戒毒所里戒毒，也可以留在家里戒。通过社区矫正、社区帮教来帮助吸毒者戒毒。你们的家族环境这么好，完全可以做个社区矫正典型。

警方和社区都想让我们家成为典型，我这个浪子，终于在家人的感召下回头了。回归家庭，回归社会。这样的典型太有意义了。为此，警察也好志愿者也好专家教授也好，他们可以提供技术支持乃至学术支持。

听到这里，方艳红表示愿意配合派出所工作，愿意做典型。

她还做我父亲的工作，她说："新华留在家里戒毒也一样，我们督促他就是了。”

派出所把方艳红和我父亲请过去，对他们做过几次简易的技能培训。建议他们要取得我的信任，给我自由，还要让我充分体会到家人的爱。同时也要密切关注我的动向，对我每一个不太正常的举止——哪怕是细小的举止——都要看在眼里。必要时还可以顺藤摸瓜追根究底。疑难情况可以向派出所报告，求助专业人士。但是，警方对我的家人强调说，不能让他意识到你们在监视他。不能让他怀疑，他的事情被人告密的话，效果会适得其反。要让他感受到宽松。好的状态是他随时都能体会到你们的爱，家人之爱。而你们又能随时掌控他的一切。情感是基础，但思想还是最为重要。所以，要做好他的思想工作。他们对方艳红寄予厚望，因为她年轻，她有良好的悟性。

我父亲是个粗人，没从培训中学到什么。

方艳红倒真是领悟到了精髓。她喋喋不休地跟我交心谈心，跟我讲故事，跟我讲精神力量。她还带动了我母亲。我母亲不和我谈心，她也没话跟我说。但是她也能随时探究我在干什么。我半夜里躲在书房打游戏，以前不是也打游戏吗？我母亲轻手轻脚走到书房门口，我知道是她，她的脚步声我能听出来。她从门缝往里面窥视。我没有回头，如果回头应该能从门缝里和她的目光对上。她又回去了，回到卧室。我听到她小声叹气，小声和我父亲说他又不正常了。

“怎么不正常？”我父亲问她。

她说：“这么晚不睡觉啊，当然不正常。”

我父亲就派我母亲过去，“去和方艳红说说。”

方艳红说："要尊重他的习惯和爱好，允许他打游戏。"

第二天我出去，离开了他们的视线。先是方艳红给我打来电话，问我在哪里，我说在超市。但我不在超市，我当时在移动公司大厅里面。过了一会儿，我父亲打我电话，也问我在哪里，我说在茶楼。我也不在茶楼，那时候我到了汽车站。又过了一会儿，我母亲也打电话来了，问我去了哪里，我说在新华书店。可是我哪儿都不在，我就站在马路牙子上。

他们的电话信息汇总起来，如果他们相互通报，一定是自相矛盾的。前言不搭后语，谁知道我在哪里，谁知道我在干什么。

方艳红不得不又一次打来电话，没听到她的声音。空白期。顿了顿，是儿子。她让儿子在电话里喊："爸爸！"

她可不是颇费心机吗？这招厉害。听到儿子奶声奶气喊我，心一下子就化了。我说："我马上回来。"

走在路上，我想，要盯梢就让我儿子盯我的梢吧。回到家里，并没有看到儿子。方艳红又把他送到幼儿园去了。我儿子今年四岁，上中班。也就是说方艳红刚刚为了打我电话，专门去了幼儿园。她要么专门把儿子接回来，打完我电话又把他送回去了。要么没有接送，是她自己去幼儿园拨通电话，让儿子叫我一声爸爸。然后，她又回来了。到底是哪种情况，我没法弄清楚，也不想问她。

她很严肃地跟我说："你哪里都可以去，没人限制你，但是你要跟我们说真话。"

我只是出去走走。对方艳红的话我没意见，不能说她说错了。可是我的耳朵里又有了很响的噪音。大概是耳鸣症，经常这样。在她说什么的时候，突然就鸣声大作。我拼命捂着耳朵，不让那些噪音出来。如果噪音传出我的耳朵，一定会吓坏他们。

“虽然我说的不是真话，我也没有撒谎。”

方艳红审视着我，她试探性地说道：“我们是你的家人，我们都爱你。”

“当然。”我回答说。

“我们对你有信心，比你自己对你更有信心。”

这是中午。母亲做好了饭，父亲也回来了。我有点胃疼，真是胃疼，不太想吃饭。我母亲我父亲和方艳红在饭桌上你看我一眼，我看你一眼。我知道他们心里都在想，我是不是又不正常了。

我父亲粗鲁，我说过他是个粗人。

他把饭碗一推说：“你是不是上午又出去搞了？”

我说：“我没有。”

“没有怎么又不正常呢？”

“我没有不正常。”

“搞了那东西就会没胃口，不想吃饭。”

我父亲说着，不知从哪里摸出个小本本。他戴上老花眼镜，瞅那上面的字。

“吸食麻果的各种症状，”我父亲对照小本本说，“其中有一条就是没胃口，不想吃饭。”

我这才知道家里还有这种小本本，但是我不知道只有这一本，还是他们人手一本？症状吗？各种症状一共有多少条？他们是不是经常拿我来和上面的条条框框相比对？比对过多少次？他们相互交流吗？

方艳红让我父亲把小本本收起来，她指责说：“你当着他的面拿出这种东西，明显是对人不尊重。”

她可以这样指责我父亲吗？就像上级批评下级。我父亲居然没有还嘴。他这么坏的脾气却不还嘴，好生令我诧异。难道对我的帮教——在他们那里还有分工和层级？我妻子在职位上高于我父亲？她是他的上级？

我看着他们，为了证明我没有不正常，我强迫自己吃了一碗饭。饭后，我的父亲和母亲都出去了。现在只剩下我和方艳红在家。是不是他们有意避开，好让我们谈话？我首先质问方艳红，我说：“你为什么不让我跟儿子接触？”

这个问题我早就想提出来，今天终于说出口的原因，应该是我回来并没有看到儿子。她让儿子叫我一声爸爸，引我回来，却又不要我们见面。我很反感，她在愚弄我。

方艳红辩解说，她没有不让我跟儿子接触。我跟儿子的接触也只能是有限的接触，这样安排对谁都好。比如我可以给他讲故事，也可以给他背儿歌。但是，她在我和儿子之间画了些红线。她说那是为我好，也是为儿子好。红线我是不能突破的。她所说的红线诸如我不能和儿子亲嘴，不能和他玩危险游戏。我同意遵守这些红线，因为她担心亲嘴会把我身上不知什么病菌传染给了儿子，谁也不能保证吸毒者身上没有病菌，至少会有这种风险。危险游戏比如把儿子抛向空中，再用双手接住。这种游戏在父子间颇为流行，幼儿在空中飞行时，往往会咯咯大笑乐不可支。可是方艳红不准我这么做。她害怕我把儿子抛出去后，脑子突然短路，不能及时伸手去接他，从而导致意想不到的灾难发生。我都同意，不越雷池一步。问题是红线还在增加。比如我现在也不能给儿子讲故事了，方艳红认为我上次给儿子所讲的故事太阴暗，一点也不积极向上。她问我故事是哪里来的，我说是自己编的。她说难怪！儿子大了，给他讲故事要注意思想性要讲正能量。

在这个冗长的下午，方艳红又开始跟我谈话。那几乎就是上课。她一定是做过了充分准备。她从自我辩解开始，很快进入到对我的说教。孜孜不倦。她说，每个人的脑子里都有可能冒出邪恶念头，尤其是之前有过邪恶经历的人。

“我就直说了吧，比如吸毒。”

之前吸过毒的人，脑子里更容易冒出继续吸毒的念头。就看我们怎样去掐灭它。我相信她是怀着爱对我说这些话的，她在继续说，我不知道她还要说多久。

我的耳朵里又出现了其他声音。我知道那种声音很危险，不想理睬它，又没有办法不理睬。我很可能成了耳鸣症患者。这是种匪夷所思——同时又是水到渠成的对应关系。当方艳红不停地对着我聒噪，我呢，不知道什么时候就变成了耳鸣症患者。那么，真正的耳鸣症会有哪些症状呢？希望有人给我个小本本，让我拿在手上，对着上面的标准症状一一求证。就像我父亲手上的小本本那样。这不可能。事实上我耳朵里出现了更大的轰鸣声，有如江河里的滔滔洪水。声音在冲刷我，绑架我，把我劈开。我想让方艳红住嘴，否则我没有退路。一旦她住嘴了，或许我耳朵里的轰鸣声就能消失。这只是一种可能，目前暂时还没有别的更好的可能。

当方艳红看到我站起来，她以为我要去洗手间。但我没去那里，而是绕到她后面。一切都是突然发生的，没有预想，没有谋划。我从后面紧紧抱住她，很快就把她绑在椅子上。旁边有一条现成的布带子，搭在椅背上。不是我事先放在那里的，不是，它恰巧就在那里。我拿它捆绑方艳红。她也觉得太突然，怎么会这样？不可理喻，所以她没有喊叫。可能她忘记了还可以喊叫。我又用宽幅的透明塑料胶带贴在她嘴上。塑料胶带在电视柜上，我一眼就看到了。这时，方艳红的嘴唇才开始在胶带下面嚅动。她可能这才想起来可以喊叫，可是有些迟了。她呼喊救命，或是劝告我不要做傻事。但她的声音出来不了，胶带锁住了她的嘴。像是我们共同进入了默片时代，我听不到她说什么。我什么也听不到。求求你！你能不能不说话？求求你别说行吗？我们就回到默片时代去吧，让我们重温缄默，就生活在缄默里。求求你！我要封住你的嘴，我一直都想封住你的嘴你知道吗？

这个事情好像结束了。恐怕不是这样，可能恰恰才是开始。她的嘴还在嚅动，那意味着她还在说话。我不可能永远封住她的嘴，总有揭开胶带的时候。不知怎么想的，我拿起水果刀，又在她贴着塑料胶带的嘴上划拉了几刀。刀子是师父的侄子带回来的，他在守灵之夜给了我，要我砍他。我当时没有砍他，只是偷回一颗麻果。我就用那把刀子，在方艳红嘴上划拉。我一定是想切掉她的舌头。为什么要否认？我就是这么想的。或许这个念头早就潜藏在我的意识里。只有当她没了舌头，才不会那样对我说话。可是因为贴着胶带，我的刀子无法探进她嘴里。我相信这是幸运，是她的幸运，也是我的幸运。她嘴上血淋淋的。我割破了她的唇，不知道是上唇还是下唇。刀刃划得很深，差点碰到牙齿。她晕过去了。刚划拉完我就后悔了。像是从睡梦中醒过来了。嘴唇那个地方很危险，不是被称为致命三角区吗？刀刃会不会正好戳中了敏感区域？有性命之忧吗？我与其划拉她的嘴唇，倒不如割掉自己的耳朵。不行，这么想也不对，即使割掉耳朵我还是会听到那些噪音。更好的办法是把刀子刺进自己耳朵，把我扎成聋子。聋子什么也听不到。

想这些都没用了，木已成舟。我差点就要自杀。但是我要救方艳红。于是我先打120急救电话，再解开她。等我做完这些事情，自杀的想法也没了。我又打110报警，自首。急救车先到，我跟着去了医院。还好，方艳红没有生命危险，我心里的这块石头落了地。警车到我家里，随后赶到医院。警察首先要我验尿。我想，方艳红以后恐怕天天都要戴着口罩。警察在等我的验尿结果。其实我肯定知道结果是什么，只是我懒得说。但是他们需要书面的检测单子，那是他们的工作程序。能检测出什么是他们的事情，只要方艳红性命无忧就好。

在美容院楼上

楼房背面与正面宛如两重天，新城区都是匆促建成的。是用擀面杖建成的。像面团那样没完没了地往外抻拉。拓展马路，先把街区拉出去，四面八方延伸。这就有了新街，漫长的新街。马路那面车水马龙店面密集。后面，背对着的那一侧则是荒野之地。菜畦、土坑、水塘以及无主坟堆。城市之光照临此处，高楼大厦将立起来。红绿灯、商场、吊塔、有轨电车和地铁也将分布在这里。早晚会这样，其他城区提供了现成的先例。城市就像张开的嘴，先把肉吞进去，随后再吐出骨头。土地就是那一片一片的肉。至于骨头，可以想象从土地里剥离出来的东西。这种剥离有时候需要年份，有时候不需要。年份骨头。被嚼过的渣滓。城市之胃就在我们头顶或者就在我们眼前蠕动。

这里是城乡交界处，是前面说到的新城。焦家有栋三层小楼。很早就做在这里了，做的时候还是农村。旧房，寻常住所。为了做生意，重新装修了房子。只有三楼没有装修，三楼是他们焦家人自己挤着住的地方。做生意的人是焦家小女儿焦美丽，她不让家人从她的店铺经过。不能打扰客人。他们只能从楼房背面，贴着墙壁从露天楼梯攀爬上去。这架楼梯是后来施工加上去的。钢筋焊接在墙上，加上护栏，再铺上水泥板。弯曲、狭窄、陡峭。焦美丽把工钱压得很低，施工方不得不偷工减料，不得不使用低劣材质。这使得楼梯看上去锈迹斑斑，风雨飘摇。远远望去，就像是扭曲着贴在墙壁上的蚯蚓，丑陋不堪。而正面的一楼和二楼，因为是门脸房，则显得格外光鲜明亮。

焦美丽开着美容院，名字叫睡美人。晚上，睡美人美容院的灯箱广告在空旷的夜空照射到很远处，几条街外都能看到。广告图片和言辞极具诱惑。很多女人开车而来。她们为自己关于瘦身或整容的想象所折磨，甘愿在此一掷千金。焦美丽的生意火爆一时。美容院内房间宽敞，一楼和二楼上下有内楼梯，往返便利。这是经过改装的原来的楼梯。原来也能通到三楼，但是通道在二楼被砌死。门里进进出出的，都是各色美女艳妇。她们并不知道楼房背面还有贫民窟似的楼梯，摇摇欲坠，也不知道有人从那里上到三楼。

这天，有个瘸子登上了这架楼梯。不远处，在一棵秃树下面老袁正忙着。老袁——他的本名叫袁克隆——用帆布搭了个棚子。棚子旁边是没有水的池塘，底部早已干涸。袁克隆是个捡破烂儿的老头，他在此处所待的时间，比焦家的这栋房子年代更久远。捡来的垃圾需要分类，才好卖。于是，他在板结龟裂的池塘底部捆扎挑拣好了的旧报纸。一抬头，刚好看到瘸子往上爬。老袁不能确定他是瘸子，还用手在额头上搭着凉棚仔细辨认。的确是瘸子。他拄着木棍，敲打着踏板往上走。另一只手还得死死拉住护栏。他走得很困难，歪歪倒倒，趔趔趄趄，老袁有几次担心他会摔下来。他停下来擦汗，顺便喘口气，这时也掉头往外看，他也看到了袁克隆。可能是想看得更清楚，他也拿手在额头那儿搭凉棚。

“这个捡破烂儿的麻木，还没死啊。”

在他认出老袁的同时，老袁也认出他了。

“他不就是焦家的儿子吗？”焦家唯一的儿子焦光忠。

焦光忠前面有个姐姐，姐姐前面还有个姐姐，她们是他的大姐和二姐。后面是妹妹，她就是焦美丽。

焦美丽大约是焦家仅有的经济支柱，或者不如说是仅有的经济来源。更刻薄一点说，正是她的睡美人养着焦家全家人。没有她全家都将衣食无着。比如她要养着大姐大姐夫二姐二姐夫。他们是那个时代特有的下岗职工。焦美丽为他们支付生活费，还要适当支付部分医疗费。他们的身体都不好，大姐夫脑瘤，二姐夫前列腺有问题。大姐切除了乳房，二姐切除了子宫。下岗职工所有的痛苦和不公，似乎都能从他们身上找到例证。而且不是孤证，姐姐和姐夫永远在相互印证。他们就像跟命运赛跑那样，身体的溃败谁也不甘落后。但是谁跑到前面都会羞愧，因为那意味着自己需要花更多的钱，因此焦躁并厌世。

还有两个老人——焦父焦母都还活着，焦美丽养着他们毫无怨言，他们是这所房子事实上的主人。父母是房主，睡美人美容院占着他们的地盘。如果是别人的房子，另外还要交一大笔租金。现在至少省下了这笔钱。大姐的两个女儿都是睡美人的员工。二姐同样有两个女儿，一个也在睡美人，另一个在广东打工。二姐最近老在找焦美丽，希望她能接受广东的女儿。她已经给她打过电话，要她回来发展。

麻木袁克隆放下搭在额上的手，嘴角浮现出不常见的笑容。他此时的笑容，挂在焦家楼房外壁上的焦光忠根本无法看到。

焦光忠回到家就是个瘸子，他左腿断了。听说是吸毒时，为逃避警察抓捕摔断的。伤处夹着护板，缠了绷带。但凡手头有点钱，但凡日子还过得下去，他是不会回来的。他长时间漂在外面。吸毒者好像都是这个样子。孤独者，也是群居者。糟糕时在桥洞或公园草地上过夜，有了钱就住酒店。他们有相同的气味和眼神，既独来独往又呼朋唤友。毒友们各自蛰伏在不起眼的角落里。他们是城市牙缝里的残渣。这类残留物有时候被牙刷牙线清理掉，有时候顽固地依附藏匿在褶皱里。他们在藏身处腐败，发出变质的臭味。在城市的口腔里，他们等待自己的命运。如同树上的叶子，寒冬等在不远处。但是焦光忠回家了。这是个意外，是个奇迹。他好多年都没回来过，不到万不得已，他不会回来。

他是焦家的祸乱之源，他不需要这个家，这个家也不需要他。可能是养伤的缘故，不把腿伤养好他会死在外面。最倒霉的时候，最无处可去的时候，还是会想到家。所以，他拄着一根粗木棍又回来了。不回家我能去哪里？这几乎不是领悟，而是经历了若干次的事实。落难之时唯一能收留的地方不就是家吗？

粗木棍敲打着护栏上的锈钢筋条，发出哐啷哐啷的脆响。家里人想，他戳根棍子是怎么歪歪倒倒走上来的呢？

这里住着一大家子人，住着焦父焦母大姐大姐夫二姐二姐夫。除了焦美丽和姐姐们的女儿，其他人都住在这里，一共六个人。大姐夫和二姐夫轮流买菜做饭。他们的日常生活就是抱怨、看电视、吃药打针或偶尔下去遛弯儿。焦光忠是那个突然多出来的人。他被安排在紧邻洗手间的杂物间里。那里从前不住人，是摆放杂物的地方。焦光忠住在这里，发现了一些奇怪物品。比如焦父焦母扔掉了的结婚证。这个国家早年的结婚证，现在看起来就像是珍贵文物。但是这个不重要，重要的是他不知道结婚证是被谁扔掉的。什么时候扔掉的，以及另一个人知不知道他们的结婚证被对方扔掉了？在满是灰尘的杂物间里，焦光忠从废物中发现了不止一样诸如此类的秘密。

其他人对他都很冷淡，很明显，这些人不欢迎他回家。对他有敌意，不信任他。他的前科不限于吸毒，还包括偷窃。他是个高明的扒手，从小学时起就精于扒窃之道。更让他们费解的是，就连家里人他也多次偷过。

大姐夫曾经说过："小偷如果吸毒，就会无差别偷窃。"

二姐夫表示同意："他才不在乎你是外人，还是家里人。"

因此，家里的风声忽然间收紧了。每个人都提高了警戒等级。所有可以上锁的地方都被锁上了。尤其是现金，收藏严密。

焦父问焦光忠："你回来干什么？"

父亲比上次见到时苍老多了，他的脸庞像烙煳了的玉米饼。焦光忠答道："我得找个地方养伤。"

"你怎么就把腿摔断了呢？"

"警察追我，我从三楼窗口跳下去。窗外有棵树，我落在树枝上弹跳了一下，然后才落到地上。那根树枝救了我一命。如果没有树，我摔断的就不是腿，肯定就没命了。"

父与子说话时，焦母也在。她眼神不好，瞳仁混浊。"你总是这种时候就回来了，没办法的时候，没着落的时候你就回来。好的时候你从不回来。”

“他哪有好的时候。”焦父抢白她。

“这是我的家。”焦光忠说，“我养好伤再也不出去了。”他继续说：“也不再吸了。”他望着焦父焦母，他的姐姐和姐夫全都缩在他们自己的房间里。他们正在阅读药品包装盒上面的说明文字，同时也在竖着耳朵倾听客厅里的谈话。

“这话你说过好多遍了。”

“谁都不信，你自己也不会相信。”

“我不吸了，去找份工作。”

“你是想让我们开心吗？”焦父说。

“他总是这样，为了让我们收留他，他就发这种誓。”焦母折回自己的房间，她说，“他在耍花招，哄骗我们。”

“你戒得了吗？”

“我戒得了。”

但是焦母对焦父说：“他戒不了。”

焦父叹了口气：“我也这么想。”

腿伤一天好过一天，焦光忠想哪天能扔掉粗木棍自行走路就好了。他在家待不住，有空就下楼。他去找老袁，坐在老袁的帆布棚子里。坐上一两个小时。老袁若在，他就坐那儿跟他聊天。老袁若不在，捡垃圾去了。他也在那，就孤零零地单独待着，他愿意。帆布棚子敞开着，里面堆满各种垃圾。老袁的床铺在棚子角落，跟垃圾混在一起。猛一看，老袁就睡在垃圾里。再仔细分辨，那一块儿大体上还是能找到某个床的模样。长期躺过的印迹，看着和一张床铺差不多。

焦光忠觉得待在这里比家里更叫他安心。他老早就认得老袁，上学时就认得他了。大家都叫他麻木，这一带没人不知道他的名号。“有破烂儿吗？叫麻木来收吧。”

可能只有焦光忠知道他叫袁克隆，是他自己告诉他的。

那天，他扯着焦光忠的书包带子，附在他耳边对他说：“我不叫麻木，我有名字，我本名叫袁克隆。”

焦光忠闻到了一股烧酒味道，还是清晨，清晨他就开始喝酒吗？他为什么要告诉我？告诉一个正要去上学的小学生？“这名儿好，比麻木好。”

“你可以叫我老袁。”他神秘地说，然后走了。

从那时起，焦光忠从没忘记他的名字。

“你还记不记得？你的名字是你自己告诉我的。”

老袁茫然地看着他，他又在捆扎垃圾。

“你告诉我你叫袁克隆。”

老袁摇着头。“不是。”

“你让我叫你老袁。”

还是摇头，老袁说：“我是麻木。”

老袁木讷，嘴拙，听力也不好。这么有一搭无一搭地说话很困难。要么是他的记忆出了毛病，要么是他曾经在喝了酒之后随意给自己起名字。或者就像捡垃圾一样，他无意间在哪里听到了一个别致的名字，便在幻觉中安在自己头上。比如刚好那天他听到谁叫袁克隆，这名儿不错，他得捡回来。又刚好碰到焦光忠，他就告诉他了。

焦光忠不想在这上面纠缠。他说："你不嫌弃我吗？"

"不嫌弃。"

"我也不嫌弃你。"他又问，"我们是朋友吗？"

"朋友。"

"那你不要再捆垃圾了，这样捆老也捆不完，我们喝酒吧。"

焦光忠从怀里掏出半瓶酒，不是完整的半瓶，是小半瓶。老袁手搭凉棚看了看远方，他在看什么？随后他在床头掏摸了好半天，摸出一小袋花生米。

"你这儿倒是有宝贝。"

老袁诡秘地笑着，一副极有城府的样子。

"还有烟。"焦光忠接着掏出烟来了，不是烟盒装着的烟，是散烟。用纸张包着的若干根散烟，不同牌子的烟混着。焦光忠挑了根好点的烟递给老袁。"你抽这个。"

小半瓶酒没多久就喝光了，焦光忠又掏出小半瓶酒。他怀中就像藏着个百宝箱。老袁脸喝得通红，焦光忠脸喝得煞白。

老袁指着他的脸，又指着自己的脸。"酒鬼。"他说。

焦光忠拍了拍自己的伤腿："我跟你说说悄悄话。"

老袁领会到他的意图，把头伸过去，耳朵递到他嘴边。

"酒鬼也好死鬼也好，我长着个鬼的鼻子呢。你知道吗？我的鼻子跟鬼一样。随便一闻就能闻到钱的味道。你这儿有钱啊老袁。嗯嗯，我只要再闻闻就能闻到钱的位置。"

"我没钱。"老袁惊慌失措地望着他的床铺。

"开个玩笑啊，我也知道你没钱。"焦光忠揪了揪鼻子，仿佛想把那根鼻子从脸上拔掉算了。如同鼻子是他脸上的酒瓶塞子，只要拔掉，就有酒涌出来。“你知道我这酒是从哪里来的吗？还有烟，这烟又是从哪里来的呢？”

“偷来的。”

“我就知道你会这么想老袁，你这个麻木。”

“嘿嘿！”

“可是，这次不是偷来的，不是。”焦光忠摇晃着手指头。“烟是我爹给我的，酒是我妈给我的。他们夜里总要上洗手间，瞅着空，我爹就把烟从门缝里塞进来了。我妈也是，从门缝里把酒给塞进来了。”

“他们？”

“听脚步声我就能分清楚。知道给我烟的是我爹，给我酒的是我妈。”

“我信。”

“他们分别给我东西，偷偷摸摸给。但是他们不让对方知道，一个人生怕另一个人知道自己在给我东西。”

焦美丽回来过几次，他回来看望焦光忠。“哥你回来了就好，我一直盼着你回来呢，你回来了就不要再出去了。”姐夫姐姐们都很佩服焦美丽，她说话总是滴水不漏。她还许诺说，要把这边的楼梯重新修一修。“要不然，再新修一架楼梯吧。也花不了多少钱，旧楼梯走着太危险了。”

“我以后就在家里。”焦光忠保证说。

“那就好。”

“我去找份工作，粗活重活都行。”

这话他跟焦父焦母也说过。

“伤好了再说。”焦美丽咧着嘴角笑，哥哥真贴心啊。

没过几天，事情终究发生了。不是意外，要发生的事总会发生。焦美丽的笔记本电脑不见了，在三楼，在客厅茶几上不翼而飞。全家人找破脑袋也没找到。笔记本不能碰，都知道那是不能碰的东西，焦美丽看得比眼珠子还重要。前天吧，就是前天，她来看望哥哥。两人愉快地聊了会儿，结果笔记本落这里了。今天她要用，上来拿，却发现已经没有了。

而且，焦光忠也不在。他去了哪里？他在干什么？所有人面面相觑。

“我真不想怀疑他。”焦美丽眼泪都快出来了。

这时，焦光忠刚好拄着那根粗木棍子哐啷哐啷上楼来。他脸色煞白，煞白得就像来自某处阴间。他的脸之所以煞白是刚在下面跟麻木喝过酒，可是其他人不知道这回事，也不会这样想。

“哥你出去了？”焦美丽尽量把话说得平和一些，在她发问时，焦父焦母和姐姐姐夫们齐刷刷回房去了。他们半掩上门，只留着很小的门缝。

“出去了。”

“你去了哪里？”

“哪里也没去，就在楼下。”

“就在楼下吗？”

“就在楼下，麻木那里。”

“麻木是谁？”

“老袁，袁克隆。”

焦美丽望着焦光忠的眼睛，它们像两枚钉子死死钉在他煞白的脸上。我不能再这样问下去，再这样问下去会被他牵着鼻子走，永远一无所获。扯什么麻木，我必须直截了当。

“你出去卖了什么东西吗？然后又买了什么？”焦美丽目光如炬，她仍然是在苦口婆心地问着，不是审讯。

不是审讯，妹妹没有审讯我。审讯我见过太多了，这回不是。焦光忠这样想，心里会好受些。“我没有卖什么，也没有买什么。”

“可是我的笔记本不见了，我前天拿回来的，就放在茶几上。以前也放那里。怎么就会不见了呢？这个家谁会拿我的笔记本？哥你替我想想，谁会拿？”

“你怀疑我是吧？但不是我。”

“那会是谁？”

“不是我。”

“哥我告诉你，不是笔记本的问题，也不是钱的问题。里面有资料，很重要的资料。有财务信息，还有顾客的个人隐私。她们不允许这些东西流出去。”焦美丽蹲着，蹲地上，蹲在哥哥伤腿那儿。“你明白吗哥，这个家里你什么都可以偷，就是不能偷我的笔记本。”

“我没偷。”

“个人隐私，哥你明白吗？那些女人谁也不愿意她们的隐私流出去。发生这种事，我的饭碗就砸了，彻底砸了。再也无法挽回你明白吗哥？睡美人不是我一个人的饭碗，是全家人的饭碗。”

她抚摸着哥哥的伤腿，就像丢失的笔记本就藏在那里面，就像她所提到的那些隐私就在那里面。刚才在老袁那里，焦光忠也拍过伤腿，他拍着那里和老袁说悄悄话。

“我和那些隐私没关系。”

“你要承认哥，你不能不承认。”

她还是认为是我偷的，并非栽赃，是认定。推理性认定。如果我是她，又能怎么想？还会是谁？可不是我，我没偷。

焦光忠很愤怒，他不是被激怒的，而是因为绝望而愤怒。他从来没有如此绝望过。

于是，他冷笑着说：“我没偷，别说谁的隐私，就算笔记本里全是国家机密又怎样。不能因为重要不能因为神秘，就赖上我是吧？”

“我容易吗？”焦美丽突然说出这种话，“我一个人养活一大家子人容易吗？你看看他们，他们也是你的家人。没有我，他们能活下去吗？”

在那几扇门后面，他们寂然无声。他们在想什么？

焦光忠一直在回想，回想这几天的所有情形。他闭着眼睛，现在他想到了钱素素。钱素素是他从前的毒友，昨天下午曾短暂来访过。他回家的消息不知怎么传到了她耳中，她表示一定要登门拜访。来之前，她打电话说：“老朋友啊许久没见，听说你还伤了腿，我一定要上门来问候你。”

“谢谢你的关心，不用看我，我还是老样子。”

“你的腿没问题吧？”

“没问题，休养一段时间就会好。”

“还是想当面看看你，你不介意吧？”

“不必劳你动身了，电话里聊聊也是一样。”

焦光忠反复拒绝钱素素，她还是来了。忽然间就在焦家现身了，这些人习惯于不请自到。

刚进门，钱素素就高声说道：“不要我看你呀，太过分了，太过分了。既然如此，我倒还想让你看看我啊。送上门来给你看，难道你不想看到我吗？”

钱素素咯咯咯笑着说，她努力想要笑得更暧昧一些。她这么说有原因，老早以前他们之间有过一段非同一般的关系。那还在他们都是正常人的时候。正常人的时候是什么时候？反正有过那种时候。他爱她，只是她没有应允他。她那时候是个清高的女孩子。牙齿干净，额头发亮，头发也没有脱落。

但是她此时状态不好，非常不好。她为什么要跑过来呢？像个病入膏肓的临终病人。她肤色暗黑，两只脚抬不起来，每一步都像是在空中飘浮。说话不停地停顿，不停地喘息。她像探视病人那样握了握焦光忠的手，这才落座。

“你们家楼梯很危险。”她说。

“我没觉得，我们一家人就生活在这上面。从那里上上下下，下下上上，倒是方便。”焦光忠双手交叠着搁在肚腹上。

“那当然，那当然。”钱素素赶紧附和，“倒是方便。”

“我瘸着腿也能上来。”

“还疼吗？”钱素素摸了摸焦光忠的伤腿，“下面是睡美人，这里，你们住的地方算是睡美人上面的阁楼吗？”

“不是阁楼，是一层楼，整整一层楼呀，就是三楼。”

“哦哦，是这样，我还以为只是阁楼。以为是孤岛，是悬浮在繁华美容院之上的一座孤岛呢。这样想有意思吗？”

说到这里，钱素素又一次咯咯咯地笑。在他们都还正常的时候，钱素素热衷于写诗。阁楼、孤岛是她写诗时经常用到的词语。

“你把我带回到了你写诗的年代。”

“我写过诗吗？”

“写过。”

“楼梯虽然危险，但是太有趣了。走在上面吱吱嘎嘎，吱吱嘎嘎。”

“我可以告诉你，美容院里面的楼梯是很好的楼梯。我们的睡美人有内楼梯，就像高档酒店的楼梯那样。”

“我知道，我知道。光忠，我的日子可能不多了。”

“别这么说，我们这一行的人都爱这么说。”

“也是，我们这一行的人都爱这么说，都爱危言耸听。”

“也不是危言耸听。”

“不是危言耸听，有些人说着说着就没了。”

“你不能这么想。”

“可是我手上没粮食，很久很久都没粮食了。光忠你能借我点钱吗？刚见面就跟你借钱真不好意思，可我没别的办法。有别的办法我也不会来找你。你随便借我点好吧，能借多少借多少。我不在乎多少，只要能借我点就好。”

钱素素边说边吞咽口水，他知道她所说的粮食指什么。原来她不是来探视他，也不是来问候他。她是来借钱的，她走投无路。

“我没钱，这种情况我怎么可能有钱。”焦光忠很抱歉，他确实没钱。

“真不给我面子。”

“这不是面子的事儿。”

钱素素说：“好吧，那我走了。”

她就那样走了。焦光忠想到这里，终于明白了。一定是她走过客厅时顺手牵羊拎走了笔记本电脑。他根本没注意，想不到钱素素在扒窃高手眼皮子底下居然也能偷走东西。如此说来，焦美丽并没有冤枉他。他有什么理由愤怒？她偷的和他偷的又有什么区别。事实已经这样子了，难道还不够吗？

焦光忠打电话找到钱素素。电话打通了，他先不开口，等着她说话。

钱素素软乎乎地说：“光忠，你还记得给我打个电话呀，难得难得。”

“还没死啊你，你不是说你日子不多了吗？”

“快了快了，指不定哪天呢。你干吗这么性急。”

“还不是因为你干的好事，你在哪里？”

“先不着急说我在哪里，说你吧，你还困在那间阁楼上吗？”

“为什么你总说那是阁楼？好吧好吧，我还在阁楼上。”

“或者你还在孤岛上？美容院楼上的孤岛啊，你还在上面吗？”

“好吧好吧，也还在孤岛上。”

焦光忠明白，这时候得顺着她说话。若不顺着她，若跟她拧着说话的话，她随时会把电话掐掉。钱素素在笑，笑声变了。不再咯咯地干笑，而是咕咕咕地笑，有些湿润。她笑得像鸽子。不是一只鸽子，是一群鸽子。一群鸽子咕咕咕。钱素素很少这样发笑，她笑得很有感染力，笑得无拘无束。

“我正嗨着呢，你要不要也来搞？”

“搞什么，还好意思嗨？你是不是偷了我们家笔记本？”

钱素素继续咕咕咕笑，笑了老半天。“那不是偷那是顺，那也不是顺，那是借。没那笔记本，我现在也嗨不起来呢。”

她在嗨，还用说吗？听到她的笑声，他就知道她在嗨。

“少他妈扯！赶紧还我。”

“怎么还你？还你笔记本？你也太幼稚了吧，你是毛孩子吗？我不是正在嗨吗？正在嗨你听不懂吗？”

“你卖了？”

“卖了卖了，早卖了。不卖哪有钱嗨呀？”

“好吧好吧。”焦光忠告诫自己要冷静。我得知道她卖到哪里了。“嗨吧，我只是想知道你卖给谁了，我说的是笔记本。”

“你说的是笔记本，我当然知道你说的是笔记本。”钱素素咕咕笑着，“你好啰唆，你真啰唆。笔记本卖给老开了，老开你也认识的，我们的老熟人。你应该记得他，以前我们偷回来的东西都得卖给他。”

记得记得，焦光忠感到恶心，想吐。“老开给你多少钱？”

“老开你还不知道呀，他抠得很，只给了八百。”

“八百吗？你跟他说，我要买回来。”

“我没听错吧？你要花八百块钱再把笔记本买回来？为什么？那破笔记本值吗？你自己找老开吧，我才不管这事，你跟他说好了。”

焦光忠又去找老开。老开听说后，声称笔记本还在，还没销出去。不过，他要的价是一千块钱。老开说："你要买回那个笔记本吗？这么说，是你的笔记本？我们也算是兄弟吧，我们之间的事好说好说。一千吧，一千块钱我给你。"

"可是钱素素说，她卖给你是八百块钱。"

"没错没错，她卖给我是八百块钱。"老开说，"可是我不能也八百块钱再卖给你呀，我要是八百块钱卖你，岂不是个大傻瓜！"

老开在销赃这个圈子里是说一不二的人物。到哪里去弄一千块钱呢？我要尽快把笔记本赎回来。老开有众多耳目，一旦惊动了他，就会起疑心。我后悔没弄到钱就跟他讲了。他会不会去动那部笔记本？他会查阅里面的资料并把它拷下来吗？把资料卖给需要的人，或是以这些资料要挟我出更高的价钱？我能想到的事情老开能做出来，我想不到的事情他也能做出来。我得火速弄到钱，一千块钱，可是去哪里弄？

焦光忠开始焦躁，同时他还难过。他现在唯一的念想是把焦美丽的笔记本还给她。就像笼子里的老鼠，都已经被关起来了，还有人拿着烧红的钳子，伸进笼子里来夹它。夹它的人是在取笑它，娱乐它。他在玩耍。拿钳子的人发出嘲讽的笑声，高大的身影横亘在远方。焦光忠此时就是那只老鼠。他需要钱，需要赎回赃物。那才是他的避难所，他的逃逸之路。只有拿到一千块钱，关押他的笼子才会自动消失，烧红的火钳也才会消失不见。否则，他将永远关在那只笼子里。

笼子。哪里没有笼子啊?

两天后，毫无指望的焦光忠突然想到了老袁，麻木老袁。怎么没有早一点想到他呢?还是原本不想动他?捡垃圾的老袁麻木袁克隆不就是天遣的灵感吗?不期而至的旨意。就像一道胜利的闪电划破夜空。他是前来拯救焦光忠的人。是他的贵人，是施与他恩典之人。帆布棚子，以及埋没在垃圾堆里的床铺。天哪，焦光忠确信那里收藏着老袁一生的积蓄。起码也是部分积蓄，卖垃圾的钱都在那里。他的鼻子嗅到过钱的味道，也嗅出了钱的位置。天哪天哪，老袁对不起啊!

焦光忠直奔帆布棚子而去。

老袁又到外面捡垃圾去了，棚子里空无一人。没有哪个地方上锁，到处都敞开着。老袁毫无戒备之心。没有人去偷窃一个捡垃圾的人，也没有人相信捡垃圾的人值得一偷。老袁把自己活成了一块垃圾，没有戒心是正常的。他不欠这个世界什么，他是被扔掉的，谁会把他捡起来?焦光忠鼻子发酸，想抽自己的脸。狠狠地抽自己的脸。他厌弃自己，另一方面又感激老袁。危难时刻，冥冥之中还是老袁在帮他。

他掀开床铺，里面的景象让他惊呆了。他的嗅觉是对的，他能准确嗅出金钱的味道和位置。这是他的天赋，他的嗅觉没有欺骗他。破烂的袜子、袖管、手套、内裤、破布条、烂手帕。总之，所有那些能够缠裹钞票的东西，那些能够盛装的器物，里面都零零碎碎地塞着些钞票。有零票子，也有整票子，还有钢镚儿。它们混在垃圾中，也像是垃圾，无法清理。焦光忠将拿到手的钱拢在一起，拢成一小堆。他只取了老袁积蓄的一部分。据目测，大约有他所能看到的三分之一或一半。他坐在那里，慢慢清点细数。很难数，各种额度的钞票和零角子。这一小堆金钱，共计一千三百二十多块钱。

焦光忠只拿了一千块，剩下的钱他重又铺在床铺下面。

一千块钱就这样到手了。我偷了老袁，我他妈偷了老袁，但是我一定会还给他。

老开信守承诺，收到赎金，就把笔记本退给了焦光忠。

焦光忠怀抱笔记本上楼，就像怀抱着昂贵的战利品。焦美丽把它说成是饭碗，全家人的饭碗，他不能砸了它。这会儿他想到要给钱素素打个电话，让她安心。接电话的人却不是钱素素本人，而是另一个人。她很平静地告诉焦光忠，钱素素昨夜去世了。焦光忠站在楼梯上有些恍惚，这不是他愿意听到的消息。他的本意只是想告诉钱素素，这件事情他已经处理妥当。他丝毫没有责备她的意思，相反他要请她不必在意，更无须愧疚。

但是，钱素素已经听不到他说什么。她的结局证明之前她所说的话，并非危言耸听。焦光忠手搭凉棚看着下边，看着远处。他记得回来那天，也是站在这里，也是手在额上搭着凉棚远望。正是在这里，他看到了老袁。当时，老袁在干涸的水塘底部捆扎垃圾，也是这样手搭凉棚望着他。他们望着彼此并认出了对方。

焦光忠拿下额上的手，继续往楼上走。可能是抱着笔记本，也可能是平衡出了问题，他从二楼那个地方摔了下来。楼层并不高，焦光忠伤得不是太厉害。没有伤及生命，只是他另一条腿可能也会瘸掉。幸运的是笔记本被他牢牢抱在胸前，并且不是那里先落地，所以笔记本也没有损坏。

焦美丽是最先赶来的人之一，她首先查看了哥哥的伤情。还好，他还能说话，意识也算清醒。

焦光忠说："笔记本我赎回来了，不是我偷的，也不是我卖的，但我还是赎回来了。"

焦美丽先接过笔记本，再伸手扶起他。

"赎笔记本的钱也不是我偷来的，是我借来的。因为我给老袁写了张一千块钱的欠条，欠条就压在他床铺里面。我是认真的，有借有还。他不一定能看到，但欠条我肯定写了，也给他了。"

"老袁是谁？"

"麻木呀，袁克隆。"

假发套

他十九岁，还是个孩子。他是在一次大行动时被抓住的。警方端掉了一个赌窝，他的尿检呈阳性。他当时没有参赌，他只是赌场里的保安。保安就是在里面跑跑腿，打打杂，哪位赌客要买东西了帮忙买一下，尤其是那种东西。谁赢钱了一高兴会给他打赏点零钱。零钱一般都是红色的整票子。有几个赌客吸了毒，他也吸，一并抓进来了。他先在武汉狮子山经过急性脱瘾治疗，再被分到这个戒毒所。他已经脱瘾了还不肯安分。他在戒毒所里找各种东西。他想吞刀片、铁钉子、钢筋勺、钥匙或随便什么硬物。戒毒所里没这些东西，他就在阅览室里吞书。他把书页撕碎，大把大把往嘴里塞。《土豆栽种指南》被他吃掉了大半本书。《养鸡知识大全》只剩下封面，里面的书页全让他吞进肚子里去了。《灵异世界里的鬼故事》是大部头书，像砖头，封面很硬。这本书他扯着封皮往喉咙里捅，往里扎。封皮割破他脸颊，割破他舌头。他咧着嘴笑，嘴角淌下一股一股鲜血。大队长为这事找他谈过，但不管用，他照旧到阅览室去吞书。这次他毁坏了一本诗集，书名是《沙漠之爱》。大队长是退伍军人，脾气火暴。他说：“我跟他谈了半小时话，他一声不吭，我都恨不得抽他。”

副大队长说："幸亏没抽他，抽他你就犯错误了。"

所长让霍立志找他谈，给他做思想工作。霍立志是戒毒所里出了名的慢性子，没有人比他更有耐心。他快退休了，所长想让他发挥点余热。

"你是不是嗓子痒啊？还是嗓子疼？嗓子痒了疼了就想塞点什么东西进去摩擦一下搅拌一下才舒服，是这样吗？"霍立志脸上的皱纹像假的，在他这样询问他的时候——那些皱纹仿佛是用来化妆的道具——好像一碰就会掉下去。"我们也有这种时候，嗓子就是难受。"霍立志继续说，"没有理由，也没有原因。难受的时候真想有一柄刀子插在里面。或者吞一块火炭进去，没有火炭吞一块烧红了的铁块也可以。"霍立志认为他很体贴，在和他掏心掏肺。他往前倾着上半身，微笑着，希望能打动他感染他继而撬开他的嘴巴。他平时很少这样微笑，所以真笑起来了很像是在巴结别人。那些皱纹因为微笑也动了起来，就像是螃蟹在舞动它们的钳子。但是他不搭理他，就像大队长说的，他"一声不吭"。"你有什么心事也不妨和我说说。"这句话有点像是结束语，他意识到这场令人厌恶的谈话可能快要结束了。他仍然不吭声，他心想，我就是要和你较这个劲。

霍立志找所长汇报，他说："我没本事跟他谈。"

他的毛病没改，继续在阅览室吞书本。《张凤山老人劝善录》全本书都被他吞吃了，这本书还是本地张姓族人捐赠给戒毒所的，是本毛边书，主要内容是教人做好事。《基督山恩仇记》上册被他啃咬得残缺不全、面目全非，下册也已被他拦腰撕断了。霍立志在监控里看到他的行为，及时前去阻止，也只抢下了部分《基督山恩仇记》。《张凤山老人劝善录》早已尸骨全无。他嘴巴四周沾满纸屑，纸屑上的文字像是死去的黑米虫子。他嘲讽地望着霍立志，霍立志以为他要说什么，可是他什么也没说。

这天有学员前来反映，说他在吃晚饭的时候行为有些异常，刚好这天是霍立志当班。反映的人并没有提供实际证据，只是反映说感觉到他好像很不对劲。学员们在食堂大厅里排着队，照例在饭前唱了两首歌。一首是《没有共产党就没有新中国》，另一首是《学习雷锋好榜样》。唱完歌学员们依次坐下用餐。据前来反映的人讲，他坐在那里眼睛发呆。反映的人还特别提到一只打扫卫生的塑料灰撮，灰撮是红颜色，全塑料制品。他盯着灰撮看的样子就像是要一口把它吞下去。他说："我怀疑他的神态，担心他有可能会做出什么不好的事情。"霍立志肯定了这个人的警惕性，称赞他为此来反映情况是对的。"记住！但凡有任何异常都要及时报告。"但他自己却没有放在心上，吃饭的时候盯着一只灰撮发呆在他看来算不上什么很实际的证据。

霍立志后来后悔了，承认是误判。偏偏在这个晚上真就出事了，他睡前刷牙的时候要把那柄塑料牙刷吞进去。他把牙刷插在喉咙里，两只手使劲往里拍。就像是用两只手轮流扇自己嘴巴。他哼哼着，牙刷已经进去了一大半，因为作呕因为反胃又喷出来了。它像一只飞镖被他喷出来了。他捡起来，又插进去，又拍打自己。牙刷在他嘴里折断了。他分两次把它们都吞进去。先吞进去的是有刷毛的更长的那一截。后吞进去的那一截短一些，没有刷毛。航天医院是戒毒所的协作单位，他们在这里派驻了一名医生和护士。医生在他鲜血淋漓的嘴里拨弄了半天，建议拍X光透视。

他欣喜若狂地问医生："我可以去外面医院吗？"

"马上去，"医生说，"走绿色通道。"

"我可以住院吗？我这样子够资格做手术吗？"

医生没理他。

"我要不要做个手术呢？把我的肠胃切开，从里面把那些东西拿出来。不做手术就没办法拿出来，是这样吗？"

"不拿出那些东西，我就活不下去，我就会死，是这样吗？"

"别做梦了，"医生很不耐烦，"没那么好的事。"

出了这件事，所长对霍立志很不满意。"不是有学员反映情况了吗？怎么没有防住事件发生？"

霍立志没法跟所长顶嘴，学员确实反映情况了。虽然他没有证据，但是人家的确说过他的行为"有些异常"。现在看来他吞吃书本是在锻炼喉咙和口腔，为他后来吞吃更坚硬的东西做准备。无论吞吃什么都不是为了自残，他的目的就是要到外面医院去住院。

但是，他第二天就被医院又送回到戒毒所。X光照片确认他把牙刷吞进肚子里去了，不过不足以致命，也没有太大危险。医生确信他肚子里的牙刷可以通过粪便排出体外。他们开了一些药，提出了一些需要注意的事项，然后送他回来。他认为医生弄错了，在被送回到戒毒所之前他和医生大吵大闹。"我要做手术，不做手术我会死的。"

"求求你们给我做手术吧。"

无论他怎么哀求都不行，医生不为所动。

回到戒毒所，他被单独关了一个星期。霍立志再次见到他，发现他的皮肤比先前白了好多。人被单独关在小屋子里，皮肤肯定会变白，也肯定会变脆。皮肤是人身上最便于识别的纸张。皮肤变白变脆变薄是个标志，意味着人的意志也可能弱化了。一个皮肤变脆了的人不可能还那么坚硬。这是霍立志在戒毒所里多年来得出的结论。他看着他，一时间竟有些恍惚。他怨恨他，在他当班时出这个事对他而言就是个责任事故。但他又有些心疼他，他忽然明白他这会儿变成了另一个人。

“我快退休了，还有十五天我就退休。你知道我有多高兴吗？你不会知道，你怎么会知道呢？我可以离开你们这些人渣了，有什么理由不高兴。你们难道不是人渣吗？你们就是人渣。”霍立志不能这样跟学员讲话，他这样跟学员讲话有可能被投诉。可是他偏要这样讲，要投诉就投诉好了。

“在我退休之前，在我当班的时候你故意给我捅这么大娄子，你这不是让我脸上挂不住吗？我都要退休了还要挨批评还要受处分，这也太他妈过分了。”霍立志确实很恼火。戒毒所正在创“百日无事故”活动，再有一天活动就圆满结束了。会议室墙面上的表格里每一天都插着鲜艳的红旗，一片红啊。他恰恰在第九十九天把牙刷捅进自己喉咙并吞到肚子里去。你他妈实在要捅再晚一天捅进去也行呀。再晚一天“百日无事故”不就顺利完成了吗？关键是这一天又是我当班。

“我难道还不够倒霉吗？我一事无成。当初和我一起做警察的人有几个还像我现在这样子啊。我数了数一个也没有。人家要么在这方面比我强，要么在那方面比我强。我什么也没有。职务上没有提上去，家里面也乱七八糟。我都懒得跟你说了，你还要在我退休的时候这样搞我。”

霍立志已经不像是和他谈心，也不像是指责他。他实际上想到了自己失败的人生，内心凄凉。

他没想到管教干警会说出这么一番话，霍立志惊着他了。他开始松动，身上的皮肤唰唰作响，就像是蒙着一层透明的玻璃纸。

他开始说话，他说："我叫秦继伟。"

霍立志说："我知道你叫秦继伟。"

"我今年十九岁。"

"我也知道你今年十九岁。"

"那么我说点你不知道的事情吧。"秦继伟脆白的脸上掠过几道暗影。他们谈话的地点在阅览室。其他学员都在车间工作，这段时间他们在做一次性手套。书架上摆着书，两人坐在书架和书架之间的过道里。先前秦继伟毁坏过的书都不在了，那时候他吞吃它们就像吞吃吱吱乱叫的老鼠。此时，剩下的那些书在书架上沉默无声。

"说吧。"霍立志摊开手。

"我从十一岁起就要我妈离婚，儿子逼妈离婚。我逼我妈赶紧离开我爸。我跟她说，如果她不离婚，我爸早晚会打死她。他是个恶魔，动不动就打我妈。他喝醉了的时候，毒瘾犯了的时候，或者手上没钱的时候，随时都会殴打她。他揪她头发，拳击她脸颊，踢她的腹部和下体。抓住她把她往墙上扔。他还撕她的嘴撕她的耳朵。把她的手反剪到背后。我妈永远鼻青脸肿。身体里破破烂烂的伤处一块连着一块。她抱着我哭，我妈放心不下我，她说我还是个孩子。我告诉她我没关系，但是她必须离婚，我说你不离婚你就活不下去。我爸叫秦建设，我妈叫罗小凤，他们就是一对冤家。"

秦建设是乡村里的能人，还是退伍军人。因为有些见识，早年他也曾有过雄心，希望靠自己的勤勉发家致富。他买了一辆大卡车，起早贪黑跑运输。那时候他有老婆，老婆叫钱桂花。两人认认真真过日子，可是好几年了钱桂花也没能怀上孩子。秦建设就灰心了，想我这么勤扒苦做又能怎样。没有后代的人怎么奋斗都没有意义，都是白费。那时候罗小凤在村小学做民办教师，没有出嫁，还是个姑娘，人也长得漂亮。秦建设经常从外面给她带些小礼物回来，巧克力呀饮料呀，还有她爱看的书，有一次还为她买过裙子。这些举动证明他是个很浪漫的人，至少罗小凤认为他懂浪漫。两人于是偷偷摸摸好上了。罗小凤后来对她和有妇之夫好上一直很自责，这种事不道德。但是罗小凤已经三十一岁了，三十一岁还没出嫁是个很难堪的年龄。她和秦建设好上实际上是想嫁给他。钱桂花离婚了，她是带着屈辱和羞愧离开的，没能为秦建设生下一儿半女她相信是自己的过错。问题是她随后和吴姓老光棍结了婚，仅过两年就生了对双胞胎。这是后话。罗小凤如愿嫁给秦建设也只过了一年就生下了我，也就是秦继伟。日子慢慢往前过，按照罗小凤的设想当然会越过越好。他跑运输她教书，带着儿子奔前程。可是秦建设出了一次车祸，那次车祸让他伤了腰。治腰伤期间，他迷上了赌博。刚开始无非是消磨时间，奇怪的是他赌运特别好，总能赢钱。等到腰伤完全好了他已经不想再去跑运输了。跑运输太辛苦，挣到的钱还不如赌博赢到的钱多。那几年秦建设真是好运附体，他很少输，大把大把地赢钱。赢了钱就大宴宾客，因此结交了众多狐朋狗友。终于有一天秦建设吸上了毒。

“我爸说，自从吸上毒，跟着他附体的好运就没了。”

秦建设没有钱，他赌博输钱，吸毒需要钱。他把大卡车卖了。如果有人愿意买，他还可以卖掉罗小凤，卖掉秦继伟，甚至卖掉他自己。凡是能够卖钱的东西他都卖掉了。秦建设疯掉了。不过几年光景，家里鸡飞狗跳。“我妈说——她记得比我更清楚，在我十岁那年，他开始动手打她。我看到他打她，往死里打她。我蜷缩在墙角，全身战栗，内心恐慌。我不知道哪一天他会把我妈打死。我害怕。我的恐惧比我看到的景象更可怕。男人居然可以这样打女人，那女人还是他妻子，还是他孩子的母亲。第二年，也就是在我十一岁的时候，我义无反顾地开始劝我妈离婚。”

罗小凤继续忍受了三年，她不能抛下秦继伟。她跟他说，你爸并不是坏人，他本性是好的。秦建设只要清醒过来了，就会无比悔恨。他请求他们母子宽恕，发誓痛改前非。“我再也不碰那东西了，永远不碰。”但是没人相信他，他自己也不相信。过不了多久，一切照旧。他陷在泥潭里面，泥潭里的泥浆裹着他把他往下拉。他嘴里噗噗噗地喷出泥腥水沫，眼睛像死鱼的鳞片。三年后她再也忍不下去了，她不能被他拖死。

“我妈离婚那年，我十四岁。她到广州去了。她换了手机，不让我爸找到她。她只和我联系，不让我爸知道，也不让我告诉他。我不会，我哪会告诉他。她说要在广州找到生路，将来把我也接过去。她担心我，把我放在他身边让她过意不去。她请我原谅她。她要我记住我对她发下的毒誓。我说我记住了，我怎么能不记住呢？我不能像我爸那样掉进地狱里去。”

他们离婚了。在他们离婚之前，罗小凤把她和秦继伟关在黑屋子里。她说：“我听你的话和你爸离婚，你也要听我的话。”

“听你的话干什么？”

“不碰毒品不吸毒。”

“我听你的，我不碰。”

“你这样说不行，你要起誓，对着我起毒誓。”

秦继伟跪下了，跪在罗小凤面前。罗小凤也跪下了，跪在秦继伟面前。他们相对跪着，四手相握。秦继伟说：“我若吸毒天打雷劈不得好死。”

罗小凤说：“你这样拿你自己起誓不行，你要拿我起誓。”

“你是我妈。”

“我就要你拿你妈起誓。”

“我怎么说？”

“你就说我若吸毒让我妈罗小凤不得好死，让她得上绝症，让她得上最坏的恶病生不如死。”

“我不能那样说。”

“你要说。”

“我不能。”

“你是不是怕你做不到？”罗小凤厉声问道，她声色俱厉，“你是不是不愿意起誓？”母子俩都跪在地上，都在痛哭流涕。泪眼望泪眼，面目狰狞。“你不起誓我怎么信得过你？”

秦继伟垂下头，头发触到地面，看上去就像是在对着他的母亲叩首。他喃喃自语般地重复了她教他说的话。他说：“我若吸毒让我妈罗小凤不得好死，让她得上绝症，让她得上最坏的恶病生不如死。”

罗小凤微笑着把秦继伟从地上拉起来，她在儿子耳边轻声说：

“我信你。”

秦继伟和秦建设相安无事，长到了十七岁。秦建设变本加厉，经常被抓进去，又再被放出来。他在派出所里进进出出。这期间秦继伟打过几次架，最厉害的一次他被人打得左大腿骨折，不得不在医院里躺了几十天。但是他没碰毒品。他在十四岁的时候跟他妈起过毒誓。他爸也不许他碰。秦建设说我毁了自己也就算了，我不能把你也毁了。

这一年，罗小凤让秦继伟去广州。她租住在一间小屋子里，儿子来了，又在屋子里多支了一张床。他先后做了好几份工作，都不太如意。罗小凤薪水不高，才三千多块钱，不足四千。扣除房租，余下的钱只够吃饭，几乎没有积蓄。秦继伟想过她在广州会很艰难，没想到竟这么艰难。他很烦，对自己也失望。罗小凤劝他要有耐心。不管做什么事情也不管薪水多么低都不要嫌弃，只要做下去人总能想办法活着。他承认她说得有道理，在一个小区里做保安。这次做得比较长久，差不多做了八个多月，他也到了十八岁。

这时，秦建设联系上了秦继伟。一个人不可能永远倒霉，秦建设的好运好像突然间又回来了。他又能赢钱了。只要有钱，他身边就会迅速围上一圈朋友。同样是那些朋友在他没钱的时候早就消失得无影无踪。他们现在找他，拉他进他们组织的赌场。他们听说秦建设的儿子在做保安，都是做保安，在广州做不如回来跟我们做。我们开出的工资肯定比人家小区开出的工资高。那是当然，在我们这儿钱是活钱。除了我们开工资，只要他为人活泛，赢了钱的人还会给他赏金。这些秦建设都知道。他还是犹豫。他们就说你犹豫什么呢？只是让他做保安又不让他做赌客，怕什么。秦建设于是就动心了。赌场的生意正红火，他想儿子跟我混肯定比跟他妈弄到的钱要多一些。他给秦继伟打电话，叫他回来。秦继伟不同意，先后拒绝了四次。第五次电话又来了，他的心思有些飘忽，架不住秦建设再三游说。他决定回来，没跟罗小凤说是他爸的安排，谎称是同学帮他找到了更好的工作。罗小凤也没细问，既是同学帮找的工作，回去也无妨。

赌场是移动场所，今天在这里，明天又在那里。秦建设因为从前的不知道哪个案底牵扯出来，又被抓进去了。听说这次很严重，有可能关几年。没了秦建设，秦继伟继续待在赌场里。他们并没有赶他走，还是有人罩着他。“你也来一口吧。”总有人这么对他说。他听过不下一百次，不下一千次。或者几千次。他的耳朵起了厚厚的茧子。他们高兴了要来一口，悲伤了要来一口，绝望时更要来一口。

“你也来一口吧。”

“你也来一口吧。”

他们笑话他，没有恶意。但也不是什么善意。也说不上什么诱惑，有时只是顺便客套。是啊，来吧，你也来一口。

“你知道我为什么要对你说这些吗？”他眼巴巴地望着霍立志。

“不知道。”霍立志说，“为什么？”

“你知道我为什么要把自己弄伤吗？越厉害越好。”

“不知道。为什么？”

“因为那样我才有可能到外面去住院。只有在外面住院，我真正有生命危险了，我妈才有可能来看我。”他哽咽着，泪如雨下。

他仍然是个孩子，只有十九岁。

“你妈没来看过你吗？你在我们这里待了多长时间？”

“没有，我妈没来看过我，一次也没有。我在这里待了六个月，也就是半年。她每个月打一千块钱零花钱在我卡上，可是她不来看我。”

霍立志总算弄明白了。秦继伟吞书也好吞牙刷也好只是为了把自己弄伤，让自己有生命危险。只有他有了生命危险才有可能到外面去住院。只有到外面去住院了他妈才有可能来看他。他妈从来没来看过他，他一定是想他妈了。霍立志便安慰他说：“你妈会来看你的。”

“不会，我妈不会来看我。”秦继伟说，“我在她面前起过誓，起过毒誓。可是我违背了誓言。她怎么会来看我呢？她对我绝望了，她一定是嫌弃我。天下所有的绝望也没有她对我那么绝望。我从小就瞧不起我爸，痛恨他。我和我妈一起瞧不起他，一起痛恨他。因此我知道我妈现在有多么瞧不起我，她有多么瞧不起我就有多么嫌弃我。”他哭得比刚才更厉害，牙关紧咬，鼻子皱缩成核桃。全身痉挛，瑟瑟发抖。

谈话结束，霍立志关在档案室里查阅秦继伟的资料。秦建设和罗小凤都有相关案卷，但都不齐全，有残缺。他打了十几个电话，在笔记本上做了些记录。

第二天，他到了广州，坐五六个小时高铁。动身前他找所长请了两天假。所长对他这时候来请假颇有微词。今天十三号，过两天就是会见日。正忙着呢，你什么时候请假不好呢偏现在请假。可是又不好说什么，一个马上就要退休的人也只好由着他。所长倒是准了他的假，自个儿却有好一阵子闷闷不乐。霍立志假装什么也不知道，他还给所长敬了支烟。“这是好烟，”他说，“我平时不抽这么好的烟。”所长接了他的烟，但是没接他的话。

霍立志在一家小菜馆里见到了罗小凤。他找到她租住的地方，天色已晚。罗小凤是个光头，脑袋上没有头发。站在他面前的女人和他从案卷上看到的照片有很大差异。如果仔细辨认，仍然能从面容上看出是同一个人。不同的地方只在脑袋上。听说他是秦继伟戒毒所里的管教干警，罗小凤表现得很热情，也很紧张。她很急切地问霍立志：“他在里面习惯吗？住得惯吗？吃得惯吗？每天睡几个小时？吃什么？有没有人欺负他？他表现得还好吗？他能不能评上积极分子？”

罗小凤问了一连串问题，这些问题又幼稚又不着边际，跟刚上小学的学生家长碰到老师所提的问题一样可笑而温暖。霍立志每一项都说好，他频频点头。

他望着她脑袋，她说：“不好意思。”

霍立志也说：“不好意思。”他又问：“能告诉我原因吗？”

“我得了一种不好的病，这段时间做化疗，头发全掉光了。”她还笑了笑。

“是癌症吗？”

“是癌症。”

霍立志想起昨天打的十几个电话，看来其中一个电话所提供的情况是真实的。他心里有底了，他是有备而来。“秦继伟知道吗？他知道你得了癌症吗？”

“他不知道，我不会让他知道。”

“可是你没有去看他，他在我们那里待了半年，你一次也没去看他。”

“我确实没去看他，我知道你们的会见日是每个月十五号。我不能去看他。”

“为什么？为什么你不能去看他？”

“我不能让他看到我没有头发的脑袋，那样的话他就会知道我得了什么病。我不想让他知道。”

“就为这？”

“就为这。我脑袋上没有头发形象不好，我不想他看到我这个样子。不想他看到我的光脑袋，也不想他知道我得了癌症，知道我得了癌症他会更绝望。他绝望了对他戒毒更不好是吧？”

霍立志在搓手，罗小凤也在搓手，他们都在搓手。

“你准备对你儿子瞒到什么时候？”

“一直瞒下去。”

“虽然很愚蠢，可我还是想问，你对你的病有信心吗？”

“怎么说呢？”罗小凤低下头去，声音也压得很低，“刚得病的时候我想放弃，没打算治疗。治得好治不好又有什么意思呢？后来我知道秦继伟出事了，我才去化疗。几个疗程做下来，头发都没了。可是我必须治好我自己。”

“为什么你会这样想？”

“如果我撒手走了，谁去帮秦继伟呀？我可以放弃我自己，但我不能放弃秦继伟。”

霍立志打开提包，他说：“我给你带了件小礼物。”他从包里把东西拎出来，那是个假发套，头发颜色漆黑，“我不知道尺寸对不对，也不知道戴在你头上合不合适。”

他把假发套递给她。

罗小凤接过去，她把它戴在头上，对着镜子端详良久。假发严丝合缝，做得真是逼真啊，一根根就像是从她头皮里面长出来似的。她叹息着说：“我以前也想过是不是可以戴着假发去看我儿子，可是一直做不了决定，担心儿子一眼就会识破我戴着的是假发。现在看来还是多虑了，这个假发套我戴着就像是我自己的头发。”

“它就是你自己的头发。”霍立志往镜子里探着头说。

“就是。”罗小凤坚定地说，“你怎么知道我的发型呢？”

“我研究过你的照片。”

“嗯，明天我跟你走。”

霍立志说：“好吧，车票我已经买好了。”

吹牛者

所里的干警没想到安尔恕又进来了，时隔一年零一个月，公安又把他送来了。他曾经是所里树立的典型啊，戒毒所的一面旗帜，怎么说倒就倒了？安尔恕怎么看都不像恶棍。他戴眼镜，面孔白净，人长得斯斯文文。但是他性格里有特别狠的一面，那是不为人知的地方。就像溶解在液体里的毒剂，不要看水清如镜，含在水里的毒素其实如刀剑利齿。人和人不一样。即使安尔恕后来离开了戒毒所，干警讲话时也会经常把他挂在嘴边，把他当正面例子宣讲。他是二〇一五年八月至二〇一七年八月间的学员，为期两年。他是所里的戒毒明星。人们至今还记得二〇一五年九月三十日的那场演讲比赛。演讲为国庆献礼，特意安排在国庆节前一天。出于对全社会的警示目的，市里的电视台对这场戒毒所内部的演讲比赛进行了现场直播。安尔恕排序第三位出场，他拿着手稿激情飞扬地朗读，读到快结束的时候竟然昏倒在讲台上。侯医生冲上讲台紧急处置。安尔恕又醒过来了。侯医生做了个手势，演讲继续。安尔恕脸上挂着热泪，一字一顿读完了演讲稿。侯医生后来证实，安尔恕没有任何身体病变，他就是情绪过度激动导致昏厥。这场不期而遇的昏厥感染了电视机前的很多观众，也打动了戒毒所的干警。他是一个懂得感恩的人，即使他是个吸毒者，这个国家也没有抛弃他，国家还给他机会帮助他戒毒。这也是安尔恕的演讲重点，他因此获得了演讲比赛金奖。后来安尔恕反复回忆，他已经记不起当时任何有意义的细节。突然出现的昏厥缘于奇怪的晕眩。是他正在振振有词读着的演讲稿让他晕眩。那些词语新奇，以前从来没有从他嘴里讲过这种词语。几乎是奇迹。它们都是大词，是信念之词。都是干部们平常在主席台上所讲的话。安尔恕从来不会这样说话，他有另外的说话方式。忽然间接触到这种话语滔滔不绝地讲下去，挺胸收腹面对电视台摄像镜头，这太诡异了。安尔恕一时间就昏厥了。他的头部趴伏在讲稿上，当他抬起头来热泪纵横。记者在评论中说他太激动了，真正“触及了灵魂”。

有人醉酒，有人抽多了烟会醉烟，安尔恕相信他是为那些词语所醉。那些词语让他大醉一场。他的喉咙先是刺痛，接着就像婴儿的口腔那样光滑如洗。他获得了新生，身体由内而外滋生出从未有过的快感。真是通透啊，畅快淋漓。

安尔恕的演讲稿他自己只写了个初稿，戒毒所的办公室主任帮他修改过。主任第二天早上把稿子交给安尔恕的时候说：“我熬了个通宵。”安尔恕看到他眼睛红肿，如果不知道他熬过夜，可能会以为他是在清晨时哭过。主任大学毕业五年，写惯了公文和誓词，渴望进步。他差不多重写了安尔恕这篇稿子。“你的原稿太干巴巴。”他说，“干巴巴你知道吗？就像一块抹布，一块没浸过水刚擦过脏东西的干抹布。”安尔恕点点头，表示知道。“你的文字里要有感情，对这个时代你要有感情，有没有感情别人一听就能听出来。”他看到主任在他的稿子里加进了大量的“感情”。有感慨，有悔恨，还有大量的谢词和誓言。即将演讲之前，临上台时电视台的记者又帮安尔恕润了一下色。记者毕竟见过大世面，词语更丰富。他在演讲稿的开头补写了一句话，“这是个伟大的时代。”就这句话一开口就有了气氛，演讲效果因此非同凡响，尤其又是电视直播，很多人记住了安尔恕这张脸，记住了这张嘴。司法局和市里的领导在除夕夜里前来看望戒毒所的干警和学员时，还点名要见他。

这场演讲让安尔恕毫不意外地成了积极分子。他还成了“夹子”。夹子是外号，也是身份。夹子有权惩戒犯了过错的学员。这种惩戒不是公开由干警执行的惩戒，而是秘密地在学员之间所干的私活。干警睁只眼闭只眼。他们在内部所干的私活有时比公开处置更有效。听说萧继尧想要逃跑。他在外面有两个情人，一个情人还在家守着他等他出去，另一个情人传说已背叛他另找了别的男人。他想出去“清理”家事，背叛他的女人和找他情人的男人都不能有好下场。萧继尧长得人高马大，正在到处踏勘地形。他像个疯子，没事就走到围墙那里以手指敲打墙面。鼻子嗅着墙上的涂料。仰头望天空，望围墙上的铁丝网。他对谁也没说他的计划，以为没人知道他的心思和行踪。他在规划，睡觉时在自己的肚子和胸膛上画各种逃跑线路。狗男女！只要我成功出来了，有你们好看。正在他这样想着这样画着各种线路的时候，几个人突然捂着他的被子压住他。已是深夜，宿舍里熄了灯，同宿舍的三个同伴睡着了，都在打鼾。有个人坐在他头上，他的脑袋蒙着被子——嘴巴和鼻子有一会儿不能呼吸。那个人压得很重。还有人抓着他的手脚不让他动弹。另外的人殴打他。蒙在被子里的萧继尧就像是走夜路时不明不白遭到袭击。遭到袭击没办法还手，也不知道是什么人。他所受的伤全是内伤。内脏腹部和下体都受到过重击。脖子脸颊和额头那里有肿块和瘀青。大腿内侧手臂也都有瘀青。没有人使用器械。指甲从皮肤上划过，皮肉绽开。双脚都有脚趾骨折。有人强行拉扯他的脚趾，将它们对折。被子在他嘴里，那人的屁股压着他嘴巴。他喊不出声音。那人真重，真他妈重，怎么也喊不出声。他们悄悄地出去了，像一群猫。萧继尧掀开被子，赤条条地站在宿舍里。他扯亮灯。疼痛令他站不稳。其他三个人若无其事地睡在铺位上。刚才施以暴行的人会不会是他们？如果不是他们，难道他们真的毫无察觉？

"你们看到了什么？"萧继尧悲怆地问道。

"我什么也没看到。"第一个人从被子里探出头来说。

"什么？没看到什么呀。"第二个也说。

安尔恕是同伴中的第三个，他说："我也没看到什么。"

"那就是闹鬼了，你们明明都知道我刚刚被人打了。"

"我们不知道，"安尔恕说，"我们都在睡觉。"

萧继尧倒在地上，"到底发生了什么！"

安尔恕说："把他抬到医务室去吧，他可能上洗手间不小心摔着了。"

到了医务室，侯医生处理伤口。安尔恕在萧继尧耳边轻声说："你就断了这念头吧，再也别想逃跑的事。"

"谁说我有逃跑的念头。"萧继尧抬起头，惊恐地望着他的眼睛，身上竟无端地竖起根根寒毛。

"再说呢，"安尔恕继续说，"你两边的脚趾都伤了，也没办法逃跑呀。”

看来他们扭折我的脚趾是有目的的，萧继尧想，这样就可以防止我逃跑。

干警跟安尔恕说：“其实他想逃跑也跑不了，现在的安保措施非常严密。”不过有人警告一下他也是对的。不能越雷池，不能尝试，甚至不能有类似想法。“但是这种警告方式我们不能做。”

“我们可以。”安尔恕说。

二〇一七年八月安尔恕从戒毒所出来后常跟人吹牛，这些事都是他吹牛说出来的。他不吹牛谁知道这些事？他说他在里面得到升迁和提拔。就因为那次演讲吗？就因为那次演讲。他在统一配发的服装外面套上了黄马甲，穿黄马甲的人是值班员。没多久他又套上了红马甲，穿红马甲就是班长了。班长是里面的领导，他是干警和学员之外的另一种人。另一种人是什么人？另一种人不是干警也不是学员，身上隐藏着说不清道不明的特权。他管理其他学员。他跟他们是同类，但又不是。他非常在乎那种感觉，那也是出人头地。出操和饭前由他领唱歌曲《没有共产党就没有新中国》，在队列前面他像乐队指挥那样打着节拍，指挥众人合唱。他安排人抬饭盆菜汤，安排他们坐在不同的桌子上。生病了不能到车间去做工的人要先向他请假，他再向干警报告。干活的时候他先提出分组名单，安排谁和谁在一起。他分派人打理卫生清扫厕所。他安排人值班，值班员由他分工。更有意思的是他手下还有几名积极分子，还有几个夹子。他们逐渐成为他的心腹，相互达成默契，看他的脸色行事。他们慢慢知道他想做什么不想做什么，没有人违抗他。他跟人吹牛说宁做鸡头不做凤尾可真是至理名言。哪里都有头和尾。戒毒所里怎么了？戒毒所里也可以出人头地。就看你怎么做。他吹牛说学员们巴结他，在干警之外，他们额外地还要巴结他。他注意并收集有可能在学员中间出现的各种动向。每种动向每个事实都有线索。他总结说没有哪个事实是无缘无故的，要么是台面上搁着明显的看得见的线索，要么是暗地里藏匿着的看不见的线索。

此时，听他吹牛的那个人目瞪口呆。那个人叫魏志坚，已经拿到货了，正准备吸还没有开始吸，脑子因此还算清楚。魏志坚问安尔恕为什么要收集线索，他说收集线索还只是第一步，然后他还要对收集到的线索进行筛查、整理和归类。他评估那些线索有可能导致什么结果。评估那些线索就跟拆除定时炸弹的人辨认炸弹引信一样。你必须知道哪些线索将引发事端，哪些不会。比如萧继尧，他从他的表情从他鬼鬼祟祟的举止还有他欲言又止的话语中发现了他想要逃跑的想法。那甚至不是想法而是计划。这种事情怎么确定？魏志坚说人家脑子里的东西没人能看到。他说很好确定，我们不是就确定了吗？虽然干警说他就算逃跑也跑不了，可是总要有人去阻止他。有人逃跑却跑不了和压根没人逃跑是两回事，前者即使没有构成事实也是不小的事故。安尔恕吹牛说阻止他是正确的，在事情发生之前消灭那件事是合理的。所谓评估意味着有些线索他需要上报给干警，有些他可以不报告。什么样的线索报上去什么样的线索又可以不报告——这里面有太多讲究和学问。他带着欣喜的口吻说，权衡比较事实上也是权力。他凭这些建立权威和地位。

他说出这些鬼话，不是吹牛是什么？魏志坚和安尔恕是旧友，很早以前他们就在一块吸毒，他们是毒友。二〇一五年安尔恕第一次进戒毒所跟魏志坚还脱不了干系。那次他们在品特酒吧喝酒，喝啤酒，也喝白酒。一直喝到下午三点钟，困倦得不行。酒劲上来了，午后容易倦怠，两人昏昏欲睡。魏志坚倒在椅背上睡着了。

安尔恕使劲扒拉他，他说："醒醒，快醒醒。"

魏志坚很困难地睁开眼睛，"你是谁？"那会儿他醉得不认识安尔恕，他瘦，瘦得皮包骨头，脸尖得像把匕首。

"我是谁你不认识吗？"

"现在认识了。"魏志坚咕噜着说。

"提提神吧。"

"提提神？"

听到"提提神"这句话魏志坚来了精神，他们的暗号。吸呗。货是安尔恕带来的，今天他请客。他先去洗手间，或者他先去。这次他们没有轮流去，而是一起去了洗手间。砰一声把门锁死。一起吸一起嗨。从洗手间里出来两个男人容光焕发，他们坐在靠窗的卡座里高声喧哗。之前喝酒时安尔恕就在吹牛。他们是对好搭档，安尔恕负责吹牛，魏志坚只顾倾听。他说他去了好多国家，哪些国家呢？多着呢，越南、尼泊尔、缅甸、斯里兰卡都去过。他喜欢越南女人。越南女人便宜。人民币在我们国家不值钱，在人家越南那可值钱。你知道一百块钱人民币能兑换多少越南盾吗？不知道？我也不知道，我就知道一大把。越南女人有味儿，你搞她们的时候她们哇哇大叫。她们叫出来的是越南话，你不知道她们在叫什么，可是她们叫的腔调就像唱戏。安尔恕边说边演示。他演示那些异国他乡女郎们的动作和腔调。花枝招展张牙舞爪。他弯曲身体，扭脖子扭手腕，噘起嘴唇发出像鸟叫那样含混的声音。魏志坚笑嘻嘻的，唯唯诺诺，即使吸过毒了他也不会像安尔恕那样疯狂。他因此崇拜他。在他眼里安尔恕外表像是白面书生，其实比谁都渣。这样的男人才有反差，有张力，好玩。他爱听他说话。狗嘴里吐不出象牙，只能吐出屎来。他偏不愿意听象牙，只想听屎。屎吧，就屎吧。

“你这样挺好的，外表欺骗人。”

“哈哈哈，我没想欺骗谁。”安尔恕说，“我他妈就渣。渣咋的，老子渣到死。”

脑子里已经在出现幻觉，身体的某些器官渐渐苏醒。亢奋。敏感。从窗口望出去，过路人个个心怀鬼胎。还有车辆。安尔恕怀疑某些车辆是运尸车，车厢里堆满了各种残缺不全的人的尸体。魏志坚认为某个人的笑容不是笑容，那只是脑瘫病人的面部痉挛。他们为此发生争执，争执的声音越来越大。

品特酒吧的一名女服务员走过来，她身材高挑，她拿手指头压着自己的嘴唇嘘了一下，“先生请小声点。”她轻声细语地说，“你们可能吵到别人了。”

安尔恕望着窗外，品特酒吧在一楼，里面和外面就隔着一层玻璃。“你是从玻璃里面钻出来的吗？”

女服务员对付这样的客人有经验，她通常都会顺着他们往下说。“是的先生，我是从玻璃里面钻出来的。不过，请你小声点。”

安尔恕这才转过头来，他欣喜若狂，脸上洋溢着如梦初醒的神情。宛如梦幻。“你不就是那个越南女人吗？我终于找到你了，你还记得我吗？”

她这会儿抿嘴笑着，没说话，不能再说什么。

他伸手去拉她，她躲闪。他望着魏志坚说："我让你见识一下越南女人。"他止不住自己的喉咙，咯咯咯大笑着。他扯住了她的裙子，她往一边躲闪。于是他把她的裙子扯破了，他手上扬着一块从她裙子上扯下来的破布。事情闹大了，老板站出来指责。安尔恕很恼火，这是他和越南女人的纠纷，不应该掺杂进来另一个男人。他大叫大嚷，抡起座椅砸向老板，没砸上。他又砸向窗玻璃，哗啦啦玻璃碎了一地。玻璃碎裂的声音吓醒了安尔恕，这时却看不到魏志坚。魏志坚是个胆小怕事的人，他早就趁乱溜走了。老板叫人报警，赶紧打110。安尔恕听到老板在说话，知道他报警了。安尔恕现在可以逃走，时间来得及。110来到现场估计要花十分钟，十分钟早跑得没影了。老板也不会真阻拦他。报警只是老板的策略，他了解他酒吧里的客人。打110就是警告，他也不想从他的酒吧里真把人抓走。但是安尔恕这时候脑子坏掉了，很多人都说他吸毒把脑子吸坏了。至少此刻是这样。他叉着腰大声说："你报警了？报吧报吧老子不怕。"

有人推了推他肩头说："你还是走吧。"

安尔恕昂着头，"老子不走。"

110首先给安尔恕做了尿检，阳性，他就这样进了戒毒所。很多人都说他进去是"乌龙"事件。他自己也这么说："乌龙，纯是乌龙。"

魏志坚到戒毒所去看他时问道："你怎么不逃走呢？"

安尔恕一脸茫然地说："我当时糊涂了，说起来你可能不相信，当时我还以为是我让老板去报警的呢。我叉着手，指派他去报警了。"

“看来还是吹牛惹的祸。”魏志坚说，“你把吹牛当成真的了。”

刚进去安尔恕不太说话，他的外表迷惑了很多人。其实他后悔死了，我他妈太冤枉。魏志坚吸得比我早，比我厉害，现在不是还好好地在外面逍遥吗？凭什么我进来了？我他妈混蛋，那时候充什么英雄好汉。刚好所里要搞一次国庆演讲比赛，演讲主题是《悔恨的泪：我以我心献祖国》。挑选演讲者时所里很犯难，说实话这里面文化程度高的人不多。有人提议安尔恕，反正是随意提嘛，海选，提谁都可以。他不是戴着眼镜吗？不是还长着一副白净面孔吗？说不定肚子里有点墨水。是啊，斯文相，那就算他一个吧。让他先写个初稿，办公室许主任再看看，给他把个关。

许主任找安尔恕谈话，“你后悔吗？”

“我后悔。”

“后悔就参加演讲吧。”许主任说，“把你掏心窝子的话都讲出来。”

安尔恕本想拒绝，演什么讲啊，我怎么可能做这种事，也做不了。但是听说电视台要搞现场直播，心思又活泛了。他不就是爱吹牛吗，不就是喜欢抛头露面吗，这么好的机会哪能放过？放过这次机会以后再不会有了。

“那好吧，我参加。”

可是安尔恕不会写文章，他哪会写呢，好歹弄出个初稿字迹潦草语句不通。许主任气疯了，语句不通倒还罢了，关键是他把主题也搞颠倒了。他居然在演讲稿中写道，他不应该充英雄好汉，不应该在老板报警之后还待在原地。他提到了吸毒的危害性，证明这种东西损坏了他的脑子，应急能力不行。他写道，“明知道警察要来，我还呆若木鸡地站着不动。”什么意思？不就是后悔把他抓进来了吗，想要表达什么主题？简直乱弹琴。许主任找所长要求换人，说安尔恕上会把活动搞砸。所长一是因为时间紧，再要换人比较麻烦。二是也没多少人一定就比他强。所长让许主任帮他改改，“稿子你帮他改好了，他那种模样的人镜头感好，拍出来镜头好看，他上去读可能效果更好一些。”

所长的话后来被验证是对的，安尔恕长着张失足青年的脸。他那张脸容易让人想到“一失足成千古恨”，天使受难，珠玉蒙尘。他的形象是正面形象，他只是一时糊涂犯了错误。现在他悔恨交加，一定能痛改前非。他还在现场激动得晕倒过去，在场和不在场的许多人都热泪盈眶。

“效果好极了。”电视台记者对所长竖起大拇指。

这之前许主任有信心改好安尔恕的演讲稿，他训斥他说你不能后悔这个，你应该后悔走上了吸毒这条不归路。这才是关键。接下来你应该感谢国家感谢政府，为你提供这么好的条件帮你戒毒。你醒悟了。你要说出你的誓言。你要流出悔恨的泪水，流出感激的泪水。在许主任训斥安尔恕的时候，他发现许主任说得太好了。那些话他以前从来没说过，却是他一直想说的话。能说出那样的话多么不简单啊。许主任不是帮他修改，实际上他重新写了一篇演讲稿。他眼睛红肿，第二天早上把稿子交给了安尔恕。

他说：“我熬了一个通宵。”

魏志坚总觉得安尔恕喋喋不休地吹牛是种很奇怪的病态，他现在吹牛过去也吹牛，很明显现在和过去不再是一回事。他还是更留恋过去的安尔恕。过去他虽然吹嘘得不着边际上不着天下不着地，但是渣，但是屎。正因为渣和屎才好玩。现在他太一本正经了，太深刻。魏志坚有时弄不懂他话里的意思，他要细加琢磨，不细加琢磨他的意思可能就滑过去了。安尔恕对他在戒毒所里的戒毒生涯有病态的迷恋。仿佛他的巅峰岁月是在那里面度过的。或者说他在那里面找到了人生的真谛。他吹牛的时候经常用这句话开头，“我在里面的时候！”听得多了魏志坚很有些不耐烦，“我在里面的时候！”成了安尔恕的新口头禅。他不知道他有没有夸大的成分，或许有。即使有也是不自觉的夸大。那里面是安尔恕的乌托邦，他自己这么说。“乌托邦”这个词也是从安尔恕嘴里说出来的。之前魏志坚从没有听说过这个词。安尔恕现在吹牛使用的语言也是他在里面当班长穿红马甲时所用的语言。他说一个人有什么样的身份就会说什么样的话。他当上班长后所说的话和他演讲时所说的话是一样的话。他告诉魏志坚那些话语里隐含着“奇异的力量”。他从里面出来后还坚持看书，坚持读报纸，坚持看《新闻联播》，就是为了不抛弃那些语言，也不被那些语言所抛弃。我如果抛弃了那些语言，我就彻底变回了“过去的那个自己”。他不甘心那样，也不想成为过去那个自己。如果可以选择，他还是更想成为戒毒所里的自己。魏志坚在他刚出来的时候第一个为他“接风”，他刚开始很有些不习惯。安尔恕端着架子，像干部那样说着冠冕堂皇的书面语。魏志坚打断他说：“你怎么这样说话呀？搞得像个局长。”

“局长说话怎么了，你不能对局长说话有抵触。”

魏志坚以为安尔恕在里面关傻了，没太计较他。但是安尔恕后来一直那样说话。他钻研说话的套路，愈钻研愈着迷。他承认这也是一种瘾。吸上毒了你有毒瘾，一旦说上这种话并深谙其中的妙处你也会染上这种话瘾。话瘾！就是话瘾！话瘾比毒瘾更强烈。摆脱不了戒不掉。真是这样吗？真是这样。但是更多的时候安尔恕还是在吹牛。他吹牛说他在里面有随从。是那几个积极分子吗？是那几个夹子吗？他说是他们，他们总跟着他。更重要的是学员怕他，比怕干警更怕他。为什么会怕他？是啊，为什么？他在前面吹嘘过，说他在学员中间搜寻并收集各种线索。有些线索他上报给干警，有些不上报。他有这个权力。现在安尔恕又深化了这个话题。魏志坚注意到深化这个词从他嘴里说出来不再让他觉得奇怪。怎么深化呢？他说线索不光可以搜寻可以收集，还可以制造。在没有线索的时候你可以想办法制造一条线索出来。那么，在安尔恕手上就有现成的线索也有制造出来的线索。他会在谁身上制造线索？又会制造出什么线索呢？难怪他们怕他，魏志坚想如果我在里面，我也会怕他。

“我想问一下，”魏志坚说，“你讲过萧继尧的故事，他想要逃跑的想法是他自己的想法呢？还是你为他制造出来的想法？”

安尔恕愣了愣，没想到他会提出这样的问题。但是安尔恕不置可否，也就是说他不表态他一声不吭。

“你知道吗？”安尔恕过了一会儿才说，“有时候不表态也是一种态度。”

“那是什么态度？”

“那就要你自己去思考了。”

“我才不思考。”魏志坚说，“我他妈今朝有酒今朝醉。”他更瘦了，那张匕首脸也比过去更尖削。

“你可以进去戒毒。”

“我不戒，我他妈吸死了算了。”

但是安尔恕还想进去。出来后他完全不能适应，他说他过得糟透了。身份没有了，没有人管他是不是戒毒明星。他重又回到过去的生活当中。没有人让他管理。也不能搜集整理各种线索。所有人都和他没关系。甚至人们还会烦他咬文嚼字的说话方式，他们像看怪物那样盯着他嘴里的牙齿。他说他在里面才是个人，出来了就不是个人。谁也不把他当回事。“不会成了神经病吧？”已经有人在背后议论他。只有魏志坚还和他一起说话。他告诉魏志坚他有多么失落。他想毁掉现在的生活，再回戒毒所。他很真诚地对他说，“我想念那里面。”

魏志坚说：“我知道。”

安尔恕说：“里面有学员怕我，也有学员恨我，有人说等你下台了看我不整死你！我当时不理解这句话。我想我下什么台啊，我不就是一个小小的班长吗我下什么台？现在我想清楚了，一旦我出来了自然也就是我下台了。”

“你不止一次跟我说过你想进去，你真想再进去吗？”

“真想再进去。”

魏志坚吸过了，他手上还有货。他说：“你来吧，我给你留了点。”

“我就不去洗手间了，”安尔恕说，“我就在外面搞。”

“可以，”魏志坚说，“你等等，我先闪，等我走了你再搞。”

所里的人都很吃惊，安尔恕是二进宫，而且这么快就二进宫了，只有一年零一个月。所长专门看了他的卷宗，告诉大家他是当众吸毒被抓进来的，性质更恶劣。太猖狂了，据报警人讲，当时他旁边的桌子上有个家庭聚餐。聚餐人中还有一名十三岁的学生，那名十三岁的学生目睹到了他吸毒的全过程。学生家长说他女儿受到的精神创伤永难愈合。他稍晚还为警方提供了补充证言，指称他女儿在随后数周内只要一想起当时的情景，就会战栗痛哭。他不得不陪着女儿去看心理医生。

安尔恕在戒毒所里时时处处表现积极，要求进步。他熟门熟路，在学员中慢慢有了口碑和威信。干警却不待见他，有了过去不可能再有现在。有个干警甚至说他是伪装者。这种称呼得到大家一致赞同，伪装者于是成了安尔恕在戒毒所里的秘密外号。联想到他在上一期学员班中点点滴滴的表现，一一对照起来不是伪装是什么？比如演讲时他突然昏倒在讲台上，那样动人的一幕，此时回想起来却不过是表演，一场著名的表演。恶心。骗局。我们都被他给骗了。但是安尔恕是真实的，只有他自己知道此时他比任何时候都要真实。他在努力，也在赎罪。他愿意为大家做事情，这是他选择的道路。

在进来的第三个会见日，他得到消息：魏志坚因吸毒过量去世了。

魏志坚是安尔恕最好的朋友，也是他唯一的朋友。他瘦削，脸像匕首。他最好的朋友吸毒而死。安尔恕从来没有像现在这样怀念一个人。他有很多话要说，这些话他要说给魏志坚听，魏志坚不在了，他要说给所有人听。

快到元旦，二〇一八年元旦这天戒毒所又要举办一次演讲比赛。演讲主题是《回归社会重做新人》。安尔恕熬了三个通宵完成了他的演讲稿。他把他要对魏志坚说的话都写在里面了，还有他要对自己说的话和他要对别人说的话也都写在里面了。他相信这篇演讲稿许主任（他现在已经是副所长了）不会再改一个字。安尔恕把演讲稿交上去，他还分别找了许主任、政委和所长。这些人以前他都熟悉，他报名参加演讲比赛，还向他们简约陈述了演讲内容。

演讲名单确定下来了，但没有安尔恕。这也是可以预见到的结果。领导们达成了秘而不宣的共识：不能再给伪装者表演机会。安尔恕不知道他有这样一个外号，当然更不会知道这项秘而不宣的共识。

小镇兄弟

我表哥从垃圾桶里觅食吃。别人扔掉的剩饭剩菜包子馒头，时间放久了的香蕉梨子什么的，他见到什么捡起来吃什么。他就站在垃圾桶旁边急不可耐地吃下去，有时候也带回家吃。难免饱一顿饿一顿，也难免有时候会吃上腐败变质的东西。但是我表哥身体好，没有高血压高血脂高血糖，也不曾发胖，镇上人从没见他生过病。尽管如此，我听说这件事还是很生气，专门找到木头镇服装商人陈从德，陈从德从前是个小裁缝，现在却是镇上屈指可数的大老板。听说他手上有数十家服装店铺，另外还经营着星级酒店天河宾馆。他是我表哥的远房堂哥，基于这种关系，我指责他，我说你不能省口饭给你弟吃吗？这是二〇一八年春节，我从武汉回老家过年，我老家在木头镇。陈从德说你冤枉我了哥，我给他的饭菜给他的米面都被他扔了。他说我才不受人恩惠，不欠人人情。他天马行空惯了，不怕丢人，也饿不死他。陈从德大我两岁，为了表示尊重在外面工作的人，总叫我哥，我纠正无数次他一张嘴又叫回去了。我心想可能错怪陈从德了。现如今日子不比从前，真要接济一个人应该不是难事，再说那人还是他堂弟。陈从德的邻居——向阳理发铺老板叶晓阳做证说，他亲眼看到我表哥把陈从德给他的一口袋大米扔进垃圾桶里。表哥一边扔一边骂骂咧咧，因为距离太远叶晓阳没听清楚他到底骂了什么。他把大米扔进垃圾桶，接着又顺手从里面掏出半条不知被谁扔掉的红烧鱼，津津有味地吃。吃完了，还吮吸手指头。虽然表哥在垃圾桶吃东西，但是他并不脏，不乞讨。他不是流浪汉不是乞丐。他只是图方便，把垃圾桶当成流动餐桌。奇怪的是木头镇很多人都羡慕他的身体，羡慕他的免疫力。许多人锦衣玉食，却不能保证不得上莫名其妙的怪病，不得不经常跑医院。腊月三十这天，下午四点多钟，不到五点，夕阳西下。我看到我表哥站在草鞋街跟丝袜街交叉的垃圾桶那里。那是个十字街口，我记得木头镇从前的供销社就在那地方。那里有个新垃圾桶，漆成绿色。表哥在里面翻找，当他立起身来，我看到他没有发福的身体在夕阳映照下玉树临风。他手上端着只白色的一次性塑料碗，大概是他的年夜饭吧。他可能还有下一餐更下一餐。表哥可以比普通人吃更多餐年夜饭。可是我忽略了另外一件事情，我表哥其实是个瘸子。他要拄着拐杖才能行走。他放下拐杖，人会矮小很多。一旦撑着拐杖，又会高大很多。我刚从远处看到他玉树临风的样子应该是他正拄着拐杖。表哥和我同岁，只比我早出生三个月。我舅舅和我母亲并没有血缘关系，不是亲兄妹，我们只是同住在烟灯村。我舅舅在解放前是大家族，后来他因为地主身份在外地坐牢。我小时候一直视舅舅为我们村里的神秘人物。他刑满释放后偶尔流露出的异乡口音令我着迷。他慢条斯理说出的话语透着更为压抑的文雅。他和我舅妈育有一子，在他出去坐牢的时候，儿子已经十八岁了。但是我舅妈没有在他坐牢时管住自己，她和白龙村的另一个男人好上了。白龙村的那个男人也姓陈，是我舅舅的远房堂弟。他和我舅舅的关系很像是后来表哥和陈从德之间的关系。那个男人从白龙村来到烟灯村，和我舅妈住在一起，过着夫妻生活，却没法领取结婚证，因此算不上真正的婚姻。荒唐的是他们就是夫妻，加上不曾离婚的舅舅，我舅妈在他们中间事实上构成了重婚罪，却没人管他们。他们也生了个儿子，就是我表哥。表哥出生三个月后得了小儿麻痹症，他成了残疾人。不知道舅妈是怎么想的，她是不是以为舅舅会死在牢房里，日子可以就这样过下去？还有白龙村的那个男人，只想到白白捡着个女人，捡着个孩子，有没有想过这件事情如何了结？我大表哥也就是我舅舅和我舅妈从前生的那个儿子——也没有拦阻他们，他自始至终保持沉默，默认另一个男人来到他家里，和他母亲同居。我舅舅我舅妈和他们的儿子和白龙村的那个人——他们是极其相似的四个人，都沉默寡言，逆来顺受。他们都是老实人，却又总是在不同的人生关口悄无声息地改写自己的命运。比如当我舅舅刑满回村之后，他和那个男人并没有无休止地缠斗，更没有刀兵相见。那男人自己卷起铺盖回到白龙村，舅舅继续和舅妈生活在烟灯村。我们没有听到任何争吵，也无人从中调解。好像事情就应该这样，一切都顺理成章，就是这么个结果。白龙村那个男人物归原主地把舅妈送还给舅舅。几乎不是送还，而是类似后来电脑程序里的默认模式。无声无息，他们的举动，就像某种不证自明的对秩序的遵守——差不多可以称为是美德，当然也可以说是麻木。我表哥是个瘸子，还留在烟灯村。他长到七岁要上小学了，才被送回白龙村，送到他生父身边。舅舅有一次和人闲聊时，说我表哥成为瘸子是报应。这大概是舅舅说过的最恶毒的话，也可视作他对舅妈堕落生涯的评价和态度。那是他的结论，是他对那段岁月的指认。但是他们之间所有的恩怨早已成为过去，我前面提到的四个人——即我舅舅舅妈和他们的儿子以及白龙村的那个男人——他们全都先后死去了，那是另外一系列的死亡故事。都是正常死亡，或死于疾病或死于衰老。他们那个家族只剩下表哥一个人，他也五十多岁了。两处房屋因无人居住都已衰败，摇摇欲坠，几间土房都是土坯垒成，房基已被雨水沤烂。手指都可以抠出发黑的泥块。屋子看上去摇摇晃晃，表哥随时会被坍塌的墙壁或屋顶压死在里面。可是他面无惧色，依然从不停往下掉土渣的门楣里出出进进。这时候白龙村被开发区整体征用了，全村搬迁至木头镇新建的安居房。表哥成了木头镇人，到镇上第一天，他就开始从垃圾桶里找东西吃。

表哥说，听说你在外面混得不怎么样，我承认说是不怎么样。的确不行，说到这里我有些心酸，一时间好像有很多话想跟他倾诉。我们站在垃圾桶旁边交谈，我和他刚刚在这里相认，他表示一眼就认出我来了。我想请表哥到茶楼去坐坐，喝喝茶聊聊天。表哥不同意，他说要聊就在这儿聊。他正抽着从垃圾桶里找到的半截烟蒂，脸上的表情有些嘲讽。听说你在外面混得不怎么样，他一开口就这么说。这句话戳中了我的要害。他立在垃圾桶上，就像是个先知。虽然我比他个头高，却是他在居高临下打量我。小时候一起上学，表哥像只可怜的小狗。印象中他永远在手脚并用地追赶我们，在我们屁股后面一边叫喊等等我，一边没脸没皮地追赶我们。他缠着我们，总想和我们一起上学一起玩。可是我们总要恶作剧地撇下他。而现在，他过着另一种生活。特立独行，不再随大溜，他很知足。表哥说，你小时候比现在精明。我说，我不记得了。他说，你往我扔石头。为了防止我追上你们，你跑几步就停下来往我扔几块石头。我说，我怎么能那样做。表哥说，当时我就知道你比他们聪明。我不知道我是不是比他们聪明，可是我混得不好。我想跟表哥倾诉，却又什么也说不出口。他说，你不用跟我说什么。他还说，我将会是长寿之人。我看着表哥说，你怎么知道你是长寿之人？一个人是否长寿他自己怎么知道？表哥莫测高深地笑了笑。你以为你们吃的东西一定比我吃的好吗？那些得上癌症的人，他们的生活好得很。嘿嘿！我表哥拍打着他的脸颊，我知道我可以吃什么，我只挑选我能吃的东西吃。只要有垃圾桶，我就不会饿肚子。确实不会饿肚子，我打断表哥说，可是你吃的东西并不能保证你就不会得癌症。有道理，这个我不跟你吵。表哥说，预言我将会长寿的人不是我自己。那是谁？七哥。七哥脑子清醒的时候，在他没有吸过麻果的时候，他好几次点着我的额头说，陈从礼呀陈从礼你将来肯定是个长寿之人。我就想啊，我怎么就会长寿呢？我长寿的原因又是什么呢？想来想去我就想到是不是我吃的东西跟别人不一样？七哥也是这样想的吗？你问过七哥没有？问过，七哥哈哈大笑，他说陈从礼啊你没有弄懂我的意思。那么，七哥是谁？七哥是谁？我没跟你说过七哥吗？我表哥说七哥是我在垃圾桶边结识的朋友。我们围着同一只垃圾桶吃吃喝喝，他有时就站在你的位置上和我说话。我们只要说上话，就能说很长时间。我认识七哥是因为他认错人了，他那时候吸过毒，看见我瘸着一条腿以为我的腿是被人砍掉的，以为我是他从前的兄弟，为他而战才丢了腿。他抱着我，痛哭流涕地说兄弟你还活着啊。后来七哥就死在垃圾桶边，死在你站着的地方。

我明白表哥的意思，我站着的地方恰恰是七哥死去时曾经躺过的地方。但是我并没有挪动脚步，我继续站在那里和表哥说话。表哥表面上不动声色，内心却是赞许我的，因为他仰起头来，对着苍天哇哇叫了两声。

陈从德请我去他们家吃晚饭，饭局早在去年腊月我还没回老家之前就定下了。陈从德给我打电话说，哥你回来过年一定在我家吃个饭。我说太麻烦了，不必吧，我又帮不上你什么忙。不是的，陈从德说你能来，就是给我家装了很大的门面。我笑起来，实在太夸张了。一个写书人能给你装什么门面？你不知道哥，我们木头镇镇长屈小平特别看重文化人。据说他是屈原的后代，为这事专门修过族谱。我把他也请到，哥你来了是我天大的面子。话说到这份上，我只得答应。实际上陈从德真正要请的还是屈镇长，我不过是个陪衬。这天我到得有些早，客人们都还没来。厨房案板上摆满了各种菜品。请了两个厨师，陈从德老婆在那儿指挥。陈从德看到我，笑着说哥先到客厅喝茶吧。我喝了两泡茶，陈从德坐立不安，不时看手机上的时间。我觉得无趣，说我去理个发，就踱到隔壁向阳理发铺去了。理发铺老板叶晓阳自己秃顶了，但长得像个知识分子，知道见什么人说什么话。他脑袋上没头发，脸上也光溜溜的没胡须，我怀疑他身体上的毛发都在他的表情里面。因为他跟我说话时——躲躲闪闪的表情里总像是藏着掖着些什么，我心里就有些毛乎乎的。我习惯理平头，叶晓阳说理平头好，精神！我从镜子里看到他眼睛眯成一道缝。他告诉我，陈从德几个月前就在为这个饭局做准备。我很惊讶，问他都要准备什么？主要是人，叶晓阳说能把什么人请到很有讲究。那么都请了哪些人，我一下子好奇了。叶晓阳数了一串人，屈镇长，税务局长，派出所长，还有县里名气很大的几位老总。这些人平时能聚在一起都不容易。几乎不可能。既然不可能，这次怎么就聚在一起了呢？还不是因为你啊哥。陈从德跟屈镇长说，我哥是写书的人，过年回来想把镇长请到家里聚一聚。屈镇长满口应承下来。好好，屈镇长说我知道你哥，我参加。多叫几个人啊，热闹。听说今天这个时间也是屈镇长亲自定的。原来是这样，我心头一热，还是屈镇长重视文化啊。理完发，给我洗头的时候，叶晓阳很腼腆地说，承蒙陈从德不嫌弃，这次饭局他还请了我。好啊我说，正好一起过去。看来叶晓阳也有我所不知道的社会地位，他的身份不会只是一个剃头匠这么简单，否则陈从德不会请他。可是他到底还有什么身份，我并不知道。客人们陆续都到了。几个老总我一个也不认识。屈镇长坐在首席，他硬拉我过去挨着他坐。所有人都争抢着给屈镇长敬酒，离开座位，走到他身边去排队。屈镇长则摆了摆手，他和善地笑着说，我要先敬文化人。他站起来敬我，我手忙脚乱地回敬他。叶晓阳在酒席上斟酒，他跟每个人都熟悉。他讨好他们巴结他们，但是从他的眼神看他并不惧怕他们，他的眼神里有很奇怪的东西，好像他没必要惧怕他们——相反他们中的谁谁倒应该惧怕他似的。陈从德家有很大的落地玻璃窗，这时候我看到窗外站着表哥陈从礼。他要么是从这儿路过，要么是站在那里观看我们喝酒。我说我出去看看，我走到外面，他已经不见了。正是这会儿，他们开始谈论我表哥的生活方式，他们不理解一个现代人——居然会以垃圾桶为生。然后他们羡慕他的身体。在座的每一个人差不多都有“三高。”陈从礼恰恰没有。他们共同抱怨这个世界太不公平了，一个把垃圾当作食物的人什么病也没有，而一帮吃香喝辣的人却疾病缠身。我在此责怪陈从德，怪他没有接济他堂弟。只要你日子过得下去，你就应该匀一口吃食给你弟。陈从德说我错怪他了，他给过他东西，都被他扔了。他不接受任何人的东西。叶晓阳当场做证，说他亲眼看到陈从礼把陈从德送给他的一袋大米扔进垃圾桶里。他当时还骂骂咧咧，叶晓阳距离太远没听清楚他在骂什么。酒喝到中途屈镇长就离开了，还有更重要的饭局在等着他。凡是吃饭时间，屈镇长通常不会只有一个饭局。他说翁总翁上行先生在等他，他得去和翁总见个面。翁总为木头镇捐建了一座养老院。养老院以蒋七先命名，就叫木头镇蒋七先养老院。蒋七先是翁总的师父，翁总是蒋七先徒弟。去年冬天，蒋七先冻死街头，翁总知道后从南方赶回家乡，厚葬蒋七先，并把在建中的养老院以师父的名字命名。屈镇长说，蒋七先养老院明天揭牌，我和翁总还有些事情需要协商。他握着我的手告辞，他说慈善文化也是文化。我接口说对，慈善文化当然是文化。屈镇长走了，税务局长和派出所长也先后走了。剩下的都是老总。叶晓阳告诉我，现在领导们参加饭局多半都会在结束前借故走开。老总们接下来的活动他们不介入，不知情。陈从德送我出门，我问他，他们还有什么活动？他们呀也就是玩玩，打打牌嘛。我转过身，回望灯火通明的房间，正看到叶晓阳在和他们说着什么，他们笑得前仰后合。

那天，我认为表哥不是从陈从德窗口经过，而是有意站在那里，他在那里看我们。我向他求证，表哥说那不是他，那天他在家睡觉，压根没出门。再说我为什么要去看你们？你们有什么好看的。七哥也有五十多岁，和表哥是同龄人。他头发花白，他说他老了，老了就要有老了的样子。表哥说你叫什么，他说我不叫什么，你就叫我七哥吧。他很安静，有时候又很唠叨。七哥是那种很认命的样子，他从来不说自己以前的事情，他以前的事情都是表哥后来听到别人说过才知道。表哥不打麻将，七哥要打表哥就陪他去麻将馆。他们是在垃圾桶旁边认识的，不打不相识。表哥那天比较晚，天黑了才去。他正睡在垃圾桶那里。表哥拄着拐杖看他，看了三四分钟，他醒来了。他一翻身坐起来，径直从垃圾桶里拎出半瓶矿泉水咕嘟嘟往嘴里灌。渴死了，他说。喝完半瓶水还不解渴，又弯着腰在里头翻找。没找着水，却摸出一根香蕉，他来不及剥皮，塞进嘴里使劲嚼。我表哥实在看不下去，一巴掌扇掉叼在他嘴上的香蕉。这是你家啊？想要什么拿什么。他一下子傻眼了，不知道表哥是从哪里冒出来的。不是我家，可也不是你家啊。他嗫嚅着说。表哥说，虽不是我家，却是我地盘。你地盘？垃圾桶也分哪是谁的地盘？当然要分，凡事得有规矩，不能乱来。我就乱来。说着，他又捡起表哥扇掉的香蕉往嘴里塞。表哥扇掉的香蕉距离他还有两三步远，他向前走了两步。表哥愤怒至极，举起拐杖劈头盖脸砸向他脑袋。表哥铆足了劲，用力太猛。他的脑袋被砸破，鲜血直流，他被那一下砸倒了，趴伏在地。因了惯性作用，拐杖猛砸出去，表哥也没办法收束住身体，也仆倒在地。他们都趴在地上，两人的头脸相隔不到五寸。他的头顶还在咕咕冒血，嘴里吐出的香蕉在他下巴那里像是一摊泥。表哥也好不到哪里去，他的鼻子撞歪了，鼻孔里也有两股鲜血流出来。现在更不好的局面是表哥手上没了拐杖，只剩下挨打的份儿。他也看出了这一点，扑哧一声笑着说，原来你是瘸子。这时他揉了揉眼睛，反反复复又揉了揉眼睛。揉了好几次眼睛，他忽然就哭了起来，放声大哭。他没有站起身，就在地上缓慢地爬向我表哥，他爬行到表哥身边，紧搂住他的脖子哭着说，兄弟你还活着呀。谁是你兄弟？谁是你兄弟？表哥挣扎着，挣不脱他。你不就是柴家兄弟吗？上次那一战你被砍掉一条腿，我以为你不在了，没想到你还活着。他的眼泪糊在表哥脖子里，他头上的血也流在表哥脖子里。表哥意识到这是个关乎生死的故事，他肯定错把他当成了某个人。表哥懒得管他，随口问你是谁？你叫什么？他说我是七哥呀，你就叫我七哥。说完这句话，他又睡着了。睡得死沉死沉。表哥踢了他一脚，就像踢在尸体上面。第二天早上，表哥走过来，看到他还在睡，又踢了他一脚，还像是踢在尸体上面。到了中午，他才睡醒。我表哥看到他不停地吐痰，舌头往外掉。他的眼睛怕见光，老要拿手捂脸。你是不是喝醉了？表哥问他，他不理睬。七哥你是不是不记得我了？表哥又问。不记得，七哥说。我昨天晚上打过你，表哥说着，往后退了一步。他退一步是防着他扑过来。七哥摸摸脑袋，想起来了。哦，你不是柴家兄弟。我当然不是，可是你怎么是这个鬼样子？我吸了那东西。七哥说。那东西是什么？表哥又问，在他们相识早期，我表哥经常问七哥。你不懂就不要问了好不好。我表哥后来才知道七哥吸的是麻果。表哥跟我说，七哥过不了几天就吸一次，过不了几天就吸一次。到后来他间隔的时间越来越短，每天都要吸，有时候一天还要吸几次。我问表哥七哥有没有当着他的面吸，表哥承认七哥并不避着他。但是表哥从来不碰，七哥也不让他碰。七哥说这东西你碰不起，而且你是长寿之人。表哥信了七哥的话，他说不信不行，七哥最终也是死在这上面。

七哥和我表哥成了好朋友，这是木头镇上最为奇怪的组合。他们相依为命地游荡在木头镇的各个垃圾桶之间。表哥跟我说，七哥认命了。我们多次聊天，表哥多次这样说。我就问表哥，你怎么老说七哥认命了？他说，七哥就是认命了。他认什么命？他的命和我是一样的。那你们的命又是什么命呢？就是在垃圾桶里掏吃的。我说，你可以不在垃圾桶里掏吃的。表哥说，我就要。七哥对什么都能隐忍，就跟一蓬枯草一样，就跟即将落土的夕阳一样。他跟表哥说，要看得开，学会放手，懂得放弃。该认命的时候一定要认命，他反复提到认命，不能跟自个的命对着来，不能硬扛。表哥对这些话似懂非懂，他很寂寞。这世上无人搭理他，他被人抛弃了，也有可能是他自我封闭躲起来了。躲起来和被抛弃有时候是一个意思。他真是什么都放手了，安心过了几年寂寞落魄的日子。这样也好。表哥说，等到他死了，我才知道“认命”是什么意思。他是个聪明人，他很智慧。但是七哥活着时，他们一起遭镇上人嫌弃。他到麻将馆打麻将。表哥手上没钱，也不会打。可是七哥想打。七哥想打麻将表哥就陪着他。他身上有股臭味，恶臭。表哥没有。只要他们结伴走进哪个麻将馆，那个麻将馆里就像是有座粪坑刚刚揭开了盖子。人们纷纷避让，有些人诅咒着离开麻将馆。这便影响到人家生意。老板赶七哥出去，走走走，别处玩去。七哥也不恼，嘻嘻笑着走了。接着又去另一家麻将馆。反正木头镇共有三条麻将街，三条街上的麻将馆一家挨一家，密密麻麻。麻将馆多，麻将客却总是那么些人，相互拉客拉得厉害。有些麻将馆还替麻将客管一顿午饭，他们手上的钱输光了，老板还帮他们垫钱。这么做无非想多留几个客人在自己麻将馆里。七哥虽然脏，虽然臭，却也总能坐上某个麻将馆的空位子。在他拉开架势打麻将时，表哥就坐在他身旁，他一动不动，就像是七哥的保镖。七哥打牌有风范，输就是输赢就是赢。一个字，爽。但是七哥没钱，连输几牌就无钱付账。打牌的人不愿意了，他们讥讽七哥，吵骂。他妈的没钱打个毛的麻将！提着你鼻子打，提着你嘴脸打，提着你脑袋打好不好，总要付点什么是不是？他们把麻将子噼噼啪啪到处扔，往七哥鼻子上扔，往他头发里扔。七哥不动声色地忍受着，他涨红了脸，听着他们骂，也不回骂他们。骂归骂，那些人还在要钱。老板没办法，只得给七哥垫钱。这是麻将馆不成文的规矩，麻将客没钱付赌债，当然要由老板出面解决。老板极不情愿地拿钱出来，七哥却不接受，他说你在账本上给我记下账了我才会要。老板说记你妈个毛账啊，你什么时候有钱还我。七哥气定神闲地说，人不死债不烂，你给我记下账了，我名正言顺拿你的钱打牌，我打得安心，人家也赢得安心。他们也都说，这倒是个理。表哥跟我说，他看出来了，七哥还是有派头。老板于是记下账目，他还念给七哥听，比如某年某月某日，借七哥一百块钱。老板一转身，恨得牙痒痒，妈的就当这一百块钱被人偷了，就当烧给死人了。还记账，记你妈个毛。老板恨七哥，也心疼钱，但是把客人留下来了。借钱七哥肯定血本无归。可是羊毛出在羊身上，客人在，有生意就有钱赚。七哥除了没钱倒是个爽快人，能输钱会输钱。有老板为他兜底，那些麻将客都乐意跟他打。老板在七哥名下记下的账目越来越多。不止一个老板，七哥在不同的麻将馆里都有欠债，那些账目都累积在各个不同老板的账本上。和别人不同，七哥还特别容易放屁。他犯困的时候放屁，打麻将输得坐不住的时候也放屁。七哥的屁非常臭，和他同场打牌的三个人不得不捂着口鼻。表哥说不知什么原因，七哥放屁之前，脸上的表情会出现明显变化。那些人一看到他的脸由青转黑，就知道又要臭一阵子。我跟表哥说，那说明七哥有羞耻心。虽然他不能控制自己，但是他以此为耻，他脸上的表情变化就是证明。二〇一八年春节我是在木头镇度过的。表哥说自从他知道麻果是什么东西之后，他就劝七哥不要再吸。他还劝七哥洗洗自己，不要那么臭。七哥却从不听他的，继续吸，继续臭。表哥说七哥说他能长寿，他不希望七哥死得不明不白。我想表哥和七哥应该结下了很深的情谊，否则不会那样劝他。遗憾的是劝告无效，七哥终归在严寒的冬季冻死在垃圾桶边。表哥却说，七哥不单是冻死的。七哥死后，得到了镇上老人做梦都想得到的尊荣。清一色身穿黑西装的年轻人前来为他送葬。好多好多人，那些年轻人排成纵队，戴墨镜。送葬车队清一色豪车。队伍前面有最大最昂贵的花圈，后面跟着木头镇最著名的丧葬乐队。据说七哥——在他死后——人们尊称他为蒋七先先生，蒋七先先生生前有很多徒弟，分布在全县各个地方，还有很多去了外地，也都有了很大很好的发展。前来为蒋七先先生操办丧事的人是翁总翁上行先生。翁总是蒋七先的得意门生，表哥说他亲眼看到翁上行先生抚棺痛哭。埋葬了蒋七先，翁总的手下偿还了麻将街上七哥欠下的所有债务。据说前一天听闻到风声，许多麻将馆老板连夜伪造账目。又没有七哥签名，他们想伪造多少就可以伪造多少。那是一笔巨款。有人把这事密报给翁总，翁总只是笑着挥了挥手。翁总翁上行还决定，以师父蒋七先的名字来命名他为木头镇捐建的养老院。钱是翁总出的，挂名则是蒋七先先生。七哥不是手艺人，我不知道那些人怎么就是他的徒弟，他们为什么要称他为师父？我专就这事问了表哥。表哥露出古怪的笑容，你是真不知道吗？他不正面回答我，却又补充说，翁总的排场是给外人看。这个我明白，为死人所做的事，当然是要给活人看的。

陈从德请我们吃饭那天后半夜，警察围住天河宾馆抓走了一批人。那批人中有几个是参加饭局的老总。同时被抓走的还有向阳理发铺老板叶晓阳。他们聚众赌博，大部分人尿检呈阳性。有一个神秘举报人为警方提供了线索。前来抓捕的警察不是来自木头镇派出所，而是县公安局治安大队的人马。也就是说举报人绕过木头镇派出所，直接将线索报到县公安局。这个案子警方认为最大的意义在于挖出了隐藏极深的大毒枭叶晓阳，现场毒品都是由他提供。叶晓阳平时是个很低调的人。如果不是抓住他，木头镇不会有人知道他才是这个镇上最有钱的人。他那么有钱，还坚持每天为人理发。但是他自己不长头发，不长胡须。我在那次饭局的空隙时间请他理过一次发。他说话像知识分子温文尔雅，话语得体。他说木头镇是宜居之地，因此建议我叶落归根，老了之后回到木头镇定居。我说我也有这个愿望。叶晓阳说能这样想最好，木头镇风平浪静，适合你们写书人著书立说。等到叶晓阳被抓，我甚为惊讶。我跟表哥说，没想到理发手艺这么好的剃头匠居然是个毒品贩子。没想到吗？没想到。可是陈从德请你吃饭时，叶晓阳不是也在座吗？是在座，这能说明什么？说明什么？说明他有身份啊，谁不知道陈从德请客最在乎身份。我心里愣了一下，记得当时我也这么想过。我突然记起了另一件事，我问表哥，你不是说那天你在睡觉，没有从陈从德的窗前经过吗？那么你是怎么知道叶晓阳在座的呢？表哥说不用看见，我用脑袋想就能想出来。需要用眼睛看到的事情表哥用脑袋就能想出来？这是什么能力？他这么说令我怀疑到——他所说的话到底有哪些是真实的，又有哪些不过是他想出来的。表哥毕竟不再是我的发小——那个悲苦的陈从礼，或者说陈从礼所经历过的真正的悲苦——毕竟我也并不知晓，既然如此，他又会用他的脑袋怎样去想人想事？我于是怀疑他用脑袋想出来的人和事有多少可信度。在这个长假期间，我常常和表哥在一起。我不明白七哥那么穷，他就连打小麻将的本钱都没有，就连在小酒馆喝小酒的钱都没有，又从哪里弄来的钱吸麻果呢？他的毒资来源在哪里？这是个问题，这个问题困扰着我。事实上我就这个问题多次问过表哥，表哥总是欲言又止。直到叶晓阳被抓，他才坦言，为七哥提供麻果的人正是叶晓阳。我本以为这是合理的解释，要么七哥生前在叶晓阳那里有赊账，要么有人在后台从叶晓阳那里为七哥买单了。但是现在我怀疑真相不是这样，怀疑这些不过是表哥搪塞我，叶晓阳此时被抓，正好顺水推舟给我一个说法。我这么怀疑，也这么说出来了。表哥说，小时候我就知道你是我们中间最聪明的人，这次你想错了。他说，我不知道你在想什么。正月初七我回到武汉，本想在老家过个愉快的年，可是未能如愿。我过得不如意，脑子里无端多出好多疑问。关于木头镇，想起来实在疑云重重。更让人意外的是表哥在正月十五即元宵节这天也死了，他也死在蒋七先先生死去的地方，死在垃圾桶边。是陈从德打来的电话，我无法接受这个事实。你们不是都说陈从礼身体很好吗？他身体好着呢。蒋七先先生也说过，你们不是也都说他会是长寿之人吗？可是，他怎么就死了呢？我问陈从德有没有为他做过尸检，他的身体有没有什么不寻常的症状。陈从德说哥你就不要管这事了，他就是个流浪汉，在村里他还是五保户。哥你放心，村里会安葬他的，有什么事我也不会袖手旁观。我又问陈从德，镇上有什么风言风语吗？陈从德迟疑了一会儿才告诉我，镇上有传言说告发叶晓阳的那个神秘人物就是从礼兄弟。我像个醉鬼那样蒙了，眼前发黑。这个夜晚我彻夜不眠。我不停地回忆表哥，试着跟他一样用脑袋想事情。眼睛看不到的事情就用脑袋去想吧。我记得表哥劝过七哥，让他不要再吸麻果。确实有这事，那么表哥劝不动七哥，因此而迁怒于为七哥提供麻果的叶晓阳，进而向警方告发了他，便是有道理的。再说，七哥没听表哥的劝告，暴尸街头，表哥更有理由痛恨并举报叶晓阳。现在的问题是表哥之死与叶晓阳被抓有关联吗？想到这里不能再往下想。我全身出冷汗，厘不清任何头绪。还有，翁上行先生既然是七哥的得意门生，既然能在他死后给他无上尊荣，为什么不能在他生前就来照顾他？翁总有能力，也会有办法。如果说七哥故意从县城来到木头镇，故意隐匿在这个地方，只要翁总想找他，那是一定可以找到的。为什么他要放任远离江湖已经认命了的七哥在垃圾桶里自生自灭？所有这些事情我都想不明白。凌晨两点钟，我给陈从德打电话，有些我不清楚的事情现在只能问他。表哥不在了，我不可能去问表哥。但是接电话的人却是陈从德的老婆，几个小时前陈从德还用这个电话打过我，现在换成了他老婆。她的声音战战兢兢，听到是我才恢复常态。她说陈从德不再用这个电话，他到外地去了。我问她去了哪里，她说她也不知道。那么他的新电话号码可以告诉我吗？她说陈从德还没告诉她。我听到这话比听到表哥的死讯更不知所措。我还写什么书，对许多事情我早已经闻风丧胆。我望着黑暗中的夜，竟然完全不知道地球上还有木头镇这样一个地方。

应有之义

你是个幸运之人。在时间的每个节点上，在命运的每个转角处，你都无须做什么。无须你操心什么。命运之绳自有人帮你提着。在别人奋力拼搏的时候，你只管袖着手。你所有的事情都被人提前安排好了。被安排是种常态。一向如此。那是最好的安排。费尽心思，曲线救国。不可稍作修改，也不可稍作增删，否则会露出破绽，会不完美。你有现成的秩序，现成的待遇。你的位置一直在那里，你只要按部就班去接受就行。在你的生活里，你似乎是另外一个人。你看着自己像木偶一样被人牵过来牵过去。你能够看到另一个自己。这种状况你没有反抗。曾经有过的反抗苗头老早就被掐灭了。然后慢慢习惯，习惯于这种被安排。你不动脑子，因为不需要你思考什么。你经常要做的事情是报到，登记。填写各种表格，比如姓名包含曾用名民族籍贯出生年月以及直系亲属，当然还有身份证住址邮箱和电话号码。个人申报事项。诸如此类。通常，人们经常会被要求填写这些东西。你不知道已经填写过多少次了。接着你被安置在某个地方。在那个位置上，你要学会说那些规定好要说的话，做那些规定好要做的事。这些都很容易。无非是你的身份衍生物。就像什么样的身份应该穿什么样的制服，什么样的身份也就应该说什么样的话。这是同样的道理。所谓规定有些是明文写在纸上的，是公告。有些则是约定俗成。你与常人无异。你愿意接受被安排，是因为你从小就知道，那些安排是你所能得到的最好的结果。可以不走弯路。是可以得到实惠的，也是别人想得到却又得不到的。你被告知，别人奋斗也好拼搏也好，想要的也不过是你已经得到的。这个毫无疑问，你是幸运的。关键是你将以此度过一生。你的人生道路不可复制。你是可辨识之人。事实上你性格温和，甚至有些懦弱。你是个很听话的人，老实，明事理。所以你不危险，任何时候你都不会制造出任何危机。你单纯平庸而且轻信。你信奉规则，相信道理。很多时候不是你要做什么，而是按照道理你必须做什么便自会去做什么。你让人放心，绝不会出乱子。某些人以道理之名支使你。你过着被安排同时也被支使的生活。你没有个性，个性对你是多余的。这样挺好。能给你安逸，也会觉得安全。你不与人争执。但你是个好人。很多年份里你都在单位被评为先进分子。你强调被人羡慕的那一面。在县城你有体面，受人尊敬。你拥有很体面的家庭也拥有很体面的生活。

当我见到你的时候，你的头发还很浓密。我惊异于你头发黑漆漆的，没有变得灰白，也不曾脱落。你的面孔无忧无虑。戒毒者颓废的症状和高亢的志向在你身上都不曾出现。你气定神闲。你说出去后你还会继续上班。我问你在哪里上班，你说是药品监督管理局。你还补充说，你戒毒还能拿工资。拿基础工资，没有奖金和补贴。他们做了工作，没有开除你。

“他们”是谁？这个称呼将反复出现。

“单位领导很关心我！”你告诉我，你是领导送进来的。我们在阅览室闲聊。我对这次采访不抱期待。所长说你是公务员。我不相信你能跟我说什么。你已经四十一岁了，一眼就能望到职业生涯的尽头。从前你是药品稽查队的队长。你说回去后不会再担任这个职位了，领导和你交代过。我问你对此有想法吗？你愉快地回答我说，没想法，领导的考虑很周全。你说，你是个有前科的人了，肯定不适合再当队长。可能会为你另行安排一个闲职，但是级别不会变。你不需要关心这些，领导对你自有安排。

你小时候成绩不好，注定考不上大学。读到高二，父亲忽然让你报名参军。老师和同学都很意外，这意味着你放弃了读大学的机会。但是你不问为什么，糊里糊涂就当兵去了。你父亲年轻时在部队做军医。转业到县医院，是外科一把刀，由外科主任做到医院院长。县医院院长官职不大影响却大活力也大。你母亲是县妇联主任。他们都忙碌，在你儿童时期没时间管你。家里没人做饭，你被安排在县医院食堂吃饭。吃食堂长大的孩子和在家里长大的孩子性格上有差异。吃食堂更有纪律。你那个年龄理应滋生出的野性被食堂纪律磨灭了。你的父母只是不管你吃饭，他们在其他方面把你管得死死的。比如在你读高二时就把你送到部队去了。你参军先是在北京，后来被调到河南信阳，再被调到湖北孝感，最后又被调到黄陂。黄陂是武汉郊区。你当兵四年，被调动了四次。这是很奇怪的调动曲线。而且，在部队期间，你还进入武汉理工大学培训了一年半。我问你这一年半培训发文凭吗？你说不发文凭，只发结业证。退伍后，你被安排在幸福县药品监督管理局。刚报到不久，就被送到党校学习三年，拿到本科文凭。回到单位顺理成章当上药品稽查队队长。你那些高中同学，辛辛苦苦考上大学也就是拿个本科文凭。你没遭那个罪没受那个苦也拿到了。一样的本本。他们对你侧目而视。在他们眼里，你无疑是大赢家。就算拿到本科文凭，也很难找到好工作。他们若想当公务员，还得经过又一轮考试。万人争过独木桥。不像你，你从文凭到公务员再到升职，一气呵成。故事的起承转合衔接得严丝合缝。你背后有只手，所谓无形之手。提着你的命运之绳，把你提到这里，再把你提到那里。你是只灯笼，提着你能在暗夜里发光。提你的人和被提的人。听说你姐姐是军官，驻地武汉，军衔上校。姐夫也是军官，驻地南京，军衔大校。你说他们马上就要调到一起。有关他们，你没有提供更多线索。

你由此尝到甜头，不证自明。就像某种植物，适合怎样生长，就会怎样生长下去。

那是一个过程，一个被催眠的过程。你从来没想过被唤醒。催眠者和被催眠者始终是双赢的，或者多赢。我看着你的头颅，你硕大的头颅。我突然对你的头颅产生兴趣，不可遏止的兴趣。我开始思考你的被动人格是怎样形成的。“被动人格”是我给出的命名。倒不一定确切，可是我又不知道怎样定义你。总之你不需要主动。主动对你来说是多余的。凡事你只要被动承受就行了。就像我们眼中的某件物品，你不必把它拿到手上，它自己会以某种方式到达你手中。比如杯子，你想喝水时，它自会靠近你嘴边。这么说有点过分，近似于巫术。这不是我想表达的意思，虽然很接近，但不是事实。事实是你无须去敲命运之门，你也不知道命运之门在哪里，但是它们都已在暗处依次为你打开。

因此，我猜想你脑子里有些地方被关闭了。这大概是必然的结果。你在，一直都在，长期被灌输一些东西。那些东西恰恰又是最好的东西。你不由自主地接受就可以了。无须思考也无须判断。不就是被提着吗？不就是被安排吗？脑子里当然会关闭一些地方，因为不需要是吧，因为用不着。那么，你脑子里被关闭的那些地方——会不会慢慢失掉功能呢？

由你的头颅，我想到了老家里的邻居。我不该想到他，想到他对你有些失敬。但是没办法，你的头颅引导我想起了他。那时候我住在幸福县河西小区，那可真是一段无忧无虑的日子啊。每到夏天，我们整栋楼上的人都会走出家门，到楼下的河滩去乘凉。我的邻居是位脑萎缩病人。他的头颅和你的头颅一样硕大。他是乡下一个村里的民办教师，教体育课。曾经是个很强壮的男人。他体罚学生，也打老婆。他老婆是当年的武汉下放知青。知青嫁给他之后再没能回到武汉。她也当了民办教师，后来转正，双双调到幸福县城。他刚成为我的邻居时，就是个脑萎缩病人了。他总是呵呵笑，笑声像是婴儿或傻子。所谓脑萎缩，我以为是他的头颅会渐渐萎缩，就像摘下来晒蔫了的瓜果，渐渐变小。但不是这样，他的头颅从来没有变小过。真正的萎缩可能发生在他的头颅内部。

乘凉的时候，知青总是当众指责他，指责他年轻时怎样殴打她。

她说："你那时候那样坏，没想到现在也会落到这步田地吧。"

在我的印象里，他从不顶嘴，总是呵呵笑。知青后来得了乳腺癌，切除了一只乳房。她又说，这一次是对围观的人说："他每次要那个，总是猴急猴急，像畜生扑腾几下就完了。又不摸摸我，如果他知道摸摸我，至少能早一点发现我里面的肿块吧。"

听到她这么说，他也还是笑，呵呵呵。围观的人笑得更起劲。我的邻居是我们乘凉时的活宝，总能带给我们欢乐。他们身边环绕着欢声笑语。但是他们是真正的悲剧人物。悲剧人物的要素在他们身上一样也不缺少。知青非常要强，她一定是不甘心做悲剧人物。她故意幽默，故意调笑。她在这样抗争，以此消解他们身上的悲剧。很久之后，我才知道他的笑容并不是他当时的真实表情。他脑子里给出的是另外的指令，而他脸上呈现的却是笑容，是呵呵呵的笑。即他脑子里想要做的——和他正在做的往往不是一回事。他的意志和他的行为是脱节的，不一致。这是知青亲口告诉我的。比如他脑子里想着要上床，结果却坐在地上了。意念与动作相悖。知青不只是在外面指责他，她同时还无微不至地照顾他。患难夫妻。没有她精心照顾，他不可能又活过三年。

三年之后他才去世，而知青到现在还活着。她住在广西，和她的小女儿生活在一起。听说她还是那样口不择言，拿那些在别人眼里属于禁忌的事情取笑调侃。她嘲笑癌症，嘲笑自己不翼而飞的乳房。她还嘲笑死亡。很可能，她也正是以这种蔑视的姿态和老不正经击败了乳腺癌。

我不是想说女知青的故事，我是从她老公的头颅想到了你的头颅。他死去了，他的头颅我还记得。你们的头颅都很硕大。我再一次想到硕大。你会步他的后尘，也成为脑萎缩病人吗？慢慢变小。我不是说你的头颅外部，而是它的内部。被压缩，关闭的地方被挤压。他的经历当然不能和你比，没有可比性。可是这种病的诱因是什么？难道你被安排被空置的大脑就不会萎缩吗？我疑虑重重。刚好我有个朋友是脑科医学专家，我把你讲给他听。问他你是否有脑萎缩风险？他的回答明显是在敷衍我，就像是从百度上搜索到的肤浅知识。他是个苍白的人。他如此敷衍我是缘于他对作家这个行当持久的不信任。他认为，如果把医学比作眼睛的话，那么文学就是白内障。还有什么好说的呢，白内障！他说，有没有脑萎缩要做CT及MR检查。要靠仪器和科学说话，肉眼看不出来。不过，他又说，脑萎缩也有些外在的病理症状。仿佛是恩赐，他又跟我讲了一些。比如性格变异智能下降、痴呆、发白齿落甚或偏瘫癫痫。我查了一下，他说的这些，百度上也能找到。我特别注意到癫痫。在我看来这大概是最重要的一个表现。我就是固执，这只是我的想法而已。但是在戒毒所里，你身上没有这些症状，至少暂时还看不到。

那么，我所想到的脑萎缩，或许不是疾病想象，而是精神想象。你是个标本。

所长说，你被选为戒毒所的学员组长。你在外面很听话，在这里面也很听话。听话是你的本色。你总是那么无怨无悔地听话。多么好。你带头唱红歌，歌声嘹亮。你劳动积极。行为举止既端正又规范。你说，他们讲道理讲得清楚，讲得通透，讲到本质上去了。你说的他们，指的是戒毒所里的干警们。他们讲戒毒的道理，句句都是为你们好。他们设置的各种科目，所作的各种规定，也都是为了你们戒毒成功。所以，你都要无保留遵守。

从这里看，你的戒毒前景一片光明。

有人说，你父亲做军医时，曾经救过一位高级将领。机缘巧合，他以高明医术救了那神秘领导性命。这个被掩盖并被秘密流传的故事，至今无法得到证实。我不太清楚这个故事是不是杜撰。若是杜撰，又是谁杜撰出来的？它太像民间流传的旧时候的故事。贵人落难，之后知恩图报。怎么就有那么巧合，好运为什么会从天而降？问题是你父亲确实得到了不明来由的庇护，同时，庇护还延伸到了你身上。你所有的被安排，源头就在那个故事里面。除了这个故事，再找不到别的源头。

从求学开始，比如高中二年级，你的人生道路被简化，被修改。有一支笔在勾勒你的人生。你不过是那支笔里的墨水。看似是墨水画出的轨迹，实则是笔在写你。随意地把你写到这里，或者写到那里。参军文凭就业都给你安排好了。那些位置，椅子都摆放好了，你坐过去就行。既然如此，也是同样的道理，你的恋爱婚姻也应该被安排。这是必然。你父亲果真看中了县医院财务科的一位出纳。那是他的手下，他对她观察了很长时间。她温厚贤良，是做儿媳妇的合适人选。没有比她更合适的女孩，你父亲把他的意见转告你母亲。你母亲也私自去做了一番考察。她考察的内容倾向于持家和生育能力。两人的结论都没有问题。他们的意见有惊人的一致性。于是，请人去做媒，提亲。出纳像中了彩票一样高兴。真是天上掉馅饼，她做梦也没想到能到院长家做儿媳妇。许多女医生和护士都这样想过，到头来却是财务室的出纳梦想成真。

房子安排好了，日子也安排好了，马上可以举行婚礼。

你还没有过自己的恋爱，这没有什么。对你，恋爱不是不被允许，只不过是你还没有机会开始。你父亲并没有想象中的那般粗暴、专制。他的隐秘想法倒是希望你在婚姻之前就能获得性经历乃至性经验。他不愿意亏待自己的儿子，谁愿意亏待自己的儿子呢？这方面是有途径的。比如可以由比你年长的同伴带你去色情场所，以金钱购买性爱。也可以由比你年长的异性诱惑你，引导你。

你父亲希望如此，有这些经历对男人是没有害处的。可是他没有告诉你，也没有和你交流。他可能囿于某种道德感，有些羞于启齿。这是他唯一没有为你做出安排的事情。你父亲没有安排你如何在婚前得到性，事实上你因此也就没有得到。没有人知道他有没有后悔过。反正你对此一无所知。你母亲希望你结婚的时候，女朋友仍然是也必须是个处女，但并不勉强你也是处男。这一点他们夫妇有相同的想法。你父亲没有安排的事情你母亲更无从安排。在你结婚前，他们没有为你安排一桩或数桩风流韵事。你的生活里于是也就没有了风流韵事。这件事只能证明：你不仅已经习惯于被安排，而且还在等待被安排。

婚姻可以安排，那是组织家庭的事。也是一辈子的事，万万马虎不得。既然恋爱没有被安排，那么恋爱也就不会出现。没有被安排的生活是无效的生活，也是不道德的生活，或者根本就不是生活。这么一想，你也就释然了。

你读党校时认识了郭蓓蓓。她有过短暂婚史。不是婚变，是丈夫早早去世了。有一天她和你聊天时告诉你，她结婚之前就知道丈夫是绝症病人，将不久于人世。他们俩有约定，丈夫希望她生下或至少在他死前能怀上他的孩子。他的意思是，即使他已死，也有骨肉之躯以他的名义活在这世上。之后郭蓓蓓可以另嫁他人，她带走孩子也行，把孩子留给他的父母也行。与其说这是约定，倒不如说是请求。奇怪的是郭蓓蓓居然接受了他的请求。没有谁绑架她的意愿，她是心甘情愿接受的。她认为丈夫是个纯粹的人，是个天真的人。她愿意以生殖为目的，与一个将死之人维持短暂的婚姻。

可是他们虽然结婚了，她却并没有怀孕。郭蓓葆悄悄去做了检查，原来是她的身体有毛病，此生她都不能怀上孩子。她独自吞下苦果，没有把如此不幸的消息告诉丈夫。在她预见到丈夫即将去世的前一两个月，她欢天喜地地谎称自己怀孕了。她模仿并逼真表演出孕妇的各种表现。尽力把谎言说得可信。她丈夫为此数度哽咽，感激涕零。她贪吃，无端呕吐。信誓旦旦地与时间赛跑，与死神赛跑。她要跑过它们。她最怕的事情是大姨妈如期而至，并被丈夫意外发现。好在没有发生。因此，丈夫是怀着幸福去世的。

你不知道，郭蓓蓓为什么要把这件事的隐情告诉你。别人眼里的她是个忧伤的寡妇。在你这里她是另一个样子。只能说她对你有好感。她对你的评价和她死去的丈夫一样。碰巧你也是个纯粹的人，天真的人。她对纯粹和天真有很高的评价。拥有这种品质的男人，她只碰到了两个。一个是她没能为他生下孩子的丈夫，另一个便是你。丈夫撒手去了阴间，而你还在人世。

在我采访你的时候，你跟我讲到了郭蓓蓓。你反复强调那不是恋爱，即使她的确向你表白过，也称不上是恋爱。我相信你，也和你意见一致。你可能只是觉得和她聊天很愉快，她是那种让你很舒服的异性。她的傲慢和矜持收敛起来了，她在你面前敞开着。有一天她说爱上了你，这是她的命。你很惊讶。甚至你有些被吓着了。事情不是那么突然，可是从她嘴里说出来，你还是有些茫然失措。你说这种事情要和你父亲说说，或者和你母亲说说。郭蓓蓓说，我知道你的家庭状况，所以你不一定要和我结婚，我只想和你谈一场恋爱。有没有结果我不在乎。话说到这个份儿上，你算是明白了。可你还是迟疑，主动的一方是郭蓓蓓。你们约过几次，仅限于聊天，还没发展到上床那一步。不是女人的问题。是你！你踌躇不前。郭蓓蓓说，你就像是在等候某个迟迟没有发出的指令。真让人难过。郭蓓蓓说，她都想要强暴你了。事实是，如果她真能强暴你的话，你也就坦然接受了。但是，那时候她还不知道你是这种性格。

恰在这时，院长和妇联主任安排好了你和医院出纳的婚礼。你毫无怨言地同意了。你顺从他们。当时，你们家还开了个简短的家庭会议。院长介绍了出纳的品德和个性，妇联主任重点说到了出纳的持家和她潜在的生育能力。她拿到了出纳的体检报告，还出具了几份她同学或同事的证言。然后，他们一致认为，出纳比较适合做你妻子。她是他们目前所能找到的最佳人选。可以预见到的未来是她能和你组成体面而又稳定的家庭。不会有流言蜚语。她能做家务，还会在最好的时候生下你们的孩子。

你说好，谢谢父亲，谢谢母亲。

郭蓓蓓听到这个消息后哭了一场，她眼里这个纯粹天真的男人很快就要有家室了。她和别人合伙送了份子钱，前来贺喜，参加你的婚礼。这是幸福县的礼节，熟人朋友都会来。她在宴席上把自己喝得大醉，随后和桌上的异性挨着个儿亲吻。一边亲吻一边恣意大笑。有的男人事后说吸进了她的口水，里面有股苦涩的滋味。另外的男人回忆说，她的口水里还混进了泪水。当然是她的泪水，不可能是别人的。邻桌上的人用手机拍下她的丑态，在微信朋友圈广为传播。拍摄者肯定是女性。你也看到了，很多人都看到了。她鲜艳的嘴唇在照片里咧得很开，像是巨大的伤口。

第二年，你和出纳的孩子降生了，是个女儿。你被人羡慕，该有的你都有了。正如你的学历和职业被安排得无比完美一样，你的婚姻家庭也被安排得欣欣向荣。该有的什么你全都有了，并且不费吹灰之力。孩子恰到好处地在她该出生的时候出生了。一切都很体面。你有房。你还买了车，车的档次中等偏上。能有那样一部车很不错了。没有什么是不好的。在县城，能把日子过成你那个样子，可以称得上美好了。

结束了对你的采访之后，我私下里跟戒毒所所长探讨过你的未来。我对此次采访颇有些意犹未尽。我有态度。我觉得你太顺利了。你从前的生活太顺利了，你在戒毒所里的戒毒生涯也太顺利了。所长耐心地听我说，他真是有教养，等我说完了，他才开始说话。他其实也很担心你。他对我说出了他的忧虑。他说你在戒毒所里表现得太好了，恰恰是这种好让他担心你出去后还会出岔子。你太听话了，因此太容易被支配。你是个不设防的人。对所长说的不设防这种说法我持不同意见。我认为，可以说你是不设防的，也可以说你对有些事情的防备很严密。所长想了想，认为我说得也不无道理。同一件事情的两个方面。你总是自动接受那些强加给你的东西。你永远活在道理里面。这个其实很可怕。可怕的地方在于你没有自己的道理，你的道理全是别人给你的东西。人家这样说你觉得有道理。一旦那样说，你又会觉得有道理。凡是有道理的东西你都能接受。所长打了个比喻，你之所以在戒毒所表现积极，是因为你认为干警们让你戒毒是有道理的。到了外面，假如另外有人，比如也有能力把继续吸毒说得很有道理。我们设想一下，他也有能力把他的道理灌输给你——相信你还会重新吸起来。我们无法排除这种人，这正是所长的忧虑所在。

我和所长的观点不谋而合。你是个什么都被人安排的人，防范你不再吸毒不一定只是防范你自己，难道不是更要防范那些为你做安排的人吗？我们有理由信任你，却不能信任所有为你做安排的人。所长犀利的眼神从眼镜片后面盯着我。我又问所长是否知道脑萎缩这种疾病，他说不是很了解。我说像你这种情况，脑子会萎缩吗？所长说不知道，但是萎缩这个词语令他印象深刻。它好像是一个持续的可见的动作。比如脑子里的沟回如何蠕动。比如像软体虫子那样爬行。他还想到了实物，比如放久了的茄子。放久了的茄子太有冲击力了。看来所长也有很好的联想能力。他被我勾起了好奇心，建议我就此事专门去咨询一下医学方面的专家。

正是在所长的提议下，我前去拜访了那位脑科医学专家。他的回答我在前面说到过，也转述过。他的观点貌似很中立。我的意思是，那不仅是学术意义上的中立，更是顾左右而言他的某种策略。原因无非是他对文学怀有戒心，作家对疾病的描述和想象，在医生看来很有可能只是旁门左道。他担心，我从他那里获得的咨询结果，会对我的咨询对象有失公允。所以，他才会那样谨小慎微。

可笑的地方在于，我对医学专家的请教就像是在电脑上百度了一下。整个过程即使不是味同嚼蜡，那也是如同在默默地吞食苍蝇。

你是药品稽查队队长，这是你进来之前的职务，也是你被安排的职务。这个职位的职责就是管理全县的药品市场。所有药店和流动人口中的黑市交易，都由你管。它所包含的内容至少有：查出来的问题你都有权力放人家一马，或者不放。在当时就是这个样子。谁能保证药店没有问题？换句话说，每个药店的经营都有问题。这个说法有些夸张，可是没有问题的药店怎么挣钱？所有的药店都会被整顿，被罚款。这也是你的职责所在。有的罚款多一些，有的少一些。有的很久没有被整顿，有的频繁被整顿。这些事情都由你决定。你说过，出去之后你可能不会再担任这个职务，你会被安排另一个闲职。级别不变，待遇不变，但是不再管具体事情。

可是在当时，药店老板都要想方设法巴结你，请你吃饭。他们排着队请你。每次吃饭你都坐在首席。刚开始，你还谦让过，后来发现那是你必须坐的位置。你不坐，老板便一直站着。于是你不再谦让。吃饭要坐在首席位置上，这个事在你生活中其实具有隐喻意义。那是安排好了的事情。位置从来都是安排好了的。他们在你面前卑躬屈膝。你渐渐会明白，他们敬畏的是你的身份，你的稽查队队长这个职位。明白了这个道理，很多事情都好理解了。吃过饭，还要请你泡脚，或者去唱KTV。他们还给你红包。红包里包着购物卡优惠券或现金。你也曾经拒收红包，我记得你说你推辞过。那些药店老板便苦口婆心劝告你，跟你讲道理。你不收下就是不给他们面子，瞧不起他们，你这是在当面打他们的脸。实话说吧，收下红包也是请你吃饭的应有之义。你不能不给他们面子，也不能打他们的脸。你接过红包，也算是收下了这应有之义。应有之义，说得多好啊。换了别人，也会这样。道理是明摆着的嘛。想通了，彻底想通了。

然后，就到了那一次。在KTV包房，两个药店老板在请你。就你们仨，没有别人。随从们都打发走了。都是自己人。吃过饭，泡过脚，也收了红包。你准备唱两首歌就回去。歌都替你点好了，你打算唱《弯弯的月亮》和《涛声依旧》。如果实在不让走，再加唱一首《北国之春》。都是你从前唱过的。唱得虽难听，也算是有个交代。你是主宾，是主角，不给个交代说不过去。把歌唱完，你这一天也就结束了，你也可以回去了。这时，两个老板中的一个拿出麻果。实际上他们两个是一伙的，他们经常在一起搞这个。所以，东西是由这个或那个老板拿出来无所谓。你也不记得到底是谁。你只记得他说，玩玩这个吧，醒酒。你不知道那是什么东西，也不知道怎么玩。那还是你第一次见到，你本能地想拒绝。你说不玩吧。另一个老板赶紧说，玩吧，醒酒，还提神。现在都在玩这个。都玩吗？你还问了这么一句。是啊是啊，有钱人有身份的人现在都在玩。那两个老板笑着说。他们还随口列举出了好几个人的名字。那些人的名字你都熟悉。都是些很有面子的人，他们玩的话，你也可以玩。两个老板先做示范，每人带头搞了一颗。

你也搞了，你在那天搞了第一次。

出纳洗衣服时，发现你口袋里有颗麻果。她不认识，问你是什么，你说是药。但没说是什么药。她有疑问，带到医院去问药房同事。同事也没见过，不知道是什么。出纳有个亲戚在派出所工作，她又拿去问他。亲戚一看就说，这是麻果，是毒品。

你父亲退休了，母亲也退休了。这是大事。虽然这不是他们安排的事情，但是事情发生了就要想办法解决。他们没有表现出惊慌失措，他们又出面了，需要为你做出新安排。你父亲认为，首先必须戒毒，这是第一步。无论付出多大代价，都要做到。你母亲坚决拥护。他们给你讲道理，你很快就醒悟了，愿意配合他们安排。戒毒方法共有两种：一种是在医院自愿自费治疗，另一种是在戒毒所强制戒毒。他们选了第一种，治疗为期五个月。你去了，先治疗了两个月。后来他们发现这种治疗不合理，容易反复。因为医院环境松懈、开放，从前吸毒的同伴总能找到你，串联到你。他们这才决定，把你转送到强制戒毒所。你父亲和你单位领导商量过，这是他们共同做出的安排。问你愿不愿意，你愿意。你当然愿意，你怎么会不愿意？对你的所有安排，你都会愿意。你父亲深信这一点，即使你不小心走了弯路，他也能把你拉回来。并且，你父亲还深信，即使他们做出了前后不一样的安排，你也会遵从。原因很简单，因为你知道，他们的安排对你没有坏处只有好处。

从戒毒所里传出的关于你的消息都是乐观的，积极向上的。你父亲并没有在开头几个月的会见日里前来探望你。他在十五个月之后才来。以他的测算，十五个月足以令你的戒毒成效达到最好的峰值。他满头白发，身躯高大，踌躇满志地向你走来。我在探视人流中老远就看到了他，他是个德高望重的长者。

但是你的第一次癫痫发作，正是出现在你父亲探望你的那个会见日。这是多么令人痛苦难以理喻的事情啊。你理应让他看到你戒毒成功无比光鲜的那一面，不巧却让他看到你癫痫发作。你父亲透过玻璃，亲眼看到你扔下话筒栽倒在地。你全身抽搐，口吐白沫。你被抬了出去。你父亲没有大喊大叫，他捂着眼睛，没有让自己看到从你裤管滴下的尿液。你母亲也在场，她在等待你和父亲对话结束后，再和你说话。她没有等到。她说，以前可没有癫痫病。你父亲恼怒地说，确实没有。可是以前没有，并不意味着现在没有，以后也没有。他分析道，你的癫痫病很可能是由脑部疾病引发的。脑部疾病是个什么病？你母亲不依不饶地问道。你父亲却在反思，把你送进强制戒毒所是对还是错。

他们当天就把你接出去了。据说你出来后再没有发作过癫痫。

就只那么一次，却把戒毒所的干警们吓着了。所长介绍说，把你从会见厅抬出去时，还伴有其他症状。你流涎水，口鼻㖞斜。牙关紧咬，死命闭合。尿液淌了一路。身体抽搐。脑袋像挂在脖子上一样摇晃。我询问过所长好几次，你那种症状是不是跟脑萎缩有关系。所长坚持说不知道。没有人能够回答我，谁也回答不了。或许只有你的家人，在你出去后对你做过诊断。但是，他们对诊断结果守口如瓶。我没有去问那位医学专家，我相信他会对我的问题嗤之以鼻。

后来，我听说你在大街上遇到过郭蓓蓓。你已经不认识她了。她试着和你打招呼，你没理她。你和她擦肩而过。郭蓓蓓还不死心，她在后面尾随你。尾随你走过两条街道，目送你走进医院。她抬头看了看医院大门，十分困惑。她居然忘记了你的家是不是就在医院里面的家属院里。如果是，意味着你正在回家。如果不是，那你去医院干什么呢?

纸上的父亲

余世冰在强制戒毒所戒毒两年，其间，他成了个被重新定义的人。被他们母子重新塑造——被妻子讲述进而被儿子书写的人。他是个不存于世的人，是死者。有可能是死者，至少没有证据能够证明他还活着。被称为英雄，是个见义勇为的男人。为正义献身的人。他无中生有的义举被他们漫无边际地神话了，他作为义士被供奉。但是真实的余世冰是个无可争辩的瘾君子，正在戒毒所接受强制戒毒。他因此分裂成两个自己。一个污浊的自己和一个高洁的自己。而那个高洁的余世冰是被他们母子俩——当然主要是母亲硬生生伪造出来的。余世冰对此一开始确实一无所知，之后了解了事情的原委又无能为力。他没有办法阻止他们，只能默认事态发展，眼睁睁看着他们在另外的时空里把自己的形象描述得面目全非。他摇头叹息，想象着被他们伪造出来的那个自己黯然神伤。

这是个虔诚的伪造事件，伪造的动机充满爱，并满含善意和慈悲。是母亲为儿子所能灌输的最无私最体贴的谎言。它在本质上是个童话。儿子更小的时候，母亲为他讲述的童话事实上也都可以归为谎言。没有人认为童话对儿童有什么不妥。相反，每个儿童都会迷恋童话并深信不疑。虽然儿子现在大了，母亲仍然可以为了遮盖某个事实，而去编造出根本没有发生的另一个事实。这么做可能是不得已的选择。事后余世冰也知道伪造自己的源头人物其实就是林美芬。实际上这也是林美芬在会见日告诉给他的。她之所以要编造出另一套说辞，用她的话说是为了让儿子能够拥有一个值得的童年，一个可以让他骄傲的童年。

“值得！这个太重要了。而且，我们要让儿子懂得相信。”林美芬说，“让他生活在一个高洁的成长环境里，不能比别人差，可能的话还要更好一些。”她进而哽咽着说：“你已经这样了，不能再让他输在起跑线上。”

最后这句话很像是某个电视广告。

余世冰默然无语。林美芬是在会见日前来探视他的时候说出了她所做的事情。他明白她的意思。为了儿子的未来，他甘愿牺牲自己，任由他们以他们的方式讲述。所谓“牺牲自己”并不意味着他将遭受诋毁，而是将被美化。他们忽略他，把他从现实中冲洗掉。然后在他们讲述的言语中——以及在儿子的作文中，他被他们重新赋形。作为家庭内部的英雄叙事，余世冰没有被断章取义，没有被肢解。他是完整的，他们为他建立起相应的逻辑关系，使得他有说得过去的“成因”。他成为泥塑，就像庙宇里供着的神。他从此有了自己的牌位。这些事情的发生，对余世冰的戒毒生涯不一定具有超度意义，却更像是讥讽。如同亲人们在为逝去的亡灵烧纸，而那位所谓的亡灵却正在某个隐秘的角落寻欢作乐。寻欢作乐者想要的并非冥币，而是人世间的现钞。

林美芬并不是撒谎成性之人，她的个人品性没什么缺陷，很多人都能证明她的诚实。谁都不会相信她会撒谎。她严谨，一丝不苟。单是见到不好的事物她就会脸红。不好的事物在她眼里都是冰凉的蛇。她容易愧疚，时常自责。是个完美主义者，追求圆满。她和余世冰的婚姻或许是个彻头彻尾的错误，却又不能更改。好在他们有个儿子，把儿子教育成一个杰出的人——在她看来是对他们错误婚姻的有效弥补。也是唯一的弥补。

所以，她不能接受丈夫是个吸毒者，更不能允许余万聪有这样的父亲。她宁愿他没有父亲也不能允许他父亲吸毒。相对于余世冰吸毒这个事实，林美芬更不能接受儿子有个吸毒父亲这样的名声。名声通常比事实更有杀伤力。她需要保护余万聪，保护他的名声，保护他的气节。

余万聪在读小学四年级，是鱼尾巷小学少先队中队长，臂章上扛着两道杠杠。他已经开始写作文了，却怎么也写不好。无论老师怎么启发，他搜索枯肠也挤不出几个字。他总是无话可说，老师说他缺乏想象。而他同桌的作文却屡屡被老师当作范文念给大家听。同桌是个女孩，每当老师在课堂上宣读她的作文，她都会激动得脸蛋通红。余万聪也想着能像她那样脸蛋通红。光是想着如果老师也能念一念他的作文，他的小心脏就像有一群小猫在那里抓挠他。想象中的幸福感，让他差点无来由地哭出来。

同桌在作文里写到她的父亲为祖母尽孝，帮她洗脚、梳头。她写出了一些细节，说她父亲半趴在木盆上，挨个儿搓洗祖母的脚指头。

“就像珠宝商人擦拭珠宝上面的灰尘。”

老师念到这里停顿了一会儿，他说：“这是一个多么精妙的比喻啊。”

余万聪注意到同桌的脸蛋比刚才更红，她全身都在颤抖。正如老师所说，他也认为“精妙”，但他不知道她是怎么想出来的。

余万聪认识同桌的父亲，他早就秃顶了，头顶上寸草不生。还有传言说他是个赌徒，输了很多钱，还欠有不少赌债。余万聪见到过债主们在路上拦截他，向他讨债。也见到过他向债主作揖，甚至下跪，或者落荒而逃。他是个猥琐的男人，在镇子上是被人瞧不起的人。可是一旦被同桌写进作文，他的形象便深深打动了余万聪。看来文字是有魔力的，能够点石成金。他嫉妒同桌，暗想有一天也能写出这般美文。

这时，也就是老师在课堂上评点那个“精妙比喻”的时候，余世冰被带走了。余万聪为同桌把祖母的脚指头比喻成“珠宝”而激动不已，林美芬恰在同一时间得知余世冰吸毒并被警方带走。

忠义桥在前朝历史中出过几位忠义之士，桥也因此得名。它曾经是这个小镇连接府河两岸仅有的通途。只是后来在忠义桥上游新修了府河一桥，过了几年，又在它的下游新修了府河二桥。城区向外扩展，府河边则建了湿地公园。忠义桥上行人少了，此地日渐荒僻。以前茂密的林子也都还在，加上少有人至，忽有一日竟成了不祥之地。因了几个至今没有破获的重案，越发谈虎色变。提到忠义桥的名字，难免有人胆战心惊。著名的犯罪场所，也是罪犯施行私刑的地方。忠义桥恶名远扬，与它历史上的美誉背道而驰。愈传愈神奇，愈凶险。抢劫，强奸，还杀过人。没人敢来这里。尤其夜间，杳无人迹。即使在白天，偶有人路过，那也多半是行色匆匆，神情慌张。通常是有急事需要过河去，又没找到合适车辆，才冒险从这里抄近道过桥。即使冒险，也大都是男人，很少有女性在此现身。

曾有市民和政协委员呼吁将桥炸掉。理由是化解治安风险。反正忠义桥已是危桥，既有了府河一桥和府河二桥，炸掉它对交通无妨。但是有关方回复说，忠义桥虽是危桥，却有文物价值。既如此，当然理应保护。这个镇子有文物价值的地方本来就不多，忠义桥可能算是一个。

可是，这天又出事了。有个女人居然来这里拍照，她举着自拍杆，站在颓败的桥栏杆旁给自己拍美颜照。估计是发朋友圈。她像是在对镜梳妆那样摇头晃脑，摆出各种姿势。

突然间，有几个小混子不知从哪里冒出来了。关于小混子的人数，女人后来有时说是三个，有时说是四个，还有时说是五个。这说明她被吓破了胆。她的记忆是混乱的，或者说她对外界的观察和判断是混乱的。有人认为她独自来这里拍照即是行为不当。更有人干脆说她脑子进水了。事后有人证明，女人大病初愈，前来拍照是为了在朋友圈留个纪念。只不过一时发昏，选错了地方。据此，又有人问女人得的大病是什么病，如果得的是精神类疾病，那就很好理解了。

小混子们抢女人手包，抢她手机。扯掉她脖子上的项链和耳环戒指。之后，他们又把她往不远处的树林草丛里拖。意图很明显，就是企图性侵她，轮奸她。那些小混子们兴奋得哇哇乱叫。

这时，有个男人冲了上来。女人说，他仿佛就是“从天而降”。她这么说自有道理。当时她仰躺在地上，正被人拖拽着，眼里看到的救命恩人当然像是“从天而降”。他身高马大，与歹徒搏斗。打斗持续的时间并不长。双方都受了伤。高大男人吃亏就吃在手上无刀，而歹徒有刀。单是肉搏，男人不占下风。可是他身中数刀，渐渐体力不支。那伙人没有放过他，合力将他抛入河中。河水湍急，男人转眼就不见了踪影。

歹徒们四散而逃。

女人被救下来了。没人知道那个落水的男人是谁，更没人知道他会不会游泳。关键是这样一个荒僻地方没有监控探头。也就是说救人男子没有留下影像资料，他的长相只能任由被救女子之后来描述。女人由于惊恐，实际上并没有看清对方面孔。她不仅没有看清救她的男人的面孔，也没看清歹徒面孔。她向警方提供的证言前言不搭后语。前面描述的长相与后面的描述差异巨大。甚至还有警员担心，她会不会把救她的男子的长相描述成了某个歹徒的长相。或者相反，把某个歹徒的长相描述成了救她的男子的长相。他们如此担心既是因为她的证言破绽丛生，也因为她从前得过的疾病。大病初愈，并不能保证她能像正常人那样准确说出自己的遭遇。

这件事发生的时间，比林美芬得知余世冰吸毒并被警方带走的消息早了两个小时。比老师在课堂上念余万聪女同桌的作文也刚好早了两个小时。

更早的时候，林美芬从忠义桥那一带路过时，发现聚集了很多人。有警察、小摊贩，还有许多不明身份的路人。人们在谈论什么，几个上了年纪的女人低声抽泣。她在那里站了二十多分钟，倾听人们谈论事发经过。被救女人已经送到医院去了。河面上行驶着两艘搜救船只，船上汽笛鸣响。还有高音喇叭喊话，彼此呼应。岸上也有人，他们沿河行走。有城管队员、消防队员、干警协警和一些志愿者。他们和河里的船只一起搜寻落水英雄。林美芬很容易被感动。她看电影会流泪，看电视剧会流泪。在忠义桥现场听到人们谈论的那些内容，她又默默地流泪了。

她想着那个未曾谋面的男人回到家里。据说他很高大，他有多高大？会不会和余世冰身材相似？余世冰也很高大，林美芬才会有此联想。但是，她随后得到的消息却是余世冰因为吸毒，已被警方送到戒毒所强制戒毒。林美芬没有办法把余世冰的事告诉余万聪。真是难以启齿啊，这样的事情怎么也不可能从她嘴里说出来。从她嘴里说出余世冰在吸毒这件事——比让她自己吸毒还要困难。她不能给儿子这样一个父亲，虽然父亲并不是她给的。人渣！这样一个人渣怎么能做父亲？特别特别是怎么能做余万聪的父亲？父亲是什么？父亲是可以影响儿子一生的人。儿子有这样的父亲，无疑将会自卑。他注定走不出父亲的阴影，并活在同龄人鄙夷的目光里。余万聪还太稚嫩，他不应该承受这种磨难。

晚上，林美芬带着余万聪来到府河边。很多人都自发来到这里，人们在为不知是谁的落水英雄祈福。期盼奇迹出现。大家都在河水上面放置许愿灯。许愿，祝福。人们盼望着，盼望他在河水下游的某一段，还能活着站起来。河面上被点亮的许愿灯星火点点。林美芬也点了一盏，她跟儿子一起许下心愿。

余万聪是鱼尾巷小学四年级学生，他一脸神往地说：“多么美好！我下一篇作文就写许愿灯。”

林美芬搂着他，轻声说：“嗯。”

河边的人群很安静，大家全都小声说话。类似耳语，像是生怕惊扰到了那位吉凶莫测的无名英雄。某种传言认为，救人者可能是外地人，他在出手救人时并不了解忠义桥这个地方有多么凶险。本地也没有哪个男子失踪或不知去向的传闻。外地人可能是路过此地。从医院传出的消息证实，女人当时在扭打中被歹徒的尖刀划破了腋下和胸口。若是再拖延下去，即使不再有后续侵犯，女人也会因失血过多而死亡。可以确定的是，路过此地的外地男人救了女人一命。听说女人还是位母亲，膝下有一对两岁零三个月的双胞胎儿女。他是谁？人们想象并猜测他的家人在未来的日子里，将怎样思念这位失踪者。

余万聪做完家庭作业，余世冰还没回来，他疑惑地问道："爸爸今天怎么没回来？"

林美芬没有回答儿子，她脸色难看。

余世冰在他两年戒毒生涯的第三个月，林美芬第一次来探视他。她看上去容光焕发，像是换了一个人。她没有责怪他。没有蔑视他。不说任何挖苦他侮辱他的话。就像他压根不是个吸毒者，没有不良嗜好，没有可怕前科。她也不是来探视吸毒者，而是和老友相见。她把探视的地方当成会客厅。她以会客的轻松语气和他交谈。她越这样，余世冰越惶恐。这不是林美芬的正常反应，她不可能这样纵容他。以她的性格，不应如此平静。

"有什么话你就直说吧。"

"我没有把你吸毒和戒毒的事告诉余万聪。"

"这是对的，能瞒多久瞒多久吧。"

“不是瞒，”林美芬说，“我把你说成了另一个人，张冠李戴，你现在是别人。”

“哪个人？”

“你是个英雄。”

余世冰张口结舌，不知道她在说什么。林美芬审视着他，“你救一个女人，被一帮坏人刺伤，又被抛入河中，至今下落不明。”

“那个人在哪里？”

“不知道，没人知道那个人在哪里。你现在就是那个人，我就是这样告诉余万聪的。”

说到这里，余世冰还没有意识到问题的严重性。他觉得就像是一个玩笑。“你把我说成什么人，我就是什么人吗？恐怕没这么简单。”

“那是我的事情，我能让余万聪相信。”

“余万聪相不相信不要紧，要紧的是还有别人，别人才是旁证。”

“旁证！旁证算什么？你不愿意自己是个英雄吗？”

“我愿意，可我就是个烂人。”

“是英雄还是烂人，对你自己不重要，对余万聪却很重要。”

“你说。”

“我能说什么，父亲就是顶帽子，你希望儿子顶着什么样的帽子活在人间？”

余世冰陷入沉思，“我倒没这样想过。”

“那你看看余万聪的作文吧。”

“父亲是帽子？你要摘下我这顶帽子，给余万聪戴上另外的帽子吗？”

林美芬带来了儿子的作文本，这篇作文老师作为范文在班上朗读了两次。余万聪现在的同桌是个小男孩，长着一对圆鼓鼓的眼睛。听了他的作文，男孩无限崇拜余万聪的父亲，同时也无限崇拜余万聪。

儿子的作文题目是《心中的许愿灯》。

作文是这样写的：“我父亲是个见义勇为的英雄。他身材高大，见过他的人都说他可以做个电影明星。但他是个平凡人。他在忠义桥上救了一位女性，那位可敬的女性是两个孩子的母亲。因为我父亲的英勇行为，两个幼小的孩子没有失去母亲。母亲也能有尊严地活着。可是我的父亲被歹徒刺伤，推入河中，再也没有回来。我父亲在家里是我的好父亲，是我母亲的好丈夫。我们都很怀念他。我们镇上的人也都很怀念他。全镇人在河里放许愿灯。许愿灯点亮了府河。那是在为我父亲祈福。许愿灯亮在水里，亮在我眼中。我的心也变成了一盏许愿灯，从此我的心永远为我父亲点亮。只要它还能跳动，就当长明不灭。”

余世冰看完儿子作文，眼眶湿润。他好半天没吱声，若我真是这样一个父亲，能得到儿子长久怀念，倒不失为一件幸事。但这不可能。他把儿子的作文本递还给林美芬，异常淡定地说：“就像报纸上登载的假新闻一样，这篇作文是假的。”

林美芬也很淡定，她直视着他的眼睛。

“可是我们一直这样说下去，能把它说成是真的。”

“你有办法吗？”

“我们有办法。”

看来林美芬早有打算，只要她的打算对儿子有好处，那就由着她。不过，话说回来，不由着她又能怎么样。他身在戒毒所里，对外界的事只能听之任之。

老师念了两遍余万聪的作文，他还重点表扬了作文里那个“了不起”的比喻。他把自己的内心比喻成一盏“许愿灯”，多么恰切，又多么情深意长。余万聪由自己这个“了不起”的比喻，想起了从前女同桌那个“精妙”的比喻，都是好句子啊。她把祖母的脚指头比喻为珠宝，父亲搓洗祖母的脚指头，就像珠宝商人在小心擦拭珠宝上面的灰尘。而他则把自己的心比喻为许愿灯，他的心因此被点亮了，也在府河的水面摇曳。多好！只可惜女同桌再也听不到他的作文，不能跟他分享快乐。但是现在的男同桌比他更激动。

他说：“你看看，我的手心都在冒汗，你太牛了。”

他们在课桌下面握了握手，他的手心确实出了太多汗，变得凉飕飕的。他附在余万聪耳边说：“我好嫉妒你。”

嫉妒！余万聪在女同桌那里也体验过这种痛苦以及自我期许。

林美芬让余世冰相信，自从余万聪有了英雄父亲，不管真假，都已经变成了事实。从此他的生命里就像新打开了一扇窗。新打开的生命之窗里透进了别样的光亮和能量。光照进来——各种美好的事物也跟着照进来。于是，他所有的事情都在向着好的方向转化。不是说以前就不好，而是现在变得更好。他的生命被装上了某种看不见的东西，就像是精密仪器那样的东西。或者就像是某种“指令”那样的东西。一个小学四年级的男孩，因此自动获得了克制能力奉献能力和进取精神。懂得趋利避害。仿佛他所有的行事，都暗合各种“指令”和“条例”所做出的规训要求。这对一个尚未长大成人的孩子该有多么不容易。他的言行总是那么值得称道，堪称完美学生。

“关键是儿子有了那样一个父亲！”林美芬说。

父亲是余万聪的导师，“精神之父”。父亲在儿子身上“附体”，“寄身”儿子体内。当然是那个被母亲讲述的父亲，那个被儿子写进作文里的纸上的父亲。不可能是戒毒所里的这个父亲。戒毒所里的这个父亲不可能为儿子打开那扇窗。

林美芬每次来探视余世冰，带来的都是喜讯。余万聪身上的变化不是物理变化，而是“化学变化”。他的生命里一定是完成了某种化学反应，否则无法解释。他的仪表和谈吐变得无可挑剔，既优秀又得体。成绩也好，各门成绩都好。还能主动去做一些公共事务。他当上了班干部，也是全校的学生会干部。被老师带着到处演讲，在本校讲，也去外校讲。

余世冰对林美芬所提到的儿子的变化目瞪口呆。他思考的问题是：如果我出去了，余万聪怎么办？但是，余万聪的每一篇作文几乎都是范文，都会被老师在班上朗读，差不多成了惯例。林美芬源源不断地为他提供有关父亲的各种素材。她把他过去的事情讲给儿子听。讲述的过程就像手机美颜功能对人的面容的美化过程一样，她尽力美化余世冰。美化的目的既是在完善余世冰作为英雄的“人设”，也是在怀念往事。比如余世冰脑袋被人砸破并被缝合了二十一针这件事，林美芬告诉余万聪，也是父亲勇斗歹徒，在夜宵大排档被人所伤。余万聪据此也写成了一篇范文式的作文，他现在对于书写父亲早已驾轻就熟。

可是余世冰看完这个作文后，非常无辜地对着林美芬摊开双手说："你知道事情不是这样的。当时我在夜宵大排档强行推销啤酒，和来自黄陂杨店的啤酒商打了一架。那不是勇斗歹徒，是在争夺地盘。"

"那是你的说法。"林美芬眯细着眼睛，额头那里一片光洁。

"我记得是这样。"

"那么，我们有另外的说法。"

余世冰进戒毒所的头三个月，林美芬没去看他。离开戒毒所的后三个月，林美芬也没去看他。中间一年半，她每个月会见日都会去。她一直在虚构余世冰，为儿子虚构一个英雄父亲。余万聪接受并在后来也参与了对父亲的虚构。林美芬把他们的虚构内容毫无保留地告诉了余世冰。

两年后，当余世冰从强制戒毒所出来的时候，他事实上已然是个"新人"了。他向往并愿意做那样一个"新人"。即使以前不是那样一个人，如果以后有机会，他一定会那样做。比如忠义桥，假如再次发生那种事，他一定会毫不犹豫地冲上去，并乐于被歹徒推入河中。他背着简易包，怀着这样朴素的念想往家里走去。

近乡情怯，该以何面目和儿子相见？

但是他想多了，余世冰马上就将知道，他已是无家可归。

门上依然挂着锁，余世冰还有从前的钥匙。打开锁，家里已是人去屋空。林美芬和余万聪早就不在。他们搬走了，家具和电器也都不见。屋子里落满灰土。

邻居告诉他，他进了戒毒所之后，林美芬只住了一个星期就搬走了。搬到哪里去了？没人知道。

“是不是投奔了你们家哪个亲友？”他们这样猜测。

一个星期就搬走了，余世冰记得，林美芬第一次去探视他时好像说过，她是在一个星期后开始虚构他的。这就对了，她虚构他就得离开这里。这个镇子太小了，谁家的事情大家不清楚？想想看，他们要在这里把余世冰当作一个英雄来讲述，岂不是笑话？就像把他吹成了气球，却又到处都是针刺，碰到哪里都会被戳破。他们避开了这个地方，也避开了他。这大概就是林美芬所说的“办法”。她的办法就是搬迁，搬到另一个地方去。他不再是余万聪的父亲，他不是“那个”父亲。那个父亲已经被写就了。他停留在纸上，是个纸上的父亲，他不能再去儿子的作文里改写他自己。换句话说，就算他知道他们在哪里，他也不能出现。他不能揭穿他们，也不能揭穿自己。

好吧，那就这样吧。余世冰不去找他们，并决定就此做个游手好闲之人。有一天，他因为无聊找到了忠义桥上那个被救女子。

他说：“我来拜访你。”

女子嫌恶地望着他，抿着嘴唇不言语。

余世冰问道：“我想知道落水英雄找到了没有？还有，我也想知道歹徒抓到了没有？”

“没有，落水英雄没有下落，歹徒也没有抓获。”女子明显有些恼羞成怒，就好像这不应该被看成是她的责任，也不应该是她的义务。

接着，她又说：“你们能不能不要没完没了地来找我？好吧，我是个受害者。是个讨厌的不合时宜地前去拍照的受害者，这个没错。我被人救下了，而救我的人又没找着。就因为这个原因，我就必须没完没了地接受盘问吗？”

说到这儿，女子掩面而泣。

余世冰深鞠一躬，“对不起，打扰到您了。”

当他抬起身，他发现女子头上飘荡着白发。他试着去理解她的困扰，理解她深藏在内心里的愧疚或不甘。这时，女子已转身走掉了。他仰头看天，但是他很快就埋下头来。实话实说，不看也罢。

外科手术

现在可以开始了吗？你采访我就对了。在这个戒毒所里你再也找不到比我更值得你采访的人。我身上有料啊，有什么料？等我慢慢告诉你。一定是所长安排你采访我的对吧，所长介绍我的时候肯定会这样跟你说："吴得夫是个又残暴又邪恶又能说的家伙，你要找有意思的人采访就找他。"这可错不了。你是记者？那么你是央视的吗？什么？不是记者，你是作家？作家是写书的人吗？难怪你要把我们谈话的地方选在阅览室里。也难怪你不大注意自己的仪表，你太随意了，就像坐在自家书房里。我不一样，你看我坐得多么端正，我时时刻刻都像是在做直播。这可是我的职业习惯。哪怕我穿着戒毒学员的制服，也要有个样子。我想着我面对的是直播镜头，镜头后面有无数双眼睛在看着我，要有这个意识。你在笑，你的意思是今天我没必要拿腔作势，也没有什么镜头对着我们。可是你错了，至少戒毒所的摄像镜头在监视我们。你信不信？不信你到值班室去看看，就在走廊尽头嘛，你去看看就知道了。不去？也好，那我们开始吧。先说说我是怎么进来的行吗？我估计你对这个好奇。坦率地说，我是怎么进来的这个事传播甚广，你在采访我之前应该早有耳闻。所长说我是个残暴的家伙也是基于这个原因。我不止一个外号。什么“屠夫吴得夫”“砍头手吴得夫”“变态杀手吴得夫”说的都是我。那天我照常在我的工作室对外直播，可是直播内容变了。我没有直播唱歌。而是直播杀人。很多人都这么说，直到现在仍然这么说。传说我直播怎么把人的头颅切下来。但事实并非如此。躺在桌子上的那个人名叫邱家声，他躺着的桌子我称为手术台。我还为这次直播准备了电锯。我试用过，电锯很锋利。消毒液。止血钳。纱布。镊子。手术刀。放大镜。还准备了一把砍刀，必要时用它对付坚硬的头骨。束缚衣，用来把邱家声固定在手术台上。我正式工作之前在案头上焚了香，在清水里净了手。然后戴上口罩和手套。事后我才明白，事情坏就坏在我太注重这类不切实际的所谓仪式。净手焚香耽搁得太久，它使得那么几个通过看直播认为我在犯罪的人能够有时间从容地举报我。警察精准定位并找到我们的时候——我还没来得及锯掉邱家声的头盖骨。当然已经快要锯下来了，只有很薄很薄的那么一层皮肉和骨头还连着。和警察一同前来抓我的人中间还有医生，他们的队伍后面还跟着辆急救车。警察后来对外公布，称他们来得正是时候，他们救下了邱家声一条命。警方同时宣布吴得夫——也就是我和邱家声都是吸毒者。我们的疯狂举动是在一同吸毒后进行的。警方还怀疑我的精神有问题，我异常冷静的行为不能不令他们生疑。他们抓住我之后，把我送进精神病院去做医学鉴定，结论是我没问题。邱家声在身体和神志恢复正常后，坚称他不是受害人，他说我们是合伙人，他同意这么干或者干脆就是他让我这么干的。邱家声的证词很有意思，他让警察没办法把我投进监狱，只能把我放在戒毒所里。邱家声的头盖骨在医院里又被缝上去了，他的脑袋顶上因此有一道像蚯蚓那样的疤痕，蚯蚓盘着他的脑袋正好绕了一圈。它是肉红色，像一条暗红色的发带束着他。我经常想孙悟空戴上紧箍儿会不会就是他那样子呢？他在医院里住了段时间，也来到戒毒所。所长找我谈过话，让我不要公开我和邱家声的关系。我没说，邱家声也没说，但是我怀疑大家都知道我们的关系。你在这里时间待久了就会知道，事实上这里没有秘密。越是顶顶绝密的事情越是人尽皆知。可是你知道吗？我之所以锯他的脑袋并不是要加害于他，我不是“屠夫”，也不是“砍头手”，更不是“变态杀手”。我不可能谋杀邱家声，我们这么做实在是另有目的，那是我们想要做的一件很大很大的事情。那件事情做好了，对这个国家和这个国家的人民都会有好处。你果然把眼睛睁大了，是啊，当我说到这儿，听到的人都会睁大眼睛。在我揭秘真相之前，我还是想更详细地介绍一下我自己，我必须把来龙去脉都告诉你。否则你可能没法弄清楚。实际上我是个聪明人，在我很小的时候我就发现我是个聪明人。我有多聪明？这么跟你说吧，在我还是小屁孩的时候我就已经有好几个跟班了。魏志坚、安尔恕和邱家声他们都是我跟班，跟着我混。混什么？泡网吧啊，我们那时候还能干什么，有事没事混在网吧里。小屁孩嘛，逃学，上网，又没钱。谁敢跟家长要钱？都不敢。我不一样，我能支付他们的上网经费。钱从哪来？从游戏中来。别人玩游戏贴钱，我玩游戏可以挣钱。我总是赢，赢得游戏币。我还把赢得的游戏装备、兵器在网上售卖。售卖这些东西可以套现，钱虽不多，足够我带着他们上网。正是从小时候玩游戏开始，我无比惊喜地发现了潜藏在我身体里面的那股子聪明劲头。成年以后，我也从没有停止开发我的聪明才智。这就要说到源头了，我的遗传基因好，因为我父亲也是个聪明人。他叫吴继承，没什么文化，当过兵。一个没文化的大老粗在部队里怎么出人头地活出点动静呢？他苦思冥想，终于找到出路。他唱歌，不久就成了连队里的文艺积极分子。我父亲唱歌只学蒋大为，也只唱他的《牡丹之歌》，唱他的《在那桃花盛开的地方》。他模仿他，模仿得惟妙惟肖。部队的人都夸我父亲，说吴继承是“蒋大为之二”。说来也巧，有一年蒋大为到部队下基层巡演，正好到了我父亲所在的部队。蒋大为听说这里出了个“蒋大为之二”，便热情邀请我父亲上台和他同台演唱《在那桃花盛开的地方》。演唱完毕，蒋大为笑称“蒋大为之二比蒋大为唱得还好”。蒋大为这么说无非是调侃、是幽默，是在鼓励基层战士，但是客观上也让吴继承从此有了很大名气。他们还在舞台上拍了张合影。我父亲终生带着那张合影，他手机屏保永远是那张照片，家里最醒目的地方也悬挂着那张照片。蒋大为穿着白色西装，我父亲比他稍矮，他笑容可掬地把一只手搭在我父亲的肩头。这是我从小就熟知并铭记在脑海里的画面。我刚懂事时，我父亲站在那张照片下面跟我说，他并不喜欢唱歌，一点也不喜欢。我问他：“那你为什么要学蒋大为？又为什么要做蒋大为之二呢？”我父亲盯着我眼睛说：“这个，你长大就知道了。”他并没有给我答案，后来也再没提起。现在想想，父亲那样说似有深意，或者即使没有深意，他故意把自己装扮成了阴谋家。但是他后来的生计和人生归宿跟唱歌毫无关系。和蒋大为“同台演唱过”只是后来的一项谈资，他在部队里也只红火了那么短暂的一个时期。仅此而已。父亲退伍后在我们县城开了家熟食店，店里卖卤鸭卤鸡卤海带卤藕卤猪蹄卤鸡肫卤鸭脖子花生米猪肉丸子什么的。店子开在紫金路菜场西侧一个脏兮兮的小门面房里。在我父亲开店之前，县城里的大街小巷到处密布着这类熟食店子。他的生意有多么惨淡可想而知，他坚持了三个多月再也坚持不下去。我母亲建议他做别的，不如改行做小五金。关键时刻我父亲没有听我母亲的，他把自己关在那间小门面房里苦思冥想了一晚上，第二天早上决定奋力一搏。他找我伯父也就是他哥哥吴继实借了一笔钱，吴继实避着他老婆也就是我伯母偷偷把他自己的私房钱借给我父亲。作家老师，我可能扯得有点远，请你耐心听下去。伯父吴继实我后面还要提到他，他是我们县里电力局的局长。我父亲用借来的钱重新装修了门面，装修得又漂亮又敞亮。他还在门上挂了个牌子，上面写上蒋二熟食店，店子的正面墙上张贴着他和蒋大为的巨幅合影。蒋二熟食店？老板不是姓吴吗？怎么叫蒋二？原来他是蒋大为之二！真的吗？当然是真的，墙上还有他跟蒋大为的合影呢。县城卖熟食的店子多，可是跟蒋大为一起唱过歌的人在卖熟食的店子就这一家。蒋二熟食店整天循环播放蒋大为那几首经典歌曲，人们到这里来买熟食会产生错觉：就像是他们刚刚从笑眯眯身穿白西装的蒋大为手上接过了那些他们购买的熟食。作家老师你说这样我父亲的熟食生意还会不好吗？他又开了几家店子，做连锁店。我说过我身上那股子聪明劲头儿源头在我父亲身上，他有这个东西。不过呢，我也瞧不上他，我父亲不大气。所以他做不了大事，也就配卖卖鸡屁股鸭脑袋。比如说吧，我要他加入县音乐家协会，力争当上音协主席，万一当不了主席，当个副主席也行。他听倒是听了我的，加入了音协。可是他没有争取当主席副主席，只满足于当个理事。他的理由是县里经费紧张，当了主席副主席，他一个做企业的必要时总得赞助点吧。当个理事挺好的，不必出这个头了。你看看，这就是我父亲。县里搞春晚，他也上去唱个歌，弄一套像蒋大为那样的白西装穿着，唱《牡丹之歌》。也就这样，他从来不想更大的事情。再比如，作家老师我再跟你说个事儿。我伯父吴继实当电力局长嘛，肯定有很多人给他送这送那。钱啦物啦他是怎么处理的我就不知道了，单说商铺吧，别人送他的商铺居然有二三十间。我是怎么知道的？吴继实不是调走了吗？我们这儿是县级市，他调到地级市电力局工会去了。待遇不错，级别上去了，实权却没了。吴继实不在乎这些，他只想软着陆。因此他怕人调查他，那些商铺他没法说清楚。于是他走之前把商铺全转到我父亲名下。我父亲是做生意的人，还有连锁熟食店，那么他手上有再多商铺也说得过去。父亲异常神秘地把这事告诉我和母亲，我们都希望伯父以后不要或者至少不要全部拿回他的商铺。我们希望形势永远处于高压态势，让伯父不敢拿他的商铺。纵使他要拿回去，父亲也应该提前想好应对之策，不能让他得逞。留下几个最少也得留下一个。我们家对伯父是有功的，他理应奖赏我们。再说我们需要门面商铺，那些店子不都是租用别人的房子吗？这些道理我都苦口婆心地说给我父亲了，可是他听不进去。吴继实退休后，过了几年他认为警报解除了，就把那二三十间商铺全拿回去了。这件事我伯父很无耻，我父亲也很无耻。我的叛逆期很早就开始了。小时候我带着几个跟班逃学、上网，经常不归家。十六岁我还在读高中，我伯父就把我安排在电力局了。吴继实说读大学怎么样，毕业出来还不是要找份工作？还不一定能找到电力局这么好的单位呢。他授意手下修改了我的年龄，另给我做份档案。我就这样成了电力局的在册职工，而我还在高中念书。都是沾我伯父的光享他的福，我从十六岁开始吃空饷。一个高中生可以按月拿工资，电力局的工资还挺高。我拿着那些钱像花花公子一样消费，请不爱学习的同学大吃大喝。我身边总跟着一群人，小时候跟着上网的人，读高中了跟着一帮混吃混喝的人。我虽然聪明，这样混日子肯定考不上大学，到头来我只考上了一所职业学校，是个大专。我可以选择直接去电力局上班，也可以选择继续拿空饷，到职业学校去上学。吴继实征求我意见时，我选择了上学，我认为上学还是比上班更好玩些。读了几年书，回到县里，我还是不上班，当然空饷也还是拿着。这期间我和邱家声合伙开了间酒吧。县城里酒吧很少，有驻唱歌手的酒吧更少。邱家声的父亲是县音乐家协会名誉主席，他们家有钱，邱家在做房地产。这间酒吧主要是邱家声投资，我作为合伙人不过是帮忙张罗一下。邱家声说我人脉广，广个屁呀，也就是喜欢吃吃喝喝认识的人多一点罢了。那天酒吧的驻唱歌手突然病倒了，乐队都在，就是歌手临时被送进医院了。救场如救火，实在没办法，我就顶上去唱了首歌。没想到我这一唱全酒吧都沸腾了。我比驻唱歌手唱得还好，不仅那些尖叫着的顾客这样认为，我也这样认为。怎么可能？确实如此。我有生以来从来没有唱过歌，因为我父亲和蒋大为那摊子事，我甚至还厌恶唱歌。这份厌恶埋藏在我内心深处，不为人知，我自己也不知道。可是当我唱了，我发现很有天分。作家老师不瞒你说，这天分还是应该追溯到我父亲身上去对吧？不过我也就唱了那么一次，驻唱歌手病好了我再也不唱。邱家声好几次怂恿我上去唱，我理都不理他。吴继实退休了，我父亲把他的商铺也全都归还给他了。有一天电力局的人来找我，他自称是人事科的干部。他说单位里正在清理吃空饷的人，这是上面布置下来的工作，各个系统各个单位都在清理。他压低声音说“风声很紧”。像我这种情况比较典型。我说我可不可以回去上班，只要我上班了就不是吃空饷。来人显得很为难，他并没有沉思默想，只是假装在沉思默想。他说你的情况很复杂，你可能不知道，非常复杂。弄不好会出大问题。档案啦年龄啦什么都经不起查的。像你这种情况最简单的方法就是清除。清除是什么意思呢？就是——我还是简单点说吧——就是你和电力局没有任何关系了，现在没有，以后也没有。说到这里，他又补充说：“包括从前，从前你和县电力局也不曾有过任何关系。”他还特地眨了眨眼，他眨眼的动作在我看来就是个暗号，“这样对谁都好。”我就这么被我吃空饷的东家扫地出门了。我不想跟着我父亲做熟食，站在他和蒋大为的巨幅合影下面卖那些乌黑的杂碎。也不想跟邱家声一起开酒吧。他的酒吧生意越来越萧条，部分原因是别的更多酒吧开业了，更主要的原因则是——我后来才知道，那时候邱家声就已经在吸毒。我能做什么呢？我身上那股子聪明劲头这时候在起作用。我不是又发现了我还有歌唱天分吗？那就开直播吧。说干就干，直播你知道吗？知道就好，那我就不细说了。刚入这行做起来也很困难，好在我小时候就在网上摸爬滚打，入道快。我唱得也好，和专业歌手比起来虽不是那么好，可是我有特点。我还能说，嘴皮子利索。再说专业歌手有几个会去做直播呢？不会呀。这样看来我在做直播的半吊子歌手里不算是差的了。我的粉丝涨得很快，收入也快速增加。第一年我挣了二十万，第二年我想翻番，结果我挣了五十万。我以为我真正找到了我的生活，我的一生都会这样过下去。白天睡觉，晚上工作。我花六十万买了辆豪车。第三年我还想在第二年基础上再翻个番。我内心想，二十万的时候我把目标定为翻番，实际上我达到了五十万。那么五十万的时候我再把目标定为翻番，会不会达到两百万呢？命运会不会再给我惊喜？我想即使命运会给我惊喜，我也只能保守地定下翻番的目标。可是这一次的结果是什么，你都知道了作家老师。我栽了，我像一艘船那样倾覆了。你要我说说第一次吸毒吗？那没有什么好说的作家老师，我谁也不怪。第一次吸是邱家声带给我的，他先让我抽麻果，后让我吸冰毒。后来我再也离不开它。邱家声说你太辛苦了，抽抽它能帮你长点精神。他说看看你要死不活的样子，怎么干活？那时候我正在五十万上面折腾着怎样翻番，是够累的。我经常把自己累得昏倒在工作室里。这个累不说，我还在两个女人间翻刀山过火海。那两个女人我跟你说过吗作家老师？没说过，好吧，那我说说她们。我读高中时暗恋过我们班上的班花，她叫余琴琴，长得好看，学习成绩也好。她正眼也不瞧我，我知道她压根就当我是个胡乱花钱的烂人。我都烂到根上去了。可我不死心，我给她写了封情书。余琴琴当着好多同学的面把情书撕碎，扔到我脸上。然后她往地上啐了一口，气咻咻地走了。我受到羞辱，却只能把我那帮不长进的狐朋狗友们召到一起喝一顿，我喝得烂醉如泥。余琴琴上过大学，毕业后又回来，她在我们县里最好的学校——县一中当老师。我在做直播的第二年也就是我挣到五十万的那年正式交了个女朋友，所谓正式，意思是我打算和她结婚。作家老师我向你坦白：余琴琴是个假名字，前面跟你讲的所有名字都是真名字，就余琴琴是假的。为了说起来方便，我交的正式女朋友也叫李琴琴吧。我看到你在笑，的确是这样，李琴琴当然也是假名字。不必遮掩也不必讳言，在和李琴琴交往前我就有过性经验。可是和李琴琴交往上之后，我意识到从前的那些性经验是不够的。她在我们这儿出生，在武汉工作。周一至周五她在武汉，周末她又回到县城。因为性，我感觉李琴琴把我死死地绑在她身上了。我计划过年就结婚，李琴琴没同意也没明确反对。偏偏这时候我又遇到了余琴琴。问题是余琴琴现在的观念也变了，她不像读高中时那么高冷。我做直播在县里很有名气，我还开着六十万的豪车。余琴琴不可能不知道这些，她后来跟我说，是生活教会她更现实。正是这种观念上的变化，让这位县一中的语文老师明确向我示好。作家老师我其实很虚荣，换句话说哪个年轻人又不虚荣呢？曾几何时，她把我当作烂人，把我的情书撕碎扔在我脸上。现在却是她向我示好，她是我们曾经的班花啊，当了老师也还是那么漂亮。我还能怎么办，应下来嘛。这样我就有了两个女朋友，我在余琴琴和李琴琴两个女人间周旋。我享受着她们不同的温存和激情。可是好景不长，事情败露是有一次余琴琴来到我这里，我出门去接听一个电话，那电话并不是李琴琴打来的，是一个生意上的电话。但是我电脑上的QQ没关，余琴琴从那里看到了我和李琴琴极其肉麻的对话。余琴琴在我电话还没打完的时候就不动声色地离开了。她找到李琴琴，两个女人联手对付我。她们像在油祸里煎饼子那样折磨我。先是李琴琴跟我摊牌，要跟我分手。我离不开她，苦苦哀求。李琴琴同意继续和我好下去，但是她要提条件，提出很苛刻的条件，我全答应。接着余琴琴也来和我摊牌，也提条件。你说什么作家老师？我听你说。是啊，你说得对，我可以离开一个，保留一个。这才是合理的。要么留下一个，大不了最坏的结果是两个都离开。我把事情闹成了一团扯不清的乱麻，绝不是我一个人的责任。

余琴琴也好李琴琴也好，她们并不是真要和我好，也不是真要离开我。在她们说要离开我的时候，还故意留有跟我好的余地。在她们跟我好的时候，又故意露出将要离开我的把柄。都是这类翻来覆去地一会儿好一会儿分。后来我怀疑这是她们的策略，是她们的计谋。她们在一起商量，一起谋划，既要惩戒我，也要从我这里榨取钱财。当时我没意识到这个，企图把两个女人都留下来。我像个傻子那样分别在她们面前痛哭流涕地发誓、忏悔。为了图表现，我给她们买礼物。她们有时候原谅我，有时候又揭穿我。我不明白在一个女人那里所做的事情为什么忽然间就在另一个女人那里露出了马脚。直到她们发现我吸毒，认为我已无药可救，她们全都离开了我。我很痛苦，也因此得到了解脱。邱家声那时候也不行了，他把酒吧卖了，他的父亲也不再管他。我不认为邱家声是在谋害我，我更愿意认为他是在可怜我。可是有一个基本的前提是，邱家声并不是在他清醒的时候劝我吸上那么一口。如果他是清醒的，你杀了他也不会干这种事。对，没错，他劝我吸的时候正是因为他刚吸过。以前邱家声吸毒的时候从不回避我，他就当着我的面吸，我也从来不为所动。但那一次我吸上了。作家老师，我讲两个女人或者讲别的什么，都不是替我自己找借口。不是，请你相信我。所有那一切都不能构成理由。那么我只能说是劫数。我的事业——如果直播还算是我的事业的话——像雪崩一样瓦解了，我的财富也像雪崩一样消散了。我的豪车早已不在。这样活着不行，我和邱家声都想到过去死。正是走到了想死的这一步，我才又生出了另外的勇气。我说过我身上有股聪明劲头，时不时就会冒出来。我跟邱家声说，我们死都不怕，还怕戒毒吗？是啊是啊，但是发狠容易做起来难，我戒不了。无论费多大劲，我都做不到。这么跟你说吧作家老师，戒毒就像你站在太阳里想把自己的影子扯掉一样不可能。毒瘾发作时我的额头上有根青筋鼓出来，像蝌蚪那样跳动。青筋鼓出来的地方在我的额头左前方，也就是我的左眼睛上边。我拿手死命捂着它，它还是跳动。我压不住它，每次都这样。每次都是这里。我怀疑鼓出来的青筋就是我依赖毒品的那根神经。魏志坚邱家声都是这样，他们发作时也会有青筋鼓出来。如果真有一根神经专门负责接受毒品带来的欢乐和亢奋，然后隔上一段时间再负责召唤——也就是毒瘾发作的话，那么能不能做个外科手术——将那根神经一劳永逸地切割掉呢？或者将它切短，打上个小结？或者将它的末梢碳化——用电烙铁将它的末端烧焦。总之要达到这样一种效果：吸毒的人永远不想再碰它，看一眼都不愿意，不小心真看到了立马会出现极其厌恶的生理反应。打个不恰当的比喻，就像在饭桌上突然看到一碗屎那样。硬要你吸上一口就会反胃，恶心，愤怒，各种不适，各种莫名其妙的疼痛涌遍全身，逼迫你非要把它呕吐出来不可。如此美好的事情仅仅只是个外科手术而已。当我想到这个前景，我自己都惊呆了。天哪，那对我们中国对我们中国人民甚至对世界人民我都做出了多大贡献呀。你在笑，作家老师，你内心一定在想那不过是吸毒者的幻觉，幻想，是不切实际的垃圾想法。我不怪罪你作家老师，我不怪罪你蔑视我讥讽我。事实上我当时也被我自己的想法吓住了，我也以为那是我吸过毒之后的垃圾想法。可是另外一件新闻坚定了我的信念，不是说有个科学家编辑了婴儿基因吗？那个婴儿已经诞生了，科学家从她的基因里剪掉或者剔除了某个很微小的东西，那个婴儿因此就可以对艾滋病免疫了。你想想，基因都能编辑都能剔除，一根有毒品依赖的神经怎么就不能切割呢？我把这想法告诉我的那些同伴们，大家都很振奋，真有了这样的外科手术，大家都会抢着去做。尤其是邱家声，恨不得现在就能接受手术。他悄悄跟我说："机会来了，你要记得把我排在顶前面。"这是大事情，不是小事情，我再聪明也做不了。我开始钻研各种知识，植物学、化学和医学。我企图通过钻研这些知识找到突破口，再跟专家建议。为此我找过化学家，请教他怎么控制毒瘾发作。化学家穿灰色棉布对襟大褂，戴散光眼镜，他比我还悲观。他说没法控制，毒瘾实际上是你的身体记忆，你的神经记忆。你记住了吸毒时所产生的极度欢乐极度亢奋。再吸是恢复并再现那极度的欢乐和亢奋，重新回到过去。但是亢奋过后你又会极度空虚极度抑郁，抑郁到你想自杀。化学家说的这些话全是废话，我都体验过嘛，有什么好说的，我很后悔找他，这些知识对我没有意义。我又去请教医生，直接找神经内科医生。这回我把我的建议和想法和盘托出，医生听完后整张脸都扭曲了。他气愤得不行，在他看来，我居然当着他的面羞辱了现代医学，我的异想天开糟蹋了他作为医生的尊严。但是这个医生很有修养，他没有把我赶出去，而是很有耐心地拿出一张挂图。那张挂图是人的脑部神经剖面图。医生指着挂图对我说："你知道人的脑部神经有多么复杂吗？"怎么说呢？怎么说呢？医生使劲搓手，搓完手又指着挂图说："这么说吧，就像是天上的星宿那么复杂。"如此复杂的脑部神经你又怎么能找出那根"毒品神经"——我现在姑且将你指称的那根神经命名为毒品神经吧——你又如何去找到它呢？还有，即使你能找到它，你能确认它就是那根毒品神经——确凿无疑，可是你又怎么能切割它呢？"人体神经无比复杂，刚才说了，像天上的星宿那样复杂。那根毒品神经并非像你想的那样只负责毒品这件事儿，它还有其他功能，更重要的是它还和其他神经有交互作用。它们彼此勾连，你怎么能随随便便就把它切割了呢？”说完这番话，医生才把我赶走，他认为我是个疯子。可是医生的话对我不起作用，他说的也许没错，那是就医学而言。而我掌握的是我自己的身体，他又不吸毒，他哪知道那么复杂的神经系统在毒瘾发作的时候哪一根神经会跳出来呢？他不会知道，他肯定会迷失在像星宿那么复杂的天空里。我们不同啊，我们感同身受，我们知道它会像蝌蚪那样跳动。就像一个人在深山行走，他的手被挂在树枝上的毒蛇咬了，如果他拔出刀来砍断手腕，那么他还能活命。这不是一个意思吗？就算切掉那根神经——我觉得医生将它命名为毒品神经太有学问了，即使因此不得不伤害到了其他功能或其他神经，又有何妨？我找到邱家声，跟他说了我的意见，他非常赞成。我说这事儿看来不能指望医生了，要做也只能我们自己做。就像在深山里被毒蛇咬了的那个人砍断自己手腕一样，我们也只能自己拿起手术刀。邱家声无条件同意。但是他提醒我，那根在我们额头上像蝌蚪那样鼓出来并跳动着的青筋有可能是血管而不是神经。那样的话我们就不能切掉它，切掉身上的血管将非常危险。这种提醒是必要的。我和邱家声有相同体验，什么都能说到一块儿。即使那是血管，为什么每次都是那个地方呢？那根血管下面一定压着一根神经，或者说一定有根神经在指使那根血管跳动。我们达成了一致，接下来我开始学习开颅术。很多疾病的治疗都要使用开颅术，打开人的头颅现在已经不是什么惊天动地的大事了。比如清理颅内瘀血，摘除脑瘤，都需要打开头颅，然后再缝上。我找来头骨模型，对照医学教程，慢慢学会把头颅打开，这还是第一步。第二步是，我和邱家声还要在打开的头颅内部辨认毒品神经。等到所有的事情都准备好了，才开始试验。我认为很有把握，才决定对外直播。在我们直播的时候，有人向警方举报，举报的词语是有人正在“直播杀人”。坦率地说，从画面上看，所谓正在“直播杀人”或许也不是没有道理。作家老师，说到这里你应该知道，我的初衷不过是做一次戒毒手术。有人后来弄清楚了我和邱家声之间的关系，对我的动机进行恶意揣度，往邪恶和阴暗的方向歪曲我的行为。因为我所吸的第一口毒品恰恰是邱家声提供给我的，他是我走上吸毒之路事实上的“引路人”。他们据此得出结论：我痛恨邱家声。什么戒毒手术不过是借刀杀人的把戏，他们猜测我的终极目的就是要干掉邱家声，而且还要把干掉他的过程对外全程直播。如果人死了我就辩称我是在帮他戒毒，我们之间还有协议——确实有协议。这样的恶意揣度到处传播，所以举报我“直播杀人”实在是举报到点子上了。作家老师，我不想对你说我背了锅，但是我要告诉你，在做这件事之前，我和邱家声曾经有过激烈争执。我当时坚持要我自己做实验对象，为什么会耽搁时间，到了现场我们还在争吵，除了净手焚香，这个也是原因。我推搡他，让我躺上手术台。我要他做那个做手术的人，让他完成手术。我在自己的额头上用深蓝色颜料画上圈，帮他确认位置。我的毒品神经在哪里我知道。“你放心，”我对他说，“你一下子就能找到。”这时，邱家声哭了起来。之前我们一直在争执，在之前的争执中他没有哭泣，那时候他据理力争。他说我比他更适合做手术，我钻研得更深一些。电锯放在我手上比放在他手上更有把握。如果让他做的话，他一定会把我做死。死一个人倒也不是多大个事，在我们吸毒人群中死人经常发生。可是我死了这次试验也就失败了，不光失败，还会无疾而终。再也不会有人提起。进到直播间之前我俩的争执打了个平手，我没说服他，他也没说服我，事情就那样悬着，悬而未决。到了现场我再次请求他做，就像入席吃饭时我反复向他谦让首席座位。邱家声于是哭了起来，他哭诉我没有把他当兄弟，在我们最应该肝胆相照的时候我把他推到不仁不义的黑洞里去了。我问他怎么不仁不义，他说既然我明知道他会失手，还偏要他去做这个手术不是不仁不义又是什么？我这才答应他，让他躺到手术台上去。邱家声很是欣喜，我们正在做一件很大很大的事情，这件事情做好了，对国家对人民那可真是功莫大焉。我一边净手焚香，一边跟他说，事虽是好事，风险也大。你知道吗作家老师？我们在一起协商时达成过共识，这次手术成功的概率大概只有百分之三十。不能更高了。邱家声企图说服我把成功的概率提高一些，达到百分之五十也可以呀。我坚决摇头，表示我们万万不可如此乐观。凡事太过乐观就会出意想不到的差错。它的风险在于有可能致聋、致哑，导致高位截瘫，或者智商受损、失忆、痴傻。最坏最坏的结果还有可能丧命。我和邱家声（主要是我）反复评估查证，相信丧命的概率也很低，低到几乎可以忽略不计。那么既然成功的概率也低，低到不足百分之三十，我们为什么还要做呢？作家老师，我和邱家声赌的就是那百分之三十，万一我们成功了呢，那可是天大的恩赐。纵然没有完全成功，聋哑瘫痪变傻也没什么，因为付出那么大的代价，毒是可以戒掉的。只要把毒戒掉，落下那些后遗症实在没关系。你没有吸过毒，所以你不知道，吸毒者连残疾人都不如。我们都宁愿做个残疾

人，也不愿做个吸毒者。那么多吸毒的人自残，因为什么呀，不就是因为这个吗？我什么都跟你说了，你不是记者，不是央视的记者，你无法把采访我的视频播放出去。但你是作家，你可以写书是吧？我希望你能把我说的这些话写出来，让更多人看到。如果能有科学家来做这个事，当然更好，如果他们不做，那也无所谓。反正我和邱家声都还活着，我们或早或晚都要走出戒毒所。大家都知道，在戒毒所里人人能戒毒，可是出了戒毒所很多人又在复吸。治标不治本嘛。治本的事还得我和邱家声来做，我们不是都还活着吗？出去了我们还可以继续钻研，我对此有信心。采访这就结束了是吧，我能比画个OK的手势吗？耶！

猜忌

“我们开的这个会是叫分享会呢还是自救会呢或者就叫团体救助会呢？叫个什么名字好呢？我以前没参加过这种会，但是听说过这种类型的活动。很多有相同遭遇的人躲在很隐蔽的地方开这种会，当然都是些很倒霉的人，倒霉的人有各种各样的倒霉。比如酗酒者自杀者失独者，听说还有子女被拐卖的父母，这一些各个类别的人经常聚在一起。分类聚。不是有微信群吗？召集也方便，遭遇相同的人群一起倾诉，打探消息，抱团取暖。他们有自己的堡垒，外人进去不了。自救也好互助也好，无非就是把自个儿的苦水全吐出来。说自个儿的事是吧，说了也没人歧视你，没人取笑你。都是一样的人呗。所以不担心没人听你说，听你说完，还会有人给你出主意。出的主意管不管用不要紧，要紧的是还有人愿意出主意。我们现在开的就是这种会吗？”说话的人就站在屋子中间，他歪着脑袋。

戒毒所副所长郭丙坤也在座，这时郭所长插嘴说：“我们叫学习会，分组学习会。全组十个人学习讨论，大家轮流说。今天十六号，昨天不是会见日吗？大家应该都和家人见过面了吧，也消化消化。把你们的事情当着大伙儿的面说出来，全说出来。我想能说出来也是勇气，说不定也能起到治疗的效果。”

“那好，我先说吧，”站着的那个人说，他瘦高，两只肩头像驼峰那样耸着，“我叫宋军民，今年四十一岁。郭所长刚才说我们组有十个人，大家是同一个宿舍的室友，都是戒毒者，从前也都是吸毒者。我们十个人加上郭所长再加上做会议记录的刘警官，这屋子里现在一共有十二个人。你们十一个人听我一个人说，为什么要听我说？”

“这个人很啰嗦。”廖得志说。

“不得要领，”范光明说，“他在扯野棉花，野棉花有什么好扯的。”

郭所长双手往下压了压，“大家安静，等会儿你讲话人家也这么吵闹你还怎么讲？”

“我想知道你们都是心理医生吗？”宋军民说，“如果你们不是心理医生，这件事我讲出来你们会听不明白的。即使是我自己也一样听不明白。可我还是要讲出来。不是每个人都要讲吗？照郭所长的架势来看，不讲出来还过不了关。”

刘警官在会议记录本上写道，“郭所长不置可否地微笑着。”

“我讲什么？那时候我就是觉得有人要害我，成天啊，没日没夜地害怕。不知道危险在哪里，就是觉得危险。危险无处不在。肯定有人要害我。加害我的人是谁又不知道，索性知道是谁还好防范一些，还能有个目标。可是不知道。具体要害我什么——还有具体怎么害我也都不知道。只知道我将要被迫害，迫害的内容和招数却又不明所以。都在计划当中，还在谋划。这就更麻烦了，不知道危险从何处来，更不知道哪个人是我的敌人或对手。因为不知道敌人是谁，意味着很可能任意的某个人都是敌人，随便谁都是。他们为什么要害我，这种事不会无缘无故。我找不到理由。他们整装待发，他们有备而来。他们笑嘻嘻地躲在暗处，时刻盯着我，等着我犯错。哪怕我只是犯下一点点过错，哪怕只有一点点缝隙，他们就会有机可乘。那个人或是那些人不会放过我。他们精明强干训练有素，因此有很多手段。有说不出口的特别下三烂的手段，也有说得出口的——因此很高级——特别公平正义的手段。我早就被盯上了，这不是明摆着的事实吗？我是一条鱼，周边水域里全漂着鱼钩，只要我张开嘴准会咬上一只或几只鱼钩被他们欢天喜地地钓上去。我现在不是鱼，我走在陆地上，空气里也满满地漂浮着挂着饵料的钓钩。我只要一呼吸就会把钓钩吞进喉咙，我会被他们钓住。他们把我从树梢上扯出去，树梢像水草那样摇摆，树梢就是空气里的水草。他们把我从空气中扯出去。我在脱离空气的时候还能看到那么多钓钩漂浮着，有人以为那只是尘埃只是飞絮，可那就是钓钩，全是钓钩。它们总能钓到什么。所以我总是闭紧嘴巴，不敢随意张嘴。他们在搜集证据，搜集有关我的确凿证据。有一天他们会把我抓起来，囚禁我，对我用刑。用刑的地方会选在那间黑暗的没有光的地下室，里面摆满了各种刑具。我好几次梦见过那里，也有可能我真去过那里。他们把我吊起来，拿强光灯照我的眼睛，不让我睡觉。耳边有强噪声，工业噪声和葬礼上哭丧的噪声。飞机起飞时摩擦机场地面的噪声。模拟战争的枪炮声轰炸声。他们把噪声的音量开到最大，开到极限。噪声对人的摧残能力超过了任何一种暴力，我将昏迷。如果我昏迷过去了，他们就用冷水泼醒我。但是他们不打我。他们拷问我，逼我招供。可是我不知道我能招供什么。

我精心招供出来的东西他们认为毫无价值，而他们想要的东西我又招供不了或是我也不清楚。于是陷入困局。循环往复，转圈儿。拷问我的人一班班轮换。退下来休息的人到隔壁屋子去打扑克斗地主。另一些人留在这里继续逼我招供。没完没了。一想到那些事情我就手脚冰凉。我才不想被他们抓住，不想被他们投进那间囚室。我怀疑所有的事情，我对一切都不确定。我怀疑手机有问题，手机容易布置机关。很可能我的手机里面被人安放了装置。无论我在哪里，手机都会把我的位置发送给他们。我的通话记录我的短信都会被人复制。每每听到手机铃声我都会无端地受到惊吓，心惊肉跳，仿佛那是从阴曹地府里来的声音。熟人的电话不敢接，虽然名字是熟人的名字，但是我不知道声音是不是熟人的声音。声音很容易模仿。我怀疑有人冒充熟人跟我搭讪，这里有不可告人的阴谋，在我不防备的时候撬开突破口。至于陌生人的电话我更不敢接，不知道他们会干什么。那是些很奇怪的人，他们怎么会想到给不认识的人打电话呢？我甚至也不敢接我老婆的电话。我老婆当然没问题，可是谁知道我老婆有没有被监控？谁能保证我们的通话不会被监听不会被录音？我老婆声音的背后会不会也有她自己也不知道的某种通道或接口呢？谁知道？谁能告诉我？于是我在铁匠街靠近人武部的马路牙子上砸毁了手机。当时我正伸长脖子，小心翼翼地躲避着不让飘浮在空气里的钓钩把我给钓着了，我走路的样子因此像个窃贼，不停地东张西望。我老婆恰在这时给我打电话。我有五雷轰顶的感觉，不能接，一定不能接。手机继续响，我砸了它。手机碎片不能随地扔在一处，那样的话我担心有人能把里面的数据读出来。我蹲下身子，把砸毁了的手机碎片拢在一起，抓起来装在衣服口袋里。我装成没事人一样往其他街上走，假装闲逛，分六次在五条街上才把手机碎片扔完。这部手机算是被我碎尸万段了，我在半座城里扬弃它，令其尸骨无存。我记得这是我砸毁的第十部手机。实际上不是我记得，是我老婆提醒我的，她和颜悦色地对我说，你已经砸了九部手机，这是我买给你的第十部。三天前她才买给我，没想到今天我又砸掉了。她递给我的时候提醒我说，你已经砸了九部手机了，我便想起来之前我一直在砸手机。可是——我老婆红着眼睛讨好我说，没有手机我怎样才能找到你呢？你以前是我的依靠是我的靠山，现在不是依靠至少也是我的亲人。她对无法随时找到我而忧虑。我不能让她找不着我，这个她无法想象。因为这个缘故她又给我买了第十部手机。她向我保证，手机没问题。所有人不是都在用手机吗？别人的手机没问题你的手机也不会有问题。即使有什么所有人也都是一样的。你不要再怀疑什么，多虑对你不好，对你身体不好，对你脑子也不好。行吗？糊涂一点，大度一点。这个世界有什么可怀疑的呢？让别人怀疑去吧，我们什么也不怀疑。听到我老婆这样跟我说话，我有多么感动啊。她在安抚我。一边把手机递给我一边小声安抚我。她要我信任手机，信任她，进而信任这个世界。这个世界是可以信任的，她向我保证。对我说这话她的声音又小又轻柔，就像是她在对着婴儿说话。我们的孩子长大了，在上初中了。他刚出生还是个婴儿时，我记得我老婆就是这样和他说话。现在她也这样和我说话。她摸我的头发，摸我的脸。声音小得像在耳语，好像生怕声音大了会伤害到我。她叫我宝贝儿，哦宝贝儿。以前是我这样叫她，我做爱时总要叫她宝贝儿，不这样叫她，她到不了高潮。我已经不记得有多久没再这样叫她了，倒是她开始这样叫我了，不知道从什么时候开始。她说她心疼我。她说宝贝儿你受到惊吓了，你的生活不正常。所有的原因都是因为你吸了那东西，吸了那东西你想多了，所有你想的东西都不真实都不存在。她摸我的头发，摸我的脸，她向我保证说，那都是多余的猜忌。你戒了吧，戒了你就再不会这样了。她的手颤抖。我回过身来也摸她的头发，也摸她的脸。我那时候偎依在她胸前，悄悄流泪。泪水让我脑子清明，难道她说得不对吗？我羞愧不已。我把手机捂在手掌心里，发誓再也不砸。我老婆多么好啊，她轻拍着我的背，唱儿歌哄我入睡。她唱道：娘的宝宝，快睡觉觉，睡在梦中那个——摇啊摇。她反复地摇啊摇，拍啊拍，我就在她怀里睡着了，睡得好沉。平时我失眠，最狠一次三天三夜——哦不对——是五天五夜没合眼。她这样抱着我唱儿歌摇着拍着我就睡着了。她把我当作她儿子，把我当婴儿。可是现在我在铁匠街靠近人武部的马路牙子上还是把她送我的手机砸了，我都不知道她要跟我说什么。她不是在给我打电话吗？我没接电话却把手机砸了。既砸了手机，也就没法回去了，我得住酒店。我走进智德路，住进智德路上著名的天伦大酒店。智德路和铁匠街只隔着两条街，十几分钟就可以走过去。在酒店前台，我问接待员能不能住8203房。接待员说她要查查房间是否空着，她在电脑上看了看，8203房没人住。我顺利住进这间房。进了房间，我首先怀疑电视机有问题。里面会不会躲着什么人，或是有没有安装其他危险物品？我想起来了我为什么要点着住这间房，大约四周前我就是在这间房里砸了他们的电视机。我老婆前来交了赔偿金和罚款才把我领回去。我告诉老婆，他们要害我，电视机是最有可能被他们做过手脚的地方。我砸烂电视机，还没找到什么把柄，保安就进来了。保安说是在隔壁做卫生的保洁员报告他的。保洁员说有顾客在酒店里耍酒疯，正在破坏酒店财物。我质问保安电视机里有没有窃听器？有没有致人死命的毒剂？或是能够远程射击的制导瞄准仪？保安先是愣了愣，继而哈哈大笑。他是个没文化的人，粗手粗脚，对我所说的这些显然闻所未闻。保安准备报警，他肯定我是吸过那东西的人。信不信？一查他的尿就知道了。保洁员却在那儿跟他挤眉弄眼，她还有些姿色，长得不算难看。保洁员像是跟我求情那样对他说，你别较真，人家可能没吸那东西，只是喝醉了。你就没有喝醉的时候吗？她这样哧哧笑着问保安。保安大概想到了什么，毕竟是同事，可能他喝醉出洋相的时候，保洁员也在现场。她提示他想起他们共同经历过的那桩往事。保安说那就不报警吧，你的家人是谁，给我个电话，让人快点把你领走。我说家人是我老婆，但是我不把电话给他，我怀疑这是他们的计策。表面看保洁员在帮我，其实他们是一伙的，不过是在演双簧。巧就巧在我老婆正好这时候打电话来了，保安夺过我的手机，告诉她我在哪里。我没问我老婆交了多少赔偿金，也没问她交了多少罚款。我就记得，电视机里的问题我还没有查清楚。电视机是桩悬案。今天我还要再住进8203房，就是因为这个原因。我好奇，必须一探究竟。我拔掉电线插头，又一次把他们重新挂在墙上的电视机高高举过头顶，然后猛地掼在地上。机身裂开了，我用脚踢它，把它往墙上踢。双手扒拉它，撕扯它。它的内脏是由线圈线板螺钉和一些莫名其妙的块状物构成的。乱七八糟牵绊着各种物件的金属线像是内部的神经网络或血管。一些块状的塑料突出物，则像是从里面长出的恶性肿瘤。肿块。没有我想找到的东西。没有凶器。也有可能我想找到的东西就在里面，但是我不认识它们。就像我被拷问，被逼迫招供一样，我也在逼迫电视机招供。我要它说出它里面到底隐藏着什么。它不能发声，它不是人。我就拆它，踢它。一些东西从它上面掉落，不停地掉落。它在变小，我把它往墙上踢，现在还可以把它往房顶上踢。这时有人敲门，我打开门。又是那个保洁员，大约四周前的那个保洁员。我第一眼就认出她了。没有保安在这里，她显得很慌乱。她显然也认出我了，怎么又是你，她说。她拿出对讲机，正在呼叫什么。我扬手打掉已递送到她嘴边的对讲机，它掉在地毯上，从房间门口的走廊上往电梯方向滑出去很远。我听到对讲机在响，17号有什么事请讲，17号17号，听到请回话。哦，原来她是17号。她是警察吗？17号会不会是装扮成保洁员的女警察？我夺路而逃，蹦跳着跑步下楼。还好，8203房在酒店二楼，我来到一楼大厅时居然没看到保安。前台的接待员都不敢拦我。我跑出酒店，从智德路折返到铁匠街上。他们在追我，保洁员保安可能还有警察，手上拿着我的照片。我像电影里的逃犯那样奔跑。他们会不会开着警车？我气喘吁吁，撞倒了骑自行车的老大爷。老大爷躺在地上呻吟，大声呼救。有人认出他是街上的职业碰瓷人。这回算你倒霉，站在旁边的围观者说，撞你的人是个吸货。老大爷听说后，霍地站起身来。他揉着眼睛说人呢？人在哪里？有人指我，不止一个人指我，都把手指头指着我。我的目光和老大爷的目光碰上了，我看到他的眼神像玻璃碎了一地。他二话没说，骑上自行车灰溜溜地跑了。我回到家，跌跌撞撞回到家。好像是跑过了一座城才回来。老婆却不在。门虚掩着，屋里没有人。她去了哪里？我砸了手机，没有什么东西可以联系上她。她这会儿是安全的吗？我开始怀疑有人绑架她。他们抓不住我，才会绑架我老婆，这是他们惯用的伎俩。我对此深信不疑。如果是我老婆自己出去了，门不会虚掩着，她会锁上门。我的车还停在大门口，老婆的车也没看到。我和我老婆都开着很高档的豪车，我开越野车，她是迷你车。他们会不会绑架了她同时也挟持了她的车？我快速发动自己的车，呼一下开出去。我要找她，找我老婆。我在一家时装店门口看到了她的车，她的车是粉红色，醒目地停在那里。时装店看着眼熟，但是没有太多相关记忆，无法把那些线索连在一起。橱窗是透明玻璃，我老婆就在里面。我看到她笑容可掬地和一个年轻女人说话，在她身上比画她手上拿着的衣服。女人身边站了个年龄比她大很多的男人。我老婆也在对他说话，但是那男人含笑不语。毫无疑问他们没有绑架我老婆。我老婆在和他们说话的间隙，时不时地对着外面张望。一个新的想法突然出现在我脑子里，令我猝不及防。我发现我老婆是来和他们接头的，所谓时装店不过是用作掩护的接头地点。她假装接待顾客，却是在向他们告发我。我老婆是个告密者，她避着我向那些人出卖我。我痛苦，羞愧得无地自容。她粉红色的迷你车是我买的，作为结婚礼物送给她的，它就在那儿，在时装店门口。我此时不撞上去什么时候再撞呢？我屏住气息，开足马力撞上去。我撞上它了，它的尾部撞得稀烂，我的车头也撞得稀烂。有火光，有烟尘。它被我撞出去，又撞碎了时装店橱窗。一片惊呼，店子里的人都出来了。他们躲避灾祸，看看究竟发生了什么。我老婆一下子就看见我了，她捂着眼睛。你闯祸了！你闯大祸了！她抱着我脑袋呜呜地哭着。你是不是在告发我？我傻笑着问她，我的笑容非常傻。像尿布片，我脸上就糊着一层像尿布片那样的笑容问她，你在告发我吗？我老婆呜呜哭着，仍然抱着我脑袋。我从没想过要告发你，从没想过宝贝儿。我以为你能好起来，哪怕不是一下子总能慢慢好起来。可是你太危险了，你从来没有这样危险过。你吓到我了，我可能不得不把你送进去。原谅我宝贝儿。她摸我的头发，摸我的脸。我在她的安抚下渐渐安静下来。我甚至还睡了一会儿，不是真正睡，是打了个盹。然后，警车来了。就这样现在我和你们在一起。”

“我的故事讲完了。”宋军民说，“不是还可以讨论吗？我想听听你们怎么说。”

据刘警官会议记录记载，“宋军民的讲述气氛轻松，好几处地方都引发了一片笑声。”之所以引发笑声，刘警官写道，“不是嘲笑而是共鸣。从他们脸上的表情可以看出来，几乎人人都有类似经历。”

廖得志说：“我从你身上看到了自己的影子。我也像你那样猜忌，疑神疑鬼。只不过你比我厉害，如果跟癌症一样分早晚期的话，你那是到了猜忌症的晚期。”

范光明也说：“现在讲出来了，大家都会觉得很可笑。但是当时我们都是这样子的，谁不是这样子的呢？原因就是吸了那东西。那时候我们不会觉得多可笑，我们认为很正常呀。现在我们认为可笑是因为我们成了正常人。”

郭丙坤副所长及时插话说：“这就说到点子上了，我们都找到了根源。只有挖掉根儿，戒毒才会真正有成效。”郭所长这是在做点评，点评结束，其他人再接着说。可是宋军民打断了郭丙坤副所长的话，又站了起来，他还要说话。他坐在那里举着手要求继续发言，郭所长没看到，他便站了起来，站着举手。

“你还要讲吗？”郭所长亲切地问道。

“我还要讲。”宋军民说。

“那好，你继续。”

“我们找到了根儿，我们都知道猜忌是因为吸了那东西，那都是幻觉。可是我老婆把我送进来以后，她自己也变了，她性情大变。刚才廖得志说我已到了猜忌症晚期，那么真有猜忌症这种病吗？猜忌是不是病呢？如果真有这种病会不会传染呢？会像感冒那样传染吗？会像性病那样传染吗？如果会传染，又是通过什么传染的呢？比如唾沫或者什么？一旦被传染，是马上得病呢还是有一个潜伏期？潜伏期通常会是多长时间呢？跟狂犬病或艾滋病的潜伏期相比是更长呢还是更短？怎样避免传染上猜忌症，有什么有效的疫苗吗？可是猜忌仅仅只是某种精神活动啊，它又不是器官上面的病变。有些传染病指头会变黑。皮肤上长满疖子或斑点。鼻子烂掉。身上会有腐肉一块一块往下掉。猜忌症没有这些症状，却又比这些更可怕。不知道是怎么回事，我老婆从前那么开朗。她痛恨疑神疑鬼，她劝导我。她是好人，世上再没有比她更好的女人。而且她又不吸，从不碰那东西。按理说她不会掉进去。但不是这样。天哪，她只是个普通女人，为什么她也会陷在猜忌里面不能自拔呢？为什么？是报应吗？我的报应为什么会落在她头上？连续几个月，我老婆都在会见日那天来探视我。从我们的交谈中，我越来越发现她不太对劲了。她是慢慢变化的，变化一直在发生。她自己不知道她在变化，但是我看得一清二楚。她的神态，她的样子，尤其是她话语里面不断建立起来的逻辑。她的口气变得咄咄逼人。说起什么都是坚定不移而非犹疑。中国人很多时候都在指鹿为马。我害怕她的逻辑，她在新建立起来的逻辑里面回看过去的我。过去的我没有结论，只是证据而已。我过去的生活是提供给她的现成的材料，而有关我的结论则由现在的她来审定，由现在的她来给出。于是所有我过去的事情，全都变成了另外一些事情。她变了一个人，对什么都不再相信。这不是从前的她。她把我们以前的事情翻出来，重新审视它们，重新给它们定义。直到昨天——在最近的一次会见日里，我们又谈了一次，我们大吵。从第五个月开始，她把我们的每一个会见日都当成了审判日，或者也可以叫作审查日。她不是来探望我，而是在这个时间里前来审查我。她觉得有太多事情要弄清楚，要弄清楚这些事情需要我配合，她在审查我，被审查者需要回答问题。大约半年以后——我说的是我进来的时间，她的提包里开始携带着卷宗一样的东西。我们会见时，她把卷宗拿出来，对照上面的内容向我提问。有些问题我能回答，绝大多数问题我无法回答。提问的内容就像是为了证实她花样翻新的幻觉，让人发笑。但是我老婆不苟言笑。她说她以前活得太糊涂了，她明白得有些晚。现在她也摔手机，砸烂手机。让别人找不到她，她也不找别人。我说你是不是得上了抑郁症？她说不是，我没有得上抑郁症。可是这种现象你要警惕，我告诉她，这意味着你作为一个人在生活里正在收缩，你很有可能会把自己收缩在一只核桃里。那又有什么关系呢？我老婆说我砸掉手机不光是我不想和人说话，更关键的原因是我害怕手机银行，害怕那些简单快捷的事物。弄不好我所有的钱我所有的财产在手机上冷不丁就被人一键转走了。以前我们赚过很多钱，我是做基建起家的。她怀疑我们的家产并不全是被我吸光了，我只是吸掉了一部分家产，另外的家产很有可能是我以吸的名义转给了别人。否则的话我们家不会败得这么快。眨眼间变得一贫如洗，哪有这么快？她调查我的资金去向，调查我每一笔钱花在哪里。我跟她说我没有转钱给谁，她说你当然这么说。她到银行去打印我的支付明细，现在她要我回忆从前的每一次支付款都做了些什么。我从柜员机上一次次取现干了什么。天哪，我哪想得起来。不就是吸吗？卖家是谁？她要我把这个也告诉她。她说我要从卖家那里核实你到底买过多少。这也太疯狂了吧？我说你怎么能去找卖家，卖家也是随便什么人都能见上的吗？再说，你要核实卖家就给你核实？这可是警察干的事儿，你去搞？搞不好会掉脑袋。你别吓唬我，我老婆说。她坚信里面有猫腻。里面有个资金的黑洞，她说。我就不知道你把钱转给了谁。那个人比我漂亮吗？比我好？这就说到女人上面来了。我老婆大哭，我有对不起你的地方吗？你为什么这样对我？她花了两个月居然找到了那个女人。女人住在木头镇，和我一样也是个吸货。我老婆握着话筒，在会见日这天对着送话器吐痰。四处走动的干警没看见她的举动，她轻蔑地说道，和你一样，烂人，吸货。我不知道她是怎么认定的？木头镇的女人怎么就成了我的相好呢？我又是什么时候给她转过钱？我对我老婆提出疑问。我老婆说她专门到木头镇去见了那个女人，还给她拍了照片。她把女人的照片给我看。她很憔悴，不是良家妇女，眼神充满讥讽。我老婆让那女人写了封证明书，或者叫道歉书，认罪书，自白书或者叫悔罪书。反正叫什么都行，我老婆说就叫悔罪书吧。悔罪书上的文字没有抬头。那女人写道，我承认和一个名叫宋军民的男人保持不正当男女关系，多次在本市宾馆开房。我道德败坏，腐化堕落，明知道宋军民是有妇之夫，偏偏和他长期通奸。我还花他的钱，买衣服买首饰买东西吸。你都看到了吗？我老婆把女人的悔罪书展示给我看，把它高高举起来，像机场或高铁站接人的人高高举着的牌子。她说，真相大白于天下了吧，你还有什么可抵赖。”

“各位，”宋军民说，“我叫你们什么呢？各位什么？就叫各位同学可以吗？”

郭所长赶紧说：“各位学员。”

“好吧，”宋军民说，“各位学员，这封悔罪书你们怎么看？我发誓我不认识那个女人，我和她没有任何关系。她在撒谎，她写的悔罪书是一派谎言。”

听到这里，屋子里出奇的寂静，没有人说话，也没有哄笑声。非常奇怪，怎么会没有哄笑声呢？就是没有。所有人都望着宋军民，咧着嘴巴。

“我跟我老婆说，我怀疑这纸片是你买来的，你给她钱，让她把你说的话写下来。我老婆说你在戒毒所里也吸吗？我说不可能，在这里就算是老天爷也没法吸。既没有吸，你怎么又回到老路上去了呢？怎么又说出这种猜忌的鬼话呢？她说她找到人了，也找对人了，她认定那个女人就是她。她说我们的家产一部分被我吸掉了，另一部分被我转给了木头镇的那个女人。那个女人也吸，我供她吸。我把钱给她，还替她和我自己安排后路。说到后路，我老婆又怀疑我撞她的迷你车不是因为猜忌，不是因为幻觉，而是一场精心策划的谋杀。我肯定要撞死我老婆，然后和木头镇的女人远走高飞。她确信我以为她在车内，至于我说我从橱窗看到她在时装店里和别人说话——显然是后来编造的谎话。我就是要撞死她，不然我不会踩油门踩到那么深。她能够侥幸躲过一死，纯粹是她当时极其偶然地不在车内。如果不是一位老顾客坚持要试穿一件新款衣服，她肯定坐在车里了。在我进来的这些日子里，我老婆每一次来探视我，她的脸都要比上一次小一些，眼眶也要比上一次大一些。她一次比一次更披头散发，目光更直。她的表情绷得死死的，不容易弯曲哪怕一点点。我老婆刹不住车，她的疑心病在发展，在扩大，病毒无止境蔓延。我不在意她怎么怀疑我，也不急于洗白我自己。可是我担忧她。是不是以前我亏欠她的，现在她都要还给我。我不知道原因是什么。我老婆是多么善良的人啊，多么实心眼的人啊，她曾经抱着我拍打，唱着儿歌，像哄婴儿那样哄我入睡。她是怎样变成这样子的呢？她有太多疑问，每次来看我，都会连珠炮似的发问。好像我将不久于人世，她必须争分夺秒把我知道的一切从我嘴里掏出来。她想了解我——就像是在抢救性挖掘我的往事。我老婆现在的样子，就是我从前的样子。但是她没吸，打死她她也不会吸。我老婆到底怎么了？我百思不得其解。各位学员，谁能为我指点迷津？”

宋军民停顿了一会儿。这时范光明说话了，他进来前是个中学老师，业余时间为卖淫小姐、吸毒者和嗜酒如命者做过心理咨询。但是他没有心理咨询师的从业证书，只能偷偷摸摸出去做，捞点外快罢了。后来他也吸上了，便一边吸，一边给自己做心理分析。他说那是他有生以来做得最好的心理分析。他爱吹牛。戒毒所里有两个吹牛大王，一个是安尔恕，另一个就是他了。宋军民说谁能为我指点迷津？眼睛其实已经望着范光明了。

范光明说：“这个很好解释。你老婆以前所有的心思都搁在你身上，她要照顾你，她要挽救你。注意，重点是她要挽救你！她为你所做的那些事情就是想在你这里做个救世主。谁不想挽救人啊？能挽救一个人是多么大的幸事。做个拯救者，做个救世主。那时候的你老婆，她坚定，她仁慈，对你而言她全身都是恩典。从她的头发丝到她的脚指头都是你的恩典。可是自从她把你送进来以后，应该是在你撞车的时候，她在时装店里面因为看到了你的危险举动不得不打了报警电话。她悬空了。被挽救的人不在，挽救他的人还能做什么。不再需要救世主，自然也就没有救世主了。你老婆无事可干，她闲下来了。她的生活出现空白，一片空虚。过去她的生活虽然糟糕，比如你老是给她添乱，却是实有的生活。现在她的生活突然间变得抽象，失重，变得虚无。她进入了空洞。另一方面她对你的挽救因为她亲手把你送进来了也意味着失败。她自己宣告自己失败。把你送进来是她最不想做也最不愿意做的事情。从前你指责她告密，你说她告发你，她坚决予以否认。她说那是你的幻觉，是你胡乱的猜想。怎么会！但是最终结果证明，她仍然是你被抓住的唯一的知情人和告密者。她从你的幻觉里面发现了某种不可预知的先见之明。冠冕堂皇的理由和借口都不重要，重要的是事实。她被坐实了。她就是告密者，她告发了自己的丈夫。现在回头再想你所谓的指责，实际上是你提前说出了必将成为现实的某种预言。所以她不光有挫败感，她还有耻辱感。你老婆沉溺在耻辱感中东想西想，从前那些确凿无疑光滑无比的事情现在开始长毛，开始霉变。她因此而兴奋，她要牢牢抓住那些东西。抓住那些东西才能抵抗从前想要挽救你的理想，也才能抵抗她因为出卖你而自找的罪责。她需要证明一些事情，既然需要证明，当然就有疑问。”

范光明戛然而止，不再往下说。他眼睛红肿，不知道他在谈论宋军民老婆的事情的时候，有没有想到他自己的事情。刘警官在会议记录本上写道，“很多人似懂非懂。”

廖得志进来前是个贩卖假证的人，那些贴在厕所挡板和电线杆上的小广告里都有他留下的电话。用他自己的话来说，他就是个资深制假者。他这时接着范光明的话头得意扬扬地说：“你老婆既然找到了木头镇那个跟你相好的女人。”

“我没有和她相好。”宋军民抢先说，他大声叫着。

“可是她得到了她的悔罪书。”廖得志说，“那么相信我宋军民，接下来你老婆还会有更多相关证据拿到你面前。往后的会见日，你将会看到有关你自己的更完整的证据链条。只要你老婆怀疑到了什么，那些证据都会自动出现。”

“你的意思是我老婆也会像你那样制假吗？”

廖得志深沉地摇晃着脑袋：“不不不，你老婆不用也不会去制假，她什么都不必做。”

宋军民说：“时装店子是我以前给我老婆开的，她喜欢穿新衣服，我说有个店子你就边卖衣服边穿新衣服吧。店子门口装有监控视频。我接她送她经常在那里出现。我老婆现在把我出现在那里的镜头剪辑在一起。我在镜头里的样子鬼鬼祟祟躲躲闪闪探头探脑。那就是跟踪者的嘴脸，望风者的嘴脸，踩点者的嘴脸。很多时候我吸过之后不就是那样子吗？我老婆把那些嘴脸拼贴在一起，我都没办法诡辩。她说这些视频资料足以证明——我在撞车谋杀她之前下过多少功夫，做过多少工作。我一直在踩点。后来她还在我的越野车里发现了一把折叠弯刀。她怀疑如果她没有被我撞死，我就会手持弯刀将她捅死。昨天，就在昨天那个会见日，我老婆也把那把折叠弯刀的照片展示给我看。她用手机拍摄，照片就保存在她新买的手机里。她把手机举在额头那里，和她的右眼睛平行，我看得很清楚。但我不记得我拥有这样一把刀。我老婆冷笑着说你不承认没关系。过几天她有可能再把新手机砸掉，她拿不准，有这种可能性。不过你放心，她说，那把弯刀，作为实物作为实证，永远都在。我老婆说，修车的师傅也会出具证言。你想谋杀我，不要以为躲在戒毒所里面，你就能逃脱。你逃脱不了！我老婆还说，她本来想一把火把越野车和迷你车一起烧掉，但她忍着没烧，因为它们也是证物。”

说到这里，宋军民忽然间涕泪横流，他双手捂着面孔哭了很久，很长时间没有放下。就像他的面孔被谁捣烂了，他不得不捂着它。据刘警官在会议记录中记载，宋军民捂着面孔时一直在喃喃地说着什么，他声音太小，说的又是方言，所以刘警官不知道他在说什么。事后，跟他坐得最近的范光明说：“他说等我出去了，我一定要救我老婆。”就只这句话，他转着车轱辘颠来倒去反复念叨着停不下来。

一封没有寄送地址的信

花儿，你好！

花枝，你好！

花骨朵，你好！

你还好吗？可是我到底应该叫你什么呢？你姓花，这世上姓花的人真还不多。你还记得吗？从前我给你起了很多名字。花儿，花枝，花骨朵。可多了，我一会儿给你起一个。实际上你身份证上的名字是花谷。花谷，花谷，你叫个花不落不行吗？常言说，花无百日红。你呢，花不落，就跟日不落一样，多好。你笑，还是花谷吧。既然叫花谷，不如加个字儿，我要叫你花骨朵。一叫就喜欢上了，喜欢叫你花骨朵。在我们那个的时候，我呻吟着唤出你的名字，唤的就是花骨朵。我这样唤你，你便颤抖。你是多么容易颤抖啊。只要高兴你就会颤抖。以前你颤抖我以为只是因为恐惧，之后才知道快乐你也颤抖。我这是在给你写信呢花骨朵。从出生到现在，我都没给人写过信。以前不明白人和人为什么要写信，现在我却在给你写信。这会是一封很长很长的信。因为我有时间，我的时间太多了。你可能不太相信，我将在这里待上两年。两年时间多么漫长啊。

你肯定不知道我说的这里是哪里。顺便告诉你吧，我在戒毒所里。你离开之后发生了很多事情。我吸上毒了，这是其中一件，还有别的事。我被强制戒毒，这也是我有时间给你写信的原因。我要把所有那些事情都告诉你，慢慢讲。告诉你，对我自己也是个回忆。给你写信，仿佛在写回忆录。写我自己的回忆录，写我们两人的回忆录。现在就写回忆录是不是太早了？是不是已经到了我们人生的暮年？想想有些寒心。但我还是要给你写信。这年月谁还会写信？早不写了，发个短信，发个微信就行了。写信太古老，是旧时候的事。

我这里没有手机。手机被没收了，禁止使用。工作人员和来访者都不得使用手机，何况我们！没收了手机人就变成了瞎子，变成了聋子。可是话说回来，就算有手机，我也联系不上你。QQ也好微信也好，或者电子信箱，没一样能找到你。你全都停用了。所以，我只能选择写信给你花骨朵。这也是我唯一的选择。两年里，所有的日日夜夜，只要有一点点空闲我就会给你写信。当然，即使这封信写好了，我也不知道能寄往哪里。你很有可能收不到这封信。没有地址。一封信没有寄送地址，就像鸟儿没有翅膀。花骨朵你在哪里？我明白我在写一封无法寄出的信。无法寄出也要写。

写信能帮我消磨时间，度过两年光阴。我还给儿子写信，我们的儿子。他还小，等他长大了可以读我的信。

我在这里碰到了一位作家。他答应我，把我写给儿子的信带出去。不过，听了我讲你的故事，他表示没办法把信寄到你手上。请原谅我花骨朵，我把我们的故事也讲给他听了。作家是个写书人。至于你的下落你的地址，我都不知道，他更不会知道。他在这里采访，听说正在写一本名叫《会见日》的书。作家说哪怕这封信寄送不到你手上，他也可以把信件收录在他的书里面。我觉得这是个好主意，才把信交给他。花骨朵我想或许某一天你也能读到这本书。天意是猜不透的谜，不要错怪天意。你若读到《会见日》这本书，也就可以读到这封信了。万一你读不到，也会有其他读过此书的人读到它。

这封信不会无人阅读。一想到这个我也全身颤抖，我们的故事将在天下流传。

花骨朵我第一次见到你时，你才十五岁，我二十五岁。我记得你眼神里有股狠劲，宁折不弯和不畏生死的狠劲。那种眼神无疑经历过大事情。但是你的面孔却又稚气未脱，你漂亮得令人窒息。你的身材渐趋成熟，却又没有成熟女人的雍容饱满。还留有柔弱易损的弧线。你还处在由孩子到女人的神秘过渡阶段。这个阶段转瞬即逝，因此也是个残忍的时期。能够遇见你真是奇迹。感谢上苍，感谢武汉。那还是你第一次来到这座城市吧？你坐在街边，身旁放着简易行李箱。此处这个细节有些模糊，需要求证于你。我有时记得你坐在街边，身旁放着小箱子。有时又记得你就坐在小箱子上面。

我有些纠结，你能告诉我吗花骨朵？你是坐在街边还是坐在箱子上？你以手托腮，冷漠地注视着行人。我开着拖菜的小货车已经从你身边开过去了。尘雾蒙蒙的街道。进出白沙洲菜场都要从这儿经过。蔬菜集散地以前在武泰闸，那里人口太稠密，地方狭小。白沙洲长江大桥建成后，就迁到这里来了。我每天从老家收集新鲜蔬菜，送来批发给菜贩子。从你身边过去老远，脑子里还在浮现你的模样。你不像等人，也不像要去哪里。那样子就像是在拒绝一个又一个不好的念头。那些念头是从你内心冒出来的，因此你在和自己搏斗。我在大街上强行掉头，又把车开回去。正如我知道的那样，你还在老地方。我停下车，问你为什么坐在这里。你说，你没地方可去。你眼睛里有种欲哭无泪的东西，和你的年龄不相称。我说可以请你跟我卖菜吗？你看着那辆灰头土脸的小货车，忽然笑着说，你可以学会卖菜。

你答应我了，你知道那时候我有多么高兴吗？我跟你说过，我是个骄傲的男人。在你面前，我没有脾气。我比你大十岁，可是很多时候我宁愿由着你拿主意。我折服于你，你性格中有决绝的一面。很久以后我才了解你的身世。决绝或许与你的经历有关，或许没关系。你做什么都有无悔的姿态。有来无回，在你是再平常不过的事情。纵然把摇篮当坟墓——又有什么不可以？

我当过兵，我父亲年轻时也当过兵。父亲笑称，我们是军人世家。我初中刚毕业就进了部队，复员时还不到二十岁。父亲在老家有耿直正派的名声。我回来时，老家正在修村村通公路。我们村有两个人想承包修建。一人去找村支书公关，另一人找村主任公关。我是第三个人，不找村主任，也不找村支书。我直接去镇里找镇长，跟镇长说了想法和措施。镇长看我思路清晰，又是复员军人，说话做事靠谱，就把项目给了我。这是我做成的第一笔生意，挣到五十万块钱。我才二十一岁，已经很有钱了。

村里有个女孩想嫁给我。她父亲和我父亲很熟，还在我们小时候，他们之间可能有过相约做儿女亲家这类戏言。女孩很普通，容貌平常，几乎还有些丑。可是有心计，她在我们村里的服装厂上班。有很多农民办工厂。她老是加班。我对她没什么感觉。但是我父亲老在我面前说她是个靠得住的女人。靠得住比什么都重要。都是知根知底的家庭。女孩下了夜班就来找我。我和同伴在村口喝啤酒吃烧烤，她也来找我。怕走夜路，要我送她回家。她这么做是要给别人看，故意把我们的关系弄成那个样子，并且传出去。

不久，我们的关系在那个地方已是人尽皆知。我很被动，有口难辩。有一回，我送她回去，她告诉我她父母不在家。他们到外地去了。我那时喝了好几瓶啤酒，有些醉意。她要我进去洗把脸。洗把脸你舒服些。也就是那次，我们上了床。接着她说怀孕了。花骨朵我当过兵，我是个负责任的人，我们家也是个讲面子的家族。既然这样，我就娶她吧。虽然我内心非常不情愿，我还是要和她结婚。结婚后我才知道真相。她并没有怀孕。所谓怀孕是对我撒谎。她辩解说这么做是因为爱我，害怕失去我。我都羞于说出这个事，这么没有创意的桥段都被许多低劣的肥皂剧用烂了，我居然还会上当受骗。我一气之下离开家，来到县城，住在酒店里。成天和几个朋友喝酒打麻将，排遣被骗的痛苦和愤怒。过着公寓生活，酒店一天要付一百多块钱，我愿意付钱，不回去。我以前很节俭，现在不节俭。

不过我不赌博。几个朋友摇骰子，押单双。我看他们玩，自己不玩。看过好多次，小小骰子风云际会。有一次，单双出得太怪异了。竟然连着出了二十七次单。没人想到会出这么多单。出到第十九次，有人开始赌双。押双的金额和人数不断增加。但是摇出来的结果还是单。越到后来，每再出现一次单，都会引发惊呼。很多人输得惨。人们不是在赌单双，仿佛是在赌那个双将在什么时候出现。我站在那里，手心出汗，全身出汗。我在心里默念，以意念默念出单或双。每一次我都正确。单连着出到二十七次时，看到那么多人押双，我在心里喊道，你们押错了，还会出单。果然又是单，一片哀叹。我默算了一下，如果每次都押上钱，我能赢多少。这一算吓了一大跳，身上出了更多汗。那是个天文数字。单已出到三十次，马上是第三十一次。骰子魔了，它的跳动具有不可逆的魔性。很多人醒悟了，回过头又去押单。他们不相信双还能出来。可是我心里默念，这次肯定是双，不可能再出单。单到了穷途末路，运数穷尽了。我内心的声音那么坚定。我决定赌一把，只赌此一把。我不是做工程赚了五十万块钱吗，我把五十万银行卡押上去。我押双，义无反顾。

结果出来了花骨朵，还是单。我赌早了一把，就只早了一把。下一把，连着的第三十二次，即我把所有钱输光之后，双出来了。那天晚上我躺在县城酒店里，痛不欲生。我两手空空地回到村里，我必须离婚，不能不离。

我前妻后来嫁给村头烧烤店老板。我要谋生，这才想到去白沙洲卖菜。把我们乡下的蔬菜收集起来，再用小货车拖到白沙洲菜场。正是在那里我遇见了你花骨朵。我们见面的地方在尘土飞扬的大街上。可是我不记得你是坐在街边还是坐在行李箱上。你说你是江夏人。江夏是武汉的一个区。以前是武昌县，县城在纸坊镇。你不住在镇上，而是住在偏远乡下。你面色寒凉，有侠气，很像古代女侠。不知道我为什么会这样想，你是那种甘愿提着自己脑袋去办事的人。你并不开心，看上去郁郁寡欢。卖菜不能挣很多钱，勉强糊口而已。我们在一起过了两年多，你快到十八岁。十七岁多一点，十八岁还欠几个月。之前我没有碰过你，不是我不想碰，是我无比艰难地忍住了。

这时候——两年多之后，我们才同居，没领结婚证。你说不需要那东西。好吧，你说不需要那就不领。没有那张纸片，我也要和你天长地久过下去。这是我没有说出口的誓言，我视我们的爱为生命。

你的身体内部布满钢钉，那些钢钉镶嵌在你骨头里面。我到后来才知道花骨朵。每当天阴即将下雨的时候，你就会微皱眉头。我看着你骨肉酸疼，却帮不了你什么。你在我们同居后的第二天，才把那件事情告诉我。

那件事你在心里埋藏了几年。

你们家一共有四人，你父亲你母亲，你和你弟弟。那天，你父亲骑摩托车带着你和弟弟到集市上去赶集。你们三人共骑一辆摩托车。父亲驾驶，弟弟坐在中间，你坐在最后面。途中和一辆大货车迎头撞上。你被甩到路外面很远的地方，昏迷不醒。全身无数处骨折，医生说你身上的骨头成了一堆碎块。你左腿内侧，从大腿根部到踝骨那里没有肉，皮肉都被不知什么东西剐掉了。只剩下斑驳的骨头。

但是你活下来了，你父亲和弟弟当场毙命。你五天后才醒来，在医院里住了八个月才出院。你身体里的骨头由许许多多的钢板和钢钉固定在一起。当你向我讲述那场惨烈车祸时，我仿佛正身处地震当中。房屋倒塌，房梁砸下来，压在我身上。我体会到危急和绝望。但是你在微笑，镇定自若。你说交警认定父亲负事故全责。对方仍承担了你的医疗费，并赔付给你们四十万块钱。养伤时你一直在考虑，如果车祸必然发生，那么，死者应该是你和父亲，而不是弟弟。因为父亲一向认为夹坐在摩托车中间是最为安全的位置。无论出现怎样的意外，弟弟都能得到最好的保护。恰恰坐在你那里即最外边才会不安全。从事后的结果来看，理应是你坐在弟弟的位置上，弟弟坐在你那里。如此说来，正是父亲杀死了弟弟。摩托车和大货车剧烈撞击之时，你被巨大的力量远远地甩了出去。父亲若是知道这种结果，他应该把弟弟放在后面。弟弟才十二岁，他不应该和父亲一起被碾碎。听你这么说，我知道你对父亲是有怨恨的。你是因为他的失误——或是因为他的误算——才莫名其妙地活了下来。

八个月后你回家，却发现奶奶和大伯介入进来了。他们联手把那四十万块钱拿走了。他们强势，在当地还有诸多错综复杂的关系。你才十五岁，十五岁多一点。却不再是软弱的小姑娘。你和母亲吵闹，怪她窝囊。她太没用了，把父亲和弟弟拿命换来的钱给了别人。你母亲一生都这样，胆小怕事。她也怕你，怕你和她吵。于是她到深圳去打工，在那边另嫁了一个老头。你说你从来不想见那老头，一生都不想见他。

老家里只有你，你收拾了简单的行装来到武汉。你想碰碰运气。你是坐长途公交车过来的，刚从车站出来，坐在街边歇歇。武汉不一定是你的最终目标，你还可以去其他地方。那会儿你并没有想好。接着是我回过头来和你搭讪，你说一看就知道我不是坏人。

我不知道你的美丽和那场车祸有没有关系。能不能把车祸后的治疗和修复视作一场浩大的整容术。听你描述车祸，医生说你身体里是一堆骨头碎块。可是你的身材如此完美。我对你的身材着迷，也对你的脸蛋着迷。你没有告诉我，你的脸在车祸中有没有破碎。我也没有问你。但是在我的想象中是有疑问的。你脸上并没有防护物，既然你大腿上的皮肉全被剐掉了，你的脸岂能幸免？我曾就此问题打电话询问过你母亲，那时候你已不在。你母亲没有给我确切答案。我很后悔你在的时候，我们可以坦诚交谈的时候，我为什么没有当面向你提问？我可能是出于羞涩或难为情，或者我不愿意——我那么迷恋你的脸——却原来是再造出来的一张脸。我不愿意这样的结果被证实。其实又有什么呢？你的性格肯定因车祸改变了，你的侠气和决绝是从前就有的吗？

不久，我们的孩子出生了，你为我生了个儿子。将近年关，我父亲在家大宴宾客。他是家族中的老大，他那个辈分的长子。家里来了六七桌客人，我父亲特爱面子。他们喝酒打麻将，还抽烟。你抱着儿子站在门外。风那么冷，会不会把娃儿吹感冒呢？我提醒你还是进屋吧。你继续站在门外。我一向迁就你的倔强，心想外面就外面吧，反正时间不会很长。

那天是正月初一，过了几天都没事。到了初六，娃儿突然呼吸急促。送到县城医院，很快病危。又火速送到武汉。心跳达到200多下。在武汉治疗半个月，花费十多万。花骨朵那不是你的错。可你说娃要是不在了，你也不活了。你可以从医院的顶楼跳下去。你就站在楼顶的边沿位置。在那里，你承认那天抱着娃儿站在外面，是在跟我赌气，跟我们全家赌气。你讨厌全家人热火朝天地打麻将。因为你赌气，结果罪孽和痛苦却落到娃儿头上。你无法原谅自己。

我也手足无措，避着你把你母亲请来了。我觉得你情绪不够稳定，过分自责。母亲毕竟是你仅存于世的亲人，说不定能帮上我们。应我之请，她从深圳过来照顾你，照顾重病中的娃儿。正如你从前向我描述的那样，我发现她怕你，在你面前战战兢兢。这可能又是我犯下的一个错误，我不应该把她叫到家里来。你很冷淡。对你母亲冷淡，也对我冷淡。你好像看穿了我的把戏。我并没有因为娃儿生病而责怪你，也没有谴责你。但是我叫来了你母亲，你认为这是我在变相惩罚你，发泄不满。我在玩花招，以这种巧妙方式告发你，向你母亲告发你无知、任性。为了赌气，居然置娃儿的生死于不顾。你认为我在向你母亲证明：你还没长大，没有资格做母亲。

此时我在戒毒所里才恍然明白，我们的关系在那时候就已经埋下了不和的种子。你不能容忍我叫来你母亲。但是当时我不知道，我没有机会向你解释。你母亲没有待到娃儿出院就走了。你没和她告别。是我送她到武汉火车站。她要我对你好一点，对你要有耐心。她说你是个好女人，你比她好，比她勇敢。娃儿活蹦乱跳地出院了。现在他长得很好，比他的同龄孩子聪明，也比他们漂亮。他已经四岁多了，快五岁。他的长相漂亮极了，小脸儿和你一模一样。现在我相信你的脸不是再造的脸，它没有在那场车祸中破碎。你的脸原本就有那么漂亮花骨朵。否则我们的娃儿不会长成那个样子。他遗传了你的容颜，我为此感到欣慰。

我在回忆往事，一直在回忆。可是我想起来的都是枝节，太过琐碎。我想不起大事，大事是什么？那些大事难道不是都隐藏在日常琐事里吗？

这会儿我想和你说说戒毒所花骨朵，说说我此时的生活环境。你应该知道这些，我希望你知道有关我的所有事情。我想念你。我爱你。给你写信，既要说那些我们一起经历过的事情，也要说你所不知道的事情。这地方的前身是乡村坟地。长丰村坟地。戒毒所之前，最开始建的是劳教所。一九九七年劳教所选址选在此处。据说第一任所长建所时，先烧香放鞭炮，再迁坟。二〇一三年废除劳教制度。二〇一四年就在劳教所原址上建起戒毒所。戒毒所正面，隔着一条马路就是监狱。监狱名字我不告诉你，网上能查出来。有一年年关，上面的领导去那里检查工作，他们打出的横幅上赫然写着：××监狱欢迎您！闹了大笑话，你在网上查这个就能查出监狱名字。戒毒所侧面是火葬场。每天早上天刚麻麻亮，就会响起哀乐和鞭炮声。死者被送进焚尸炉。焚尸炉的烟囱并不高。有风的日子里，黑色的烟雾吹到我们这里。也有烟灰飘过来，就像焚烧秸秆烧出的灰尘。我们闻到尸体的味道。院子里有花坛，有鱼池。鱼池里喂养着观赏鱼，鱼儿欢快地游着。即使不是观赏鱼，这里的鱼也不能吃。同伴们说，这些鱼吸收了太多骨灰。

我有很多时间给你写信，才会不厌其烦地说得这么细。你会不会觉得我的环境不好——并因此为我担心？其实不必。我在这里挺好，闹中取静。外部环境只是名称有些吓人，跟我们没太大关系。管教干部对我们很好，就像老师对待学生。从不打骂我们。

有个干警劳教所时期就在这里，闲聊时讲了个故事。说黄石有个五十多岁的小偷在此劳教。他是惯偷，中过风，离异。平时要和他家人联系，他前妻和儿子都不理。甩包袱。可是此人打水时因地滑摔断了腿。这下他们都出现了。前妻和儿子请来律师打官司。劳教所为此赔付了八万块钱。本来要劳教三年，过一年就把他送回去了。送回去之前还把他的伤腿治好了，因为担心他家人拒收。学员家属中的确有这类无赖，他们就盼着出点什么事，然后前来扯皮。

我这么说你明白了吧花骨朵？我在里面过得挺好，我的体重好像还增加了一点，长胖了些。我给你写信，也给娃儿写。虽然他不认得字，我也写。等他长大了，他就能读到这些信了。你离开的时候娃儿还不到一岁，你想他吗？我们叫他小葱，小葱拌豆腐。葱葱。我给他写了很多信，都很短，不像写给你这么长。

你离开后发生了很多事情花骨朵。我有时会想，我为什么要经受这种苦这种磨难？为什么？有时候又想，你离开了或许是好事，你没有机会见到我后来的样子。不会看到我像鬼一样活着。那样的话你会少去很多痛苦。但是我后来的事情和你的离开没有关系吗？如果你不离开我会那样吗？我不能那样想。不能为自己的软弱寻找根源和借口。你身体里有太多钢板钢钉，天阴的时候你还难受吗？

娃儿好了以后，我们俩都像是脱了一层皮。尤其是你，刚刚从鬼门关闯了过来。我们不再去白沙洲卖菜。我和你商量，准备去温州投奔我的战友佟谷生。他是我最好的战友，在温州生意做得很大。之前他多次邀约我过去，我都没去。你建议我一个人去，你暂时不去。你的直觉是两个人一起太贸然了，没有回旋余地。我说不需要回旋。其实，更重要的原因是我离不开你，不想和你分开。我意识到娃儿生病，似乎让我们经历了一场生离死别。害怕一旦分开，就不能再和你在一起。你犹豫着，经不住我反复劝说，这才答应跟我去。

我们去见了佟谷生。原本的设想是我跟着他在外面跑，争取多挣些活钱。你就在他公司里安排个职位，拿固定工资。好多年没见面，晚上我们喝了很多酒，好像就这么说定了。

第二天我头疼得厉害。佟谷生过来跟我说，只能把你安排到温州下面的一个县里去。我问他为什么，他跟我说了实话。意思是他老婆说你太漂亮了，放在他身边，说不定他会打你主意。他说他老婆是个醋坛子，对漂亮女人有特别重的嫉妒心。他很抱歉。

可是你是我妻子，他又是我那么铁的战友，怎么会对你有那种心思？那怎么可能！我们不是亲人胜似亲人，他若做出那种事简直是乱伦。

乱伦！佟谷生说，他也是这么跟他老婆说的，他也提到了乱伦这个词。可是他老婆不信任他。我问他，为什么不信任？他说因为老婆手上捏着他的把柄，而且还不止一个把柄。佟谷生承认他是个色鬼，被他老婆抓了几次现行。她说可以安排你，但是必须安排到下面县里去，远离温州市区。他们家族产业很大，在县里的山区里面还经营着一处旅游景点，专营索道观光和漂流。你被安排在景区里卖票。

佟谷生走后，我征求你意见。你可以不去的。我估计你会拒绝，可是你说去。我说佟谷生是朋友，他老婆却不是，太不讲情义了。

你很冷淡，特别特别冷淡。你冷冷地说，他老婆没错。

可是佟谷生做不出那种事。

你冷笑着问道，哪种事？

他老婆说的呀，若把你放在他身边，没准他会打你主意。他断然做不出那种事。

你这么肯定吗？要我说，他什么事都能做出来！

我看着你，打了个寒战。我身上的汗毛直竖起来。

后来我一直在想你这句话，你是不是具有非凡的直觉，一眼就能把人看穿看透？你看到了什么？一定有什么。当时你瞒着我。你对我隐瞒了什么？我不该把你带到温州，更不该把你送到温州下面的那个县里去。你在那里做了七个多月。在你不当班的时候你也去漂流，也坐索道。忽然有一天索道出事了。刚好，那天你不当班，传说你也在索道上面。公司修复了索道，没有人员伤亡。可是你却不在。你的私人物品都在，就是人没了。既然传说你在索道上面，那么出事的时候有可能把你摔死了。但是公司和警方都确认没有人员伤亡。他们还搜索了出事地点，没有任何消息。

你消失了。我和佟谷生吵，和他老婆吵，怪罪他们把你弄没了。仔细想想，他们又没有责任。能怪他们什么？我报警，通过警方寻找你。他们有刑侦手段，可以看到你的QQ聊天记录。你在网上留下的痕迹，通过技术手段还原。文字和语音都可以查看。他们提到了一个名叫情天恨海的网友。你和他交流频繁，甚至有很肉麻的内容。自你消失后，你和情天恨海的QQ都没有活动迹象。警方分析，你可能在网恋。你为什么网恋？我没法接受这个，难道我们不相爱？我从来都认为我们是爱着的。我们的爱情是可以保证的。未必我错了？我是不是不理解你？我一向不理解女人吗？你还要什么？我被警方的推测击倒了。你和情天恨海聊天时隐约说到过宁德，宁德在福建。也隐约说到过六盘水，六盘水好像在贵州。这两个地方我都去了，警方没去，我去。

我拿着你的照片在大街上询问行人，去酒店询问服务员。没人见过你。很多人都说你像明星。我又回到温州，我不回老家。我想，说不定什么时候你又在温州出现。我千方百计挣钱，寄钱回去养父亲母亲，养葱葱。我在一家大公司里做保安，后升任保安队长。做保安是我的主业。我还有副业，替喝了酒的人做代驾。在出租屋里摆上麻将桌，供那些在娱乐场所上班的少爷公主们娱乐，我从中抽水钱。我还帮小区里的人上门修马桶，帮需要租房或卖房的人做中介。只要肯动脑子，只要能吃苦，不愁挣不到钱。我可以连轴转日夜不休息，就只为多挣点钱。我从没有那样操劳过。我愿意。日日夜夜碾压自己。花骨朵因为我梦想着还能再找到你，没有钱我去哪里找你。我成了一架挣钱的机器，干活干活，活儿把我的时间塞得满满的。我不能有一丝缝隙，只要停下来我就会想到你。一想到你就有锥心刺骨的疼痛。

就像现在，在戒毒所里，我仍然不能停下来。我给你写信花骨朵。我想象不到，如果不是没完没了地给你写信，如果停下来了我会不会疯掉。我没有寄信地址，不知道你能不能收到。可是有什么关系？收不到我也写。

过两年我就出去了，出去了我再去找你。我和葱葱在等你花骨朵。我们等着你。无论你做过什么，我们都在等你。你做过什么我没有兴趣，只要你能回来就行了。你不用告诉我什么，只当是你出了趟远门。你出了趟远门，然后又回来了。

说到这里，还没有说到我为什么会进来。我不碰麻果，不碰冰毒，怎么又碰了呢？怎么就进来了？我这就跟你说花骨朵，我没什么要瞒着你。前面说了，我又回到温州，在一家大公司做保安队长。我还有很多副业，辛苦挣钱。我不再和佟谷生联系，把他拉黑了。

可是有一天他老婆来找我，她在我面前哭哭啼啼。我烦她，她穿着一身黑衣服。她说她怀疑，在你消失这件事上，她老公也就是我战友也就是佟谷生很可能参与进去了。他跟你是同伙，你们是同谋。

我勃然大怒，恨不得揍她一顿。我问她有什么证据，如果说不出来，我要她好看。佟谷生以前说她是个醋坛子。醋坛子如何妒忌老公是她的事，可是她不能污辱你。

她果真说不出证据，她只是怀疑。你刚刚消失，她就起了疑心，事情太蹊跷了。她没有对外张扬，只是私底下和佟谷生吵。他不认账，反过来骂她精神不正常。她分析说，这便是他反常的地方。以前无论她提到哪个女人，他都会服软，要么解释，要么认错。因为她有把柄，捏着他软肋。但是这次说到你，他却态度强硬。他们吵得很凶，又不能让外界知道。吵了很多次，翻各种旧账。直到他提出离婚。

我说你们离婚了吗？

她说离了。

我的确把自己封闭起来了，温州城里发生了这么大的事我都不知道。佟谷生老婆又分析说，还有第二个反常的地方，那便是离婚条件。佟谷生原本是个野心勃勃发展产业的人，可是他自己提出的条件却是只要现金。把他那份财产变现，折算成现金付给他。只要现金，哪怕少算一点也行。产业则留给她。

你能知道这是什么意思吗？佟谷生的老婆问我。

你别问我，我说。我的脊背发凉。

然后，然后他不见了。我前夫也就是你战友——佟谷生他也失踪了，消失了。你能说这是偶然吗？离婚时，他提出只要现金，我就知道会有这一天。再往前推，从你带着她来到这里的时候，我就知道会有这一天。

她说的你是我，说的她是你。她的意思是自从我把你带到温州，就会有这一天。

他就是情天恨海吗？我问她知不知道情天恨海这个人。

她说不知道。

佟谷生上网吗？

她说，上。

他的网名叫什么呢？

她还是不知道。

我不信，我不相信。佟谷生老婆所说的话，完全是胡说八道。嫉妒烧坏了她的眼睛，烧坏了她的脑子，也烧坏了她的心灵。那些逻辑是她臆想出来的。即使你们真想怎样，也不至于费这么大劲。这得是多大的阴谋，或者说需要怎样周密的策划。除非你们想生生死死在一起，否则不会这样！

是啊是啊，佟谷生的老婆大声叫着。他们就是要生生死死，生生死死在一起，难道你一点也看不出来吗？

我真想拿个什么东西击爆她的脑袋，她怎么能把你和佟谷生放在一块儿说？她污辱了你，也污辱了我。佟谷生就是个色鬼。怎么可能？怎么可能！

这么说你还是不了解他。她说，我知道佟谷生是怎样一个人。

我把她赶走了花骨朵，我把这个不吉的黑衣女人赶走了。她在说混话，胡言乱语。这会儿想起那些话，我还会觉得恶心。她所说的话不是真的，对吧花骨朵。你一定要回答我花骨朵，不是，不是真的！

一帮少爷公主在我的出租屋里打麻将。他们是什么人？无非是鸭和鸡。可是为什么要冠上那样的名称？为什么要把鸭叫作少爷？把鸡叫作公主？偏偏就是那么叫。我照例在凌晨四五点钟过去，那时候他们即将散场，我去抽水钱。

他们正在嗨，吸麻果。就像平时那样，他们又说，老板也嗨嘛。

我说好吧，也跟你们嗨一次吧。今天就不抽你们的水钱了。

花骨朵我就是这样染上的。后悔吗？说后悔有什么意义？若不是佟谷生的老婆对我说了那番话，我不会走到这一步。这么说你能原谅我吗？或者对我稍有几分体恤之情？但是即便如此，能减轻我的罪责吗？不能，我只能独自承受。

我给葱葱写信，从没说我在戒毒所戒毒。不是没有勇气，而是我不想让他恨我，不想他长大后瞧不起我。我说，我在外地做生意。我还跟他说，你出国了。你在国外，过几年就会回来。葱葱现在不认识字，他还不到五岁，快到了。等到他能读懂这些信的时候，你就回来了，是吧花骨朵。你要记住我的话，记得帮我圆上谎啊。

戒毒所里有会见日，每月十五号就是。那天，有时是父亲有时是母亲来看我。他们分开来，从没一起来过。他们瞒着葱葱，带来的都是好消息，葱葱在一天天长大。他们给我看他的照片，他的视频。

佟谷生的老婆，不对，应该是他的前妻也来看过我两次。她告诉我，佟谷生仍然杳无音信。我想，她来告诉我这些，大概是想从我这里探听你的信息。我没告诉她什么。事实上我什么都不知道。

可是，尽管我确实不知道你身在何处，我也没对她说我不知道。

我请她不要来看我，她再也没来。

对了，还有你母亲，她和我们彻底失去了联系。她在深圳的那个电话号码很早就打不通了。她也没有通过别的什么来联络我们。我的岳母，我只和她见过一次，那还是在葱葱生病的时候。给你写信，什么都能想起来。我又想起了另一件事花骨朵，当时我们并没有领取结婚证。你说无须领，我们就没领。如此说来，我其实并不能算是你丈夫，你也不能算是我妻子。写到这里，我的心又一阵剧痛。

这封信还没写完，我要一直写下去，估计要到我走出戒毒所的那一天才会结束。我先把这部分给那个人吧。那个人是个作家，他说正在写一本名叫《会见日》的书。他也很难找到你。好吧，我希望能把这封信放在他的书里。那么，你能看到这本书吗花骨朵？

去往济南的路上

祖母是个高尚的清洁主义者，她裹着橘红色真丝披肩，脸上架着窄框眼镜。在她说话的时候，她的嗓音里夹杂着丝丝缕缕的噪音。噪音从她的声带和声音里析出来，尖锐地戳着听者耳膜。年轻时她声音动听，如歌声般美妙。现在声音上却长着毛刺，从她嘴里说出的每个字都像刺猬。

就是刺猬，孙正耀这么想。他意识到或许这正是祖母已经衰老的证据。当然是证据，声音上面都长满毛刺了，不是衰老是什么。

但是祖母依然有洁癖，尤其在道德上。她不能容忍任何污点和瑕疵。在家看电视，比如看《社会能见度》或《人与法》之类栏目，祖母往往会因为绝望而闭过气去。她愤怒地指着屏幕说："人怎么能如此堕落！"

如果孙正耀刚好在，他就过去给祖母捶捶背揉揉肩，以此让她消消气。他还体贴地说："换台吧，换到戏曲频道。"

她偏不换，还就要继续往下看。

"我倒要看看，"她说，"看看人还能怎样更卑劣。"

祖母是个知识分子，曾经还是个理想主义者和坚定的爱情主义者。可是命运不济，很早就守寡了。关于祖父之死，长辈们一直讳莫如深，孙正耀只能凭借经年累月里听到的只言片语和臆想去猜测真相。略知一二，终归不得要领。祖母没再婚，独自拉扯大两个孩子。一个是孙正耀伯父，一个是孙正耀父亲。

这是辆小车，宽大的越野吉普。是豪车，却是二手车。孙正耀做二手车生意，他在一处二手车市场内有一家自己的公司。车内现在共有三个人，开车人孙正耀，副驾座上坐着祖母和斜倚在后排的陈小昔。他们正从广州前往济南。气氛和谐，其乐融融。弥漫着眼睛看不见却又分明充盈在车内的甜蜜和欢快。没有哪种关系能像他们这种关系更牢靠，也更美好：祖母、孙子和孙子的恋人。这种关系有天然的信赖疼惜和关爱。随意聊，天马行空。想说什么说什么。没有尴尬，无须任何话题黏合剂。和祖母恋人一起出行，孙正耀想到这便是最好的时刻了。说话也好，沉默也好，怎么样都是最好的。

孙正耀也是祖母带大的。祖母既是祖母，也是母亲。陈小昔记得孙正耀说过，祖母有一次说，他就像是她的小儿子。老来得子，在伯父父亲之后，祖母老年之际又得了个儿子一样的孙子。陈小昔据此承认他们关系复杂。孙正耀毫无悬念地在溺爱中长大。

“你听说过吗小昔？他从小就护着我。”

祖母有多大年纪？快八十了吧，没有呢，还不到。差两岁，那也有七十八。难怪她喜欢重复。这个故事祖母之前讲过无数次，几乎成了家族内部的保留话题。即便在这辆车上，在前往济南的旅途上，祖母也已经讲过两次了。

“没听说过呢，奶奶。”陈小昔乖巧地答道。

孙正耀从后视镜看到陈小昔正懒洋洋地翻看手机，她在阅读微信或逛淘宝。她知道他在看她，便吐了吐舌头。后视镜里那截娇嫩的粉红色舌头在她嘴里伸出来又缩回去，他会心地微笑起来。他心情好着呢。她低着头看手机，也能知道他在微笑。因为受到感染，她也更愉悦更惬意。

两个人实际上在共谋，逗着祖母玩儿。祖母却不知是圈套，又讲一遍故事。孙正耀那时候还在读小学，小学二年级，才八岁。祖母买菜回来很生气，那个卖给她青菜的摊贩不讲道理，每斤多收了她一角钱。她买好菜，正往菜场外面走。另一个摊贩对着她眨眼睛，祖母有些奇怪，停下来问他价格。这一问，发现篮子里的青菜比别人贵了一角。再多问几家，都一样。祖母折返回去跟那个摊贩扯皮，质问他为什么多收钱。摊贩胡搅蛮缠，说什么愿打愿挨，一经售出概不退还。祖母重重地把菜篮子扔在家里的地板上，愤慨地说："太没有道德了。"

那个摊贩姓徐，长着一张和善面孔。关键是祖母经常在他手上买菜，谁知道被他骗过多少回。孙正耀以前去过菜场，祖母牵着他，边买菜，边告诉他菜名。因此他也认识那个姓徐的摊贩。这时，他放下作业，闷声不响地出去了。他捡起一块砖头，近距离砸到徐摊贩额头上。徐摊贩正在数零散的小额钞票，猛抬头看到有个小孩站在面前。

他还习惯性地问了句："你要买点什么？"

孙正耀没搭理他，直接就出手了。砖块径直飞向徐摊贩的额头。

"他流血了吗？"陈小昔问道。她故意这么问，以便引出祖母另外的话。

“流血了，流了很多血。”祖母愉快地说，“这个不重要，重要的是我问过我孙子，为什么要做这种事。”

“是啊，为什么？”

“我要保护奶奶。”答话的是八岁的孙正耀，不是现在的他。

“他还那么小，怎么保护奶奶？”孙正耀从后视镜里又看了一眼陈小昔。小昔假装没注意到，继续看手机。她其实很担心孙正耀。在他状态正好的时候，她害怕他会露馅。这种忧虑很奇怪，没有来由。但是他并不知道她在为他担忧，他以为她什么都不知道。为他担忧的情绪，正浸润着她的内心。

“他有那个心就够了。”

“我有那个心。”孙正耀说，“要不要听听音乐？”

“看奶奶听不听。”陈小昔说，她想把手机从车窗扔出去。她幻想那是只手雷，飞出去落在路面上爆炸。后面的车被炸翻，撞在护栏上。类似电影镜头，可是这种情况不可能发生。

“不听音乐，”祖母说，“我就想说说话，老年人爱唠叨。”

祖母身体好，这次去济南，是她自己决定要去的。

“你又在想什么坏主意。”孙正耀在调侃小昔。有时候陈小昔觉得他能看到她心里去，有时候又不能。他是个多疑的人，却从不说自己多疑。有段时间他嫉妒她身边的某个男人，但是他和他相处得挺好，表面上仿佛就是知己。他是个矛盾的完美主义者，性格中密布着锯齿一样的凹槽。只是，他把那些凹槽巧妙地遮盖着。因此，他看起来很光滑。

“没想什么坏主意，我在想电影。”

“这倒符合她的性情。”孙正耀心中暗忖。她喜欢这样，在他们做爱时，她脑子里总会浮现出电影里经典的性爱场景。她向他描述，一幕又一幕。她擅长以电影对应现实。如同填格子，把一块块现实填进电影里去。此时，在前往济南的高速路上，她想到了什么电影？

他们阻止过祖母，建议她不去济南。路途遥远，耗时太长，他们怕她吃不消。祖母坚持要去。“我必须去，”她说，“你们捎上我吧。”

虽然祖母身体好，孙正耀还是不放心。他专门给她做了体检，听取医生意见。医生说可以，不过要带上常备药品。祖母激动得手舞足蹈：“我说过我能行。”

还有一个人，孙正耀更想带上他。他叫孙正宏，是个十三岁的少年，在读初一。孙正宏瘦高，有一米七七了，逼近一米八。细得像根豆芽，戴眼镜。他长得像漫画，是个典型的卡通主义少年。

孙正耀在校园里找到他，告诉他行程，问他去不去。孙正宏搓着手，眼睛望着天边。他说他倒是想去，可是先要回去问妈妈同不同意。那当然，你还是个孩子，当然要问妈妈。再见面时，孙正宏说妈妈不让去，怕落下功课。孙正耀表示理解，“没关系，不去就不去吧。”

“荒唐！”祖母说，“他妈怎么能不让他去呢？”

孙正宏掏出一封信，信的封口已经封好了，上面还贴着一枚心形图标。

他说：“我给他写了封信，你交给他吧。”他腰弯曲得厉害。一定是地面上有什么东西在拉扯他脑袋，才把他拉成一张弓。

“好。”孙正耀接过信。

“但是你不许偷看。”他叮嘱着，眼睛像铅笔头上的两块橡皮擦。

孙正耀说：“我答应你了，我不偷看。”

孙正宏是孙正耀同父异母弟弟。他母亲没有正当职业，祖母坚持认为她曾经是广州街头的鸡。每次提到她，祖母都会骂上一句：“无耻！”

信件就在孙正耀的贴身口袋里，这孩子，他会写些什么？是他自己写的？还是在他母亲授意下写的？他单薄的身体里面会有怎样的忧伤？孙正耀心疼这个来路不明的弟弟。他生于家族公认的耻辱和伤疤。他的生命是从伤口里流出来的。但这不是他的错。他那么无辜，那么无以承受与生俱来的巨大阴影。他被那阴影笼罩。信里面会不会全是仇恨，写满诅咒？每个文字都是锋利的牙齿？他有权写下诅咒。他可以讨伐那个人。可是，会不会恰恰相反？他为什么会在信封上面贴上一枚心形图标呢？红色图标，像簇火焰。

“他应该去，毕竟也是他父亲。”祖母愤愤不平地说。

“不是他不愿意去，是他妈不让。”孙正耀又从后视镜里看小昔。

祖母说：“他妈就是个烂人。”

“奶奶，你总这么说。”

“烂人。”

“我见过孙正宏，”陈小昔说，“他话少。”

“不是话少，他基本上不说话。”

“如果他坐在车里面，很可能一声不吭。”

“我想到了电影里的冷面杀手。”

“他脸不冷，他只是面色苍白。”

“他有病吗？”

“没有。”

“看着像是贫血。”

“我说过，他没病。”孙正耀严厉地指出。

“那好吧，”陈小昔说，“可能是营养不良。”

“营养不良不奇怪，”祖母说，“他妈没办法养活他，只能饱一餐饿一餐。”

孙正耀沉默着，心想这是她一个人的错吗？就算她是鸡，就算她养不活儿子，谁能说全是她的问题？父亲呢？父亲在哪里？父亲做过什么？

“他没有正耀福气好，正耀有这么好的奶奶，正耀还有伯父。”陈小昔没玩手机，她在讨好奶奶，所说又是实情。

孙正耀听到这话很不好受，既然她是我奶奶，必然也是孙正宏的奶奶。我伯父肯定也是他伯父。我们只不过母亲不是同一个人，但是我们的父亲都是那个人。我比他幸运是因为我三岁时母亲去世了。他母亲还活着。因此我留在家里，他流落在外。祖母曾经和他母亲协商过，她说：“如果你能和孙正宏断绝母子关系，我们愿意收养他。”

这是祖母原话，自然也是伯父的意思。

孙正宏的母亲理都没理祖母，她转身离去时撂下一句话：“你们都是混蛋！”

那个风尘女子有股狠劲，她发誓把孙正宏养大，让他成为人上人。只要能达到目的，她不惜付出任何代价。所有的母亲都有这种理想。风尘女子在这方面的志向和知识分子祖母如出一辙。父亲坐牢去了，母亲不在人世，祖母仍然要把孙正耀培养成一个成功者。父亲一生坐过三次牢。孙正耀出生时，他第一次坐牢。中间又坐过一次。孙正宏四岁时，他第三次坐牢。

孙正耀在一种精致的贵族主义环境中长大。虽然并非真是贵族之家，却有意模仿西式的贵族家族氛围。使用的餐具和衣饰都极其讲究。祖母祖籍上海，小时候对这一套做派耳濡目染，布置起来有模有样。家里说话永远轻声细语。地板擦得锃亮。睡觉之前先读会书，再想想这天有无过错。所谓“内省”。不能说脏话，也不能说粗话。吃饭要细嚼慢咽。走路和坐下也要模样周正。

有一段时间孙正耀在睡前怎么也想不起自己有过什么过错。比如他没有摔坏东西，也没有弄脏衣服。这让他很苦恼，他为自己的“内省”不见成效而困惑，怀疑自己不够虔诚，或是没有掌握好“内省”的方法。

祖母便教导他，启发他。她说：“人非圣贤，没有谁会洁净到没有过错。比如谎言，这天你撒过谎没有？或者，你脑子里是否有过不好的念头？”

“我有过，”孙正耀说，“我想偷同桌郭文洁的文具盒，因为它太漂亮了。”

“你偷了吗？”

“没偷。”

“没偷是对的，但是有过这种念头也不对。”

“现在我明白了，过错也包括心里想了什么不好的东西。”

祖母后来把文具盒——也就是郭文洁那种漂亮的文具盒买给

了孙正耀。“你能够认识到自己的错误很不容易，并且你还能克制诱惑。”

“所以我要奖赏你。”祖母说。

这件事祖母果真奖赏了孙正耀，奖赏他发现自己的缺点并勇于说出来。孙正耀渐渐醒悟到，这是个好办法。“内省”其实是个能得到奖赏的好办法。真是无师自通，以后凡是想得到什么，他就会在睡前“内省”时编造出一项过错。他无比真诚地告诉祖母，白天里他想过要偷什么。那件东西他太想要了，太想偷回来。他唾手可得，可是他没有下手，没有去偷。虽然没偷，他还是觉得这种念头不好。这会儿想到都惊出了一身冷汗。他为此羞愧，所以要告诉祖母。祖母鼓励他，安抚他。摸一摸他的额头，让他安心睡去。

过几天，祖母就把那件东西买回来了。孙正耀以这种方式得到了皮球玻璃珠子插画布面熊等小玩意儿。那些东西堆在他床头，堆在写字台上。有些他视作珍宝，另一些过段时间他就厌倦了。他和他想要的东西，就像猫鼠游戏，孙正耀屡试不爽。游戏的要诀就是，他只需说出自己的过错。那么，没有过错可以编造出过错。从过错中获益，难道不是挺有意思吗？事实上过错一直都在直通好处。

正在开车的孙正耀回顾童年，他钻了祖母的空子。祖母在道德上有洁癖。他便在道德上作假，以“内省”莫须有的罪责来赢得祖母欢心，得到额外的奖赏。没有谁教他，他是自己学会的。那是他的成长环境。他的成长环境和孙正宏完全不一样。他不能原谅自己，从祖母那里得到的奖赏实际上都是偷窃。他以反省偷窃这一过错之名，行偷窃奖赏之实。所谓编造出来的过错，到头来变成了实打实的过错。看来过错也是不能编造的。他看着后排座上的陈小昔，他们的目光在后视镜里相遇。她悄悄地摇头苦笑。她在编另一个电影。在她的新电影里，孙正耀是个英雄。他身上插满刀子，仍然能飞起来。他是不死之神。但是他看不到活跃在她脑子里的他自己的影像。陈小昔苦笑的面容忧心忡忡。

“她在担心什么？”孙正耀反复问自己。

没有答案。此次旅行的目的地是济南，目的则是接回父亲。可是一路上他们几乎不谈论父亲，或是很少谈论他。部分原因是以此取悦祖母，迎合她。因为她视谈论父亲为禁忌。这个魔鬼式的人物，祖母一直试图抹去他。

父亲是个神秘主义人物。祖母想抹去他，企图否认他是自己的儿子。她更愿意只有一个儿子，那就是伯父。伯父是警察，在警界做到很高的位置。有次开运动会，很大很大国际性的运动会，他作为火炬手参与过火炬传递长跑。那是他最光荣的经历。有此经历的人终生罩着光环。他是成功者，膝下有儿女。孙正耀和祖母都住在他家。他从伯父那里得到父爱，从祖母那里得到母爱。这份爱并不畸形，或许恰是祖母为他设计的。读大学和开二手车公司也依赖过伯父。伯父不动声色地帮他融资，帮他找场地。只有在孙正耀办事的时候，他才会知道伯父的影响无所不在。但父亲始终不在场，好多好多年了，孙正耀都不记得还有父亲这个人。

祖母眼里的儿子就是伯父这样的人。她也不记得父亲，有意从记忆里剔除他。父亲第一次坐牢，孙正耀刚出生。他偷去伯父——也就是他哥哥的警服，穿在身上。假扮警察站在路上，拦下车辆，然后直接命令司机离开。抢劫汽车，再低价卖出。现在看来，那时候父亲所卖车辆也是二手车。只不过父亲的二手车是抢来的，孙正耀则是买来的。父亲被抓，抢劫已是重罪，假扮警察罪上加罪。

孙正耀开着的豪车，原车主可能是某高官，也可能是某个被认为是黑社会大哥的人。眼下风声正紧，那人急于将豪车脱手。孙正耀把握时机，以超低价拿到货。此车好销，注定狠赚一笔。他抚摸车身，手感像绸缎凉滑，遥想当时的父亲即使抢劫到一辆车，又能卖出几个钱？同是在二手车上面捞钱，父亲怎么也想不到日后的儿子会有今天吧。

父亲是被隐藏的父亲，祖母和伯父以沉默和不谈论不触碰来遗忘他、消解他。孙正耀老早就习惯了。他们的姿态里包含着傲慢和清高。在傲慢和清高里洗刷耻辱。他们把他移交给法律，任由法律处置。他不再是他们的儿子和弟弟。他没有了，他不存在。但这只是“一厢情愿”，意气用事。他的“身份”和血缘关系，仍在被全家人所“共享”。只要他还活着，哪怕只有一天，他也是根刺，扎在所有人的神经上。

“我想说说父亲。”孙正耀望着祖母，他请求道，他忍不住想要打破禁忌。

“他是我们此行的主角，虽然他不在车上，但主角还是他。”

祖母正了正坐姿，刚才有些精力不济，现在她挺直腰板。“说吧，我知道你从小到大一直都想说他。”

孙正耀差点流下泪水，祖母并不是不了解他。

“我就想知道，父亲怎么就能偷去伯父的警服？”陈小昔在后排座上举手，她还往上顶了顶，像是准备跳将起来。像个小学生。孙正耀又看到恋人吐舌头。还是太小儿科了。

果然，祖母说，“他从小就是小偷。”

“可伯父是警察啊，小偷偷警察？”

“他们是兄弟。”祖母转过头去，严厉地说。

父亲穿上哥哥的警服，趾高气扬地站在马路上。看到车辆过来，他只需把手掌向下轻轻一按。不不不，不是一按，而是往下轻轻一点，司机立马就会把车停下。他们一秒钟也不会耽搁，赶紧谄媚着凑上来，跟他递烟说好话。

“我在想，”孙正耀说，“父亲骨子里也想做警察，也想做个好人。”

“那不是他，他才不想呢，他天生就是个恶人。”祖母坚定地说，“不能因为他现在病重了，你就这样想他。”

“正耀可能想说父亲有这种愿望。”陈小昔在给他打圆场。“那是父亲的梦想，或许就连父亲自己都不知道他有这个梦想。”

“没有愿望，也不是什么梦想。”祖母说，“他穿上哥哥的警服不是因为想当警察，就是为了更方便犯罪。”

父亲第二次坐牢不知是什么原因，好像是在铁路上做过什么。反正离他第一次从监狱里出来没过多久，时间不长。在这个间隙里，父亲和孙正宏的母亲好上了。传说父亲和那个女人演绎了教科书式的一段爱情。他伤害了自己的身体，以这种方式追求那个女人。此种行为是模仿先前的某个疯子艺术家。故事是他从一本破败杂志中读到的。刚好孙正宏的母亲也是风尘女子。她乳房偏大，眼睛斜视。她被父亲的求爱举动惊骇到了。尽管父亲没有割下自己的什么器官，但是他下手也很重，他对自己决不手软。

他的脖子上淌着鲜血，他说：“我爱你！”

孙正宏的母亲拉着父亲走进内室。父亲一边和她做爱，一边任由脖子上的血液滴落到她身上。据说就是在那次，她就怀上孕了，怀上的也正是孙正宏。

她发誓说："我一定好好养大你的孩子。"

已经十多年了，孙正宏现在不是在读初中吗？

许多人都看到了这一幕。祖母说："你伯父当时就想拿着枪去直接崩了他脑袋。"

"伯父为什么这么恨他？"

"丢人啊，你不觉得丢人吗？"

"丢人就要崩了他？"

"那不是你伯父的错。"

"也不是父亲的错。"

"父亲是不是喝醉了？"

"不，你父亲从不喝酒，他做什么都很清醒。"

"父亲是个清醒的罪犯。"

"至少都是他自己的选择。"

"没人逼他？"

"没人逼他，他是天生的。"

"有天生的罪犯吗？"

"有，你父亲就是。"

"父亲就是父亲，即使爱情，也充满暴力。"

"为什么你们会认为那是爱情？"祖母问道。

"那不是爱情吗？"陈小昔埋下头去。

祖母有些累，可能是连续说话的缘故。

“但是孙正宏的母亲那么爱他。我母亲也爱他吗？”孙正耀终于把这个问题问出来了。

“这个问题需要你父亲自己回答你。”祖母又补了一句，“你们很快就要见面了。”

是啊是啊，那就再等等吧。母亲死得早，她什么都没来得及告诉孙正耀。

“父亲第二次坐牢是因为打架吗？”

“在火车上，打得很厉害。他一个人对抗一车厢人。”

“为什么？”

“不为什么，他有暴力倾向。”

“也是天生的？”

“也是天生的。”

一个人迎战全车厢的人，有没有这种电影？陈小昔在脑子里搜索。全车厢的人有多少人？又是些什么人？打架的理由是什么？火车飞驰，在座椅与座椅之间怎么打斗？孤胆匪徒。嘈杂的嘶吼声从他耳中灌入。他把人抡起来，用这个人砸那个人。人，木偶一样的人，既是打击对象，也是打人凶器。此人是被打之人，也是砸向旁人的工具和凶器。

父亲第三次坐牢，孙正宏已经四岁了。他在监狱里所待的时间比外面更多。抓他的不是广州警方，而是济南警方。跨省抓捕。父亲的罪名是容留运输贩卖毒品。他的贩毒网络横跨好几个省份。据说父亲自己不吸毒，他的好多手下都吸，但是他不碰。他被判了十八年。今年刚刚服完九年刑期。

祖母把这个家看成是一棵树，父亲是树上的枯枝败叶。对父亲的清理，可以使孙家这株植物更健康更繁茂。你把树上的枯枝锯掉，树的长势肯定更好。祖母希望一劳永逸。清理父亲的工作在遥远的济南进行。以他人之手。他们忘掉父亲，就像他们所做的那样。如果可能的话，十八年刑期刚好是父亲的生命期限——那就再好不过了。没有谁这样说过，却是大家共同的期待。对父亲没有什么别的办法。而且，单单说他们嫌弃父亲压根就不准确。嫌弃这个词尽管不道德不仁义，可是用在父亲身上却又显得太轻飘，太言不及义言不及物。他们更愿意保持缄默、遗忘。或者干脆像对待染上非洲猪瘟的猪那样——将父亲深埋。他们经营几十年，已经再造了一个体面家族。没有父亲，孙家有祖母有伯父有孙正耀和堂兄堂妹。这是怎样兴旺美好的家族！所以父亲被遗忘是他最好的归宿。他最适合待的地方是监狱，刚好又是济南的监狱。

但是，父亲的刑期只服完一半，服了九年，突然得上重病。济南警方打来电话，要求家人前去办理保外就医，接回广州治病。肾积水。严重肾病。广州有个办事的警察私下告诉孙正耀，要他们快点赶过去，晚了恐怕见不上人。

孙正耀大哭一场，他没想到会哭。这个恶棍父亲，他为什么要哭？他叫上陈小昔，还准备叫上孙正宏和他一起去。这时候祖母站出来，她也要去。

“从广州到济南，你知道有多远吗？”

“再远我也要去。”

祖母有多么仇恨父亲，她都不屑于认他作儿子。居然也要去。

“奶奶，你就是想见他最后一面，是吧？”

“不是，能不能见上他，我无所谓。”

“跟我父亲和解？”

“怎么和解？我跟他哪来的和解？”

“那么，你为什么要去见他？”

“我就想知道他最后对我说什么？对他的母亲，对我，他最后会说一句什么？我总想着他要对我说句什么。”

“就为了这个吗？”

“就为了这个。”

“遗言？”

“不是遗言，我不要听到我儿子的遗言。”

她说“我儿子”，孙正耀想我没听错吧？她的确说到“我儿子”。

“不是遗言是什么？愧疚？抱怨？抱怨什么？你愿意被抱怨吗？或者辩解，为他自己辩护？你听过他为自己辩护吗？”

祖母面色苍白，惊恐地望着孙正耀。

“我不知道，我什么都不知道。”

孙正耀也一样面色苍白，他比祖母更惊恐。我们都知道父亲是罪人，可是我们从来没有给他机会说过什么。没听过他说什么。祖母千里迢迢和我们一起去接父亲，既不是怒斥他也不是宽宥他，仅仅只是想听到他说什么。

“忏悔？你想听到他忏悔吗？临终忏悔？或许只有临终忏悔才是最温暖最有力量的忏悔？”

“不是不是，”她粗暴地打断孙正耀，“不要预先设置什么，我只想亲耳听到他说什么。是他亲口所说，说什么我不知道。我只要听到他说出来。”

陈小昔对孙正耀说："祖母这时候才是母亲，这才是一个母亲的本性。"

"祖母一直都是母亲。"

"不是，祖母这时候才是母亲，以前她不是。"

"这时候是什么时候？"

"这时候是父亲——也就是她儿子将不久于人世的时候。"

"以前祖母是什么？"

"我不知道。"

"你这么说，我也不知道。"

"祖母就想听到父亲说他爱她，她就想听到这个。"

"啊！"孙正耀惨叫一声。

"我不确定，只是我自己这样想。"陈小昔说。

从广州动身的时候，给祖母做过体检。她身体没问题，是长寿之人。可是她容易饿，嘴里要经常嚼点东西。陈小昔准备了诸多零食，还有水果。

祖母自嘲地说："我像只老鼠，老要磨牙。"

"说明奶奶消化好。"

孙正耀暗自给陈小昔竖了大拇指，她很会讨好祖母。在陈小昔的电影里，祖母是皇上，她自己是太监。这个比喻让孙正耀笑话了很久。她把自己放在很低的位置，身体里并没有少去什么东西。她这么做只是因为对孙正耀有情意，他要领这个情。

这会儿，祖母又饿了。孙正耀开了十多小时车，也累了。现在他们到了湖北境内。前面有个高速路出口，导航上标志为鄂北收费站。

“奶奶我们下去吃饭吧。”孙正耀说，“这里是乡下，小镇子，靠近县城。听说能吃到正宗的山猪肉、土鸡汤和野菜。随便找个农家乐，吃点，再休息下。”

“好哇好哇，吃山猪肉。”陈小昔说。

祖母说，“行啊。”她点着小昔鼻子说，“我孙媳妇和奶奶一样，也是个吃货。”

很快到了收费站，进了收费通道，后面还跟着一辆车。孙正耀看到对面有两个警察，他想倒车倒回去，但是不能。这个下意识动作瞒过了祖母，没有瞒过陈小昔。陈小昔也看到了警察，她把心提到了嗓子眼上，一时间又忧伤又无助。

那两个警察在闲聊，警车停在不远处。小警车是他俩的车。还有辆大警车，里面有仪器设备，还有技术人员。车窗上拉着深色窗帘，什么也看不见。

五分钟前他们打算收工，守了半天一无所获。这个警察说：“就跟他妈的钓鱼一样，有时候你蹲上一整天也钓不到一条鱼。”

“再守十分钟吧。”那个警察说，他还递给他一根烟。

他们是缉毒警察，领受有扫毒任务。送往强制戒毒所的名额还有一个没有完成。他们去过县城里的娱乐场所和洗浴中心，没有抓到。想碰碰运气才来到收费站。

孙正耀刚缴完过路费，他们做了个手势，他把车停下。

一个警察说：“是广州车牌。”

另一个警察先敬了个礼，然后才说：“麻烦你出示下身份证。”

祖母说：“身份证吗？出示吧出示吧。看到警察我就觉得特别亲，我儿子做了一生警察，刚刚退休呢。”

“看来您是警察世家。”那个刚敬了礼的警察又敬了个礼，这次只对着祖母。

孙正耀下了车，陈小昔也跟着下车。她说：“警察同志，他没有饮酒。不信你们可以让他吹吹那个东西。我们从广州过来，要赶很远的路，我们要去济南。”

没有敬礼的警察让她回车上去待着，请她“少安勿躁”。不过是例行检查，她最好能回去照顾老太太。

两个警察一左一右带孙正耀上了大警车，车内像是装配先进的实验室。他们看了他的身份证，又输入到他们自己的手机里辨认了一会儿，然后要他做个尿检。

“不急，结果很快就能出来。”

孙正耀无法拒绝。

“你开着豪车。”

“那不是我的车。”

“你开着不是你的车去济南？”

“不是，车是我买来的。”

“你买来的车不是你的车吗？”

“我还要再卖出去。”

“哦，明白了。”那个饶舌的警察说，“你是做二手车生意的。”

“我是。”孙正耀的头发根里在流汗。

“结果出来了，阳性。”另一个警察说，“你吸过毒。”

“那还是五天前的事，五天前搞过，也能查出来吗？”

"能。"

孙正耀出门前那天晚上做了个梦，梦见他在叙利亚，他居住的楼房坍塌了。楼房是被炸毁的，不知是飞来的导弹还是街边的汽车炸弹摧毁了房子。他从废墟中站起来，抖搂掉身上的瓦砾、灰土和残片。但是站着的只是他的躯体，他的头颅搁置在另一堆碎石上。梦境在此时再现。如果祖母知道这一消息，她的孙子也会像在叙利亚的楼房一样被炸毁。他的形象只能是身首异处那种样子。那比杀死她更让她于心不甘。

"求求你们不要告诉我奶奶，至少暂时不要告诉她。她是个老人，快八十岁了，你们不能伤害她。"

"但是我们要送你去戒毒所强制戒毒。"

"我明白我明白，可是我要去济南接我父亲。为他办理保外就医，接他回广州治病。"

两个警察和车内的技术人员都袖着手，沉默不语。孙正耀建议他们打电话，他可以提供电话号码，让他们了解实情。他们不打。孙正耀自己打，他分别打通了广州和济南警方，把电话递给警察。警察安静地听着对方讲完，然后说："我们也在执法。"

"他们说你父亲病情危重。"警察在还他电话时告诉他。

"你们这就带我走吗？"

"这就带你走。"

"我还要再打个电话。"

"打吧。"

孙正耀打给了孙正宏，他说："我可能去不了济南。"

孙正宏没说话，好半天才说："无论去不去得了，你都要把我的信交给他。”

“好吧，我让小昔交。”

陈小昔半年前才拿到驾照，不能上高速，只能走国道。她在手机上做了导航，严格按导航线路走。她告诉祖母，孙正耀在配合鄂北警方调查一些事情，需要留下来。这是公务，不能耽搁。她没有告诉祖母孙正耀要去强制戒毒所。他们都瞒着她，一起瞒着她。两名警察微笑着送她们离开，他们向这位来自“警察世家”的老太太致敬。

车上只剩下两个女人，祖母和陈小昔。祖母开始哭哭啼啼，什么事情这样紧急?

“他不能先去济南，回来之后再配合鄂北警方吗？”

她说的是孙正耀。以前孙正耀走高速，陈小昔只能走国道。故事的路径改变了。故事的结局也会改变。陈小昔开了一天一夜才赶到济南。还是晚了一步，父亲在一天前去世了。他既没有读到他儿子孙正宏写给他的信，也没有对他母亲——也就是我们的祖母说出什么。

线人

清明前的那些日子里，为墓碑刻字的人早早地在府河桥西头的道路两旁摆满了空白墓碑。它们是些墓碑毛坯，暂时还不能立在坟墓那里，此时，横七竖八地倒卧在地，上面空无一字。早春，从河面吹起的暖风灌入行人鼻腔，顿时嗅出丝丝青草气息。那是新生的气息，水底的淤泥在复苏。清明扫墓，也是种树季节。卖树苗的人卖花卉的人不知从哪里都冒出来了，也聚焦在桥西头摆摊，和卖墓碑的人混在一起。他们脸上蒙着灰土，坐在随身带来的小凳上。脚边摆放着喷水壶，时不时给树苗喷水。这和卖蔬菜卖水果的人往蔬菜水果上喷水是一个意思，图个新鲜。但是为墓碑刻字的人不在现场，他们潦草地在空白墓碑上用粉笔写上自己的电话号码。爱找不找，就像在水边垂钓的人。需要立碑的人自然会想办法找到他们。不需要立碑的人你拉着他也没用。再说了，他们也不必担心摆在这儿的墓碑会被盗。东西沉，即使不沉谁会把墓碑偷回去呢？晦气。墓地里的鲜花不沉，又艳丽又好看，谁会偷呢？也没人偷。墓碑的主人——当然是它现在的主人——卖家通常都不守在卖墓碑的现场，没人知道他们缩在哪里。他们做季节活，也就是清明节前后这几天。在其他时间里他们很可能还有别的职业。他们是石匠。业余书法家。雕刻艺术爱好者。还可能是装殓师，是保安。或者餐馆老板。他们无非兼着做做这件事情。也有掮客，先把活揽下来，再找人去做。

有人在普爱医院ICU病房门口打电话，他在电话里说："又来了个重症病人，看来不行了，你们快来吧。"打电话的面孔被人认出来是普爱医院的保安，此时他正在给殡葬行业的某个头目报信。殡葬是暴利行业，你赚死人的钱那些活着的人不会跟你讨价还价，哪个儿子会在安葬父亲的事情上斤斤计较呢？打电话的这个保安兼做线人，死亡线人，更准确地说叫殡葬线人，他在为做丧葬生意的人通报死亡信息。或者说他在预告死亡事件，为即将到来的死者家属订制服务，也为他效力的某个殡葬头目招揽客户。这些死亡线人是隐藏在各种正当职业和正常身份里的死亡消息树。消息树的目的就是把终将到来的死亡消息提前发送出去。说句刻薄话，那些做丧葬生意的人在他们生意惨淡的时候最想得到的好运气，就是碰到一个有钱人或是有钱人的家人死去，而且这家人刚好邀请到他们去操办丧事。保安刚刚通报的正是这样一个有钱人家庭。据保安目测，刚抬进去的病人年龄在八十上下，说不定快到九十了。躺在担架上的躯体明显是具骷髅。保安单凭目测无法断定病人得的是什么病，可是依他的经验判断，这个人应该活不了多久。昨晚保安值守夜班。其间幸福县发生了一起车祸，夜市里出现了两起很严重的斗殴事件。伤者都被送进普爱医院急诊室。保安看到有车辆进入，一些人在跑进跑出。可是三起事件均无人死亡。在车祸中受伤的人需要截肢，肇事司机却跑得无影无踪。有人蹲在地上哭得呼天抢地。保安守在他的岗位上打哈欠。都是司空见惯的事情，没劲。早上，保安的同事如期前来和他交接班。按惯例，保安会先到普爱医院对面的早点铺去吃碗馄饨，然后骑上电动摩托车回家睡觉。但是今天他有些磨蹭，他摘下手套又戴上手套，还像个寻找失物的人那样在院子里踱步。这就有些反常，他的同事错愕地张着大嘴。这时，一辆车开进来。事后证明，正是该车运送了那位被送进ICU的高龄病人。保安因此对自己的嗅觉深信不疑。

接保安电话的人叫管怀明，外号管子，五十岁上下。平头，自己卷烟抽，外表温文尔雅。

在保安和管子通电话时，另有个陌生电话号码打进来。保安没理他，继续和管子通话。等到他和管子通话结束，那个号码又打过来。

“谁呀？说话。”保安因为有事显得不耐烦，他对陌生人打来的电话从来没有好声气。

电话那头顿了顿，“你要给我写上：我不想死我想活着。”说话的声音苍老极了，但发出这种苍老声音的喉咙却是年轻的。这感觉太奇怪了，恰恰这矛盾的感觉又是从他声音里透出来的。保安深信如此奇怪的感觉不会错，又无法深究。打来陌生电话的人无疑是个年轻人，只不过他的声带或喉咙受了什么伤害，要不然就是手机送话器出了问题。反正他的声音就像是跑过了千山万水的骏马，即将累死倒毙在路旁。他的声音就是那匹马，不是老马，一定是骏马，却早已摇摇欲坠。

“你是谁？”

“我是魏志坚。”

“我不认识魏志坚。”

“你还要写上：（魏志坚生于一九八九年六月卒于二〇一九年四月。）”电话那头响起了刺耳的笑声，也可能是咳嗽声，总之是呲呲嘎嘎的噪声。在呲呲嘎嘎的噪声里，电话这会儿挂断了。

保安愣了愣，这算是在洽谈并预订墓碑吗？保安在河西桥头丢了几块石碑，也留了电话，他在为表哥揽活。打电话的人有点像，不是说还要写上“生于一九八九年六月卒于二〇一九年四月”吗？可又不像。他分明说他就是魏志坚，却又说魏志坚生于多少年死于多少年。现在就是二年〇一九年，现在就是四月。这不是恶作剧是什么？谁会给自己预订一块墓碑，并且写上确切的生卒年月呢？谁又会知道自己的死期？

魏志坚有个朋友叫安尔恕，安尔恕又进了戒毒所，算是二进宫。第一次进去是在品特酒吧闹事，第二次则是当众吸毒。两次都有魏志坚在他身边，两次他都提前溜走了。魏志坚个头小，很容易从人群里潜逃。安尔恕是个讨厌的吹牛者，老是神神道道地吹嘘他自己。可是真没了他，魏志坚又觉得孤独。没有人可以倾诉，又没有哪里可以倾听。他在会见日去探望安尔恕，安尔恕劝他也去戒毒所。

“戒了吧。”他说。

魏志坚说：“我不戒，我他妈吸死了算了。”

话虽这么说，魏志坚发现自己越来越不行了。他不想死，还想继续活着。在他还算清醒的时候，他拨打了墓碑上的电话号码。接电话的人是保安。如果一定得死，他希望能有人为他立块碑。他可不想在这世上白白走一遭。他要在碑上刻下他不想死的遗言。会不会有人注意到呢？但是他没钱，卖墓碑的人会为一个没付钱的死者立碑吗？魏志坚不相信，他咳嗽着，悲伤地摇晃着脑袋。

保安不知道魏志坚这个人，因此不想管那个莫名其妙的电话，他要顾眼前这个事。管子经常讲县城里流传在殡葬行业的一个段子，他说秦忠炎总是故意低价接活，接到活后再在各个环节加价。结果丧事办下来，实际费用比他当初承诺的费用高出很多。同行质疑他生意不能这样做，秦忠炎反驳说："怎么不能这样做？他们家又不会老死人吧。"不要脸嘛，搅屎棍子，一锤子买卖。这种搞法早晚会把我们这一行搅成一摊屎，管子评价说。这段子被管子讲得多了，秦忠炎便再也没在幸福县殡葬行业出现过。不知道是什么缘故。是被管子讲没了呢？还是他自己没了？不得而知。做这行生意的人很多，殡仪馆运送尸体的冰棺车还要在城区分个片，司机各有各的地盘。除了冰棺车，除了火化，其他生意谁都可以做。这便有了竞争，很多生意人实际上在暗中抢死人。管子于是到处安插线人。他要把生意衔接到死者将死未死的时候，把提前量前移那么一点点，这很考验线人的眼光。线人一旦提供了有效信息，管子将为他们支付报酬。他们宣扬说死者，尤其是寿终正寝的高龄死者，都应该在刚死的时候体温还没有完全凉下来的时候就穿上寿衣。这样恰到好处的时机把握对死者有好处，更对死者的家人有好处。管子对此能体贴地提供一条龙服务。为死者化妆。装殓。送花圈。烧纸钱。哭丧。道士超度。抬棺人。星光乐队。旗幡。孝服。丧礼仪式。守灵。宴席。死亡刚刚发生的时候，死者家人多半会手忙脚乱，惊慌失措找不着北，线人此时介入正是时候。适度表达哀思，然后在他们耳边给出建议。只要迈出第一步——为死者穿上了寿衣，后面的订制服务将接踵而至。管子打了个比如，说古代打完仗了，要有人收拾战场。收拾战场的人有时也能发点小财，比如他们可以顺手从尸体上摘下有用的东西据为己有。所以，做我们这种生意——管子说要让大家都有口水喝，都得到点好处。有了这种思路，管子发展了众多线人，他宣布说："你们就是我的消息树。"他还组织了一帮厨师，专门做丧葬宴席。办丧事的时候，不一定要去吃酒店，可以现场做现场吃，他们把乡村流水席搬到城里来了。

管怀明接到保安的电话时刚吃过早饭，他对这个保安一向瞧不上眼。根据他的记录，这个保安共向他提供过十三次死亡信息，但是真正死了人只有四次，另外九次要么病人康复，要么转院去了外地，最终情况不得而知。他了解到这个保安的家境不太好，因此立功心切。人们说死亡的事经常发生，保安其实就盼着能经常碰上这种事。他抱怨说什么经常啊，我为什么就碰不上？这个保安的电话接多了，管怀明恼火他见风就是雨，大多数情况下都比较烦他。

"你看仔细点，这次不会又是乌龙吧。"管怀明在电话里叮嘱说。

好几个医生往这里走来，他们是来会诊的。行色匆匆，神情疲惫。吴医生是心内科专家，他刚好认识保安。看到他站在这里打电话，吴医生好生奇怪。

"你怎么跑到这里来了？有事吗？"

保安捂着手机说："我认识一个医生。"说完，他拿开手机，对吴医生撒谎说："我有个亲戚病了。"

"嗯，这样啊，"吴医生并没有停下脚步，"是很亲的亲戚吗？"

"不亲不亲，远房亲戚。"保安追着吴医生，"刚进去的那个病人能救活吗？”

吴医生皱着眉头，“你问这个干什么？”

“就问问。”

“嗯。”吴医生咕哝了下，进了ICU病室，门在他身后关上。

保安跑到楼梯拐角处和管怀明讲电话，刻意躲开病人家属。他说：“百分百好消息，这个病人神仙也救不活了。”

“你怎么这么有把握？”

“因为吴医生出现了。”

“吴医生是谁？”

“吴医生是谁？吴医生是普爱医院最好的医生。一般情况吴医生不出面，只有最危重的病人才会让他来。只要他来了，病人多半就会死。”

“家属呢？病人家属你看到了吗？看上去寒酸不寒酸？”

“正要跟你说这个呢，”保安眼珠子乱转，他早就注意到病人家属了，肯定是有钱人。“不寒酸，有钱得很呢。他儿子——可能是他儿子吧——很有派头，还有几个女的，大概是他女儿和儿媳妇，都拎着名牌包呢。名牌包我还是认得的。关键是他们都是些没经验的人，像一群没头苍蝇。”

“那你要给我盯着，贴上去，跟他们套近乎。这个单子你要给我拿下来，事成了，信息费我照例给你五百块。我想想，我再考虑下。这样吧，我还可以另加你五百，给你一千块。”

保安想这下可不就发财了吗？五百，还一千呢。他在病房走廊里走着，走来走去走来走去，眼睛余光瞄着那几个人。那几个人是护送那个病人来的，和病人一起来了几个，后来又陆续来了几个。

他们都很焦虑，但是大多数时间里又都沉默着。他们很有教养。不是那种有钱人的教养，是受过教育读过书的人的教养。他们从不叽叽喳喳，彼此交谈也都压低了声音。其实他们在外面，病室的隔音效果好着呢，即使他们大着声音说话也吵不着病人。他们窃窃私语，还没到商量后事的时候。他们多半是在猜测病情，抱怨什么或者后悔什么。那个很有派头可能是病人儿子的男人眼角闪着泪光，嘴唇扯动了几次欲言又止。围在他身边的女人哽咽着，随即转过身去背对着他擦眼睛。

这时，保安的老婆打来电话，问他下班了好半天怎么还不回去。保安的老婆对保安管得很紧，对他的空闲时间和口袋里的钱财都管得很紧。他本来就没出息，不管紧点会越发糟糕。我们是小户人家，保安老婆的观点是我们对什么都要精打细算。上班归上班，下班了就得做点自己的事情。保安的空闲时间她都要参与谋划一下，不这样不行，他是个没脑子的人。比如说保安的表哥是个业余书法家，爱好写字，听说还加入了幸福县书法家协会。表哥字倒是写得好，人却是个书呆子，不会拿字换钱。保安的老婆脑子活就替他出主意了，说你这么好的字不如给人家立碑的人刻碑吧。表哥说可以呀，这个他可以做。但是表哥不愿意出头露面，他说我一个书法家怎么能做这种事？给死人写字传出去了还不让人笑死。这倒正中了保安老婆的下怀，出面的事让保安去做好了。保安去揽活，揽下活了交给表哥书法家去刻碑就是了。保安出面实际上就是保安老婆出面，和客户谈下的价钱只有她清楚，最终给多少钱表哥也由她说了算。这么一来，在刻碑这件事情上表哥也就成了替他们打工的人了。他们有了自己的工人，还是个书法家。保安在老婆安排下，也在河西桥头摆放了几块石碑，石碑上写上他的联系电话。不光在石碑上写，她还让他把电话写在一块小木板上面，把小木板放在卖小树苗的摊位旁边。到了清明节，立碑的人很多，保安老婆心里头还记挂着这个事，所以催他快点回来。

“你怎么还不回来呢？”

“我回来不了，”保安支支吾吾地说。他没说那个奇怪的电话，那个奇怪的电话是一个名叫什么魏志坚的人打来的。

“回来不了是什么意思？”保安老婆大声吼道。

“ICU病房有个病人快死了。”

“人家死不死跟你有什么关系？”保安老婆猛然意识到自己说漏嘴了，怎么跟他没关系？太有关系了。“哦哦，我大嘴巴，说错了。有关系当然有关系，你跟管子报信了吗？”

“报信了报信了，管子说事成了要给我五百块信息费，还要另加五百块酬金。他是说事成了，事成了就给这么多。一千块呢，一千块。”

“他真这么说？他真这么说吗？没想到管子也成了大方人。”

“不是管子大方，是这家人太有油水。”后面那句话保安就像是在对着手机耳语。

“那你守在那里吧，一定要把这事弄成功。”保安老婆突然想应该关心一下保安，他很快就能挣到一千块呢。多简单啊多容易啊，真是好差事，报个信就能挣到一千块，这种事并不经常有。我要关心他！“你吃过早点吗？没吃过我给你送点过来。”

“没吃过，我一下班就到这边来了。”

“好，你等着，我马上给你送来。你吃什么呢？”

“粉丝，我要吃猪肝粉丝。”

“猪肝粉丝吗？我这就去买来送你。”

医生们出来了，一个医生甩着手，另一个医生揪着自己的头发。吴医生脸色难看，厌烦。那几个人可能也知道吴医生是这群医生中的核心人物。但是他们并没有一窝蜂围过去，他们都抬头望着那个很有派头的男人。男人没有任何示意，他尾随吴医生进了医生办公室，其他人都留在原处。男人不在这里，气氛明显放松了一些。个头比较高的那个女人说：“老爷子情况不乐观。”头发卷曲肤色苍白的另一个女人说：“那还用说，现在的情况谁都看得出来。”还有个男人，不如进到医生办公室的那个男人有派头，但也不是等闲之辈，自带几分威严。他说：“我们都要做好最坏的打算。”刚刚哭过的女人这时尖叫着：“不可能！我不要做最坏打算。”据保安猜测，这个尖叫着的女人可能是病人的女儿，她的长相跟正在和吴医生交谈的那个男人很相像。保安据此认为他们应该是兄妹。站在这儿的别的女人大概是病人的儿媳妇或远房侄女。说要做最坏打算的那个男人估计是病人的女婿，也就是刚才尖叫着的女人的老公。他这时温柔地揽着她的肩头，在她耳边轻声安抚她。她尽管还在抽泣，可是已经比刚才好多了，不太可能歇斯底里大发作。保安想他终于厘清了这些人之间的关系。如果要游说他们的话，第一要攻克的对象是吴医生办公室的那个男人，第二对象便是尖叫过的女人。他们的心最为贴近病人，只要对病人（或稍后的死者）有利，他们肯定不会在意钱财。

那个男人回到了他的亲属们中间，他从吴医生那里得到了他最不想得到的消息。和吴医生的谈话就像是让他喝下了一瓶农药，他满脸乌青。大家都在等着他说话，指望他转告什么。他什么也没说，猛然间蹲到地上去了。他在哭泣，就连远远站在一旁的保安也隐隐听到了压抑着的哭声。如此看来，结果正在向着保安预想的方向发展。不会出岔子，保安正这样想着，男人又霍地站了起来，他坚定地说："没关系，植物人咋的，植物人我们也要维持他的生命。"

"植物人？你是说老爷子会成为植物人吗？"

"不是会成为植物人，已经是植物人了。如果放弃治疗，他的生命即刻终止，如果继续治疗，他就是植物人。"

"不放弃，"病人的女儿说，"我们不放弃治疗。"

但是其他人并没有应声，难堪的沉默。保安的身体不自觉地发抖，可不能那样，那是最坏的结果。植物人能耗多长时间，谁也不知道。

保安老婆为他送早点来了，与其说是早点，不如说是中饭。时间过得真快，快到中午十二点了，那就早饭中饭一块吃吧。看到猪肝粉丝，保安才发现他其实很饿了。他狼吞虎咽地吃着，吸溜粉丝时发出很响亮的声音。

"就是他们吗？"保安老婆用下巴点了点那几个人。

"嗯嗯，是的。"保安扭转身子，边吃边回答她。

"管子真会给一千吗？"

保安看到她脸上喜形于色的表情，内心里有个东西很受用很膨胀。他老早老早都没这么受用过了，能这么受用真是太好了。保安心花怒放，他卖力地吃着猪肝粉丝，不容置疑地说："真给一千。"

这边在吃，那边没人吃什么。有人小声试探着说："要不我从网上叫几份外卖？"很快一迭声回说我不吃，我一点胃口也没有。

保安说："不过呢，可能有点麻烦。"

"麻烦什么？"

"看样子他们不愿意放弃治疗。"

"不愿意放弃治疗是什么意思？"

"就是拖嘛，有的人一口气能拖很长时间。"

"那不就是这件事成不了吗。"保安老婆失望地摊着手，仿佛已经到手的那一千块又从她手心里飞走了。

"话虽这么说，很多人都会改变主意。"保安很有信心地说，"久病床前无孝子，他们很快就会面对现实。看着吧，这会儿他们都说不想吃东西。可是到了晚上，或者到了明天，没人能坚持下去。相信我，谁都会吃的。"

"这种事我见得多了，"保安接着说，"不知道谁说的：生活还得继续嘛。"

是啊，生活还得继续，保安老婆将信将疑地离开了。

保安摸着自己肚子，吃过东西舒服多了。昨天值了一晚上夜班，今天一上午没睡。困意浮到眉毛上来了，都快睁不开眼睛。他希望这件事下午就能有个好结果，那样的话他就可以安心地回家睡觉。今天晚上又要值夜班，三班倒。和昨天一样，他要上班上到明天早上八点才下班。不要拖得太久，好的结果是那老人少受折磨，他的亲属家人少受痛苦。那老人撒手而去，后事由管子操办。然后管子兴高采烈地塞给保安一千块，那是他应得的信息费，是他应得的报酬。这样的结果不违背伦常，也不违背天理，是早晚要到来的结果。但是今天下午见分晓对保安具有非凡意义，那意味着作为线人他的眼光无可挑剔。时间节点也至为合理。老人安详离世，这样安排合乎天意。

那几个人相互间不怎么说话，大部分时间都在摆弄手机。很有派头的那个男人不合群，他一个人溜达来溜达去。偶尔忧心忡忡地打量一眼病房大门。他心里在想什么呢？他的眼神充满不舍。保安早看出来了他是他们那个家里的决策者，他是核心。他得跟他搭讪。把握好时机，不能打草惊蛇。说话小心，要得体击中要害但不能适得其反。保安紧张得要命，一紧张手心里就出汗，就像他手里捏着两把清水。他凑到他身边，碰了碰他胳膊。那个男人站住了，没想到却是他先开口说话。

他说：“你们家也有人在里面吗？什么病呀？”

他可真有涵养，居然这么问我。保安说：“是我爸，我爸快不行了。”他随口编了句谎言。

“我爸也快不行了。”他嘴唇哆嗦着。

“真叫人伤心。”

“是啊，真叫人伤心。”

“不过，也要有心理准备，”保安说，“每个老人都要走这一步。”

“每个老人都要走这一步，作为儿子却总不能接受。”保安这才注意到他还戴着眼镜，他的镜片闪闪发光。

“不能接受到了最后也还是要接受。”

“是啊，要接受。”

“在考虑老人的后事吗？”

“没考虑。”男人警惕地看着保安。

不能单刀直入，还是迂回曲折一下吧。“我也不想考虑，可还是要考虑。”保安哭丧着脸，他把自己的表情当成猫，把那男人脸上的表情当成老鼠。他想象着自己的表情从脸上一跃而出，能够准确地捕捉住那男人脸上的表情。他抽搐着脸上的肌肉，哭丧得更厉害一些。随时可以跳出去，纵身一跃。“生死无常，现在不考虑周全，到时候突然间可能会抓瞎。老人的后事办得妥不妥当，不光关系到后人的体面，还关系到后人的吉凶祸福。”他终于捕捉住他了，他脸上出现了那种叫作惊恐的东西。一旦惊恐，你不屈服也得屈服，谁都一样。保安此时也很佩服自己的口才。他几乎想要热泪盈眶，这话说得入情入理，同时也绵里藏针啊。“还关系到后人的吉凶祸福。”嗬，谁敢拿家族的未来冒险？谁听到这话能不惊恐？谁又担得起这个责任？

“你说到时候可能会抓瞎，是啊，对这些事我们没有经验。”

“谁会有经验呢？谁也没有。”

“怎么办啊？”那男人搓着手，派头犹在，方寸已乱。

保安这才适时掏出管怀明的名片，双手呈递给男人。“管总是专门做这个的。”

他接过名片，正面背面反复看了好几次。“我想做得体面一些。”

保安心中大喜，做得体面一些不就是多花钱吗？“您放心，管总是我们幸福县城做这一行做得最体面的人。”

男人把名片装在口袋里，“好吧，”他说，“我会和他联系的。”

他的那些亲属们从他们站立的位置看着这边，保安说：“你要和他们商量吗？”

“不必。”男人说。

保安把好消息告诉给管子。他说我已经把你的名片转交给他了，他答应到时候和你联系，他还说要办得体面一点。管子对好消息表示谨慎的乐观，因为保安之前干过太多虎头蛇尾不了了之的事情，所以管子不敢对他的这个线人抱有太大期望。

管子说：“你给我盯紧点就是。”

下午的时间特别无聊，令人昏昏欲睡，又不能睡。保安不知道如何打发这漫长无聊的时光，又无法得到确切消息。没有那些医疗措施，老人一分钟也撑不过去。疾病也好，医疗事故也好，或者哪个护士不小心碰掉了他身上的哪个管线也好，任何一点微小的闪失都会令老人魂魄消散。保安希望众多的可能性中能有一个哪怕最小的可能变成现实。他现在万事齐备，只盼着老人能够故去。但是他并不了解ICU病室里面的情况，也不能去问吴医生，那样做也太贸然行事了。只能等着，什么也做不了。病人家属都在外面，进不了病室。探视时间上午是八点至八点半，只有半个小时。下午是六点至六点半，也只有半个小时。快到下午五点了，一整个白天即将过去。保安一夜一天没睡过，他还得盯下去。那些人在吃饭。像他预想的那样，他们的肚子也会饿，也会吃饭。他们没叫外卖，而是派自己人到外面去端了几个菜。就在走廊里用一次性碗筷吃着，那个男人没吃。好像为他吃不吃饭，有个女人和他发生了小小的争执。争执的原因也可能不是为了他吃不吃饭，大概另有原因。女人很悲伤，也可以说很恼火。她把手上一碗饭——饭上面还覆盖着菜——

掼到地上去了。男人惊呆了，他可能没想到女人会做出这么激烈的举动。保安没听到他们说什么，他们争吵的声音压得很小。他拿起扫帚灰撮，过去帮忙清扫地面。他们中间有两个人拦住保安，非常过意不去地从他手上抢过东西。“不能麻烦你，我们自己清扫吧。”保安只好往后退，这时他听到那男人喃喃自语着说：“我永远不能接受安乐死。”

“什么情况？”管子打电话来问。

“没什么情况，还是老样子。”

“你到底盯不盯得住？好像昨天晚上你还上了夜班，听说你体力不支？”管子说，“你要盯不住我另派人去，我还听说罗永标罗家也知道消息了，也正在派人过去。”

罗永标一直在和管怀明竞争，秦家炎消失之后，他更是管怀明的死对头。他也知道了吗？这可不是什么好消息。这单生意是他发现的，也是他最先报告给管子的。管子哪怕自己做不了这单生意，也不能容忍它落到罗永标手上。

保安明白其中的利害，“我没有体力不支，请放心，我盯得住。”

话虽这么说，保安还是惊恐地四处探望。罗家的线人会不会也来了呢？有个发广告的人过来了，见人塞一份印刷传单。他不是。又有人过来了，不止一个，也不止两个三个。还会有更多人来。他们在等着开放探视时间。但是谁能证明这些人里面就没有罗家线人呢？保安在自己嘴里呸呸呸地吐着，他没有把痰水吐到地上。他把痰水从喉咙里吐到口腔里，吐到舌头上，再用舌头卷着，重又吞回到喉咙里去。他用这种方法驱赶袭上脑袋的睡意，驱赶这单生意有可能被人抢走的恐惧。进来的人越来越多，罗家的线人又没有在脸上贴上标识。这么想其实不对，也有可能压根没有罗家的线人。所谓罗家的线人只是管子和保安的担忧和想象。既然有了担忧和想象，保安就会无端怀疑每一个进出的人。他盯着每个人，注意他们会不会和那个男人接触。这样盯就很累了，比之前的盯要累很多。防着随便哪个人和那个男人接触，也不能放过其他人，如果要走外围路线，另外那些人也可以接触。

果然有个人在和那个男人说话，保安慌忙挤过去。什么都要有个先来后到，保安心里拿定了主意，必要时可以动粗，把那个不要脸的家伙强行拉走。但是他们的交谈和老人的后事毫无关联，他们可能是好多年未见的故人。那个人对那个很有派头的男人说："你好多年没有回过我们县城了。"

很有派头的男人回答说："这是事实，我无法否认，我确实很多年没回过这座县城了。"他又补充说，"很多地方我都认不出来了。"

"还是要多回来，"那个人说，"你是我们县城里的骄傲，你回来了我们可以找理由多聚聚。"

"可是，"那个很有派头的男人说，"在这种地方说这种话，难道不是挺尴尬吗？"

保安这才想起来，那个后来的人是这个县里的副县长。保安依稀记得他在电视里见过这张面孔，毫无疑问，他就是副县长，看来他也有家人或亲友在ICU病室里抢救。

病室门打开了，探视时间半个小时。ICU比普通病室大，差不多有一个篮球场那么大。奄奄一息的病人躺在各自病床上。他们和太平间的区别仅在于太平间更简洁一些，躺在太平间的尸体身上什么也没有，就只蒙着白色被单。这里不同，这里每个人身上都插着各种各样的管子。还有人在床上罩着罩子。大家进来找到各自要探视的人，很多人在痛哭，没有人不痛哭。大声呼喊。呼喊昏迷中的人，但是听不到回应。病室里一下子变得无比嘈杂。错乱。护士们不是想象中的那样冷漠，她们阻止人们做出过激行为，却又准许他们哭叫。叫唤各种名字和各种称谓。保安找到了他想见到的那个老人。老人骨瘦如柴，纹丝不动地躺在病床上。床头柜上有台仪器，病床上方也有悬挂物。好多条管线伸向老人，管线的前端有吸盘，它们像章鱼的爪子那样吸附在老人身上。还有管子，还有罩着口鼻的罩子。那些错综复杂的管子和管线不像是从外面接到他身上去的，倒像是从他身体里拉扯出来的。还在继续往外拉。他的身体像个枯瘦的线锤子。从他的身体里面居然可以拉扯出那么多物质。他的那些亲人们全都进来了。有些人扑倒在床上，也有人跪倒在床边的地上。他们像所有人一样在哭喊。保安望过去，心里很难受。老人像这样维持所谓生命其实比放弃生命更痛苦。那个很有派头的男人也跪在地上，他的背正对着保安。保安能想到的他也一定能想到，但他是个固执己见的人，医学以及这些缠绕绑缚在老人身上的东西是他最后的稻草。他会抓住稻草不放。可是保安盼着奇迹出现。

就像商店打烊一样，时间刚到，护士就把探视的人们赶出来了。

保安一天没睡觉，又要接着上夜班。他老婆给他送来晚饭，有鱼块，还有红烧肉。“搞这么好的生活啊。”保安说。

“你受累了，”保安老婆说，“得给你补补身体。”

“等我从管子手上拿到信息费了，我一分钱不留，全交给你。”

“那当然，要是每个月能多拿到几笔信息费就好了。”

“这个要看运气，”保安吧嗒着嘴说，“不过我的工作有优势，只要我机灵点，多动脑筋，总还是容易发现线索的。”

“是啊，”保安老婆说，“很多人都死在医院，你要是掌握不了这些线索，只能说你没有能力。”

“光掌握线索还不行，”保安说，“还要跟管子对接。”

“线索是第一步。”保安老婆总结说。

吃过晚饭，保安又给管子打电话。他说他在值夜班，不能守在ICU病室那边。不过呢，只要那边一有动静，他会第一时间告诉管子。管子明显没有早上的那股热情劲儿了，他很轻佻满不在乎地说那老头还没死啊，估计一时半会儿死不了。也有可能他的家人会把他转到武汉或转到北京去，这种事以前也不是没有发生过。保安急了，他急赤白脸地说：“这次不会，这次老头肯定会死在我们这里。”

“这么肯定，”管子哈哈大笑，“这事能由你决定吗？”

管子挂断电话，他哈哈哈的笑声在保安耳边余音缭绕。夜班期间，保安思考着这样一个问题：怎样才能神不知鬼不觉地进入ICU病室呢？这个问题困扰了他一个晚上。早上当他的同事再次来跟他轮班的时候，发现他双眼红肿。同事后来跟别人说：“他的鼻子还流过血，显然是被人揍过。”

“一个保安值夜班会被谁揍呢？”

“那就不知道了，”同事说，“他也可以自己揍自己呀。”

保安下班了，他跟昨天一样，像个寻找失物的人那样在普爱医院的院子里踱步。这时，他的手机又响了。电话是河西桥头一个摆摊卖树苗的人打来的。那个卖树苗的人和保安并不熟，据他说，他从那块空白石碑上发现了这个电话号码。他打了这个电话，接电话的人是保安。他说那块石碑上睡着一个人，可能是晚上睡上去的。那个人个头矮小，蜷缩在石碑上刚好像是一张床。卖树苗的人来得比较早，他来了那个人还在睡。后来他觉得不对头，过去看了看，原来那个人早就死了，尸体冰凉，变得硬邦邦的了。个子不高，不到一米六。也薄，体重也就七八十斤吧。他于是赶紧报警。据警察说，那个人不是冻死的，也不是饿死的，而是吸毒过量而死。还有个警察说他认识死者，他说死者没有家人，唯一的朋友叫安尔恕，正在戒毒所里戒毒。卖树苗的人是个话痨，警察刚刚把尸体运走了，他想找人说说这事，就打了石碑上的电话。

“那个人——你说的那个人，他叫魏志坚。”保安突然没来由地哭起来了，泪水长流，“他叫魏志坚是吧？”

“是的是的，”卖树苗的人说，“他的确就叫魏志坚，你怎么知道？不是你提起我差点忘了，警察发现了他的身份证，身份证上的名字正是魏志坚。”

“警察没说别的吗？”

卖树苗的人想了想，又说：“警察说死者不是自杀，他死前极度亢奋极度虚弱。他可能知道自己马上就不行了，但是他没有打任何电话，没有任何求救行为。他自主选择了这块墓碑，躺在上面。这些都是我听警察说的话。他们忙忙碌碌地检查了一阵子，好像是得出了结论。在等待殡仪馆来车的那段时间里，他们站在那里一边抽烟一边闲聊。几个警察都说，看样子他死得很安详。”

保安收了电话，他想起刚才为什么会哭。他为魏志坚哭，也是在为自己哭。警察说他没有任何求救行为，没有打任何电话，那么打给我的是不是他生前的最后一个电话呢？他给我打电话仅仅只是要一块墓碑吗？给他立碑肯定没钱，是啊找谁要钱？不光没钱，还得倒贴钱。对啊，这边ICU病人的一千块钱还不知能不能赚到手，还悬着，那边还要倒贴钱给一个流浪汉立墓碑。保安想这种事在老婆那里能过关吗？老婆那么小气，她会同意吗？可是保安这回就要硬气一回，我他妈就要当一回家。魏志坚睡上了那块墓碑，我就要把那块墓碑给他。不管有没有人给钱，那都是他的碑。我还要请我表哥在墓碑上写上：魏志坚生于一九八九年六月卒于二〇一九年四月。

更重要的是还要写上：我不想死我想活着。

一想到这句话，保安又哭了。

木头镇曙光肉联厂

古布小时候梦想着能做个城管队员，梦想着能在街上执法，在菜市场执法。一边嘴里哼哼着《游击队之歌》的小调，一边满街奔跑，追得不法商贩抱头鼠窜。他在手臂上刺着文身，但是又要不动声色地深藏于藏青色制服之下。古布是二十纪八十年代出生的独生子，不知道是什么原因，他性格中特别崇尚纪律特别崇尚秩序。他眼里不允许破坏秩序的事情发生，不允许混乱。希望幸福县城的每条街道诸如棋盘街木桶街蚂蟥街蚯蚓街或者迎春街德安大道都能畅通无阻，他讨厌小商小贩推着板车挑着篮筐流窜街头，他们都是鸡鸣狗盗之徒。古布就像是个军人，但是他没当过兵，他读完高中就辍学在家。古布所有的外套全是制服，仿军人的制服，仿警察的制服，当然更多还是仿城管的制服。他的手臂和后背上都刺着文身。有人——具体说来也就是他的高中老师朱胜利曾经试图分析古布的性格来源，顺便说一下，古布就读的是一所职业高中，朱胜利老师的授课专业是厨艺。但是朱老师对培养大厨兴趣不大，他花费很多时间研究心理学。据朱老师观察，古布是一架不折不扣的纪律机器。他身体的每个器官都是这架机器上面的零配件，像螺丝钉那样死死拧在各个位置上。铁血男儿，只为指令而活。指令！凡是指令在古布这儿一律处于最高等级。朱老师一度认为古布的性格可能源于遗传。进一步调查却发现，古布的父母既非军人也非警察。他父亲只是个普通的医院里的麻醉师，古立群戴眼镜，终日里面容憔悴，看上去酷似饱读经文的隐修者。母亲王丹凤则是另一家小型民营医院的妇科护士，每天为患有妇科炎症的妇女冲洗隐私部位。他们的性情都很软弱，古布不可能从他们那里遗传到与之相反的性格内容。朱胜利因此放弃从遗传学中找出路，他转而研究网络游戏对古布的影响。因为古布和同龄人一样，很小就开始沉溺于网络游戏。网络游戏专家朱之介在《网络游戏与青少年人格塑造》一文中专门论证过，他指出，这些人的脑子里重新植入了“网游基因”。朱胜利从此处找到了“入口”，他认为他的学生为自己重建了另外的基因密码。古布高中毕业时，他的老师朱胜利深感遗憾。他遗憾古布生错了时代，古布错误地生在了和平年代，如果他生在战争年代，一定大有作为。

朱胜利并没有把他的分析结论透露给古布，所以古布从来不知道有人在暗中分析他的性格。辍学在家的古布不愿意到外地去打工，也不愿意做别的职业，他唯一的要求就是在幸福县城管大队做个城管队员。如此明确，不可更改。试想——古布若能如愿进入城管，他会是这个世界上最好的城管队员。城管大队长无法想象居然能得到这么好的部属，这么说吧，他将会成为大队长手掌上的一根手指头，只要大队长脑子里出现了什么样的念头，他的手指头就能怎么样去动弹。这个毫无疑问。但是幸福县城管大队吴大队长并不知道这个世界上还有这样一个人，他们注定会错过。要进城管，不仅要有关系，还要有编制。古布事实上给父母出了大难题。麻醉师和妇科护士实在无力在县城里办成这么大的事情。他们自己不是很体面很显赫的人物，也不曾和体面显赫的人物有过来往。他们老实巴交，拘泥于过自己家里的小日子，从来没想过要去巴结谁。以他们自己而言，他们不巴结谁也能活下去。没想到儿子长大了，却需要他们到处求爷爷告奶奶找关系。但是关系这东西也很奇怪，临到要用的时候才想着去建立，通常就晚了。有能耐的人平时都把关系先囤着，用的时候再做选择，选择这个或选择那个。麻醉师古立群焦躁得要命，他和妇科护士王丹凤吵了好几次。古立群说："做什么不行呀，非得做城管！做城管有什么好，名声坏，没听人把城管叫土匪吗？"

妇科护士护着儿子，王丹凤说："我们也就这么一个儿子啊，管别人怎么说，这可是儿子的人生理想呀，我们不帮他谁帮他？"

"不是不帮他，可是我们有能力帮他吗？"

"没能力帮他不是儿子的错，那是我们的错对吧？"

说到这里，王丹凤哇哇地哭了起来。她突然想到，这些年他们过得有多么窝囊。一向窝囊，他们却一向假装没看到，假装不知道。想为儿子办事却又办不成，这一下才把遮羞布扯掉了。

他们什么也做不了。

古立群和古布谈过一次，这个长得像隐修者的麻醉师对儿子说："你能不能先做点别的？我们不能保证你一定能做上城管队员，但是我们在想办法。在达到目标——虽然我们还不知道能不能达到目标——在这以前，你能不能边做别的事情边等待呢？"

"比如，"古布当时正在健身，他抹掉脖子上的汗珠说，"你说，比如先做点什么？"

“你不是在职业高中学过厨艺吗？可以先在酒店里给人家大厨打打下手，也可以在超市或电脑商铺做些杂事。”

古布制止父亲往下说，轻蔑地否决了他的建议。他把古立群要他做的事情当成是在侮辱他。他要维护这座城市的秩序，而不是围着灶台炒菜。退一万步讲，即使做不了正规的城管队员，在城管大队做个临时工或者在公安局巡逻大队做个协警也可以呀。古布交出底牌，他不可能去从事别的职业。

王丹凤早就料到古立群和儿子交谈会是这种结果。她比了解自己更了解古布有多么倔强。很多父母都会为孩子学习好不好或者到底上个什么样的学校而烦恼。他们不一样，他们从来不在乎儿子的成绩。古立群对孩子上不上大学毫不在意，他很早就对学校教育绝望了。许多人和古立群有相同的想法，但是那些人在抱怨应试教育的同时，又总要把自己的孩子捆绑在学校，逼迫他们在逼仄的模子里就范。古立群却在古布很小的时候就给了儿子自由，他决定“散养”儿子。古布能有今天，古立群脱不了干系。王丹凤说：“你不能在他小时候不管他，等他长大了，突然间又想来管他。”

这不合适。

古立群自己倒是上过很好的大学，有良好的教育背景。他从小就是学霸。后来很失败的人生经历反而让他醒悟到，上大学好不好跟混得好不好没有任何关系。因此他在古布的教育上很懈怠，那么现在，王丹凤说得太对了，“我们之前没有为他上学操心，现在为他选择职业操点心也是应该的。”

他对古布说：“我们在想办法。”他们确实在想办法。古立群找过很多门道，终于找到岳叔叔这里。岳叔叔是古布对他的称呼，古立群从前叫他岳总，两人关系密切之后叫他岳兄。岳叔叔早年在医院做过一次手术，具体做过什么手术古立群已经不记得，或者故意让自己不记得了。那次手术古立群是麻醉师。手术做得比较成功。岳叔叔听说麻醉师是很危险的行当，如果用量过大，病人有可能永远无法苏醒。出于担忧，岳叔叔在手术前极力讨好古立群，他还偷偷塞过红包，古立群没有接受。岳叔叔如期醒来，内心里对古立群竟有了一份感激。虽然古立群认为他只是做了该做的事，但岳叔叔是个疑心很重的人，他自认这个麻醉师对他有种额外的恩惠。两人倾情交谈，主要是岳叔叔在说，古立群话少，听的比说的多。说来说去原来两人是老乡。都是太平县人，又都在幸福县讨生活。巧的是还在太平县同一个乡镇，那个镇子名叫响堂镇。岳叔叔是个开发商，做着大片的房地产生意，总吹嘘他人脉广，跟很多头面人物是哥们儿。古立群本来信不过响堂镇人，尤其是那地方的男人，他们嘴上的大铁棒子落到实处有可能只是一枚绣花针。但是现在古立群无路可走，他抱着试试看的态度找到岳叔叔。岳叔叔满口答应，说这事好办，他和城管大队吴大队长是兄弟。

岳叔叔太乐观了，他让古立群觉得办成此事指日可待。古立群经过反思，明白做个麻醉师也可以交到朋友，多个朋友多条路，就看你怎么去做麻醉师。看来职业无贵贱，只怕有心人。他告诫王丹凤，在给妇科病人做治疗的时候，你不妨多了解她们的背景，没准也能从中发现并结交上对我们有用的人。王丹凤同意他说得有道理，他不再隐修，她也不再厌弃每天干不完的活儿。可是，王丹凤进一步说，我们现在才开始这么做是不是太晚了？问题不在这里，问题是岳叔叔很快就回话了。岳叔叔说吴大队长很愿意帮忙，但是没有编制。谁都知道编制是县里最金贵的东西，比金钱还金贵，比黄金还金贵，不不不实际上比麻果还金贵。知道麻果是什么吗？不知道？麻果就是毒品呀，新型毒品。县长兼任着编办主任，你以为编制在县长手里吗？事实上编制是县委书记抓着呢。要进个人给个编制，直接要捅到县委书记那里去，在县里这不就是通天了吗？岳叔叔夸夸其谈，古立群王丹凤听得瞠目结舌，希望彻底破灭了。县长也好县委书记也好，都像天穹一样高远，我们这种家庭怎么可能找到他们那里去。这时，古布冷不丁说：“没有编制不要紧，我可以先做临时工。”

在他们商量为古布找工作的时候，却没有人注意到古布。古布明明坐在显眼的位置上，父母和岳叔叔偏偏没有看到他。于是，当他开口说话，他们都吃了一惊。

古布说：“我不是个吃干饭的人，把我招进去，我会成为他们的生力军。”

岳叔叔又一次去找吴大队长，他把古布如此谦卑的愿望以更谦卑的话语转述给他。他再次拒绝了。拒绝的理由有两点，一个是吴大队长说，七个月前他们刚刚进了一批临时工，临时工指标已经用满了，不宜再进。另一个是省内某个县里城管临时工打死了一名商贩，影响不好，因此要慎用临时工。这些话岳叔叔原封不动地说给古布听。但是在告诉古立群时，岳叔叔换了另一套说辞。他显得很气愤，语调里有一股气鼓鼓的愤愤不平。他说吴大队长在跟他耍滑头，太不够意思了，不就是个临时工嘛，怎么着也能想个办法。“妈的，”岳叔叔说，“他从我这里得到的便宜难道还少吗？他这分明是不给我面子。”

古布转过身又听到了岳叔叔跟父亲所说的话，他都记得。

五年后，冯总在木头镇建起了曙光肉联厂。在这五年时间里，古布一直宅在家。就像是在等待时机，不是复出时机，而是一飞冲天的时机。他都没出过，何来复出！古布宅在家里总这么想，就像球员被东家买走之前躲在某处苦练球技。那些超级球星很容易让人看到他们光彩耀眼的一面，却没人知道他们苦练球技时的酸涩泪水。木头镇是邻近幸福县城的一个镇子，近几年新崛起的开发区。曙光肉联厂在木头镇圈了一大块地。岳叔叔参与了项目，据说他在肉联厂也有股份。提到冯总岳叔叔说话有些战战兢兢，看来冯总的确是个人物，哪怕只是说到他的名字岳叔叔的声调也会自动降低，脸上的肌肉瞬间僵硬，就像寒潮意外来袭。古布对此很是好奇，他想到电影里的德国军人提到某个名字时，都会砰一声立正敬礼。冯总有那么厉害吗？木头镇住着三四万人，大型菜市场共有四家，分别是东风、紫金路、肖台和粮机菜市场。另有十余处小的零星菜摊菜店，像桃花坞石磨坊这样的小区都有自己的菜店。加起来差不多有一百多个猪肉摊位。岳叔叔说：“曙光肉联厂一旦开业，我们就得治理木头镇的菜市场秩序。”

古布没听明白，可是他的血液已经在加热，跃跃欲试。

“这也是冯总的意思，”岳叔叔的脸颊更僵硬，古布从他脸上的肌肉里感受到了寒冷，汗毛直竖。岳叔叔继续说，“冯总要组建一支我们自己的稽查队，目标是让木头镇所有的一百多家猪肉摊位全部销售我们肉联厂的肉品。”

古布频频点头。

“你不是想做城管队员吗？我们稽查队和城管队做着一样的

事情，到曙光肉联厂来吧，冯总不会亏待你。”岳叔叔脸上抽搐着，他来到古家，要给古布一份他想要的工作。来到古家之前，岳叔叔在冯总面前打过包票，向他保证古布是最合适的人选。他表示因为他和古立群是世交，他愿意前往古家做说客，他相信他能打动古布。岳叔叔像拉皮条的人那样在两边都得到好处，他是个奸诈之人。但是古布暂时还看不到这一层，他感激岳叔叔。

曙光肉联厂稽查队不止古布一个人，共有五人，配备了一辆皮卡车。清晨，天还没亮，他们开着皮卡车在木头镇各个菜市场之间穿行。稽查队队长叫胡立光，剃着锃亮的光头。他的队长头衔是冯总亲自任命的。很多人都知道胡立光的来头，他从十三岁到二十一岁一直在混社会。今年他二十一岁零五个月。混社会的时候他分别做过刀哥棍哥和索哥的手下，但是又不明原因地离开了他们。正当胡立光准备自立门户独自混社会时，冯总把他招到肉联厂。据传冯总语重心长地对他说：“你要混到什么时候才是个头呢？总要停靠在一个码头吧，我就是你可以停靠的那个码头。”这话多么暖人心啊，可是古布上班一两个月还没见到冯总的面。

古布把自己当作城管队员，把胡立光当作吴大队长，他说什么古布就做什么。他们先来到东风菜市场，赵屠夫白花花的猪肉皮上没有盖上鲜艳的滚动覆盖的检疫印戳，胡立光扯着猪皮说：“你好大胆，瘟猪肉也敢拿出来卖。”

赵屠夫辩称：“不是瘟猪肉，是土猪肉。”

“不是瘟猪肉是土猪肉，怎么没盖上检疫印戳呢？”

“忘了盖，下次补上。”

“还有下次吗？”

旁边买菜的大娘做证说："赵屠夫从不卖瘟猪肉。"

"他不卖瘟猪肉，那么是我们曙光肉联厂在卖瘟猪肉吗？"胡立光声嘶力竭地喊着，"我们肉联厂做了那么大一片厂房，是政府让我们做的，我们会卖瘟猪肉？"

买肉大娘慌忙逃走了，她跑掉了一只鞋子。胡立光吼叫时眼睛瞪得像两只白炽灯泡，无人不胆寒。"给我扔进车里，拖出去埋掉。"

古布冲上前，另三名同伴一并冲上前。赵屠夫是个大个子，他挺着杀猪刀，站在肉案边上和他们对峙。古布一秒钟也没有犹豫，他像拨一根草棍那样拨开杀猪刀，径自抱起一片猪肉就往皮卡车厢里扔。赵屠夫在他们开着皮卡车走了之后才极不情愿地扔下杀猪刀，他坐在滑腻而空无一物的肉案上仰天叹息。"妈的，几千块呢，几千块钱的肉呢，说没就没了。"

皮卡车又呼啸着开进紫金路菜市场，可能听说了东风菜市场这边的事情，那边的屠夫们组织起来了。他们有几十人。胡立光带着稽查队和他们刚交上手就打起来了。这一架早打晚打总要打，以后还会经常打架。屠夫们伤了七个人，稽查队也伤了三个人。古布毫发无损。有人报警，双方的人都被抓进派出所。没多大会儿，肉联厂交了罚款，把人又都捞了出来。来捞人的是岳叔叔，他说："冯总说了，要打人就往狠里打。放心，我们负责捞人。"

冯总有人，有关系。

岳叔叔在"老乡村"餐馆请古布他们吃了一餐。喝酒时冯总亲自打来电话以示慰问，伤者医疗费厂里加倍报销。古布这回喝醉了，他看到胡立光把自己酒杯里的酒往桌子底下倒。他也知道胡立光看到了他看到他在倒酒。这个人很可能不像他的外表那样粗鲁耿直。

木头镇的所有屠夫被告知，他们不得私自屠宰生猪。以前他们杀自己家养的猪，从外面买猪回来杀，杀了再拖到市场去卖。现在不行了，木头镇的这个时代已经结束了。他们所售卖的猪肉必须统一到曙光肉联厂去进货。肉联厂的猪肉有统一的质检和检疫，也有统一的价格。屠夫们前来进货就行了。肉联厂稽查队就是干这个的，谁卖的不是肉联厂的肉，他们就整治谁。整治的理由有很多，由胡立光说了算，胡立光是队长。打过好多次架，每次打架都抓进派出所，又每次把他们捞出来。征服这些屠夫们需要一个过程，差不多快要搞定了。屠夫们都要在半夜在五更天里跑到曙光肉联厂来排队。看到他们那么有秩序，古布打心眼里高兴。但是也有些屠夫心眼活，心想就连城管大队都有缝隙可钻，不信肉联厂稽查队就没破绽。东风菜市场的赵屠夫有时从村子里买些便宜土猪回来，能多挣些钱，因此不愿意总去肉联厂进货。他左想右想终于想了个法子：贿赂胡立光。他果真晚上把钱送到他家里。胡立光是个贪婪的人，他看着赵屠夫递给他的钱满脸笑眯眯。“好吧，我准许你偶尔卖卖私货。”他们把不是肉联厂的肉统称为私货。再去东风菜市场稽查时，胡立光于是对赵屠夫睁一只眼闭一只眼，让他卖些不知从哪里弄来的猪肉。赵屠夫这里开了口子，其他屠夫也不是傻子。钱屠夫孙屠夫李屠夫也都来贿赂胡立光。杀猪的人没文化，就像在猪身子里捅刀子，喜欢直来直去。什么贿赂，不就是塞钱吗？次数多了，贿赂手段也就渐渐公开化了，反正就那么回事，也不回避谁。屠夫们不再晚上送钱到胡立光家里去，嫌麻烦，而是早上见面时以敬烟为掩护，巧妙地把钱塞进他口袋。

胡立光算是得着了肥差，钱源源不断流进他荷包。何乐而不为，这不是挺好吗？打打杀杀为了啥，还不是为了一个钱字。他胃口越来越大。谁求他办事都得给钱，给多少钱办多少事。钱多钱少跟事大事小相匹配，就是这意思，你得拿钱来买事。稽查队也扩大了，开始时是五个人，这会儿扩充为十个人，增加到两辆皮卡车。队员找胡立光办事也得给钱。不是有屠夫一时半会儿还找不到胡立光这儿来吗？他们就找哪个队员搭个桥，替他在胡立光那里求个情。求情时队员给胡立光钱，屠夫另外又给队员钱。替屠夫求情的队员于是可以从佣金中拿些回扣。有些屠夫直接和胡立光交易，另一些屠夫通过某个稽查队员和胡立光交易。这也是生意，所有人心照不宣。曙光肉联厂在木头镇菜市场终于建立了自己的秩序，表面看来波澜不惊一派祥和。再没有暴力，不必打架，什么事情都可以说清楚，都可以解决。也执法，也没收罚款掩埋掉一些私货肉，但是都有特定对象。都进入了轨道，凡事有迹可循。然而，这不是古布想要的秩序。古布铁面无私，他看到了秩序背后的龌龊腐败和弊端。他痛恨作弊，痛恨贪赃枉法。他注定要跳出来，跳出来撕毁这些同盟。

这天又到了东风菜市场，胡立光像往常那样瞟了一眼赵屠夫案板上的猪肉，照例示意队员们放过他。正在他们绕道走向下一个摊位，古布突然发作了。他扯开外衣，从裤腰带上解下五斤装的白色塑料壶。在那之前，没人注意到他的腰间鼓着个大包。他是有备而来。塑料壶装着汽油，古布拧开盖子，把汽油淋在摆在肉案上的猪肉上面。他嗒一声点燃打火机，肉案上嘭地蹿起火焰。赵屠夫惊呆了，胡立光的稽查队也惊呆了，没人料到他会来这一手。古布把猪肉猪头猪脸猪下水猪肝猪肺猪油猪排骨猪蹄子全扔在一堆。白日里，又是晴天，阳光朗照。火焰只有在黑夜里才有形状，在朗朗日光里很难看清楚火焰的形状。刚杀的猪肉几乎不能被点燃，但是古布淋上汽油就不一样了。虽然看不清楚火焰的形状，却有烟雾。从肉堆里从肉骨头里袅袅升起黑色烟雾。烟雾里有火焰，火焰里裹着烟雾。菜市场弥漫着一股诡异的肉香味。买菜的人和卖菜的人全都在驻足观望。古布没有停下来，他把邻近摊位上另外的猪肉也搬运过来，往火堆上扔。“凡不是肉联厂的肉，一律火化。”古布一边扔肉，一边大声宣告。火化！很多人想到了火葬场。正在被焚烧的不是猪肉，是猪的尸体。难怪飘浮着的肉香味那么诡异。有人在哇哇呕吐，把秽物吐在茄子和西红柿里面。据呕吐的人后来回忆，他从刺鼻的肉香味里闻到了人肉的味道。是不是加进了汽油的缘故呢？或者是不是因为不断加入肉堆因此不能充分燃烧的缘故呢？总之那味道特别不好，透着说不清道不明的不吉利。一阵风吹过，肉案上的黑色烟雾扭曲变形，像极了妖娆女子跳舞时的腰部造型。还有噼噼啪啪的响声，燃烧发出的响声。骨头在火焰中断裂的声音。噗噗的声音。古布来回跑，他的疯狂举动感染了其他队员，他们尾随他参与行动，把“私货”肉都扔进火堆。纷纷叫道：“凡不是肉联厂的肉，一律火化。”叫喊声此起彼落。

此时，古布围着火堆跳起一支街舞。古布得到肉联厂这份工作之前，曾在家宅了五年。五年时间除了健身就是跳街舞。他打开手机，播放一首英文歌曲。节奏极其疯狂，像是催促着一个又一个人纵身跳入悬崖。古布跳得非常忘我。他试图把身体扭断成一截又一截，大卸八块。再把它们接上。接上之后再扭断，再大卸八块。古布痛苦至极，或者说幸福至极。他的头发飘荡甩动，像丛林中倒挂在树梢之上蛇尾的甩动，像深海里某种危险鱼类鱼尾甩动时的致命一击。即使是在这种时候，古布也没有忘记看着胡立光。胡立光仍然是他们的指挥官，但是看着很像是被他们俘虏过来了正在观看并马上也将被执行火刑的酋长。“我会烧死他吗？”他不懂英文，却希望这句话能成为这首英文歌曲的歌词，循环往复地唱下去。

古布这样对胡立光是犯上，却又一战成名，威名大振，冯总在曙光肉联厂总部接见并嘉奖他。提拔他为稽查队队长。胡立光并无大错，冯总宽厚，调他回总部做了治安处主任。稽查队再次扩充，增为十五人，皮卡车也达到三辆。古布焚烧赵屠夫猪肉时即时喊出的那句话“凡不是肉联厂的肉，一律火化”成了稽查队的行动口号和行动纲领。冯总欣赏他的忠勇，视他为兄弟和知己。“一律”意味着没有商量余地，不留“求情”空间，从而杜绝腐败发生。古布作为木头镇的“狠人”横空出世，隔不了多长时间，哪个菜市场就会燃起熊熊大火。时有冲突，有些不怕死的屠夫和他们打起来。古布不害怕暴力，甚至不如说他更迷恋暴力。暴力很多时候比非暴力更有成效。冯总信守承诺，总能在群殴之后及时把他们捞出来。冯总有人，有关系。

古立群常常躲在暗室里哭泣，儿子的名声让他羞于见人。王丹凤不这样，躲在暗室里哭泣在她看来过于怯懦，她的人生态度比古立群更积极。木头镇人于是经常看到王丹凤挎着篮筐或布袋子走街串巷。篮筐布袋子里装着土鸡蛋土蜂蜜或时鲜水果。她拎着这些物品，走街串巷前去拜访屠夫和他们的家人。通常是屠夫的猪肉前脚被古布烧掉了，王丹凤后脚就进了人家的家门。她诚恳地向人道歉，求人原谅。她唠唠叨叨地说着什么，有时直说得声泪俱下，有人还看到她给人下跪。但是她只给屠夫道歉，却从不干涉儿子的事情。也就是说王丹凤从没有停止道歉，古布也从没有停止焚烧猪肉。她把那些小礼品恭恭敬敬留在别人家里，但是屠夫们从没有把她的反复道歉当回事。赵屠夫说："你道歉管个么用，我真想狠狠揍你一顿。"

钱屠夫也说："你道歉管个么用，我真想烧掉你头发。"

王丹凤就说："赵师傅你要是觉得好受一些，你就狠狠揍我一顿吧。"

又说："钱师傅你要是觉得好受一些，你就烧掉我头发吧。"

话虽这么说，却没有一个屠夫真动手揍她，也没有一个屠夫真拿火烧她头发。古布是个狠人，谁不怕古布呢？王丹凤含着眼泪说："你们不打我不烧我，我心里更难受。"

可是这天王丹凤终于挨揍了，一个屠夫把她揍得鼻青脸肿，她的喉咙被他卡了很久，她到现在也说不出话来。另一个屠夫也真的烧光了她头发。她的头皮上有一层又短又参差不齐的灰白色发楂。那个屠夫不想把她烧死，一边烧她，一边拿冷水泼她。王丹凤在受着这些虐待的时候，内心里居然怀有隐隐的欣喜和甜蜜，她在为儿子赎罪。渐渐地，意识里感觉不妙，她一下子有了更为不祥的预感：屠夫们下手这么重，是不是古布出了事？古布一定出了大事。

王丹凤回到家里，古立群已得到消息。岳叔叔也在这里，消息是岳叔叔告诉他的。原来古布又一次打架，却没有被捞出来。原因是他的尿检呈阳性。古布吸毒了，他一直在吸食麻果。派出所要把他送去戒毒，强制戒毒两年。有人说，难怪古布焚烧猪肉时能像那样子跳街舞，分明是吸过毒了嘛。也有人说，告发古布的人很可能是胡立光，出来混总是要还的。岳叔叔说："你们可以不相信这些话。"但是那些人说冯总有关系，派出所不会无缘无故因为一次普通的打架就给人验尿。王丹凤差点瘫倒在地，这个结果比她混乱意识中的恶意猜想还是要略好一点。她本来以为古布会不会已经不在人世了呢，她甚至为此想到了她和古立群痛不欲生的下半生。但是这个结果仍然令她猝不及防。古立群还在和岳叔叔交涉，他说："你们冯总不是说过了吗，无论怎么打架都可以把人捞出来。"

岳叔叔摊着手说："我们冯总确实说过无论怎么打架都可以把人捞出来，但是我们冯总没有说过也能把吸毒者捞出来。吸毒者很难捞，我们冯总厌恶这玩意儿，也不愿意捞。"岳叔叔摊手的姿势太狡诈了，他内心的油滑一望便知。

"去戒毒是好事。"王丹凤无力地说道。

她的脑袋这时肿得越发厉害，岳叔叔可能有些同情她。他说古布做事情太卖力了，他其实没必要这么卖力。为什么这么说？岳叔叔又狡诈地摊了摊手，因为冯总的战略目标可能是几年后在曙光肉联厂搞房地产开发。肉联厂那么大一块地，仅仅在木头镇卖猪肉也太小儿科了吧？岳叔叔转为哈哈大笑，以冯总的雄才大略，必然会在这块地上卖房子卖楼房，卖什么猪肉！

卧底

优秀警察郭一伟连年来都是松山镇派出所积极分子，他长得像日本电影里某个叫不出名字的硬派影星。线条坚毅，表情冷酷。嘴唇永远抿着。但是他自从吸上毒，就变成了腐败分子。不可逆。他在日记里自称“毒虫”，承认自己是无耻的“两面人”。他写道，“我只是还没有被发现而已。”郭一伟很悲观，对未来怀着惊恐不定的预感。他在另一篇日记里又写道，“天网恢恢，我早晚有一天会落网。”作为警察，他对罪犯一向有着决不饶恕的严厉。哪怕那个罪犯就是自己，也逃不过他心灵的裁决。

松山镇在康宁县北边，县域边界，北境小镇。这个地方无论哪个年代，都会有异于其他地方的畸形繁荣。是三县交界处，拥有别处无法拥有的资源。比如松山镇的酒坊街，延伸到东边即它的末梢，就属于太平县了，太平县境内的酒坊街被叫作烟草街。同样是酒坊街，通往西南端却又属于临河县，位于临河县境内的那部分街道又被命名为白醋街。太平县临河县都是康宁县的邻县。松山镇顶以前只是康宁县一个县的镇子，后来城镇发展大了，延伸到另两个县境内。于是好端端的镇子被三个县肢解。镇子背靠松山，易于藏匿和潜逃。这里历来都是犯罪者的天堂和福地，令执法者头疼。

在这个县刚刚犯下罪的罪犯转眼就到了那个县。松山上的树林小径错综复杂，植物繁多，蛇蝎遍地。犯罪者一旦潜入进去，很难被发现，也很难被追捕。

这几年，松山镇成了毒品重灾区，毒品聚散地。可能跟区位有关，吸毒者贩毒者不知是从哪里冒出来的。他们藏匿此处。这里经济好，是三座县城之外的又一座重镇。忽然间建起了很多高楼房，另有很多新楼房在建。它的繁荣即使在空气里——也能让人嗅到来自金钱的甜腥气息。

松山镇派出所的警力配置从来都是康宁县最强的，所长朱刚是个铁血警察。风传他很快就将回到县里担任刑警大队长。刑警大队长的位置谁都认为很适合朱刚。他在担任派出所所长之初，发誓要“踏平松山毒品”，让松山镇成为“无毒之镇”。所里配有缉毒组，缉毒组共有五名警察。

郭一伟就是缉毒组里的缉毒警察，但是他在三年后就堕落成了吸毒者。

他在日记里写道，“我过着暗无天日的双重生活。”他叫自己“两面人”。一边他在缉毒，另一边他又在吸毒。他和毒贩同流合污。他写道，“对我来说，每一天都是刀刃。”关于堕落的起因，郭一伟也在日记里有过多次自我分析。每一次都是哀叹、悔恨，没有得到令人信服的结论。他在日记里写道，“我和普通人没什么两样，没什么区别。”承认自己是普通人，对想当英雄的人来说很难被接受。他又写道，“普通人的弱点在我身上也有。”郭一伟曾经满怀厌恶地回忆他初次触碰毒品的情景。他把这次经历也写在日记里。警车上有缴获的毒品，他正在把它送回派出所。他瞅了它一眼，心里骂道，“这些狗屎。”他心里没想别的，又瞅了它一眼。快到派出所大门了，郭一伟瞅了第三眼。这时，他突然急打方向盘，把警车开出去。他把车停在松山脚下。瞅了它第四眼，第五眼，第六眼。他就在车内吸了一点，一点点！他写道，“那就是开头！”可是没什么感觉。他在日记里写道，“这种狗屎怎么会上瘾呢？”他把车开回派出所，没人知道此事。

“那是个糟糕的开始，那样平淡的开始哄骗了我。”郭一伟继续写道，“我被蒙蔽了，所谓大意失荆州。我甚至还嘲笑过它，有什么呀，不过是杯白开水。”

接着有了第二次，第三次。蓦然回首，已经愈陷愈深。

郭一伟是自首进来的。我见到他的时候，他脑袋上没有头发，人瘦，指甲很长。他的嘴唇不再像从前人们描述的那样铁钳似的抿着，而是皱巴巴地永远咧着，类似于一个透着风的孔洞。我相信他的体重跟他的身高不成比例，他看上去弱不禁风。他是一个被摧残的人，被毒品摧残，也被他的内心摧残。但是他低垂的眼神里还掩盖着曾经有过的英雄气概，掩盖着壮志未酬的末路痛楚。

“他们跟我说你以前是警察，我有点不相信。”

不像是在采访，倒像是我们在闲聊。我看到了一个人生理想与结局南辕北辙的人。这样的人尽管不在少数，却仍然让人特别难过。

“我也不相信，可我以前的确是警察，你要不要看看我从前的照片？”

这倒不必，我在档案室看过他照片。他穿着警服，英俊挺拔。

戒毒所的干警跟我说他是戒毒所里收治的唯一一个前警察。那张照片很像日本影星。他抿着的嘴唇不是出于紧张，而是本能。那是个男人。眼前的这个人不大像男人了，当然他也不是女人。

“看过了。”

他有谈兴，他是在体制内工作过的人，很容易跟人沟通。他说：“我从前的工作就是抓捕贩毒者和吸毒者。”

“可是你也吸上了。”

“对，问题就在这里。”

“你为什么要自首呢？”据我所知，如果郭一伟不自首，没人掌握他的情况。

“不自首不行。”

“不行是什么意思？为什么？”

“我会吸死的。”

“有那么严重吗？”

“我知道，已经到了那个程度。”

郭一伟进来之前体重减轻了四十多斤，也有可能是五十到六十斤。体重下降是个渐进的过程，不是一下子掉了这么多重量。但也没有持续太久，是在一个密集的压缩的时间里。他的家人和同事都不知道他在吸毒。对于暴瘦的原因，吴茵怀疑他患上了糖尿病或癌症，他说不是。他到医院去检查，拿回了检测报告。他辩称这么瘦是因为睡眠不好。他说总是睡不着。不是抑郁症，就是睡不好。为了保护睡眠，两年前他和吴茵分床而睡。

“这是个不错的理由，可以瞒着你老婆，也能有独立的时间和空间吸那种东西。”我不好意思对毒品直呼其名，我说那东西。

“你说对了。”

“晚上在家里也要吸吗？”

“不可救药，到最后我一晚上要吸几次。”

“层级太高了。”他们吸毒者也分层级，他知道我已经知道了他当时的状况。

他笑了笑说：“我是个羞怯的人。”

“我看出来了。”

“我是说在吴茵面前，在她面前我是个羞怯的人。”

“羞怯的男人多半有主见。”我这么说没有别的意思，我甚至不是在安慰他。

“如果你能见到吴茵，你可以看看我从前的日记。”

郭一伟有记日记的习惯，吴茵把日记本给了我。但那只是他的日记残本。吴茵得知他自首的消息后，看了日记。据吴茵说，她当时实在控制不住自己的愤怒，一气之下试图撕毁日记本。不过女人手上力气有限，虽然撕去了大部分，也还留下了一些残页。

吴茵把丈夫看作是家里的顶梁柱子，没想到背着她却在干这种勾当。可是郭一伟的灵魂也在备受煎熬。他在日记里写道，“我想自杀。”这种想法不止一次提到，我在日记残页的好几篇里都看到了这句话。

他一定是太绝望了。毒瘾越来越大，胆子也越来越大。更要命的是和别的吸毒者不一样，他吸毒不需要毒资。他不必花钱就能得到所需毒品，松山镇毒贩龙哥免费为他提供。龙哥说：“你要多少我给多少。”

这既是便利，也促成他的毒瘾无止境膨胀。

他写道，“我是粪坑里的蛆虫！我是畜生！”字句粗暴，愤怒，也有忏悔。他愧对妻子吴茵，也愧对正在念小学的儿子郭霄鹏。郭霄鹏学习成绩好，热爱体育。郭一伟知道，儿子原本是以父亲为榜样的。

为此，他忧心忡忡地在日记里写道，“儿子如果知道我是这种人，还会认我为父吗？”这个问题折磨着他，痛不欲生。

他在日记里自称“两面人”，事实也是这样。吸上毒后，他就和龙哥搅在一起了。龙哥给他货。他呢，自然会在暗处保护龙哥。每次扫毒行动，他都会巧妙通知他，让他一次又一次避过打击。同时，他又是抓获吸毒者和毒贩最多的缉毒民警。工作成绩显著，连年成为优秀警察和积极分子。他的抓捕极有成效。但是这其中有悖论，布满陷阱。他让需要脱逃的人毫无悬念地抽身而出。而让必须落网的人身陷囹圄。他在选择他们！所以，行动结束之后，郭一伟比行动之前更痛苦。他在日记里写道，“我厌恶自己。”事实上还有庆功，因成功抓捕而受到表彰。他写道，“那些被我抓到的人，我都不愿意看到他们的面孔。”因为，在那些面孔后面，隐藏着更多被他放过的面孔。一想到他们，郭一伟写道，“我就会噩梦连连。”

龙哥是郭一伟的供货人，有求必应。他看上去那么和蔼可亲，就像亲兄弟。他憨厚，朴实。长相像农民，像松山上的看林人，像旧时候当铺里的账房先生，像门卫，像牵着线绳遛狗的人。总之，就是不像影视剧里的毒贩。郭一伟写道，“他活在假象里，活在迷雾里。”他在松山镇有家药店，卖中药，也卖西药。那是他的合法身份。他是药店老板，不穿长袍。郭一伟又写道，“我不知道龙哥究竟有多少个替身。”

替身一说，我还是第一次从日记残页里看到。我对此想了很久，仍然不明就里。龙哥是活在郭一伟日记里的人，活在这份日记里的人远不止他一个。另有他人。但是郭一伟自己才是主角。龙哥只是他背后的冰山。冰山隐在海水里，等待船只撞击。

龙哥从不停歇，他在深夜里像记录账目那样书写名单。草拟，排列。名单比数字更让他着迷。一串串名单。他冥思苦想。有时候把前面的名单挪到后面去，有时候又把后面的名单挪到前面去。突然改变主意删掉了某些名单，或者又加上另外某些名单。有些是真实名字，有些只是外号。龙哥运筹帷幄。要分清哪些是他看不顺眼的人，哪些是他不管看不看得顺眼都必须除掉的人。算计。复议。吸毒者中，有些人长期欠他毒资不还。讨债是这个行当必不可少的环节。暴力讨债或者“软钉子”讨债。部分人恶意欠账，故意不还钱。耍赖，企图蒙混过关。当然，也有人确实没有能力偿还。还有人早已病入膏肓，长期吸毒已经把他们吸到山穷水尽了。这部分人毫无油水可言。清除掉这些人，对龙哥来说就像是在做一件善事。他大发慈悲。

恶意欠债的那些人，不可能赶尽杀绝。最好的办法是杀一儆百。干掉一两个，让他们知道龙哥是有决心的人。他不允许任何人损害他的利益。

他们两人间是有默契的。龙哥玩弄名单，就像玩弄纸牌。郭一伟需要行动的时候，龙哥总会给他一张纸片。纸片上写着名字。郭一伟对此很窝火，不爽，像是被人耍了。不过，他尽量压制内心的火气。心想，那不是指令！没有人——尤其是一个毒贩子——更不能对他下指令。但是如果把它视为情报，他就能接受。即便如此，龙哥的名单也不是全部有效。郭一伟要打折扣。他只能当作一份情报，提供的名单仅仅只是参考。这是他们的游戏，龙哥交出名单的同时就会猜测，哪些人会被郭一伟抓获，哪些人会被他放过。龙哥一边猜测，一边露出微笑。

还有另外的毒贩，那些人是同行冤家。龙哥对他们绝不会心慈手软。有关他们的名字郭一伟不能讨价还价。所谓不能讨价还价当然不是下达死命令，龙哥没有这个权力。龙哥的办法是反复提交。即使郭一伟这次行动放过了某个名字，龙哥下次还会提交他。准确无误，锲而不舍。毒贩子不能冒头，谁冒头就掐掉谁。被龙哥盯上的人，永远也逃不了。龙哥是郭一伟背后的冰山，郭一伟则是龙哥前面的挡箭牌。

郭一伟在日记里写道，“我们在唱双簧。”

“唱双簧”既是他和龙哥的关系，也是他和朱刚的关系。郭一伟又写道，“我演戏，极其卑劣地演戏。”

朱刚在布置任务，他是派出所长嘛。任务是他从县局里接受下来的，再由他在所里分派出去。作为内部掌握，朱刚每次行动都会提出大体上的指标要求。比如这一次应该抓捕几名吸毒者或毒贩。也不是必须完成，但总会有一个或松或紧的指标配额。这是派出所的工作惯例，可以量化考核。对外宣传，也能言之有物言之有据。朱刚负责布置，真正去完成的还是郭一伟和他的同事们。

在龙哥那里，其实储备着他们所需要的名单和线索。他早就准备着。就像去中药铺抓药，处方单子写好了，照单抓就是了。郭一伟在日记里提到的“唱双簧”，大概就是指这个。他总能完成朱刚下达的任务，按他的要求抓到涉毒者。朱刚想要的抓捕名额从来不曾落空。于是他成为缉毒明星。同时呢，更重要的是一箭双雕。这也是龙哥想得到的效果。事实上郭一伟的扫毒行动也是在帮助龙哥剪除异己。把和他作对的人抓走，把欠他钱的人抓走。而他自己和他的手下全都安然无恙。

正是因为如此复杂的背景，郭一伟吸毒的事实才始终隐藏着没有被暴露。警方不会怀疑到自己的缉毒明星。松山镇也因此有了缝隙，有了可以培植出某种东西的地盘。龙哥的生意越做越大。他的势力立足此处，辐射三个县。郭一伟痛苦不堪，意识到这是他的问题。是他造成了现在这种局面，他推脱不了这个责任。他在日记里写道，“老百姓骂的那些话，骂的就是我！”

老百姓骂了哪些话，我在日记里没有看到，可能被撕掉了。但是郭一伟坦承，骂的就是他。

他的头发一束束掉落，指甲疯长。毒品是指甲的养料吗？他写道，“我的指甲以前每两个星期要剪一次，后来一个星期剪一次，再又发展到三天要剪一次。这会儿我每天都要剪。”它长得太快。刚刚剪过了，马上又长出来。一茬又一茬。他写道，“指甲长得快是凶兆。”它是某种不明原因的信号。坚硬之物，发灰，发黑。手上的指甲如此，脚上的指甲也如此。它们终于摆脱了羁绊，正在茁壮成长。

郭一伟为此恐慌，他还从来没有这样恐慌过。头发掉落还好说一点，关键是指甲疯长这件事。它太重了，压在他心头。脑袋上一根头发也没有，即便成了光头也无所谓。可是指甲像变戏法一样不停往外长就不一样了。他认为是非常不祥的指标，是他必须迈过去却又很可能迈不过去的一道坎。他的身体内部将出现重大灾变。指甲就是证明。就跟地震似的，地震之前也会有一些奇怪的现象发生。比如老鼠在白天成群结队地爬出鼠洞，横穿马路。它们跟喝醉了酒似的发呆、乱窜，或是叼着小鼠搬家。

此时，指甲和那些老鼠是一样的东西。它们在提示郭一伟。

郭一伟于是怀疑他的身体正在经历某个过程。有一场轰轰烈烈的“地震”等待着他，他必会坍塌、毁灭。正是缘于恐惧，他才去自首。他跟我说，再不自首，他会“吸死的”。担心那样死去。实际上他也见识过那种死法。那样死是不洁的，也是丑陋和被唾弃的，死后是要被钉上耻辱柱子的。他前去自首再没有别的理由，就是走到了这一步。他盼着这个事情早早有个了结，有个结局。

好吧，他在某一天的日记里写道，“我明天就去自首。”

第二天，他真就去了。

警察吸毒，并且自首了。这件事在松山镇是件大事，在康宁县也是件大事。郭一伟被关在戒毒所强制戒毒。开始几个月闹得沸沸扬扬。过段时间慢慢好些了，平复了，人们见怪不怪。可是突然间，在松山镇的所谓江湖上，莫名其妙地传播着一条小道消息。流言蜚语不胫而走。小道消息说郭一伟是警方卧底，成功打入到毒贩们的内部。他是个狡诈的人，很轻易就掌握了松山镇毒品网络的全部底细。他之所以吸毒，也是为了博取他们的信任。无非是苦肉计，没想到却弄假成真。因为他这个卧底，警方差不多彻底摧毁瓦解了松山镇的毒品网络体系。想想吧，这些年抓了他们多少人啊！他几乎是以一人之力血洗了他们。现在他是功成身退。功让他立了，身体却废了。说是去自首，说是去戒毒，其实是打着幌子软着陆。是在保护他。警方为了掩人耳目，为了抹掉他的卧底身份。故意把他当成普通吸毒者，普通腐败分子。

传闻中的小道消息，引用毒贩子们的话说，“警察以为这样就可以躲过我们报复吗？以为这样就可以躲过我们追杀？”

小道消息可能是被有意传播的，传播甚广，都已经传到强制戒毒所里面来了。

郭一伟身体虚弱，他比其他学员更虚弱。劳动的时候他晕厥过数次，车间的记录簿上对此有过记载。很多学员表示，以郭一伟的身份理应受到优待，他不应该参加劳动才是。另一些学员反驳说，难道你们没看过电影吗？既然是卧底，就得尝遍卧底者的所有苦头。假戏要真做。不真做演着演着就假了。目前还只是毒贩在这么说，说他是卧底。警方并没有做出回应。按照警方从前的说法，他是警队内部的蛀虫。可是，与蛀虫一说相抵触的地方在于，他过去的确破获过很多毒品案子。

郭一伟自己说他不是卧底。不能往我脸上贴金。我他妈的不是英雄，我就是个普通堕落的人。我在他的日记里读到了这几句话，他写道，“龙哥问我，他拿枪指着我的头问你是警方卧底吗？我说不是！”那还是他刚入道的时候，刚开始吸毒的时候，龙哥怀疑过他。他不能把自己的身家性命放在他身上。万一他真是警方卧底，龙哥当时会拿枪崩了他。郭一伟后来又写道，“如果我是卧底就好了，可我只是误入歧途。”

龙哥手上有枪。郭一伟在日记里所表现出的痛苦，证明他还是想做个英雄。可是，他又不是。龙哥曾经拿枪指着他的头，审问过他。但是他们又和好了，他们在松山镇唱双簧。那是怎样的双簧啊。他们两人不是合伙人，却又比真正的合伙人更紧密。他为龙哥做了很多事情，却又不从他那里拿钱。龙哥不必向他支付费用或分成。他也不提这类要求。他只是从龙哥那里得到他要吸的东西就行了。在暗地里，龙哥视郭一伟为恩人。视他为贵人。龙哥的天下不是龙哥自己打下来的，郭一伟有很大功劳。他们的关系因此是一种非常奇怪的关系。既非雇佣关系，也非交易关系。但是他们相互利用。龙哥把最新最好的货留给郭一伟。

郭一伟在日记里写道，“痛苦是什么？痛苦就是想吸的时候却又拿不到货！”他的此种体验从何而来？那么，龙哥把最好的货留给他，是不是以此拿捏着他的七寸？或者以此体现出对他的关爱和体贴？

我阅读他的日记，读到的都是些断篇残句。吴茵撕掉的内容太多了。不过，即使是残句子，我也能想象到他在怎样挣扎。他写道，“好在我随时能拿到货。”对于一个吸毒者，这该有多么重要。

这句话出现在日记本中间，靠近前面那部分。到了后面，再没有这类心满意足的表述。

在他写下“我明天就去自首”的这一天，他还写道，“我会吸死的。”

几个月后，他在戒毒所里也当面对我说过此话。

朱刚在郭一伟自首这件事上很狼狈，他没想到他会来这一手。

作为他的顶头上司，朱刚从未察觉到他在吸毒。严重失察。谁会想到这个？他还是缉毒明星。他感觉自己被敲了一闷棍。更可怕的是朱刚早就得到过上级暗示，很快就将履新。新职位正是康宁县刑警大队长，这也是他想得到的职位。放眼康宁县，他好像也是最适合这个职位的人。朱刚正直，在警队有勇有谋。他想干一番事业，大展宏图。可是在这节骨眼上却出了郭一伟吸毒自首的事儿。想想吧，就算要自首，你晚几个月自首不行吗？晚几个月朱刚已经到任，木已成舟，不会再有变故。或者你早几个月也行啊。早几个月还有时间周旋。朱刚可以大义灭亲，刮骨疗毒。哪里出了问题，敢于就地解决问题。那样的话，也可以把坏事变成好事。可是早不早晚不晚，偏偏这时候出事情，真叫朱刚为难。周旋也好解决问题也好，都没有时间了。

他是他手下，又是在他工作期间出的问题。怎么说也是一大污点。现在再提拔朱刚就有些说不过去了。会被人诟病。上面也怕担责任，怕被人指责带病提拔。

朱刚纠结，烦躁。他抱怨运气太差，恨不得冲进戒毒所去毙了郭一伟这小子。

另一个受到打击的人是吴茵，她也病倒了。说病就病。胃上以前有过不舒服，时不时隐隐作痛。没太当回事，扛扛就过了。这次怄了真气，胃部疼得更厉害。到医院检查，胃病还很严重。隐藏着的毛病被怄气激发出来了。虽不是癌症，也不能掉以轻心。静养，住院。好好的一个家顷刻间就拆了。丈夫在戒毒所里戒毒，妻子住院。儿子郭霄鹏还在读小学，却没人管他。

都是郭一伟闹的，你他妈好好的日子不过，吸什么毒啊！

恰恰是这时候，谣言传出来了。有关郭一伟是警方卧底的小道消息谣言四起。无风不起浪。如果是真的，郭一伟不仅可以洗白自己，还可以从丢人现眼的瘾君子，摇身变为警界英雄。不过，郭一伟自己在戒毒所里坚决否认此事。他说这不是往他身上栽赃，而是朝他脸上贴金。他不会领这个情，也不认这个账。

但是，朱刚却从莫须有的谣言里发现了转机。他敏锐地找到了那把事情的钥匙，摸到了那只隐秘的开关。无论信息源或谣言源来自哪里，来自何处，他都可以加以利用。朱刚充分信任自己的能力和智慧。

本来就是这样，松山镇共有三个派出所，分别是康宁县松山派出所、太平县松山派出所和临河县松山派出所。若有大案发生，三家派出所经常会并案侦查，而主持联席办案的所长多半都会是朱刚。

朱刚的能力由此可以得到证明。

谁说那是谣言？那就是事实！郭一伟在戒毒所里否认了？他必须否认，当然要否认。作为真正的卧底，他不能承认自己是卧底。其实也可以说是朱刚指定他这么说。朱刚给了他这种口径。我让他这么说的，朱刚想道。把逻辑捋顺吧，不能有破绽。他要坐实郭一伟就是卧底。是我秘密指派的，我们单线联系。所以，所里的指导员和副所长都不知道，缉毒组其他民警也不知道。知道的人越少，卧底越安全。郭一伟为此付出了巨大代价。刚派他进去的时候，毒贩逼着他吸毒。为了让对方信任，他真就吸了。想到这里，朱刚流出了眼泪。

郭一伟是英雄对谁都有好处。他的家人能得到很好的照顾。朱刚就任刑警大队长也是顺理成章的事情，甚至还可以升任副局长。因为表面看起来是他的工作污点，实则是他的工作成绩。

朱刚连夜来到县里，找局长汇报。

听他说完，局长点燃一支烟，盯着他的脸死死瞅了不下三分钟。朱刚被他瞅得发慌，心想我的脸不能软了，不能塌下去。

“剧情反转了啊，呵呵，反转得太意外了。说说，怎么让我信服你？”

“所里其他工作都有痕迹可查，唯有这件事没有痕迹。即使有过一些痕迹，也被我抹掉了。”

“还有，”朱刚继续说，“以前的涉毒案件差不多都是依据郭一伟的线索破获的。”

“都是他的线索吗？”

“差不多都是他的线索。”

“为什么现在才来汇报？”

“我想知道的面越窄越好，主要是为他的安全考虑。”

“连我也防着？”局长揪了一把自己的鼻子。

“不好意思，”朱刚说，“可是现在外面有了传言，他的身份事实上已经暴露了。我这时候向组织汇报，不是表功，而是担心毒贩会报复他或他的家人。我们要保护他。”

“要保护。”局长老谋深算地说，“如果是真的话，他手上应该还有最后一条线索。”

朱刚浑身一震，他在捋逻辑时还没捋到这里。逻辑上理应如此。既然之前没打算暴露郭一伟的身份，那么，他手上肯定还握着张王牌。

所谓大鱼，大鱼在哪里?

郭一伟从戒毒所转移出来了，这是朱刚安排的，警方在保护他。他住在外面的普通医院里。跟吴茵在同一所医院。吴茵住15楼，他住17楼，只隔着两层。吴茵知道了事情的原委，有人已经告诉她了。郭一伟所做的事情都是对的，是组织安排。她心情好多了，有时会上去坐坐。她步行上去，郭一伟一次也没下来。他身边有些人不是医护人员，却穿着医护人员的衣服，他一看就知道他们是干什么的。

我见不着郭一伟，他被警方隔离保护起来了。我只能断断续续阅读他的日记残章。他在日记里写道，“我走上了不归路。”语中的悲怆令人动容。

此时，他躺在病床上，从17楼窗户望着天外的云朵。白云悠悠，他还记得他所写下的这些句子吗?

他写道，“我想自杀！”

在另外的页面上，他又写道，“可是我更愿意死于心梗。”

他多次想到过死。这会儿，病床上的他还会不会想到死?在他并不完整的日记本里，死亡是重要主题。但也不全是这种句子。他还写过，“若不贩毒，龙哥会是个有情义的人。”

这里有个前提，如果龙哥不贩毒，他会有情有义。可是，他确实在贩毒。

龙哥自以为在松山镇已经一统天下了。有时候他视郭一伟为恩人。同时，他又是个老派江湖。这天，他忽然对戒毒所里的郭一伟心生怜悯。也不知为什么，他想搭救他。或者也不是搭救，就是想帮帮他。抬抬手嘛，也不费什么。于是，龙哥对外散播消息，称郭一伟是警方卧底。

原来，消息是龙哥传出去的。他的目的很单纯。他知道郭一伟早就废掉了，但是指认他是警方卧底却可以为这个已经废掉了的男人赢得一份荣誉。龙哥说，荣誉对我们这种狗屎一样的人没有意义，对郭一伟那样的人却很重要。死于荣誉和死于丑闻完全不同。

而且，吴茵和郭霄鹏还可以继承这份荣誉。他们从此可以挺直腰板活在人世。

龙哥的这一想法救不了郭一伟，却救了朱刚。朱刚并不知道龙哥这个人，没有他的任何情报，对他一无所知。此刻，他们之间却有了很好的合作关系。龙哥出于好意——散布出去的谣言——事实上让朱刚困难重重的职业生涯再次柳暗花明。龙哥是谣言制造者，传播者。朱刚则是接盘者，是将谣言变现的人。前者从空穴里吹出一阵风，后者将它坐实了。他们俩在这件事情上无缝对接。

即便如此，朱刚仍然焦头烂额。他想得到郭一伟手上的“王牌”，却又苦于毫无线索。

松山镇一派祥和。

事情的转机出现在另一个人物身上，他叫焦霸，是龙哥最信任的手下。他一直紧贴在龙哥身边。焦霸生于松山，少年时在外地游荡，成年后才回到本地。他是江湖新人。比老派江湖更贪婪，更不择手段，也更心狠手辣。这些品质也是龙哥信任他的原因。呵呵，我们的青年一代!

郭一伟是警方卧底的谣言，龙哥正是从焦霸嘴里传出去的。

焦霸是谣言接力棒中的第一棒，他也因此最了解龙哥的底细。

焦霸欣喜若狂。呵呵，老东西，老不死的！机会是你自己提供的。你不是说他是卧底吗？好吧，就让他再传送一次情报吧。不是我焦霸要你死，是警方卧底要你死。我要接你的手，你不死我怎么接！

他给朱刚写了一封信，是那种很普通的举报信，信件从邮局寄达。

朱刚撕开信，几乎不敢相信这份意外的惊喜。信中详细罗列了松山大毒枭龙哥的所有情报。他的毒品来源、销售网络、人员分布、武器配备及藏货地点都标注得清清楚楚。朱刚如获至宝，真是神奇的情报啊。天降大礼！信的末尾，焦霸署名为“伟哥手下兄弟呈报”。朱刚大喜过望。伟哥！伟哥！不就是郭一伟吗？他不知道焦霸，也不管他是谁。反正有这封白纸黑字的信就足够了。足够了，郭一伟的卧底身份正式完成。

伟哥，郭一伟。

三个派出所的联合行动是由朱刚指挥的，那是一场激动人心的扫毒战役。缴获大量毒品毒资和武器。松山镇最大的毒品窝点被清除。大毒枭龙哥持枪顽抗，被民警当场击毙。

朱刚在送往公安局的战报中写道，“此战役最大的功臣是郭一伟。”

但是郭一伟并不知道后面发生的那些事情，也不知道在一次至关重要的扫毒行动中，他赢得了荣誉，成了最大功臣。因为在扫毒行动刚开始的时候，郭一伟不小心死于坠楼事故。17楼病房里的那扇窗户出现了松动故障，可以轻易推开。医院后勤部门还没来得及维修好，病人郭一伟就急匆匆从戒毒所转移过来了。这是医院方面后来的说法。保护他的那些警力也在行动之时被调派到了松山镇。

郭一伟当时就站在窗边，眺望天外云朵，一时间百感交集，并且满怀伤感地回想起他曾经写下的日记。

病房里没有其他人，谁也不知道坠楼事故是怎样发生的。不久，已经就任刑警大队长的朱刚要求彻查此事件。他说，必须查清有没有人加害我们的缉毒英雄郭一伟。如果有，不管是谁，一定要绳之以法。

天空晴朗，郭一伟坠楼之时，焦霸正躲在松山镇的某个僻静处沉思默想。

前妻之间

不过就是招待罗小凤这么一天时间，已经很让钱桂花头疼了。怎么招待才算合适？既要得体又不能过分。不能出格。不能太排场，太排场了会让罗小凤难过。以为我故意在她面前显摆，有意挤对她、刺激她。也不能太寒酸，太寒酸了吧以为我瞧不起她。故意踩她、低看她，像打发叫花子那样不拿她当人。特地损她，不给她面子。还有，是在外面餐馆吃呢，还是在家里吃好？昨天晚上钱桂花和吴浩才为这事商量了一宿。商量的结果还是决定就在家里吃顿饭。吴浩才话少，木讷，商量的时候都是钱桂花在说话。她一会儿拿这个主意，一会儿拿那个主意。吴浩才嗯嗯地应着，到后来他犯困睡着了。钱桂花这时刚好说到就在家里吃饭吧，又慎重又亲切，还不铺排。

她就此征求他意见，“你看行吗？”她说。

他却鼾声如雷，推都推不醒。钱桂花一扭身，就这样定下来了。

他们家住在龙口镇，公交车站就在镇子南头的那棵杨树下面。杨树上钉着块木牌，上面写着“龙口镇公交停靠点”几个字。牌子很旧了，挂在那儿挂了几十年。

钱桂花天一亮就去那里瞅，明知道罗小凤不可能这么早，还是忍不住老往那里跑。她笑话自己，慌张什么呀，又不是不得了的贵客。

吴浩才出去了，在外面干活，一天都不在家。

她说："你在家我们不好聊天。"

吴浩才心里想，"你们会聊些什么！"

汤快炖好了，昨日买了只肥母鸡，半夜起来放在炉子上用细火炖着。鸡汤的香气弥漫开来，钱桂花嗅着空气里的香味，擦了擦眼睛。她想，"我怎么会流眼泪呢？"

"我没有流泪。"她想证明给自己看，"我只是眼神大不如从前。"她对着镜子照了照。钱桂花映现在镜子里的面容，一时间竟没了五官。她并不害怕，相信五官肯定还在脸上。她伸出手，摸了摸脸，果然在。于是，她又将镜子搁下。

罗小凤是昨天接到钱桂花电话的，钱桂花知道她从广州回来了。她这次回来，专程去强制戒毒所探视儿子秦继伟，这个消息她刚回来就传到镇上来了。钱桂花打电话，想请她回龙口镇聚一聚，她说："我们两姐妹见个面吧。"

当时，也不知为什么，罗小凤听她这么说一口就答应了。我们俩是什么关系？为什么这时候要和我见个面？见面干什么？难道不就是要看我笑话？看我有多么倒霉？我从你那儿抢来的丈夫不光打我、不要我，还因为吸毒故意伤害被关进大牢。我和他生的儿子也吸毒，也被关在戒毒所里。难道所有这些不是我的报应？你满意了吧？你不就是要看我伤口吗？不就是想当着我的面一层层掀我伤口上的痂吗？好吧，就给你这个机会，让你见个够。见吧，在别处没脸和在你这儿没脸有什么差别，还不都是一样没脸没皮。

“听说你不住在村里，住到镇上了。”

“是啊，在镇上住了几年。”

罗小凤还在电话里跟她寒暄，虚伪吗？管她！她恭维她说：“日子过得不错啊，都在镇上落户了。”

“就那样子，”钱桂花很审慎很谦卑地说，“还算说得过去。”

“那我到镇上来找你。”

“你还记得公交站吗？我去那里接你。”

“记得，公交站有棵杨树，我在杨树那里下车。”

“对，杨树，老杨树车站。”

从县城到龙口镇有五十多公里，公交车走了两个多小时。中巴车，车厢里的密闭效果不太好，灰尘呛鼻。罗小凤邻座是个老头。老头拎着只黑色塑料袋，一路呕吐。他把呕吐物吐在袋子里。罗小凤看到老头手上布满老人斑。他虚弱而又愧疚地对罗小凤解释：“对不起，我是个病人。”

罗小凤说：“你不必道歉。”

继而，她想，我也是个病人，只是我不呕吐。看着老头的脸，罗小凤突然不明白她为什么要去龙口镇。我要把自己送上门去让她羞辱吗？让她嘲笑我？或者任由她在我面前炫耀她现在的幸福？同是女人，从前难道不是我毁了她的生活？可是结果怎样？结果是她有了更好的归宿，而我呢，我满盘皆输。还输得那么惨，输得颗粒不剩。她是赢家，我需要去她那里展览我自己吗？输家站在赢家面前，所有的失败和丑陋一览无余？让她把我踩在脚下？或者直接把我踢进垃圾堆去？不就是这样吗？那么，我可以不去！就地下车，坐上返程的车回到县城，再回广州。我要有我的尊严。

但是，罗小凤只是这样想了想。她仍然顽强地坐在座位上，随着中巴车摇摇晃晃地前往龙口镇。途中，老头接听了好几个电话。看来有人在关心他，那些人都在电话里很有耐心地叮嘱着什么。他一一应着，像个听话的孩子。罗小凤默然，老头其实并不比她孤单。

这天，钱桂花第五次来到公交站才接到罗小凤。同车的老头下车时踉跄了一下，罗小凤上前扶着他。他凄苦地向她致谢，拎着黑色塑料袋远去。

“我一眼就认出你来了，你没变。”

“我也认出你了。”

钱桂花牵了牵罗小凤的手，她的手冰凉。

“那是因为我戴着假发，如果我不戴假发，光着脑袋，你就认不出我来了。”

“我没注意你头发。”

“假发是戒毒所那个名叫霍立志的警察买给我的，很合我脑袋。”

“看不出来。”

“戴假发是为了哄骗我儿子，不让他伤心。”

“那警察人挺好的，他叫什么？”

“是挺好的，我刚才说了，他叫霍立志。”

“对了，你是说过，你说霍立志。”

一路闲聊着到了家，闲话。罗小凤在闲话里填充了不少火药，句句话中带刺，只是没有被点燃。钱桂花小心回避着，尽量顺着她。她住的地方是套二手房。县城的人大多到武汉买房去了，镇上的人就到县城去买房。就像玩接龙牌游戏，一张张底牌往前递送。钱桂花在龙口镇买下一套旧房，前房主也搬到县城了。她们进了家门，把鸡汤端到桌子上。还有一盘青菜，一盘红烧肉。时间正好到了中午，该吃午饭了。可是罗小凤说等会儿再吃，她声称要先看看屋子。

钱桂花是秦建设的前妻。罗小凤也是秦建设的前妻。她们都是。钱桂花在前面，罗小凤在后面。罗小凤当姑娘的时候是村小学的民办老师，三十一岁那年，她和秦建设好上了。用很通俗的说法即是“第三者插足”。秦建设于是和钱桂花离婚，并娶了罗小凤。他们离婚的理由是钱桂花不能生育。钱桂花对此无法反驳，因为它是事实。所以当年的离婚相当顺利，没有遇到任何障碍和纠缠。问题是罗小凤和秦建设的婚姻也没有白头偕老，他们在儿子十四岁那年也离婚了。而积极怂恿他们离婚的人，正是他们的儿子秦继伟。他认为如果再不离婚的话，他的父亲秦建设肯定会打死他的母亲罗小凤。事到如今，当两个女人在此相会，她们的身份事实上都是那个男人的前妻，所不同的只是她们后来的际遇。

罗小凤在屋子里转悠了一圈，突然摘下头上的假发套，就像某个喝了酒浑身发热的男人一把扯下头上的帽子。她把假发套随手丢在饭桌上，很潦草地扬手扔去。

“她在向我示威，打我杀威棒！”钱桂花从这个动作里看到了敌意、愤懑和从骨子里喷薄而出的自暴自弃。但是她偏偏对她发亮的光头视而不见，她不去瞅她的光头。相反，她拿起假发套，用手指把上面的毛发梳理一下，然后端正地放在一旁。

“我不再是个女人。”

“你是。”

“那也是个不齐全的女人。”

“你不缺少什么，”钱桂花温和地说，“我们吃饭吧。”

罗小凤大口喝着鸡汤，故意吧嗒着嘴巴。“我吓着你了吗？”她昂着头，脖子细长，头皮上泛着青白色的光芒。

“没吓着，吓什么呀，不就是做过化疗吗？现在癌症多了，做化疗的病人多着哪。”

“你以后还会长出头发来的。”这句话钱桂花没能说出口。

“她心里才不会这样想，看到我顶着这么丑陋的脑袋，她心里早乐开了花。报应！她必然会大喊大叫报应，报应终于来了。看看从前的民办老师吧，瞧她做过的好事，再看看她现在落得的下场。”

罗小凤审视着钱桂花，在她的面孔里辨认她没有说出口的话语，辨认那些像暗夜里扇动着翅膀飞翔——如同蝙蝠一样的秘密念头。

“你终于在镇上有了自己的房子。”但是罗小凤这样说，她像个久别重逢的普通熟人那样闲聊家常。她甚至还在并非刻意地逢迎她，拍她马屁。她努力启发她，让她不经意地说出令她得意的那些事情。她说：“以前我们谁不想啊，谁都想在镇上买点房子。你做到了。我刚才看了看，房子还那么宽敞，真叫人羡慕。”

钱桂花回答得极其节制，毫无得意之色。仿佛她只是在陈述或解释，不过是一件无足轻重的往事。

她说："房子是吴浩才要买的，都是他的意思。钱也是他借来的。当初为了两个儿子在镇上读书方便，才买房子。他的决定后来被证明是对的，两个儿子今年都考上了大学。"

"都考上了？我记得他们是双胞胎。"

"都考上了，你没记错，确实是双胞胎。一个叫吴文飞，一个叫吴文剑。都在武汉，考取了两个不同的大学。"

"说到吴浩才，就是你后来嫁给他的那个老光棍吧？我们当时不知道他的名字，一直叫他吴老光棍。"

"是他，没错，吴老光棍，比我大十多岁。秦建设和我离婚后，我就嫁给他了。"

"秦建设为你不能生孩子离婚，没想到你嫁给吴老光棍生了双胞胎。一生就生两个，这难道不是一场讽刺？"

"不是讽刺，是缘分，是命定。"

"什么缘分？什么命定？"

"我和他没生孩子，跟吴浩才生了。他也一样啊！他和我没生，跟你生了。这便是缘分和命定啊。"

"你为什么要把我扯进来？为什么要把我儿子扯进来？"

"但这就是事实。"钱桂花小声说。

"真像是一场梦啊，一场戏。咱俩演了一场对手戏，演到后来，你在天上，我却在地底下。"罗小凤斜着眼睛，她现在无比后悔来这里做客。她明白自己陷入了一种类似于鼠疫那样的情绪里，此时她盼着自己快点得上黑死病死掉算了。

"你应该很满意了吧？"罗小凤幸灾乐祸地问道。她还嘿嘿嘿地笑着，笑声里包裹着鼠药那样的毒汁，就跟她刚才扔假发套的动作一样，有着相同的含意。

“你怎么能这样想呢？你怎么能这样想？”

钱桂花扭着手，她把我当成什么人了？钱桂花都快把手上的皮肤扭掉了。她仍然在误解我，她认为我充满恶意。可是谁能告诉她，事情不是那样子。

“我能怎样想？你告诉我，我能怎样想？你的两个儿子在大学读书，我唯一的儿子却在戒毒所强制戒毒。”

“可那不是你的错。”

“那是谁的错？”

“不是你的错，也不是秦继伟的错。”

“到底是谁的错？总要有个人错了。”

“谁也没有错，”钱桂花突然哭了起来，她哭得如此突然，“原本是什么样子就是什么样子。”

“你在开脱谁？”罗小凤也哭了，她没想到她会哭，“你在为谁开脱？”

“为我自己。”钱桂花哭得更伤心，她的脸看上去十分惊恐。

罗小凤因此掉进了谜团，某个与此话题并不相干的谜团。迷雾是从饭桌上的鸡汤里升起来的。弥漫在两个女人之间，弥漫在整间屋子里。她们都嗅到了铁锈一样的气息，或是枯木一样的气息。钱桂花发现鸡汤已经凉了，她又端进厨房去热了热。

“不必这样，最无辜的人大概就是你了，只能是你。”

钱桂花还在抽泣，“我们中间没有无辜者。”

“可是你说，谁也没有错。”

“这个也是事实。”

“那么谁有罪？”

“如果我跟秦建设生了孩子，而不是后来才跟吴浩才生孩子。”钱桂花说，“你想想看会怎样？”

“秦建设不会和你离婚。”

“还可以这样想，即使他要和我离婚，我也不会同意。我会拖着他，跟他死缠烂打。很多婚姻都是这样维持下去的。”

“你说得对。”

“也不对，我在钻牛角尖。”

“你把我找过来，就是为了跟我说这个吗？”

“我从来没想跟你说这个，我另有打算。”

“问题不在这里。”

“问题在哪里？”

“问题是秦建设从来没有打过你，他殴打女人是从他吸毒之后开始的，也是从我身上开始的。他打我，往死里打。秦继伟十一岁时劝我离婚，他预测说我再不离婚，秦建设肯定会打死我。”

“他没有打过我。”

“我知道，他那时候不吸毒。”

“我信你，我也信秦建设不是个坏人。”

“他不坏吗？”

“他从来都不坏。”两个女人曾经都是秦建设的前妻，钱桂花说，“他只是控制不住自己。”

“控制不住自己意味着什么？”罗小凤太绝望了，她知道自己有多么绝望。她不是在问她什么，也不是要对她暗示什么。说实话，她不愿意回望来路。但是也不敢往前看，往前看她其实更害怕。

“后来的事情我不知道，我相信秦建设打女人就是因为他吸毒。”

“对，就是吸毒，吸毒又是因为什么？”

“吸毒只能是因为吸毒，还有别的吗？”

“没有别的了。可是每个人的生活都是由其他人决定的，不是由那个人自己决定。比如我，我的生活是由后来的秦建设和秦继伟决定的。”

她为什么这么说？我不明白她把自己放到哪里去了？钱桂花说：“他们决定不了你。”

“能决定，就是他们决定的。你也一样，你的生活是由吴老光棍吴浩才和你们的两个儿子决定的。”

“他们做了什么？”钱桂花迷惑不解，“我倒想问问，你得上不好的病和秦继伟有关系吗？”

“没关系。”罗小凤一口咬定，“你为什么这样问？”

“因为有传言说秦继伟发过毒誓，那毒誓也是你逼着他发的。毒誓说若是秦继伟违背誓言吸了毒，就让他母亲得上最坏的绝症而死。”

钱桂花可能太紧张了，她的脚底都在抽筋。

“确有这回事，可是在我逼着秦继伟发毒誓之前，我就已经检查出了癌症。也就是说他发不发誓，或者他违不违背誓言，都跟我所得的坏病扯不上半点关系。”

罗小凤怎么说出了这番话，她自己也不知道。她在想，她是不是很失望？

钱桂花倒像是放下心来了，脚底也不再抽筋了。“我也这么想，是啊是啊，我也是这样想的，在他发誓之前你就得上病了。”

罗小凤很认真地看着她，两个女人就像两堵墙壁相对而立。“你为什么这样想？”

“这才是最好的结果，也才是最好的事实。”

“最好的事实是怎样的事实？是不是要从最坏的事实里想办法找出一点不那么坏的事实？对吧？”

“是这样子的，可是你告诉他了吗？”

“谁？”

“秦继伟呀。”

“没有，我去探视他的时候还瞒着他，我不想让他知道我得上坏病了。”

“你这样不对，告诉他吧。把你刚才跟我说的话告诉给他。告诉秦继伟，你在他发誓之前就检查出了癌症。”

“一定要告诉他吗？”

“他必须知道这件事情。”

罗小凤沉吟着：“她和我想到一起了。”

“那样他才不会内疚。”

“跟他没关系，内什么疚！”

她们在这儿心意相通，接着，罗小凤又问她：“吴浩才在做什么？”

“他不是做什么的，没有固定职业。他什么都不做，又什么都做。每天出去，刮风下雨都出去。一天可能只做一件事，也可能做好多件事。反正都能挣些钱回来。有时候多些有时候少些，总有钱交给我，从不会空着手回家。”

“还有这样的人啊？我没听明白。”

“这么说吧，他会电工、木工、泥瓦工、油漆工、管道疏通工。还会装卸、厨师、扫地护工什么的。给死人穿寿衣，替迷了路的外地车辆带路，在龙口镇山沟沟里为旅游的人做导游。总之，见什么干什么。反正没有失传的手艺他会干，失传了的手艺他也会干。”

“失传了的手艺是哪些手艺？”

“比如给死人穿寿衣，先穿哪件，再穿哪件。有哪些讲究，哪些禁忌，他都知道。他说什么，主家就照着做什么。”

“手艺倒是多，好像也自由。”

“我以前不知道，嫁了他才知道。就为了活命，差不多是自小练就的本事吧。做光棍也好不做光棍也好都饿不死他。有童子功的人，再难再不容易也能活下去。实在没活干了，还会乞讨，能做个不让人讨厌的叫花子。”

秦继伟若能有这一身本事，我也就安心了。罗小凤想，好死不如赖活着，能活下去的本事才是真本事。

“看不出来，吴浩才看着弱，看着弱的人却强着呢。”

“他看着像蚂蚁，可是再小的缝隙蚂蚁也能钻进去。”钱桂花说，“像灰尘，随便哪个地方都能落下他。被吹掉了，又能落在别的东西上面。”

“不起眼，却能活着。”

“谁又不是这样？”

“有些人就是不能这样。”

吃完中午饭花了一个多小时，一个半小时吧，不会更长。罗小凤要回县城，钱桂花坚持把她留下了。

“我们去小镇上走走吧，转一转。”

在她们吃饭的时候，外面下起雨来了。天气预报也说今天有雨，罗小凤坐公交车来的时候天就阴着，现在下下来了。雨是小雨。街上行人都打着雨伞。镇上还是那些诊所、手机营业所、汽车维修铺、修脚屋、美发室、邮政储蓄、农业银行支行和信用社。还有镇政府办公大楼和集贸市场。

行人面孔多半是乡下人，真正的庄稼汉。都不愿意住在村子里，借钱买房也要搬到镇上来。他们的服饰在雨水里散发出来历不明的气味。这种气味进而影响到他们的呼吸，他们的呼吸交叉混杂。独特的小镇的气味，是一朵朵水中的蘑菇云。满街的人都不像在行走，倒像是漂浮着。他们漂浮在雨伞当中。不是他们漂浮，街上就只漂浮着雨伞。雨伞在给雨伞让路或靠近。雨伞跟雨伞说话或接听电话。但是许多人都是异乡人，没有人知道真正的土著小镇人身在何处。

钱桂花站在镇政府大楼外面，她对罗小凤说：“我在这里面还有几个熟人。”

“都是领导吧？”

“领导是领导，不大，算是小领导吧。吴浩才给他们修水管、装窗帘、换灯泡，一来二去就熟了。”

一来二去跟吴浩才熟了，钱桂花怎么也会熟呢？

镇子不大，不大工夫就转完了。钱桂花又要请罗小凤在修脚屋泡个脚。很明显，她这是在拖延时间。罗小凤想，“她是不是还有什么话要对我说？”

给她们泡脚的是男人。店里说，给男人泡脚的是女人，给女人泡脚的当然得是男人。钱桂花说，镇上好几家修脚屋都有吴浩才电话。哪里客人多了，人手忙不过来，他们就打电话叫他过去。

“吴浩才该不是也会泡脚吧？”

“他会。”

为罗小凤泡脚的男人手很粗糙，估计为钱桂花泡脚的男人也是。她们都是第一次出来泡脚。男人很狡黠，一眼就能看出来。皮肤黑，干惯了农活的手下力也猛。罗小凤不禁叫出声来。他给她按肩，附在她耳边轻声问：“姐姐是不是心情很糟糕？”

罗小凤大声说：“我心情好极了。”

全屋子的人都看向这边，男人脸更黑了。钱桂花跟着说道：“我的心情也好极了。”

从修脚屋出来，两人相视而笑。钱桂花说：“我们刚才是不是很团结？”

“是的，很团结。”

这会儿她们路过美发室，站在门口的小姑娘又一个劲儿把她们往里拉。

“姐姐姐姐，洗个发吧。”

“修个面吧。”

“画个眉吧。”

拉扯中都有些难堪，钱桂花也不太可能再花这个钱。又不好脱身，几个女孩揪着她们不放。罗小凤这时悄悄扯下了头上的假发套，她笑眯眯地望着女孩说：“你们看看我这样子，我需要洗发吗？”

女孩们惊愕地松开手，退到一边。

“你不能这样动不动就掀掉自己的假发套。”钱桂花说。

“我这样怎么了？”

“你在作践你自己。”

“我没有作践自己。”罗小凤想发火，又极力控制着，“不要再浪费时间好不好？你到底要对我说什么？赶紧说吧。”

“回家说行吗？回到我家里，我们坐着慢慢说。”

“不必了，中午还没说够吗？”

“可是我没说出来。”

“那就说出来吧。”

“就在大街上说？这么重要的话，你要我就在大街上说吗？”钱桂花脸色苍白。

她想干什么？我倒想知道她想干什么？罗小凤说：“说吧。”

“那我说了，我就是我就是，我就是想认秦继伟做干儿子。”钱桂花像是喃喃自语，“你愿不愿意我做他干妈？”

罗小凤愣怔了片刻，然后像是五雷轰顶。

“就这句话？你是不是以为我活不了几天？干妈！干儿子！是不是以前我抢走你丈夫，现在你就要抢走我儿子？是不是？”她狂乱地大叫。

她扔下雨伞，扔下手中的假发套，光着脑袋冒雨跑开。她在雨水中奔跑，跑向镇子南头的杨树车站。

钱桂花在她身后喊道：“你知道不是这样。”

罗小凤浑身淋得透湿，脑袋上全是水珠子，看着就像满头大汗。她并没有跑到杨树车站那里去，就站在广场上。以前广场是粮管所露天堆放粮食的地方。雨水落在她身上，似万千刀片在剐她。

这就是她请我来这里的原因，对吧？就是。这就是她的计谋，对吧？就是。她要做秦继伟的干妈。为什么？为什么？就因为我活不了太久？她要抢走我儿子？

等等，让我再想想。

罗小凤捧着脑袋蹲在地上。再想想。

她哭着，泪水和雨水混在一起。这里面有问题吗？问题是什么？

好像没有啊。秦继伟并没有失去我这个亲妈，他只是多了个干妈。还多了个干爹。吴浩才做他干爹，还能做他师父。

罗小凤渐渐直起腰，秦继伟从戒毒所出来，若能有吴浩才做师父，那可是比他亲爸爸秦建设好多了。

钱桂花懂我，还是女人懂女人的心。她这样安排，我就是死了也能对儿子放心了。

她又回到钱桂花家里，钱桂花正在不停地打她电话。

两个女人紧紧拥抱着，哽咽不止。钱桂花说："我去了杨树车站，没看到你。这才回到家里，一边等你，一边打你电话。"

"我要洗个澡，要不然我会感冒的。"

"赶紧洗。"

"我还要在你这儿过个夜，明天再回县城。"

"好的好的，过个夜。"

钱桂花洗净罗小凤脱下的湿衣服，挂在椅背上，拿电吹风吹着。罗小凤穿着钱桂花的干净睡衣，在头顶上缠着干毛巾。她们就是居家女人，没有芥蒂地干着家务拉家常。

“我做主，秦继伟认了你这个干妈。”

“那好，我是了。”

协议达成，相视而笑。

“那么，吴文飞吴文剑能叫我继母吗？”

“不能。”

“为什么不能？你是秦建设的前任妻子，我是他后任妻子。他们又是你儿子，为什么不能叫我继母？”

钱桂花微笑着，她们的心情都比从前好了很多。“因为他们不是秦建设的儿子，所以你无法成为他们的继母。”

“我和他们的关系就跟你和秦继伟的关系是一样的。”

“不一样，秦继伟还是秦建设的儿子。”

“也就是说，他可以叫你继母？”

“我不知道，如果我在你后面，他应该叫我继母。可是我在你前面，我就不知道叫什么了。但是关系是这样子的。”

她们故意扯着玩，理不清的线团。

“还是干妈吧。”

“我本来就是干妈，把我们连在一起的那个人也还是秦建设。”

她们回想秦建设从前的诸多细节，那些细枝末节的习惯。他抽烟的样子，某些姿势。各种姿势。有一些很帅。比如钱桂花记得他对着电视机喷吐烟圈。罗小凤则记得他喝酒的时候很豪爽，在酒桌上猜拳鲜有敌手。她们的回忆有重合，也有不太一致的地方。他顾家，挣了钱全都交给她们。当然，罗小凤补充说，仅限于吸毒前。

对喜欢的人有情有义，挺会讨好女人。他挑选的小礼物总能哄她们开心。他记着她们每个特殊的日子。他给罗小凤买裙子、巧克力，还带书回来给她看。

“你是民办老师，喜欢这些东西。”钱桂花说，“他送我的礼物是一对银耳环，我到现在还保存着。”

“还是很能迷惑女人。”

“能迷惑。”

电吹风发出呼呼的响声，钱桂花一手倒腾湿衣服，一手吹电吹风。她们在吹风机的响声中叙旧，一下子靠得很近。她们不是敌人，也不是亲人，但是她们共有同一个故人。故人在监狱服刑，罪名是吸毒和聚众斗殴。他服刑的监狱就在秦继伟戒毒所的对面。父子俩遥遥相对却不得见。

罗小凤流着清鼻涕，可能是淋了雨的缘故。钱桂花烧了姜糖水给她喝。还劝她吃了一粒感冒药。感冒药很快有了药效，令人嗜睡。罗小凤昏昏沉沉地睡去了，她睡得很沉，一夜无梦。

钱桂花就守在床边，用电吹风为她吹衣服。她一直吹到后半夜，才把她一身湿衣服全吹干了。罗小凤在睡眠中听着吹风机的声音，她可能听不见，因为她并没有醒来。可是她又知道她在吹衣服，就像她亲眼看着她在那样做。

天还没亮，罗小凤就起来了。她的衣服就像在烈日里暴晒过一样干燥。钱桂花刚离开这里不久，之前她一直坐在这里。罗小凤不愿惊扰到她，心想，让她好好睡吧。她还记得龙口镇最早一班车大概快开了。她想就坐这班车。能不告别就不告别。她和钱桂花该说的话都已经说了。告别难免彼此尴尬。她轻手轻脚往外走，把她的大门虚掩着。她还在门口站了几分钟，在那里默想着什么。如果一定要说出来，她想说这家人真还不错。或者她更愿意说，这家人真好！

然后，罗小凤穿过街道，来到杨树车站。她稍稍来早了一点，早班车还没到。但是，有人在陆陆续续往这边走。天也不再下雨了，今天会是个大晴天。光线在慢慢变得明亮。就像有谁拿着抹布，在悄悄擦拭天空这块玻璃。杨树下面这时聚了好几个人。除了罗小凤，还有两三个人，或三四个人。大家相互不认识，也就不说话。其中有个人在咳嗽。清晨的咳嗽声不大有恶意，听着清脆。但是罗小凤没有咳嗽，也没有流清鼻涕。看来姜糖水和感冒药还是有作用的。

早班车还是准时开来了，司机胖乎乎的，长相像个贪吃的大厨。他吸着烟，说话时嗓门很细。手掌也偏小。罗小凤看得这么清楚，是因为司机从车上走下来了。他还跟熟悉的某个人打了声招呼，他的嗓音尖细沙哑。

天这时差不多全亮了，有个男人远远地往这边走。他好像不是乘客，不会前往县城。罗小凤想，我应该认识他，可是我不知道他是谁。

他果真走到罗小凤身边，望着她。他脸上似有笑意，又不太明显，更像是长年累月镌刻在上面的忧戚。

罗小凤猛一激灵，“你是吴浩才。”

“嘿嘿。”

“你是吗？”

“我是。”

“我昨天没见着你，你回来晚了？”

“嗯。”

更多人来到杨树车站，先来的人坐到车上去了。人人都在抢座位。罗小凤数了数已到的人数，她不会没有座位。

“钱桂花说你有一双巧手，什么活都能干。”

“嘿嘿！饿不死。”

“失传了的手艺活，还有没失传的手艺活，听说你都能做。”

吴浩才不好意思，好像面前这个人对他的夸赞是不怀好意的浮夸。

“嗯嗯。”

他结结巴巴地又说：“你是我的贵人，我要感谢你。”

“感谢？感谢我什么？”

“不是你的话，我还在打光棍，我会打一辈子光棍。”

他说的是我从钱桂花那里抢走秦建设那件事，如果他们不离婚，他也娶不上钱桂花。都哪一年的陈芝麻烂谷子！他居然视我为贵人。他那样子不会是说假话。看来他对娶上钱桂花很满意，他这一生过得很幸福。他专程前来向我道谢，充满诚意。看来，每件事都有多种解释。不对，不是解释，而是结果。应该是每件事都有多种结果，比如我们几个人之间这种错综复杂的关系。

可是，罗小凤说：“我当时那么做，并不是为了你。”

“那是那是。”吴浩才说，“可我从中得着好处了，我是受益者。”

“你得着什么好处？”

吴浩才笑得眉眼开花：“老婆呀，我有了老婆，不再打光棍。”

“那你要感谢钱桂花。”

“感谢她感谢她，也要感谢你。”

“主要是她。”罗小凤准备上车了。

“还有我的双胞胎儿子。”吴浩才认真地说，“也要感谢，他们今年都上了大学。”

关于这件事，还有另外更让人吃惊的说法。

钱桂花昨天告诉过罗小凤，她跟她说，吴文飞吴文剑并不是吴浩才的儿子，他们的亲生父亲“另有其人”。她并没有告诉罗小凤，那个“另有其人”到底是谁。她只是告诉她这个事实。她不知道，她为什么要告诉她这个。那时候她刚刚服过感冒药，刚刚躺到床上。她帮她吹湿衣服，附在耳旁说了这番话。也可能是幻觉，是服过药之后的幻觉。如果是幻觉，那就不是事实。

包括她后来是不是真问过她什么，是不是也是幻觉？罗小凤拿不准。她记得当时应该问过，她说：“吴浩才知道这件事吗？”

钱桂花摇晃着头，她说：“我永远也不会知道他知不知道这件事。”

这就是她回答罗小凤的话，她对此一筹莫展。这会儿面对吴浩才，她同样一筹莫展。她又一次看着他的脸，从那上面看不出一丝掩饰和破绽。他是那样诚恳地跟她赞美他的老婆和儿子，那么快乐。罗小凤想，这就够了。管那个“另有其人”是否真有其人，管他是谁，管他会不会是镇政府哪个不太大的领导。管他呢，吴浩才知不知道这件事又有什么要紧。他很知足，知足者天助。

罗小凤对吴浩才说：“你儿子真厉害。等你老了，你一定能享他们的福。”

“他们真厉害吗？”

“真厉害。”

“没想着享他们的福，”吴浩才说，“他们自己能好就行了。”

罗小凤说：“我要上车了。”

“你上。”

吴浩才的表情很甜蜜，好像他能看到多少年之后的事情。多少年之后的事情当然是儿子的事情，他对此心满意足。罗小凤上了车，只有一排座位没有坐人，刚好是她昨天坐过的那一排。她坐进去，车马上就要开了。这时，又上来了一个人。还是昨天那个老头。他又坐在她身边，手上也还是拎着一只黑色塑料袋。

老头侧过头，怯生生地说道：“对不起，又是我。”

“没关系。”罗小凤说着，身子往里靠了靠。

她从车窗看出去，发现吴浩才和钱桂花站在一起。她怎么来了？不知道她是跟他一起来的，还是后来她自己来的。或许罗小凤刚才和吴浩才说话时，她就站在不远处？现在他们并肩而立，从这边看过去，怎么看都像是一对相濡以沫的老人。他们看上去那么相爱，那么般配。

他们是秦继伟的干妈干爹。

“即使我死了，”罗小凤想道，“至少秦继伟还有他们。他们不会亏待他。哪怕再难再不容易，他们也有办法让秦继伟活在这世上。”

他们就是这样活着的。

公交车开动了，罗小凤对着他们挥了挥手。他们也对着这边挥了挥手。可是，当公交车行驶的时候，不知道他们能不能看到坐在车里面的罗小凤？不知道有没有什么东西遮挡住了他们的视线？

拎着黑色塑料袋的老头，这时抖抖索索地向她递过来一张纸巾。罗小凤接过纸巾说："谢谢你！"

大同小异的故事

每个人三十万块钱，码在身边小桌上，或是放在自己的提包里面。四个人打麻将。牌局无诈。不可能有作弊的人，作弊的人会被砍死。赌局结束的时间必须是某个人输光了，一个人手上的三十万块钱输光了视为一局。一局结束，下一局另约。“只要谁被打断了”——牌局才会自动终结。“法定”结束时间必须是有人把三十万块钱输得精光。如同打架，总要有一个人被打死。这类赌局是很残酷的游戏，不是一般人能参加。其魅力也恰在于残酷，不如此残酷不好玩。三十万块现金用一根绳子捆绑着。所谓“打断”——即捆绑现金的这根绳子作废了，没用了，因为现金被别人赢走了。于是此赌局宣告解散。若有人意犹未尽，想翻本继续赌，那也要等到改天再重新组局。但是用绳子捆绑着的那三十万现金往往都不是他们自己的钱。没有人愿意自己拎着三十万块现金去打麻将，“组局”的人也反对这样。事实上四个打麻将的人——他们身后都站着放码的人。放码的人给他们每个人派送三十万。被派送的时候四个打麻将的人都是爷。名义上是三十万却并不真正足额给这么多，只有二十七万。“抽头”要抽利息，即另三万块钱作为抽头利息已经被放码人先期扣除了。一根绳子实际上就是二十七万。有时候打断一根绳子只需要三五个小时。有时候比较麻烦，会成为一场漫长的马拉松，通宵达旦或是横跨两个昼夜。王小异经历过的最长纪录是三天两夜。回忆那场牌局——他咬住舌根恨恨地说：“差点把人打死了。”放码人的利息以天计算，日息为“一”。到了第二天，三十万（也即二十七万）的实际债务将增至三十三万。第三天三十六万。第四天三十九万。可能还有另外的算法。放码的人和组局的人其实是同一伙人。必要时有人唱红脸有人唱白脸。赌局开场给他们派送赌资的时候他们都是爷，到了逼他们还债的时候——每个人都成了“阶下囚”。至于赌局场地大多情况下由参入赌局的人自行商定，有些人比较迷信，更愿意选择他们曾经赢多输少的地方。这便难以达成协议，常常争执不下。于是只好由组局的人提供。组局的人多半会选在天河宾馆。生活上他们要吃最好的饭菜，这方面的费用当然也是组局的人买单。偶尔还会到天河宾馆以外的饭馆点餐。他们抱怨说宾馆是住人的地方饭菜实在太难吃了。配送饭菜的饭馆是百花水库的餐馆，品质优良，但价格奇高。餐馆里的大厨陈育良说：“不是我们价格贵，是他们点的菜贵，那些菜都是从前皇宫里的人才能吃上的东西。”他们不喝酒。有人要吃点麻果什么的。组局的人不卖麻果，可是他们可以帮他们购买。在牌局的间隙吸一下麻果是被允许的，他们要求提提神。有个人说：“爽一爽，不犯困。”麻果好，听说本地也有人会做这东西了，这东西一本万利。

说“爽一爽”的那个人叫吴凤山。

这一局王小异坚持到了深夜十二点五十七分。他预感不好，以为坚持不了这么久。手气臭，太臭了。这时他听到脑子里“嘣”

的一声脆响，他真的听到了响声，绳子断掉的声音。坐在对面的吴凤山不知道听到了没有，有可能没听到。吴凤山通红着双眼猛地推倒怀里的麻将，他和牌了。王小异付给吴凤山他该付的钱，然后说“我绳子断了”。他果然提溜着那根刚刚捆绑过钞票的绳子在麻将桌上晃悠。绳子是红颜色，晃得人眼花。吴凤山很恼火，此时有人断了绳子严重挫败了他的好运气。他抓起一大把麻将子砸在牌桌上，就像扔出了一柄柄短匕首。那些麻将子一个个直立着，仿佛匕首的刀刃没入在桌面里，稳稳地站立着。“你这个丧门星，绳子早不断晚不断，总是在我火气刚刚上来的时候你就断掉了。”吴凤山发脾气不是没有道理，他也输了十多万。半小时前他吸食了一颗麻果，现在正是他状态最好的时候，他满以为只要打下去他就一定能翻盘。不仅把输掉的钱扳回来，说不定还能再赢上一笔钱。这种反败为胜的战例又不是没有过。可是没想到有人断了。断的人又是王小异。

“我也不想断啊。”王小异哀叹着说。

有人输就有人赢，吴凤山输了十多万，王小异断了一根绳子。他们的钱都被另两个人瓜分了，赢了钱的人正笑嘻嘻地盘点着他们到手的战利品。

牌局如期而散。放码的人这时留下王小异，有人说“我们姚老板想见见你”。不知道姚老板是什么时候来的，他并没有出现在牌局现场。他在另一个房间。姚老板长得腼腆，发怒的时候总是眉开眼笑。王小异以前也见过他，虽说不上是朋友，但却是老熟人。在幸福县城的街道上碰到了还会彼此点点头，或握握手。他们把他带进那个房间，姚老板像个账房先生正在翻阅一本账册。

姚老板十分客气地对王小异说："王局长，你打断的绳子差不多快有十根了。"

王小异说："我记不得了。"

"你不记得我们记得，"姚老板说，"这上面都有你按下的红手印呢，你要不要自己看看？"

"不看。"王小异摆着手，他那样子就像是被卖掉的人不愿意看他的卖身契。

"不看也罢，"姚老板说，"你的手印和别人不一样。你按在账册上的不像是印泥，倒像是血，我一闻就能闻到血的味道。"

"你想办法把我们的账还了吧，还一部分也行。我现在日子过不下去了啊，都是你们给弄的。你们全都欠着我，也要替我着想一下呀。"姚老板眨巴着眼睛，他惯于使出这一招：以哀求的方式威胁你！

王小异直听得汗毛竖起来了。他希望有一把剃须刀正好剃光他身上所有的毛发，那样的话他可能会轻松一些。老实说竖着的汗毛碍手碍脚，令他觉得全身黏附着飞来的异物，就像是降临在身上的带着翅膀的昆虫尸体，或是不明植物分泌出的带刺的粪便。

去年夏天，王大同在天紫湖酒店宴请宾客。前来赴宴的客人共有二十三人，都是王小异的债主。幸福县城里的人对经历过的那个炎热的夏天记忆犹新，人们记得当时的高温达到了创纪录的四十一度，并持续了一周。据传历史上只有一九〇三年夏天才能和去年相比，县志记载，一九〇三年因天气太热，全县共有三十五人中暑而亡。但是去年幸福县无一人被热死。去年与一九〇三年的区别大约就是空调吧。天紫湖酒店的主人因为王大同在此请客，他们提前三个小时就打开了房间里的所有空调，并调至最低温。客人们走进餐厅，耳朵里猝然听到嗡嗡的响声，就像是这些房间里密布着看不见的苍蝇。鼻腔里也就顿时有了凉意。桌上预留了桌牌，大家找到自己的名字纷纷落座。

王大同笑眯眯地坐在上首，他说："我是王大同不是王小异，王小异是我的孪生哥哥。"

这样的开场白有点不同寻常，其实幸福县都知道王小异和王大同是孪生兄弟。王大同早年混过黑道，好几年以前收山了。后来江湖上很难再见到他的身影。他现在是一家超市的老板，还在开发区办了一家化工厂。王大同的超市坐落在繁华地段，生意火爆。可是他很少到超市里去，却成天坐在开发区的化工厂里。传说王大同手上有很多奇怪的化学配方，但是化工厂门前车辆稀少。很少有车辆进进出出的化工厂会是什么样的化工厂呢？他所研制的化学配方又是什么样的化学配方呢？还有人说王大同的产品不是在他的化工厂车间生产的，而是分散在一些小作坊里生产。

那些小作坊分散在哪里？

"我刚做过手术，身体里拿掉了一个东西。"王大同带着歉意对大家说，"眼下还不能喝酒，只能让几个小弟代我向各位敬酒了，失礼失礼。"

很多人都在这场宴席之上看到了王大同的虚弱，他气色蜡黄，就像是个刚从房梁上解开绳索被救回了一命的自缢者。姚老板后来说，他亲眼看到王大同的舌头有几次从嘴里掉了出来，伸出老长。没有人知道王大同身体里拿掉的东西是什么。

三个男孩（十六七岁）绕着餐桌为二十三位宾客敬酒。第一个男孩拿着酒杯喝酒。第二个男孩端着盘子，盘子上面立着拧开了盖子的酒瓶。第三个男孩尾随在后负责斟酒。前面的男孩喝光一杯，斟酒的男孩再帮他倒满一杯。一杯酒大约二两半，那男孩站在客人面前，恭恭敬敬地先干为敬。只喝酒不吃菜。他一一敬下去，敬到第五个客人——也就是姚老板那里，他喝下了第五杯酒，眼见着摇摇晃晃站立不稳。属随在后斟酒的男孩这时走上前来，抡起酒瓶子砰一声敲在他脑袋上。酒瓶子碎裂了。酒液和血迹淌满他的额头和脸颊，他软软地瘫倒下去。上来了几个人，把瘫在地上的男孩拖出去。地上的血迹斑斑点点。刚才端盘子的男孩顺位递补上去，拿起酒杯敬酒。斟酒的男孩这时端着盛装酒瓶的盘子尾随在后。又一个男孩上来斟酒。继续敬酒。这个男孩敬到第六位客人，也被后面斟酒的男孩抡起酒瓶子敲了脑袋。也被拖了出去，血迹也洒在地上。接着又有一个男孩递补上来。三个男孩队形依旧，文质彬彬地躬着腰身向客人敬酒。他们穿着同样的衣服——黑色西装。表情一样。默不作声，只敬酒不说话。一圈酒敬下来，前后有四个男孩被酒瓶子敲了脑袋。他们这会儿消失不见了，地上的血迹仿如撒落的梅花。

王大同站起身来，“小孩子不胜酒力，大家见笑了。”话锋一转，他又说，“今天把各位请来，大同有一事相求。”说到这儿，王大同还抱着拳对着酒席上的宾客们拱了拱，“想必大家也都知道，王小异是我哥。我哥是副局长。我们都想着他还能进步，有朝一日我哥能再进一步，能成为正局长。但是这段时间我哥走了弯路，据我所知，你们每个人数额上多少不等都被他欠了钱。现在我来替他还清欠你们的债务。宴席结束后，请去那里结算。”说着，王大同指了指屋角。那里摆了张桌子，桌上铺着红绸布。桌后坐着四位年轻女孩。“有借据的请出示借据，没有带来借据的凭你们自己说。说多少是多少，我信得过你们。要现金的给现金，要转账也可以。连本带息，大同我今天一并付清。”

话音刚落，正吃着的宾客们呼一下全跑过去了。铺着红绸布的那张桌子就像是会议的签到处。大家都围着，争先恐后地办手续。

“大家先安静。”红绸布后面的女孩喊了一嗓子。

王大同也从酒桌上走到这边来了。“你们的账我认了，也还给你们了。可是有句丑话我要说在前面：今后谁也不准借钱我哥！不准借钱我哥赌博。谁借钱我哥我不认账，我可能还会对谁不客气。”

钱秀英怀孕期间经常梦见一只白虎，那只白虎穿越她的梦境卧伏在她的枕头上。醒来时钱秀英惆怅地抚摸着寒凉的枕畔，这时却发现她的鼻孔里出现了两颗黄豆。左右鼻孔各有一颗。钱秀英回想昨天晚上她并没有吃过黄豆，偏偏是前天下午吃过一捧。还有一次钱秀英梦见了白虎之后，鼻孔里出现了一粒麦子和一粒稻谷。这些征兆王一升也没放在心上。钱秀英分娩的时候却生下了一对双胞胎。王一升是个老师，他比画来比画去，总觉得两个娃娃长相大同小异，分不清彼此。便给他们取名一个叫大同，一个叫小异。据王一升说，叫大同的娃娃是哥哥，小异是弟弟。但是钱秀英言之凿凿地说，被叫作大同的孩子其实是弟弟，叫作小异的则肯定是哥哥。你把他们搞反了，这样叫哥哥名字的实际上是弟弟，叫弟弟名字的实际上是哥哥。王一升并不认同钱秀英的说法，夫妻俩为此争执了二十多年。争到后来，王一升还是依了钱秀英。事已至此，也只能这样。反正名字不能换。那就将错就错吧。大同和小异的确长得一样，眉眼鼻子和头发一模一样。就连声音和表情也都一样。钱秀英说她掌握着兄弟俩秘密的也是唯一的差异。那还是他们刚出生时接生婆和她一起研究了好半天才得出的结论。如今接生婆早已不在人间，依然知道兄弟区别在哪里的就只有钱秀英了。她告诉王一升，王大同和王小异不一样的地方在他们左手手掌上的掌纹里。

“掌纹太明显了。”钱秀英说，“长着那种掌纹的是哥哥王小异，长着另一种掌纹的则是弟弟王大同。”

王一升对此不以为然，反正他永远弄不清楚。他质疑说：“刚出生的孩子你能清晰分辨出他们手掌上的掌纹吗？”

钱秀英对王一升的质疑无言以对，她担心自己产后是不是有过短暂的产后忧郁症，因此她很想找到接生婆，和她一起回忆当年的来龙去脉。可是接生婆杳无踪迹，她早就不在人世了。

很久以来，幸福县一直流传着这样一种传言。说王小异和王大同经常互换角色。王小异是幸福县水利局的副局长。王大同身份比较复杂，很多时候被认为是一个民营企业家。如何互换角色呢？比如说水利局正在开会，端坐在主席台一侧的明明是王副局长王小异，但事实上也有可能是王大同。此时，王小异却躲在另一个地方打麻将。也有相反的情况，比如坐在化工厂里冥思苦想的那个人明明是王大同，但事实上却是王小异。真正的王大同正在水利局处理某件棘手的事务。水利局有很多很大的水利工程需要招标，其中有些工程还是从日本拿到的无息贷款。这些工程油水无疑很厚。王副局长分管的工程招标就是很棘手的事务，王小异热衷于打麻将，处理这类事务能力有限。桌面上的事情和桌子下面的事情经常把他搞得一头雾水，他因此总是把顶顶体面的事情弄得一团糟。一团糟你知道是什么意思吗？王大同笑着问哥哥。而他冒名顶替王小异处理这些事务倒是驾轻就熟，因为他手下就有工程队。在创办化工厂之前，王大同曾经承包过幸福县水利系统不少工程。

王小异认为这些传说都是谣言，有意给他们兄弟抹黑。但是他没有站出来辟谣，因为他觉得实在没这个必要。所谓谣言总会像风一样，来无影去无踪。

小时候，虽长相相似却并不难区分兄弟俩。因为两人性情完全不一样，单从性情上就能把他们分开，他们各有标签。哥哥王小异是好孩子，用功刻苦，学习成绩好，品行端正。一直是班干部，五好学生，学期结束时总能欢天喜地拿回奖状。弟弟王大同跟哥哥相反，从小就是个问题孩子，问题少年。他七岁就学会了吸烟，偷奶奶的烟抽。十三岁有了自己的第一把刀子。那是一把可折叠的刀子。把刀子折叠起来，他用嘴唇叼住刀柄，一般人再怎么使劲也无法从他嘴上把刀子撬下来。后来王小异一路读书，上的都是好学校，在学校里也都被分在好班级。大学毕业后回到幸福县，成为公务员，很快做到副局长。王大同读到初中就辍学了，自从有了自己的第一把刀子他就混社会去了。混了十多年，竟也能呼风唤雨，成了幸福县响当当的人物。可是王大同适时地收手了，他到开发区去办了一家化工厂。他说他已经老了，到了做点正当生意的时候，江湖应该留给更年轻的人去混。很多人据此推测，王大同是捞饱了，他像许多明智的贪官那样在小心翼翼地软着陆。但是化工厂也可能是他下半生为自己预留的另一片天地。人们总是在猜测王大同，一会儿这样说，一会儿那样说。

就像投资一样，王一升和钱秀英还在他们很小的时候就把所有希望全都放在王小异身上了。有人警告过投资人不要把所有鸡蛋放在一只篮子里。王一升认为这种警告是天底下最可笑的废话。他和他老婆不可能从王小异那里分出哪怕一点点希望——搁在王大同身上。希望的鸡蛋一只也没必要搁在王大同的篮子里。他曾嘲笑过钱秀英怀孕期间做过的梦。他说："你梦见白虎醒来后，绝不会是一只鼻孔里藏着粒麦子，另一只鼻孔里藏着粒稻谷。照现在的情形来看，当时的征兆必然是你一只鼻孔里藏着粒麦子（或稻谷），另一只鼻孔里则藏着粒稗子。"他们从两个儿子小时候的表现来看，王大同肯定是个废物。他是颗"定时炸弹"，他们内心其实是想和他切割开来。他们不想做他的父母，做他的父母太有风险了。好在还有王小异，他们把晚年幸福和养老送终都寄望于王小异。

钱秀英为她怀孕时所做的梦进行辩解，她辩称，当初做的梦就是那样的，王一升没有权力修改她很早以前所做的梦。身为初中教师的王一升说他不是修改，他只是在怀疑。从两个孩子后来的状况"倒推"她过去获得的"征兆"。他所说的观点不过是推论而已。这方面尽管有争执，但是两个人共同瞧不起王大同。对王大同的看法却空前一致，他们厌恶他，视他为这个家里也是这个社会的一根搅屎棍。他们要托着王小异，把他托到更高处。从王小异的成功里他们能获得荣誉感，所谓"与有荣焉"。

有一天，到底是哪一天呢？可以从网上查到，不难查到。这一天不是出过事吗？出过大事。出事之前，王大同把王小异请到他车里来了，他们就在他车上坐着。王大同开着辆宝马车，车是黑颜色。他说："哥，我把你之前的债都还清了，没想到你又借钱去赌。听说你又被人打断了十来根绳子，有这事吗？"

王小异闷着头，不作声。

"十来根绳子，有这事吗？"

"哥从小到大你都是我的偶像我崇拜你——你知道吗？你知道我有多羡慕你吗？哥！这儿就我们哥俩，我要掏心窝子跟你说说话。你怎么就能做那么好的孩子呢？我怎么就那么烂呢？我想做你那样子的孩子，可我做不到。我瞧不起我自己，我比你比我们的父母亲更瞧不起我自己。看着你在——你不就是另一个我吗？我就有底气。你越往上走，你越体面，我就越有指望。可是没想到，没想到你竟然迷恋上了赌博。哥那不是你可以去做的事，那是我从前做过的事，我崇拜你我瞧不起我自己的时候就在做那些事。没想到你现在反过来去做了。而且哥我告诉你，我当时做那些事也不像你现在那样去做。哥你那样做是不对的，你以为像个好孩子那样去赌博也能赢钱吗？你赢不了钱。赢钱的人永远是那些放码的人，那些设赌局的人。你弟弟我以前就是那样的人，我放码，我设局。"

"哥你有你的车，我有我的车。你的车只能在你的车道上跑，我的车只能在我的车道上跑。我们不能跑岔道，跑岔道就会出事。如果有一天你的车拐到我的车道上来，你一定会翻车的哥。"

听到王大同说了这段话，王小异望着他弟弟，很痛苦地说道："既然是掏心窝子说话，我也不能瞒着你。我也要告诉你真心话，真心话在我心里憋着的时间太久了。在你们全都认为我是好孩子的时候，我那么早就被你们贴上标签了，真是惨啊。其实我心里是不平衡的，我不愿意！从小到大在你羡慕我的时候我倒是更羡慕你，我比你羡慕我更羡慕你！凭什么要我一个人承载你们所有人的希望，凭什么？你不就是我的镜子吗？我看到你就像看着另一个自己，另一个自己多自由啊，多爽啊。我在被你们逼着做好人的时候也想做个邪恶的人。看着你——每次看着你我就想，为什么我只能老老实实，你却可以无法无天。为什么？我也想背叛我自己，我也想把我自己翻个篇儿。”

“你以为当个副局长很轻松吗？先当着，过几年再当上正局长。再过几年，想办法再当上副县长。你就是这样安排我的，对吗？让我们家有面子，别人高看我们一眼对吗？可是我不愿意，我觉得没意思。我不是为自己活，我是在为别人活。活得太没意思了。没意思是我这么些年唯一的人生观。没意思就是没意思。没意思透了。但是我又做不了别的，那就赌赌博吧。哪怕输钱，也是输得明明白白，没有不明不白的地方。我也因此觉得赌博比我的人生更有意思一些。我没别的意思，我就是想找点意思。”

“你真认为没有不明不白的地方吗？”王大同问了一句。

“没有。”王小异说。

两人在车里就说了这么些话，好像忽然就把话说尽了。真心话不在多，说了就说了。哪怕是亲兄弟，看来也是彼此隔膜。心里面居然都在厌弃自己并且想成为对方那样的人，可是表面上又是完全的不可调和。再没话说了，无人打破沉默。如果硬要无话找话说下去，那也太尴尬了，就像王小异说的那样——也太没意思了。

天黑了，街灯亮起来。王大同在沉默中启动了宝马车，他说我带你去个地方。王小异没问去哪里。车驶过两条街道，开进一个小区。那是以前的老小区，破旧凌乱。王大同把车停在高台子上面。从车里可以俯瞰下面的停车场。那里乱七八糟地停放着各种车，有货车小轿车三轮车摩托车还有自行车。小区里的房子也很破烂，一看就是即将被拆迁的房子。王大同递给王小异一把望远镜，他说你看看。王小异接过来，架在眼睛上看了看，果然很清楚，可是没什么值得一看。你要我看什么？等会儿再看。王小异又拿下来。王大同低着头，在手机上玩游戏。现在看吧，王大同突然说，但他还是没有抬头，他继续在手机上玩游戏。王小异听话地又把望远镜架到眼睛上。还是没什么。对面那栋楼，中间单元下来了一个男人，四十七八岁的样子。穿着灰色夹克衫。王大同边玩游戏边说，就像在做实况直播。王小异调整好角度，真就看到了那个男人。岁数衣着王大同都说对了。他没说到的只是那男人还吸着烟。他正在走向一辆车，王大同说，那是一辆黑色帕萨特。在他右面，隔着四辆车和一辆摩托车停着一辆银灰色标致。王小异往右边转动了一下脑袋，他看到了那辆标致车。这时从标致车里走出了五个男孩。男人刚刚打开帕萨特车门，五个男孩围了上去。他们手上拿着两尺长的钢筋棍。最后面穿西服的那个男孩不光拿着钢筋棍，他左手上还握着一把刀。他们都进了帕萨特，车门关上了。第一个上去的男孩堵上了男人的嘴巴，他喊不出声音。你可以对着帕萨特的车窗，可能会有些模糊，不过大体上还是能看到他们在做什么。王大同仍然低着头，但他不紧不慢说出的话和王小异看到的内容大致吻合。他们在车里面打他，如果不失手，他会变成残疾人。可是如果失手了，他就会被他们活活打死。这种事要不了多久，这时他们大概已经从帕萨特车里出来了。是的，他们出来了，王小异接口说。他们钻进了银灰色标致，正在快速离去。

他们继续在车里坐了三分钟，王大同才慢条斯理地收起手机，开车出了小区大门。那时候小区里还很安静，没人知道这里刚刚发生了一起凶杀案。半小时后他们才听到刺耳的警笛声，闪烁着警灯的警车在大街上呼啸而过。

王小异问王大同："那是你的人吗？"

"不是，"王大同说，"是姚老板的人。"

"他们为什么要杀他？"

"因为他欠他们钱呀。"

"可是杀了他，他欠他们的钱不就永远也还不了吗？"

"他们这些年从他那里累计得到的钱数远远超过了他欠他们的钱数。"王大同异常冷静地说道，"本金、利息他们早就赚够了。偶尔对欠债的人动手可以吓住另外那些欠债的人，欠债的人会想不知道什么时候轮到我。"

第二天，有个欠赌债不还的人被杀了——这一消息在幸福县城传得沸沸扬扬。王小异明白，他弟弟带着他亲眼目睹了这次行刑的全过程。不就是一次行刑吗？欠债的人都是被放码的人判了刑的人，他们可以放你一马，也可以不放你一马。他们想什么时候行刑就什么时候行刑。王大同是在警示他，王小异知道他带他去现场观看的潜台词，如果他再不收手，他的结果将会和帕萨特车里的那个男子一样。王小异盘算着，他们从他这里得到的钱的确比他欠他们的钱更多一些。他们可以对他动手。他不想因为这个丢了性命。好吧，那就收手吧。王大同不是要我不再赌博吗，那就不赌吧。但是他在姚老板那里欠下的债务总还是令他提心吊胆。他想起来了，去年夏天王大同替他清偿了债务之后，再也没有人敢借钱给他。王大同不是在还钱的时候说过话吗，每当王小异找他们开口借钱，他们都会很巧妙地推托说手头正紧，没有钱借给他。只有姚老板不同，他每次开口他都会借钱给他。当时王小异觉得还是姚老板够义气。这会儿往深处想却又不寒而栗，姚老板没把王大同放在眼里，他一定是什么都不怕了才会借钱给我。别人都怕他不怕。

王小异时时处处谨小慎微，睡着了也要睁着一只眼睛。他老想着颈子上方悬着剑，弄不好什么时候就掉落下来了。握着那柄剑的手是姚老板的手。不知道他什么时候会来行刑，只要知道了他将要行刑，王小异就会大声呼救。类似的场景他在梦境里不止温习过一回。同样是在梦境里，王大同一步跨了过来，他挽着他的手臂，在他耳边轻声说："哥你放心，他们要杀你就让他们来杀我吧，因为我们长得一模一样。"

但是在现实中却又总是风平浪静，什么也没发生。倒是王小异从此变得谨慎老实——他甚至比从前更老实——因而有了进步，他被提拔了，真就当上了幸福县的水利局长，成了这个局里的一把手。

年关将至，王小异在街上碰到了他从前的牌友吴凤山。跟吴凤山在一起的还有另一个他不认识的人。王小异打算躲开，和这类人公开寒暄太丢人了。他记起来了，这个人还是个吸毒者。可是吴凤山的想法和他刚好相反，吴凤山觉得在公开场合和王局长能说上几句话是很有面子的事情。于是他离开了自己的同伴，走到王小异身边来。他说：“王局长，好长时间没在一起玩啊。”

王小异只好说：“我早就不玩了。”他们嘴里说的玩就是约着打麻将。

“玩还是要玩，什么样的身份和什么样的人玩。”吴凤山说，“王局长只是现在不和我们玩罢了。”

王小异笑了笑，不置可否。吴凤山接着说：“王局长有时间的话我请你喝酒，放心吧，喝点小酒我还是请得起的。我现在发了，赢了很多钱。你还记得姚老板吗？他可是我们俩的灾星。在他那儿玩你也输钱我也输钱，输得那叫一个惨。后来不在他那里玩了，我转到李老板那里玩，运气一下子就上了身。那可真是福星高照啊。天天赢，次次赢，我一路赢，赢得那叫一个牛逼！”

“姚老板怎么样了？”王小异听他说得唾沫飞溅，不禁这样问道。

吴凤山说：“姚老板，你不知道吗？他早就死了。”

王小异一下子蒙了，吴凤山又说了什么他一句也没听进去。他甩下他往前走去，心里自言自语地想着，姚老板怎么就死了呢？

吴凤山回到同伴那里，炫耀说和我说话的人是水利局的王局长，一把手。同伴说他和王大同长得真像啊。那还不像？简直就是同一个人。同伴说你知道姚老板是怎么死的吗？吴凤山说不知道，你听到了什么？同伴说姚老板这个人必死呀，他要么是脑子坏掉了，要么是吃了豹子胆。听说他竟敢向王大同放码，这不是找死吗？有这事？向王大同放码？不太可能吧。都说王大同早就还清了哥哥的债务，不让任何人再向王小异放码，姚老板怎么还敢反过来向王大同放码呢？是不是弄错了？我倒是跟王小异一起玩过，没听说王大同也玩。再说了——王大同那么有钱哪还需要向姚老板借钱？听吴凤山这么说，同伴怪笑着说，看来你是真不知道啊。王大同只是要试探一下，故意装扮成他哥哥去找他借钱，没想到姚老板真上了钩。吴凤山很诧异，他说我只知道姚老板钻进钱眼里了，我亲眼见过他继续借钱给王小异，没想到他还敢借钱给王大同。靠，王大同的船也能随便上吗？同伴拍了拍吴凤山的肩说，都是外面在传，不确定啊，哪知道那个人是王大同还是王小异。是啊是啊——你又怎么确定刚刚遇到的人就是王小异王局长而不是王大同呢？吴凤山说管他谁谁，他跟同伴说你知道王大同的化工厂生产什么吗？同伴肯定回答了，但声音太小，只有他们自己能听到。两人勾肩搭背，吃吃笑着，在马路上走得歪歪倒倒。

王小异走出好远，仍然在想，姚老板怎么就死了呢？

本命年

在夏天居然会感到寒冷的男人，是什么男人？

“假装吧？”

“不是，他没有假装。”

戒毒所所长说：“那不合常理！”

他对他们反映上来的情况有些厌烦。“他在有意捣蛋，”所长说，“你们要想办法让局势稳定下来。这段时间，他是所里的烦乱之源。”

彭至刚异于常人的地方在于他害怕开空调，害怕电扇。他动不动就去把空调开关给关上了。这便惹起众怒，南方的夏天，人本来就火气大性子躁。很多人想揍他，若不是有干警拦着，不知道揍过多少回了。又不在他家里，这是戒毒所。其他学员谁也离不开空调。上工时在车间休息时在宿舍，中央空调都开着。他的皮肤像普通人那样冒汗，晶莹的汗珠在黑乎乎的汗毛上闪闪发亮。可是他从里到外透着寒意。整个漫长的夏季都是如此。他在宿舍里穿着短袖T恤，肥大的裤衩子。他的面孔和裸露在外的肌肉热烘烘地冒着古铜色热气。而在他的皮肉里面，在他的内心里却是冰天雪地。他对气温的感受是寒冷而非炎热。据学员反映，这是彭至刚自己所讲。

因为这个缘故，他在太阳照射下，有时候也会哆嗦，就像撒尿时不经意出现的尿颤。他牙关紧咬，舌尖透出丝丝凉气。

所长认为这没道理："他的感受不是生理上的感受，估计是某种条件反射。"

"他有心病。"说话的警察黑着脸。

另一个警察说："在这里戒毒的人谁没有心病？"

所长对这类争执见怪不怪，"你们要找他谈，弄清情况，而不是猜测。"

彭至刚不知道干警们在如何谈论他，他担心自己这一年将会死在戒毒所里。他很早就放出话来，言之凿凿地说，他肯定活不过今年。现在还是夏天，马上就到秋天了。他对秋天的记忆跟他的童年密切相关，跟他的出生和命运密切相关。是深秋也是初冬。那般时节里，永远飘荡着无边无际的萧萧落叶。落叶是金黄色，具有那种金属般坚硬的质地。如同天空里撒满金币。金币在秋风里彼此碰撞，叮当作响，然后坠落大地。可是空气像海绵吸水，像消音器，像橡皮擦，妖娆而如春蚕吐丝那般，把金币叮当作响的声音吸走。于是那漫山遍野的落叶，便只能无声飘落。跟漫天飘雪一样鬼魅。谁也听不见落叶的声音。或许只有刚出生的婴儿和行将就木的老人，才能眼里看着落叶，耳中还能听到金币和珠玉的响声。

这样的落叶，这种景观，植物里唯有银杏。彭至刚恰好就生在银杏山谷。银杏树布满了山谷山坡和远处的山巅。树龄悠久得像山妖或水怪，像沉默的石头。

彭至刚生在这一年十一月一日，他刚睁开眼睛，第一眼就看到了落叶。银杏落叶金黄一片，纷纷扬扬落向他。就像要覆盖他。有叶子落在他眼睛上，落在他肚脐和嘴唇上。那时他听到了悦耳的金币的脆响。它们是遥远的声音，欢闹嬉戏的声音，从天外飘来的古老的音乐之声。那么寂静。正是那种突然呈现的声音，那种落叶的声音，引发彭至刚开始啼哭。是落叶教会了他啼哭。一旦发出第一声啼哭，彭至刚的耳中再也没有听到落叶的声音了。刚刚听到的声音被屏蔽了，自此再也没有听到过。现在他知道，或许要到临死的时候，落叶的声音才会再度在他耳边响起。

出生的故事也是彭至刚自己所讲，他告诉同宿舍的戒毒学员们，他母亲在银杏树下分娩了他。那天午后，太阳温暖地照着山谷。彭至刚的母亲拿了块床单铺在银杏树下面，那棵树有部分树根裸露在地面上。她预感到怀着的婴儿即将出生，便把那张绣花床单铺在树根和落叶之上。孩子生下来，是她自己咬断了脐带。她还用一把把银杏树叶擦去身上的血迹。这个时候，彭至刚的父亲并不在场。

大家问他，为什么他母亲有意选在野外分娩？这个问题彭至刚没有回答。他母亲痛恨他吗？以至于想在他刚出生的时候冻死这个婴儿？大家纷纷这样猜测。彭至刚对他们的猜测既不能认同，又不能反驳。他们揪住他父亲不放，他为什么不在场？他在哪里？会不会他母亲以生下这个孩子为羞耻？所以才会如此。大家七嘴八舌。有个人说：“至关重要的是，彭至刚活下来了。”

戒毒所长在听完这个故事后，安慰彭至刚说：“你还活着，说明你母亲是爱着你的。她那样做不是要加害于你，倒可能是因为她很浪漫。是吧，你可以这样想。”

“我愿意这样想。”

可是彭至刚后来很少说到他母亲。除了分娩时的往事，他几乎不再提她。相反，他一直在说本命年，似乎本命年才是他的凶兆。二〇一九年彭至刚三十六岁，刚好又是本命年。他担心这个年份他将死在戒毒所里。

“我会得上奇怪的病，致命的疾病。”彭至刚说，在他说话时，他的脖子一会儿粗一会儿细。或者像根橡皮筋，一会儿长一会儿短。

“这没道理，”戒毒所长说，“你的话没有依据。”

“除非避开这个年份，”彭至刚悲观地说，“但这不可能，没有谁能躲过哪个他不想经历的年份。”

他又说到，他十二岁时得过一场大病。病的名称现在还记得，叫黄疸性急性肝炎。在银杏谷有个小诊所，诊所有个肥胖的女赤脚医生。父亲带着他去看病，赤脚医生说是感冒。给了几片药，叮嘱他回家后按时服药。吃了药，几天仍无好转，病情还在恶化。

父亲又带着他来到银杏谷外的镇医院。此时彭至刚已无法行走，四肢疲软。父亲背着他走过山间小径。镇上医生和赤脚医生的诊断意见一致，也说是感冒。开了另外一组药，加大了服用剂量。但还是无效。随后几天，父亲每天都要背着他往返于山谷和镇医院之间。

彭至刚愈加疲软，他的手已经端不起一只水杯。他还呕吐。呕吐的强度大到不仅把他吃进去的每一粒食物和喝进去的每一滴液体都吐出来，而且还把他没有吃喝进去的东西也吐出来。比如从前没有消化完毕的残留物，身体内部的水分——甚至他自己的内脏，好像都要一股脑儿吐出来。他呕吐的样子因此相当可怕，带着歇斯底里的满腔怒火和不管不顾的自残欲望。实际上他非常痛苦，到后来从他大张着的嘴巴里什么也吐不出来。他只是徒劳地做出呕吐动作，就像顽固的便秘患者或一口气喘不上来的哮喘病人。

终于，镇上医院的所有医生都束手无策。院长十分明智地建议转到县医院去看看。要不然，恐怕会丢了孩子的性命。父亲刚签完字，彭至刚就被抬到救护车上。原来他们在让父亲签字之前，就已经从县医院调来了救护车。

县医院认为若晚来几个小时，彭至刚必死无疑。他在还可以治愈的时间里被送来了。诊断结果如前面所说是黄疸性急性肝炎。对症下药，很快治愈。那是他第一次去县城，他记得救护车的汽油味令他心醉神迷。

十二岁是彭至刚的第一个本命年，黄疸性急性肝炎差点夺走他性命。在他讲述的这段经历里，始终只有父亲，看不到母亲的身影。

无独有偶的是，二十四岁他又病了一场。

这年，他在机场做安检员。那是一座南方机场，每天都有许多架次的飞机在此起落。他在机场做了三年，二十一岁从警校毕业就来到这里了。他的志愿本想做警察，却只做了安检员。但是他运气好，帮助警方破获了一起毒品大案。

有个航空公司的驻机场代办在打印纸中挖洞，将毒品藏匿其中，从广东空运北京。是彭至刚发现了这条线索，并报告给警方。他平时就认识这名代办，机场很多人都认识他。代办是个美男子，风流倜傥。爱穿西装，头发上擦很厚的发油。彭至刚不明白那么有钱的人为什么还要玩火自焚。

代办毁在彭至刚手上了，锒铛入狱。当地报纸还发了篇专稿，披露出代办更多的人生细节。原来他女朋友还是位电影明星，女明星的性感照片在航空杂志上都能看到。

彭至刚立功受奖，很快就将升职。十一月一日这天，他过了个奢侈的生日。那天，他独自去了酒吧。在酒吧里，他先后和三个人搭过讪。他们分别是两个女人和一个男人。他只想找个人对饮，跟人分享困惑，酒钱归他。可是三个人都没理他，他只好独饮。他把自己喝得烂醉如泥。饮酒时他口袋里还揣着张照片，是从杂志上剪下来的女明星的照片。女明星上衣敞开了大半，下摆胡乱束在腰间。

次日，彭至刚突发疾病。腹部剧痛，就像有几十把几百把电锯在他腹部里同时锯他。他都能想象到他的肉末和骨头碎屑在锯齿下飞溅。疼痛让他晕死了好几回。他怀疑这次可能挺不过去了，甚至一度疑心是不是酒吧里有人在他的酒里投过毒。联想到他刚刚破获的毒品大案，有人对他下此毒手也不是不可能。事后证明并非如此，只是生病。病来如山倒。120把他送到医院，检查说是胰腺炎。当然，还需要排除胰腺癌嫌疑。

这次又差点死掉了，又捡回一条命。

胰腺炎痊愈之后，彭至刚就辞职了。曾经的同事上司都劝他不要辞职，他坚持要辞。像他刚经历的事情那样，即使挣钱了在疾病面前又能算什么？或者像航空公司的代办那样，即使他也挣钱了，在牢狱面前又能算什么？这些事情不能思考，愈思考愈颓废。他再也不想干活了，他要歇下来。

他回到老家，回到银杏谷。他还没想到将来做什么，先休息一段时间吧。他开始思考疾病，尽管他也知道疾病这种东西没办法思考，但总是会想到这上面来。两次大病都险些要了他的命，都没有先兆。既无先兆，也就无法防备。还有疾病的时间节点，这一想就钻到死胡同里去了。他钻进死胡同，再也没退出来。十二岁和二十四岁都是本命年，这其中有没有规律？会不会他的劫数就在本命年？他终究会死在哪个本命年里吗？如果是，那么十二年是个轮回，是个关卡。一开始，彭至刚也认为这样想是不是太不着边际了？他脚下裂着个大黑洞，他拼死绷着，拼死不让自己掉下去。

有困惑，就上网吧。他在网上流连忘返，反复查询。不分昼夜泡在网上，那时候成了彭至刚的救命"稻草"。他从网上寻找"志同道合"者。有没有其他人也像他这样？有没有另外的"志同道合"者也在黑暗中寻找他？招募他？他点击各种链接，搜索一些关键词语、关键字眼。频繁造访某些相对冷僻的网站。他在网上留下痕迹，就像流星划过夜空拖曳着的微弱光线，也像人世间倏忽闪过的跟踪者的暗影。在他没有找到可以托付的别人之前，别人早已据此找到了他。

接下来，彭至刚莫名其妙地被人拉进了一些奇奇怪怪的微信群。那是个特别忙乱的时期，必不可少的甄别时期。匪夷所思的暗黑的微信群，一个接一个浮现。

最早误入的群，是个自杀群。里面的人相约赴死。他们把死亡描述得无限美好，公然邀约自杀时间和地点，事无巨细地商量自杀方式。

还有预言群。占卜问卦群。上访群。病友群。施虐和受虐群。同志群。上访群以及病友群都分得很细，有各种类别。枪群。远足群。报应群。讨债群。买凶群。所有这些群都是有等级的。许多群戒备森严，需要人介绍。需要多重验证，有各种验证码。彭至刚到后来都不记得他最初的介绍者是谁，不记得都是些什么人把他拉进这些群里。他只知道，肯定有过介绍者，有过引路人。只是他后来忘记了，而且他不应该只有一名介绍者。因为他被拉进了很多群，不知道那些人都是怎么辨认他的。但是他又被很多群踢出来了，被那些群拉黑了。当然喽，他自己也退过很多群。他发现被他们弄错了。哪个环节出了差错，实在说不清楚。反正他跟他们不是同路人，于是就退群。这段时间快有半年，他漂移在各种微信群里，不停地进进出出。

直到某一天，他才稳定下来。他退出所有群，只在一个讨论咒语的群里安营扎寨。这个群的名称不叫咒语群，而是叫“温馨提醒群”。温馨提醒是个温和的词语，以此冠名比咒语群要体贴得多。群里所有人都自认为是被下过咒语的人，是被诅咒过的人。因此，都知道自己的命运，或者都知道在自己的某个未来将会发生什么。群里弥漫着阴森森的气息，没有真正的提醒。只有咒语。

他们当中，有人相信自己被规定了寿数，怎么活也活不过被规定的那个岁数。有人将在什么时候一贫如洗，或者相反，将在什么时候飞黄腾达。赌运。情感。生死。劫数。突降灾难或是巧遇到各种不同的人或物事。有人相信此生不能和另外的某个人在一起。有人则相信输赢早有定数。五花八门，每个咒语都有一个特殊的日子。知道自己的未来，远比不知道更恐惧。很多人在描述自己被诅咒的事情时，都满怀着恐惧。大限将至。厄运难逃。

群里，有人在寻求咒语术和咒语解除术。寻求毒药和解药。毒药即是怎样在别人身上下咒语，怎样诅咒别人。解药则是怎样解救被诅咒的人。还有这种“术”吗？但是群里不准发广告，不准以赢利兜售奇门邪术。每个人都想得到答案，寻求帮助不被禁止。很多人为别人支招，相互支着儿。

彭至刚说到他的故事，很多人都参与了讨论。他们说，他的源头在他母亲那里。他母亲在野外分娩，把他生在银杏树下肯定是有原因的。

“要弄清原委，你就得找到你母亲。”

可是彭至刚的母亲早就不在了。

“她死了。”彭至刚说。

那就成了谜，永久之谜。

某个命定的特殊日子，也可视为某段特殊时间。怎样把它剔除出去，或者躲让过去。或许比找到彭至刚的母亲更为重要。但这仅仅只是一厢情愿的理论，属于推论，只限于纸上谈兵。说起来容易，其实不可能做到。

群里所有人都在求救，彼此安慰，却没有切实可行的办法。

过些时候，又会有某个新人进到群里来。有人进来，隔三岔五也就会有某个故人离开。

更多人在私聊。两人捉对私聊，或是三几个人再建个小的微信群。小微信群依附着大微信群，就像炒股大户下面自建的“老鼠仓”。人们在大群里公开聊是一种面目，私聊则是另一种面目。所有人都是匿名者，无须公布现实身份。

彭至刚没有被拉进“老鼠仓”那样的小微信群，他有自己的私聊对象。第一个固定和他私聊的人，名字叫黑猫。没有人知道黑猫的性别，也没有人知道他的籍贯。但是群里所有人都知道黑猫将死在三十一岁，死在三十一岁这一年的农历三月初一这一天，并且他将死于坠楼。

这是黑猫自己在群里的公开讲述。如果“爬楼梯”去翻阅群里从前的聊天记录，就可以查阅到黑猫的基本档案。大体上就是前面提到的这些。因此，黑猫在群里频频被人告诫，千万不要从事高空作业。不去楼顶观光远眺。尽量远离窗户。他已经三十岁了，正在靠近三十一岁的那个日子。

但是私聊的时候，彭至刚发现，黑猫跟他讲了更多别的事情。那是他在“温馨提醒群”里度过的最为安详的日子。黑猫对他的信任和知无不言是一剂良药，至少暂时安抚了他们共同的恐惧。

黑猫是个童工，十岁就开始在外打工流浪。他十四岁时就已长成大人了，外表上像个壮汉子。高大，强壮。那年，他在祖籍湖北广水的一个老板手下做建筑工。他做着和成年人一样的工作，却只能拿人家一半工资。比如成年人一天拿两百块钱，老板只给他一百块钱。因为黑猫的身份证押在老板手上，老板说从实际年龄看他只能算童工。

“是童工，为什么要我做成年人的工作？”

“因为你的身体已经是成年人的身体。”老板理直气壮地说。

即便如此，老板仍然在过年时拒发他的工资。黑猫忍耐了整整一年的怒火，终于在这天爆发了。他用抬水泥板的粗木棒狠狠打在广水老板的腰上，就像伐木工手持利斧砍伐一株铁硬的古树。黑猫记得他一共狠揍了五下，老板的腰被打断了。

老板倒在地上，黑猫接着把一辆翻斗车开上316国道。他将翻斗车停在道路中央，自己也爬到翻斗上，仰面躺在那里。

316国道因为这次讨薪事件被堵了近五个小时。警察抓捕黑猫并传唤了老板。黑猫被拘留十五天，正在病床上接受治疗的老板则答应支付黑猫应得的薪水。

这件事黑猫跟彭至刚私聊时，讲过好几次。这大约是他最为体面也最出风头的事情。黑猫爱他的母亲，像动物幼崽爱动物母亲那样爱她。他把讨来的薪水如数交给独居在小镇上的母亲。而他的恶棍父亲在监狱里被关押了十六年。

讨薪那年，他父亲还没出来。一年后，父亲刚出狱即杳无踪迹。母亲怀疑他去了东南亚的某个小国家，继续在国外做个罪犯。

这些私人性质的交谈，在群里无法看到。

已经很长时间黑猫没有出现了，也没有和彭至刚私聊。人们猛然醒悟到好像已经过了农历三月初一。黑猫不是也正好三十一岁了吗？大家开始相互打听他的消息。

这时，黑猫开口说话了。说话的却不再是那个黑猫，只是那个网名。

黑猫说：“我不是黑猫，我是黑猫的女朋友。黑猫已经离开大家了，对不起我说晚了。”

现在才知道，黑猫那个名字的后面是他的女朋友在说话。先是沉默，集体沉默。然后所有人在群里点燃蜡烛，集体点燃蜡烛。

黑猫女朋友接着叙述那天发生的事情，她说：“农历三月初一那天，我陪着黑猫，我们守在家里。打定主意哪儿也不去，也不接听电话。晚上十一点半，我们认为没有问题了，还有半个小时这一天就将过去。黑猫提议出去消夜庆祝一下。我同意庆祝，但我故意磨蹭，我又是化妆又是描眉。出门时已到了十一点五十分。我拒绝坐电梯，坚持从十楼走下去。”

“我的错误是不应该让黑猫走在前面，我应该让他走在我的后面。”

她在这里打上一排流泪的图标。

彭至刚说：“那不是你的错。”

很多人像接龙一样跟着说：“你尽力了。”

“黑猫刚走到外面，从楼顶跳下的一名自杀者正好砸在他身上，他当场气绝身亡。”

黑猫的女朋友看了眼手机，据她说，还有一分钟这天就过去了。

她说：“无论什么结果，都要在这个群里告诉大家。这也是黑猫死之前交代的事情，我要帮他完成。”

三天后，群主把黑猫这个名字从群里移出去了。

彭至刚失去了一名随时可以私聊的朋友。黑猫女朋友补充讲述的故事，为他的人生画上了句号。

不久，群里又新进来了一些人。其中有个新人名字叫吉姆吉。刚过两星期，吉姆吉就填补了黑猫留下的空缺。他像个猎人，在这个群里捕捉目标。他主动加了彭至刚。在他们刚开始私聊时，吉姆吉就说，他妻子多年后将会爱上她小学时教过的某个学生。

他说：“这是显而易见的事实。”

吉姆吉的妻子是小学老师，她所教过的小学生实在太多了。他怎么防也防不过来。

“那么，你的职业是什么？”彭至刚问道。

“没职业，”吉姆吉说，“我是个放贷的人。”

有些人天生就会被人信任，长着一张被人信任的面孔，吉姆吉就是这种人。在腊月份的那几天里，他站在通往小镇的路口上。乡下人拿着家人一年打工攒下的钱，纷纷到镇上的信用社去存款。他们手上拿着的钱有几千一万的，有两三万的，也有四五万的。吉姆吉笑呵呵地递烟他们抽，问道：“是存活期呢还是定期？”

“定期，当然存定期。”

“定期？一万块钱一年定期的利息是多少啊？”

“多少？两百多吧。”

“给我吧，”吉姆吉说，“放我这儿，我一年给你八百。”

“真的吗？”

“真的。”

于是都把钱给吉姆吉，回到村里的人还相互转告。“不存信用社了，给吉姆吉吧，给吉姆吉利息高。”

一传十，十传百，十乡八里的乡下人都把钱存到吉姆吉这儿。聚少成多，吉姆吉总能筹到很多钱。那些散户能拿到八百块钱利息，已经很高兴了，却不知道吉姆吉把钱贷给另外的人能拿到三四千块钱利息。钱在他手上就像雪球，越滚越大。最疯狂的时候，吉姆吉钱多到必须到处找人放贷。若不能把钱放出去，一卷卷钞票滞留在他手上，就像冬眠的蚊子，毫无用处。

他说，有一次四个人在打麻将。其中有个人钱输光了，打电话找吉姆吉借钱。吉姆吉给他送钱去，另三个人也每人面前丢下一捆钱。那几个人都说：“有钱，不是赢钱了吗？我们不需要借钱。”

吉姆吉每人扇一耳光，说借钱给你是给你面子。跟彭至刚说到这里，吉姆吉一口气敲下十几个哈哈大笑的图标，那是他的得意时光。

彭至刚说：“他们乖乖接了你的钱？”

“乖乖接了我的钱，还要照规矩付利息。”

“那个输光了的人，找你借钱是托吧？”

“不是托，我只是顺便多做了几单生意。”

可是，吉姆吉随后卷入了一宗诈骗案。据说经侦大队办理这个案子的警察，也是他妻子小学时教过的学生。他的案子很简单，证人都还活着，取证容易。他被判了三年刑期。吉姆吉说是警察陷害了他，对他的处罚比他应得的处罚大了很多。

他从监狱出来，更恨警察了。他承认，他妻子教过的小学生太多了。现在他们都是成年人，有很多是警察。他不知道到底哪个男人和他妻子有染。他妻子是个和气的女人，有点卖弄风情。年龄虽大了，身材还没走形，招摇的胸部散发着女人和母性的诱惑。

正是这时候，吉姆吉开始吸毒。

“恐惧是我面临的难题。”吉姆吉在和彭至刚私聊的时候告诉他，他的方法就是吸毒。他直言不讳地说，快感和幻觉可以消解恐惧。

彭至刚不久就退出了温馨提醒群，他在吉姆吉那里感受到了深度危险。吉姆吉更像是一个教唆者。他说吸毒是对抗恐惧的方法，但是他并没有在群里公布这个方法。只是私聊时巧妙地透露给彭至刚。在群里，除了彭至刚，吉姆吉是不是还在和其他人私聊？彭至刚想想就觉得后怕，这种可能性不能说没有。那么，吉姆吉是什么人？也是求救者吗？显然不是。他会不会是个毒品贩子？潜伏到温馨提醒群里来的目的不过是引诱人吸毒，他是个毒品经销商吗？杜撰自己的故事，说什么妻子将和她曾经的学生私通。真是天方夜谭，就是个幌子。然后在群里找人私聊，以此推销麻果？

“退群是明智的。”彭至刚在戒毒所里跟戒毒所长说，他在那个群里得不到帮助。所有的求救都是徒劳无功，他应付不了那些随时出现的私聊者。

自从退了群，彭至刚惧怕本命年的症状却在不断加重。这是另一种病态。或者说原本就有的病态没有减弱，倒是被强化了。他所听到的诸多故事像有毒的汁液注入他的想象，还有他的梦境。很多时候，他都像是在做梦，做梦比醒着更可怕。

所长认为彭至刚的问题是把时间弄混淆了。他的时间是颠倒的错乱的。他根本不知道听到的哪些故事在前面，哪些在后面。也不知道他对本命年的恐惧是在听到的故事之前，还是之后。

在彭至刚的讲述中，时间过于混沌错乱。

“你得把时间理清楚。”所长说。

但是彭至刚坚称，他是在三年前的夏天开始感受到寒冷的。他记得当时的情景，炎热令他寒彻骨髓。两年前他开始吸毒。至于说吸毒是不是受到了吉姆吉的影响，彭至刚坚决予以否认。

他说，他吸毒另有原因。

几个月前，彭至刚参加朋友婚礼。这拨人和另一拨人发生摩擦，当街斗殴。警方把两拨人带走调查。彭至刚在斗殴事件中没有动手，可是他认为朋友这一方是有道理的，不应该被带走。于是他追到派出所大发雷霆，拍打桌子，指着警察的眼睛说他们办案不公。警察带他先去验尿，结果是阳性。

“如果我不去派出所讨说法，我也到不了你这里。”

“你很特别。”

“我把时间理清楚了。”

“那是后面的时间，是临近现在的时间。”戒毒所长说，“你前面的时间还是混淆的、错乱的。”

这个夏天，彭至刚在戒毒所的表现非常不好。即使没人揍他，他也会主动跟人找碴，找人打架。他已经跟好几个人打过了。他抓人脸，咬人鼻子。每次打架都是因为空调，人家要开，他要关。所里不得不一次又一次关他禁闭，延长他的戒毒时间。

所长很恼火，分别派出戒毒所里的主任副所长和教导员去和他谈，却都不管用。所长看过他的资料，听了他们这些人报告上来的情况，决定还是亲自和他聊聊。

彭至刚和所长闲扯，所长不加阻拦，由着他扯。

他说：“我可以再和你说说黑猫的故事吗？”

“黑猫是谁？”

“一个不在世的人。”

黑猫在跟彭至刚私聊时告诉过他，他说诅咒他的人，正是他自己的母亲。彭至刚听到这个消息，就像早晨刚刚起床，有人拿着一块黑铁突然砸在他头上，他眼前发黑。

“你能相信这是真的吗？”他问所长。

所长说：“你继续说。”

这是黑猫所讲的故事，农历三月初一是他父亲强奸他母亲的日子。父亲是个恶棍。三十一岁则是他当时的年龄。父亲入室抢劫。洗劫了屋里的所有财物，并强奸了时年十九岁的母亲。他还企图将她杀死，拿刀划烂了她的脸。他想勒死她，勒着她的脖子长时间不松开。母亲能存活下来是个奇迹。事后证明，她活着也是父亲的噩梦。在他作案时，她咬掉了他一只耳朵。而且，她还清晰地记得他的面孔。

后来她面对警方的缜密讲述，帮警察抓住了他。他也是黑猫的父亲。

可怕的是一个月后，她怀孕了。黑猫的母亲面容被毁，心灵被摧残。但是，没想到居然会怀孕。她不能允许自己怀上那样一个罪犯的孩子，这令她怒不可遏。一个强奸她并准备杀死她的男人，却在她身体里播下了生命种子。她得知怀孕的消息后，在第一时间诅咒了腹中胎儿。

她指着自己的腹部，信誓旦旦地说："不管是男是女。你都将在三十一岁，在那一年的农历三月初一那天死于非命。你将死于坠楼。"

黑猫的母亲说得断断续续，显然是在边思索边说出来，却又说得斩钉截铁。

与其说她在诅咒尚未成形的黑猫，不如说是在诅咒他的恶棍父亲。但是，事实上还是诅咒了黑猫。诅咒刚一出口，黑猫的母亲就后悔了。她呸呸呸打自己嘴巴，她要取消刚才那些话。

身为母亲，说出那样的话太恶毒了，她不配做母亲。余生的所有日子，她都在对着自己唠唠叨叨，像个神婆。

所长陷入沉思。

彭至刚力图向他证明这个故事的合理性，声言黑猫是他曾经的朋友，他们经常在夜深人静的时候彻夜私聊。

但是所长抚着他的肩头说："如果这个故事是真的……"彭至刚赶紧打断他说："这个故事当然是真的。"所长接着说："我是说如果是真的，黑猫的母亲其实还有一个选择。"

"什么选择？"

"打掉胎儿，一切都来得及。"

"我没有这样想过。"

"黑猫也没有这样想过吗？"

"没有，这个很重要吗？"

"我只是说也有这种选择。"

"可是黑猫确实在那个日子里死于坠楼。"

"黑猫之死，是你亲眼所见吗？"所长这样问彭至刚。他尽量不让自己的问话流露出怜悯意味，因为那样的话很容易让他觉得自己受到了轻视。

"不是，我没有亲眼所见，但那是黑猫女朋友讲出来的。"

"好吧，那么你见过黑猫的女朋友吗？或者你能确认，那个虚拟的名字后面，就是黑猫的女朋友？"

彭至刚这时语塞了，"我什么也不能证明。"可能他想到了自己的母亲。母亲选择在银杏谷的一棵银杏树下面生下他，他并不知道其中的原因。

这场谈话没过多久，十月就结束了。

十一月一日很快就接踵而至，这天，戒毒所长安排了一场聚会。他把部分学员干警请到会议室。会议室里先把灯关着。投影仪在天花板和四周墙壁上打出全景图。刚从禁闭室走出来的彭至刚看到了漫山遍野飞舞着的银杏落叶。视频演示出的光影效果十分逼真。彭至刚恍惚不是置身在室内，而是置身于苍茫大地之中。恍惚又回到了他的故乡银杏谷。这是怎么回事？所长是从哪里弄来的视频图像？

办公室主任说："所长也真是费了心。"

嗬，这不就是彭至刚出生时的景象吗？到处都是银杏树，哪一棵树才是他的出生之地？彭至刚自己也说不出来。

这时灯又亮了。复明的灯光驱离树与落叶，驱离另一个季节。

桌上摆着一盘硕大的蛋糕，在蛋糕的中心位置上插着三根大蜡烛，周边则插着七根小蜡烛。小蜡烛像七星拱月那样围着大蜡烛。上面还悬着张卡片，卡片上写着："祝彭至刚先生三十七岁生日快乐！"

原来，戒毒所长在为彭至刚过生日。

他葫芦里卖的什么药？彭至刚脸涨得通红，跟着脑袋也涨得通红。他悄悄跟所长说："今年是我的本命年，我三十六岁了，你怎么给我过上了三十七岁生日？"

"跳一岁嘛，"所长笑着说，"有些学生可以跳级，你在我这儿，我就给你做主，也跳上一岁吧。"

"还可以这样啊，我怎么就没想到呢？"彭至刚想着，这样的话不就把本命年跳过去了吗？太出其不意了，什么"躲让"，什么"避开"，所长的创意一下子就解决了。彭至刚心里眼见着有一只鸟飞走了，一群鸟飞走了。现在他心里光秃秃的，就跟冬天的树枝一样。

"可是，"他又说，"今年你就给我过了三十七岁生日，那我明年的生日还怎么过呢？"

所长想都没想便朗声说道："明年你再过，还是过三十七岁生日。很正常的，不是可以闰年闰月吗，你当然也可以闰个生日。为什么不行？我建议你闰吧闰吧，明年再闰个三十七岁的生日。"

所长是个霸气的人，他说什么是什么。

在他们围着吃蛋糕的时候，所长独自离开了。有些事情可以当作游戏，其实也不一定是游戏。是啊，就看你怎么面对。那么说到面对，到底在面对什么呢？谁又不是在面对？所长的眼眶有些模糊。继而他又悻悻然想到，等会儿要不要继续把彭至刚那小子关进禁闭室？或者，是不是可以考虑提前把他放出来？

天上的街市

1

我迷路的地方是在下山之后。我本来应该回到飞沙镇。我那辆又破又旧的黑色别克车就停在镇子南头名叫拖拉机旅馆的院子里。可是我回不去。从白龙山下来天就黑了，我找不到去飞沙镇的路。夜幕在山里降临得特别快。就跟变魔术似的，门里门外一个是白天一个是夜晚，你都看不到门是怎么关上去的，它就关上了。门一关上天就黑了。你也听不到门轴转动所发出的声音。我找不到路，手机也没有信号。罗爷后来告诉我，飞沙镇地区就响堂村这一块的手机信号不稳定。白天还好点，有时有有时没有，到了晚上就完全没有了。罗爷说移动公司可能会在白龙山顶建一座信号塔，那样的话就能解决山里面的通信问题。这个动议仅仅停留在筹备阶段，迟迟没有动工。罗爷说孙叔伟不止一次去找过移动公司，孙叔伟说移动公司答应他很快就会建塔。罗爷说他信得过孙叔伟。孙叔伟说他给移动公司提过多次，移动公司应该不会糊弄他。可是这会儿我的手机就是没有信号，发不出信息，也打不出电话。我只能开着手机，拿在手上当手电筒使用。看来这地方也经常停电，后来弄清楚了响堂村是个什么样的村子，我便想那天是不是飞沙镇故意停了他们的电呢？这种可能性不是没有。镇里动不动就断了他们的电。我迷路那天响堂村里没有灯光，手机上散发出的一点点光亮就像是鬼火。它让我心虚，越发没有方向。我于是又把手机关掉了，我不可能再回到飞沙镇。最好的选择就是——我应该找到我在白龙山顶看到的那座村庄，在那里投宿，天亮了再想办法回到镇上。山里的黑暗实在就是水深没顶的水库，水库里的水全是墨汁，我就落在这满是墨汁的水库里了。波纹、水草都是用墨水画出来的，用墨水画在墨汁里面。那些灌木、岩石、树枝和纠缠在这些东西里面的弯弯曲曲的小径也都是用墨水画出来的，也都画在墨汁里面。没有路，都是墨汁。我在树木里胡乱撞着，在墨汁里撞。我自己也是墨汁。山里面的夜就有这么黑。墨汁。墨汁是割不破的。我不管不顾，乱走，竟误打误撞地进入到响堂村了。

奇怪的是迷路之前我在白龙山上就看到了响堂村，我俯瞰到了那辉煌的一幕。正是看到响堂村让我耽搁了下山时间。我错开了必须下山的时机。在荒芜贫瘠的山谷里，我突然看到了一处村落。村落里竖着一栋栋楼房，也不高，都是两三层或顶多三四层高的楼房。整齐漂亮，每栋房子都是一个模式。房顶上盖着红瓦。白墙。房屋后面有院子。如此荒凉的地方却有这么漂亮的房子。我在白龙山上看呆了。正是傍晚，一大团火烧云落在村子里。那红彤彤的光亮就像是燃烧着火光。那分明就是天上的街市，天上的街市落在人间。有一首诗歌的题目好像就叫《天上的街市》。我忘了照相，只知道傻站在那里。错落参差的楼房镶嵌在山谷间，配着猩红的夕照。漂亮极了，简直就是一幅油画。可是没多久，那不可一世的刀剑般的光线就收走了。那楼房——当时我并不知道它叫响堂村——忽然间又变得平凡了，变得陈旧，色彩里有些灰蒙蒙的了。但房屋依然夺人眼球。放眼远望，除了更远处的飞沙镇，这崇山峻岭里再没有这样的村落。我意识到天将黑了，急急忙忙往山下赶去。刚走到山下天就黑了。记得拖拉机旅馆的老板警告过我，他说他姓杨，你叫我杨老板就行了。

杨老板说："你上了白龙山最好早点下山，最好在上面看到天还大亮着的时候你就要动身往下面走。否则的话你可能会迷路。"

果然让他说中了，我刚到山脚下天就黑乎乎的。飞沙镇的方向好像在白龙山西部，我往西走才是。可是西边在哪边呢？我并不知道，我一下子跌进到白龙山的夜色里。

听到狗叫，我才恍惚走进了某个村子。但是我并不能确定，不能确定进入了村子。狗的叫声很虚弱、胆怯。仿佛狗在发出叫声的时候被什么东西卡住了喉咙。那声音因此听着很像是哀叫，很像是在求救。你会以为它落入了陷阱，或者也不是狗，虽然它叫出来的声音听着像是狗的叫声，但也有可能是别的什么动物。它在陷阱里被捕猎的夹子或什么东西给夹住了。因为没有灯光，没有人出现，所以你不会觉得我这么想有多么不正常。恰巧这会儿罗爷走出来了。他手上端着一根燃烧了大半截的蜡烛。蜡烛是白色。罗爷身边跟着一条狗，刚才我听到的声音说不定就是它的叫声。它看上去很强壮，两条后腿支撑它直立起来差不多有一人那么高。这么强壮的狗却叫得那么虚弱。它可能是故意的，我从它那张狗脸上看到了隐藏不住的狡猾和恶作剧。

罗爷是个残疾人，瘸了右腿，他拄着拐杖走路。

我说："我迷路了。"

罗爷咕哝着说："每一个像你这样的人都会说他迷路了。"

我不理解他为什么这么说，他显然很不耐烦。反感我，也反感我给他带来的麻烦。他腰背笔直，我当时想过——他的腰部有没有像做手术那样在里面植入钢板呢？他带我走进他的屋子。我仰起头来，屋子里有楼梯。楼梯通往上面的楼层。楼梯在房屋内部而不是外面。窗户上挂着厚厚的窗帘，难怪从外面看不到一丝光亮。

"你们村子里都挂着这样的窗帘吗？"我问罗爷。

"都挂着，我们村子家家户户都挂着不透光的窗帘。"

"为什么？"

"没有人问为什么，这是孙叔伟的规定。"

罗爷的脸很像是刚从地里拔出来的一只白萝卜。萝卜上面枯萎了的萝卜缨子就是他的头发。他的鼻子肯定在他年轻的时候被谁打断了里面的鼻骨。它就那样凹陷着趴在他的嘴唇上方。如果凹陷的鼻子里也露出了白色的牙齿，你一定会以为他长着两张嘴巴。但是他端着半截蜡烛的手上似乎虎虎有生气。

"你可能不知道我们这个村子叫什么名字，我可以告诉你，这个村子名叫响堂村。"

"我在白龙山上看到的那个有着漂亮楼房的村子就是你们响堂村吗？"

"应该是的，傍晚的时候会有一团火烧云落在村子里，那就是我们响堂村。周边几十里，响堂村是最富有的村子。你看到的不会是别的村子。"

"为什么你们村子才是最富有的村子呢？"

罗爷没有正面回答我，他说以前——在我们没有富起来之前，我们村子是最穷的村子。我们封闭，地少。我们村子里的鬼魂每到鬼节都不愿意留在我们自己村子里，他们成群结队地游荡到别的村子里去。别的村子里的鬼魂因此就会群殴我们村子里的鬼魂。他们愤怒地叫喊着，快把响堂村的穷鬼赶出去。我们村子里的鬼魂——他们是我们村子里的祖先——总是被别处的鬼魂打得鬼哭狼嚎。每年鬼节，我们村子里烧的纸钱全都纹丝不动。别的村子里烧的纸钱却总是阴风阵阵。呼一下这堆纸钱的灰烬吹到那里去了，呼一下那堆纸钱的灰烬又吹到这里来了。他们那些烧纸钱的人眼睛里吹入了纸灰，他们于是揉着眼眶哭着喊着。他们幸福啊，他们从泪眼里看到了亲人，看到他们正在领取烧给他们的纸钱。可是我们村子里的纸钱灰烬——你烧成什么样子它就是什么样子，一连好几天它都不会改变形状，原封不动地留在原处。

“罗爷，你们村子里的鬼魂为什么不热爱自己的村子呢？”

罗爷嘿嘿笑着，“你不要忘记了，鬼魂是世上最势利的东西。他们记着生前的穷困，又怎么会在他们死后还留恋这个地方呢？”

2

我们村子虽然后来富有了，但却是个空心村子，只有漂亮房子没有人。

“人呢？人都去了哪里？”我有些心惊，“这么漂亮的楼房都空闲着吗？”

“只有老人和孩子，没有青壮年。没有青壮年男人，也没有青壮年女人。”罗爷说，“你不要再问了。你要么知道，知道了你还问那就是想打听什么。即使你真不知道，我也不想你再问了。”

罗爷递给我一杯水，又给我一块饼。我想这大概就是我今天的晚餐吧。我倒真是又渴又饿，没几下就把饼和水吞进肚子里去了，我给罗爷一张钞票，罗爷不要。他说这些玩意儿不值钱。可是，我说，我还要在你这儿住一夜。住吧，住也不要钱。我被安排在楼梯下面的小屋子里。整栋楼房就住着罗爷一个人，这么大的房子他不孤单吗？空闲了那么多房子他为什么不让我住大一点的房子呢？被套和枕头还算干净，没有想象中不洁的味道。罗爷把他端着的半截白蜡烛搁在小桌上。床的对面也拉着窗帘。我走过去把窗帘扯开，窗帘握在手上显得厚重。我把窗帘拉开后却意外发现墙壁上并没有窗户。是这间小屋子拉着窗帘的地方没有窗户呢？还是所有拉着窗帘的地方都没有窗户？没有窗户他紧闭着窗帘干什么？罗爷可能出去了一会儿，我正对着墙壁疑惑不解的时候他又回来了。他拿着一支新蜡烛，就着那半截蜡烛又把新蜡烛点燃了。

“你为什么要把窗帘拉开呢？”

罗爷脸上陡然变色，他瘸着腿挪到墙边，唰一下又把窗帘拉上。窗帘上方的滑轮看来很润滑，关闭或拉开时的滑动相当顺畅——还能发出一串爽朗的脆响。罗爷重又变得温和，或许是对他刚才的粗暴有些歉意，他又递给我一只红薯。是烤红薯，握在手上热乎乎的。“你要是还没有吃饱，再吃个红薯吧。”

我没看到红薯他是怎么拿进来的，它好像就在他手上。可是他一只手拄着拐杖，一只手端着蜡烛，红薯拿进来时搁在他身体的哪个地方呢？没看清。我确实没吃饱，罗爷对我的饥饿心知肚明，他递给我食物的动作明显是在施舍。他也知道自己正在施舍，他脸上因此出现了一层光芒。我相信罗爷此时是个高贵的人，他心怀慈悲地看着我在他面前大口大口地啃着烤红薯。这也正是我愿意做的事情。接受施舍，并在施舍者的注视下吃掉它。此时让施舍者开心比我自己开心更重要。无论什么时候我都不会忘记，红薯是我这天晚上所能吃到的最好的美味。

罗爷坐下了。

我说："我想洗个澡。"

"洗什么澡呀，"罗爷说，"你以为我这里是酒店呀，我这里没地方洗澡。你就将就一夜吧。"他拿着拐杖敲打窗帘，"你知道我这腿是怎么瘸掉的吗？"

问题问得太突然了，我说："不知道。"

"我在城里做过乞丐，乞讨了二十多年。我以两只手撑着地面，拖着瘸腿，我用屁股行走。你要我现在做给你看吗？"

他是要示范给我看，就像写诗的人在喝过酒之后在酒席上表演朗诵。我马上想到了那种情景，于是我说："不要。"

罗爷却坚持要做，他坐在地上，双手撑着，把屁股抬起来一寸一寸往前挪。他瘸着的腿和好腿一并在地上拖行。示范结束，他仰起头来对我说就是这样。我说我明白。他说我手掌磨烂了，屁股也磨烂了。我身边放着一只又破又旧的铁皮碗，接着人家扔过来的硬币和零钱钞票。旁边还有个音箱，音箱里循环播放着菩萨音乐。我用那种音乐告诉每一个扔钱的人，他们扔钱的时候都有菩萨心肠，也都有菩萨看着他们的善行。你不要小看乞讨。我赶紧说我没有小看乞讨。在我做乞丐的时候我养活了全家人。我老伴身体不好，老有病。我们生了两个孩子。两个孩子也都是靠我做乞丐养大的。老伴现在不在了，她是前年去世的。我有个儿子，还有个女儿。儿子是哥哥，女儿是妹妹。我儿子娶了以前我们邻居钱家的女儿，我女儿嫁给了以前我们邻居钱家的儿子。罗家和钱家换了亲。我们村子里很多人家都要换亲。你要想你儿子能娶到媳妇，最好你也能有个女儿，刚好可以嫁给那个人家的儿子。那些做单身汉的绝户头，往往是那些家里没有女儿的人。只要你有女儿，你儿子就不愁娶不上媳妇。我儿子就是这样娶上媳妇的。因为这个，我心里老念着老伴的好。她死了我也念她好，她为我生了儿子，也为我生了女儿。

“可是，”我忍不住还是问出口了，“既然你们这么穷，又怎么能在这么偏僻的地方做起这么多楼房呢？”

“房子是在我儿子手上做起来的，光靠乞讨做不了房子。让我高兴的是我老伴看到了家里的新房子，她活着的时候就看到了。她还在我们的新房子里住了两年，住了两年以后老伴才死去。”

“你儿子怎么就能做起新房子呢？”我继续问。

“因为孙叔伟呀。”说到这里，罗爷警惕地望了我一眼，“你真不知道孙叔伟吗？”

“不知道。”我说。

“那就奇怪了。”罗爷摇了摇头。

我们村子里都是因为有了孙叔伟，孙叔伟让我们这个穷村子富裕起来了。他不是一个人富裕了就远走高飞。他不是那种没良心的人，他心好，带着大家一起干，要我们和他一起富。大家也都是因为跟着他干才家家户户做了新楼房。不说这些，不能说，再说我就要掌自己的嘴巴了。罗爷很麻利地从地上爬起身，他拍了拍屁股，你也该睡了吧，我不打扰你。我可以晚点睡，你没有打扰我。没有打扰你我也不说什么了。说着，罗爷就要出去。他咧开嘴笑着，他说我这条瘸腿是我自己敲断的。为什么你要敲断自己的腿呀？不敲断自己的腿，我就连做乞丐也没有资格。敲断了自己的腿我就有资格做乞丐了，还能做得心安理得。也更容易讨到钱。做什么事情都需要成本啊。我就靠着这条瘸腿乞讨了二十年。养老伴养孩子。后来我儿子我儿媳妇我女儿我女婿都跟着孙叔伟去了，我就再没有做乞丐。我儿子我女儿说要让我享福，他们说有能力让我安度晚年。我就拄着这条瘸腿又回来了，拄着瘸腿住在我儿子新做的楼房里。我女儿女婿新做的楼房在村子另一头，和我住的这栋房子一模一样。我想把我那条废腿锯掉，反正现在又不乞讨，再也用不上它，安上假肢更方便。可是我儿子不同意，孙叔伟也不让我锯。我儿子说留着它是我们罗家的纪念物。孙叔伟说留着它是我们整个响堂村的纪念物。有一次孙叔伟喝多了，他指着我的断腿说，它不是纪念物。在你们罗家它是纪念物，在我们响堂村它是纪念碑。纪念碑啊，孙叔伟说它是纪念碑，我哪还敢锯它？从此我就小心地保护着它，比保护好腿更仔细地保护着它。再过多少年，弄不好我的瘸腿就变成了我们村子里的文物呢。

孙叔伟是谁啊？罗爷走了之后，我好半天睡不着。这家伙是个人物，还是个不得了的人物。但是罗爷一直语焉不详，他似乎在忌讳什么。我想这无关紧要，明天白天我到镇子上去一问就能问个水落石出。一个人凭一己之力做出了一个村子，而且还是一个这么漂亮的村子。罗爷是这意思吧？这个人会是什么人呢？

3

这段时间我在一个隔离强制戒毒所里体验生活。那个戒毒所的地理位置是这样的：它的东边是火葬场，南边也就是它的大门正对面是一座监狱，西边是刚刚开发的一所花卉度假庄园，北边也就是它的背面则是大片农田。我在强戒所的办公楼里有一间住房。每天早晨叫醒我的是火葬场的哀乐和鞭炮声。我在这混响声里起床，拿着饭盒到后面院子里的食堂去吃饭。后面的院子才是戒毒学员住宿和做手工的地方，前面的院子则是办公区域。要走到后面院子里去，我必须穿过空空荡荡的前院。东边的火化炉正挨着强戒所的院墙。我抬起头来，一边往后院走，一边望着烟囱里冒出的淡淡黑烟。火葬场上空冒出的黑烟和工厂里冒出的黑烟有什么区别呢？我想象着某个死者正在融入天空。

每月十五号是强戒所的会见日。这天我看见一个女人来探视她的儿子，我在他们会见之前采访了她。她在南方打工，一个月收入三千五百块钱。出租屋的租金八百块钱。她是个白血病人。她儿子二十一岁，因为吸毒进了强戒所。她强调了好几遍，对我说她儿子是个吸毒者。儿子的父亲也就是她的前夫（对了，她离婚了）也是个吸毒者。他好像还犯了另外的事情，被关在监狱里面。关押她前夫的地方就是强戒所大门对面的那座监狱。她前夫在她之前还有另一任前妻，他和另一任前妻有个女儿。那女儿是她儿子的同父异母姐姐。他那个同父异母的姐姐也是个吸毒者，他姐姐所嫁的男人也就是她儿子的姐夫也是个吸毒者。女人很羞怯地对我说，你明白吗？我儿子只能依靠我。我是我儿子唯一的依靠。因为化疗，女人的头上已经没有头发。她掀掉头巾，让我看她的脑袋。她说为了儿子，她现在要好好地活下去。她还要多挣钱，每个月给儿子打一千块钱零花钱。打在他卡上，她说，卡上有钱他才可以每周在内部超市里买点东西。这个故事我后来改头换面，写成了《前妻之间》。

会见日的第二天我离开了强戒所，我想找个地方独自静一静。强戒所里的故事总有一天我会慢慢写出来，但是现在我要离开那些故事。那么去哪里呢？我想到了白龙山，白龙山上有个白龙寨遗址。如果白龙寨遗址可以过夜的话，我倒是愿意住在那里。即使不能住在那里也没关系，那地方人烟稀少，现在我只想到一个没什么人的地方去。去那里干什么呢？也不知道干什么，反正我就需要这么一次旅行。我想远离那些吸毒者。我并不认为他们的生活才是破败的生活，但是我至少还可以见证另外的事情。去一个遗址。据说白龙寨里曾经出现过某种很奇怪的文明。有一篇题为《装在蛇皮袋子里的手稿》的小说，讲述过那里的故事。

我开着车来到飞沙镇。这镇子的一半像是乡村，另一半则像是城镇。街道和房屋混杂不堪。没有指路牌。房屋的门脸上也没有门牌号码。有人在大门口——也有人在马路牙子上摆开桌子打麻将。我问一个人去白龙山怎么走，那人站在路边。他像是这个镇子的旁观者，嘴上叼着烟，手插在牛仔裤兜里。“你去那里干什么？”他说，“那里什么也没有。”

我说，“我想去那里看看，走走。”

“随便你！”他随后给我指了一条路，“你从这里一直往前走。可是去白龙山不能开车上去，那只是条羊肠小道。”

“走到山上有多远呢？”

“不远，也就十几里地吧。”

看来我只能先找个旅馆，把车停在镇子里，徒步上山。从山上下来后，我还得在这里住一晚上。镇子上的旅馆倒是有不少，我入住的那家旅馆现在想起来非常像是一家屠宰铺。睡在罗爷楼梯下面的小屋里，我闭着眼睛也能回忆起旅馆的院子里杂乱无章。它的名字就叫拖拉机旅馆。招牌是一块小黑板，旅馆的名字用白粉笔写在黑板上面。房间的价格也用粉笔标在上面。院子里到处都是废弃的等待清理的杂物。角落里甚至真还停放着一辆报废的手扶拖拉机。叫拖拉机旅馆就一定要有一辆手扶拖拉机实物吗？旅馆的老板也太实诚了吧。我之所以说它像是屠宰铺，是因为我怀疑这个院子很适合吊挂白晃晃的动物尸体。我可能刚做了一个梦。那些在我梦境里被屠宰完毕的猪狗或牛羊或猫或狗在大木桶里煺完了毛发。然后吊挂在木杆上开膛破肚。院子中央果然就有几根这样的木杆子。木杆子之间平素里也可以拉上铁丝或绳索，晾晒旅馆里洗过的衣被。等到屠宰的时候，就可以吊挂动物尸体了。地上污水横流，从污水里很容易辨认出动物的粪便或血迹。我那辆又旧又破的黑色别克车就停在那些杂物的缝隙里。

旅馆的男人看上去有些蛮横无理，他说：“我姓杨，你就叫我杨老板吧。”

杨老板要求查看我的身份证。我从钱夹里掏出身份证递给他。他拿着我的身份证翻过来倒过去看了好几遍，样子就像是超市里的收银员收到了一张怀疑是假币的钞票。可我的身份证不是假的。杨老板这时皮笑肉不笑地对我说："这上面的照片是你吗？"

我说："是我呀。"

"你怎么比照片上的人老了那么多啊？"

我不知怎么回答他，这算什么话。

"你的头发掉了不少，你看你都快谢顶了。"

"那跟我没关系。"我抢白了他一句。

"你别怪我。"他又把身份证还给我，"以前我才懒得查看身份证，我们又不是什么大宾馆，我们只是个小旅馆罢了。可是现在风声紧了，不查不行。你知道吗？这几天上面的人要到我们镇子里来检查？"

"检查什么呢？"

"全面检查呀，"杨老板说，"检查完了还要验收，我们镇里领导全力以赴都在忙这个事呢。所以风声紧得很。"

他自顾自地说着，我还是不明白他在说什么。"你这儿有吸毒的吗？"我突然问他。我这问话里其实设了圈套。可以说是你这儿有吸毒者吗？也可以是你这儿有吸毒的东西吗？或者是你这儿可以吸毒吗？我在强制戒毒所里和那些吸毒者打交道时练出了这一招。我要看他怎么接招。

杨老板的脸上变了颜色。他左边的脸痉挛了几下，右边的脸尽管故作镇静，却也变得铁青。他把脑袋凑到我跟前，在我耳边轻声问："你跟我说实话，你是不是第三方——被派来暗访的人呢？"

"我不是。"我往后撤了一步，暗访的人是什么人，第三方又是哪一方，我不想骗他，也不想吓唬他，"我不是暗访者。"

"那你是贩卖消息的人吗？"

“也不是。”

“真不是吗？”杨老板死死盯着我的眼睛，他好像要把我的眼珠子抠出来，“看着还真不是，”他抽了自己一耳光，“吓死我了。”他脸上的铁青色于是退去了，他假惺惺地拍了拍我的肩头，“既不是暗访的人，你问这个干什么？”

“习惯，”我说，“我这段时间就有这么个习惯，杯弓蛇影。”

“是不是你自己也喜好上了这一口？”

“没有。”我皱着眉头说。

“听说你要去白龙山，不就是一座光秃秃的山吗？山上的寨子早就毁掉了，不知道你为什么要去那里？”

我告诉杨老板：“我也不知道。”

“你要早点下山啊，别说我没提醒你。”杨老板反复告诫说，“太阳还在头顶上你就要赶紧下山。”

我说：“记住了。”

他看着我的背影摇着头说：“真是一个奇怪的人啊。”

4

我不知道是在做梦还是在回味上山之前的事，脑子好像没闲着。我因此以为我睡得并不踏实。但是罗爷说我睡得死沉死沉的。他来叫醒我的时候天已经大亮了。罗爷比昨天晚上看上去开朗多了。昨天晚上他是个晦暗的人，是个时刻在诅咒别人同时也在诅咒自己的人。今天早晨他像是换了个人，换成了一个能够祝福别人，也能够与人为善的人。

他说："我错怪你了。"

他瘸着的那条腿倒是比我初次看到时更触目惊心一些。它明明断掉了，却又外挂在他的大腿根部。外挂着的多余的那一截无所事事地摆动着，飘荡着。它并不能支撑他的身体。支撑他身体的是他拄着的那根拐杖。它是他身体上面多余的那一部分。我记得昨天夜里罗爷说过它的纪念意义。他还说有一天它或许还会成为响堂村的文物。这么想着，我便多看了它一眼。

"错怪我什么？"我在他那张窄小的床上伸着懒腰，准备起床。

"你不是公安局的人。我原本以为你是公安局的人，可是我证实了一下，你不是！"罗爷有些羞涩，他站在我床前，拄着拐杖。他那条外挂着的断腿正兀自悠闲地摆过来摆过去，就像是一截空着的裤腿在他身体一侧荡秋千。

"你是怎么证实的呢？"我在穿衣服，好奇地住了手，穿了一半的上衣停留在胸前。

"我可能忘了告诉你，我做乞丐时不光乞讨，我还做过小偷。"

"你的确没告诉我。"

"等你睡着了，我掏遍了你所有的衣兜。"

"你掏我衣兜干什么？"我紧张地翻掏自己的衣兜，检查有没有丢失什么。结果发现钱夹子还在，证件还在，车钥匙也还在。

"没少什么吧？我不是要偷你东西，我只是要证实一下你是不是公安局的人。"

“掏衣兜就能证实身份吗？”

“那当然，一个男人，你都掏遍了他所有的衣兜，难道还不能确认他的身份？”

“那么你知道我是做什么的？”

“我即使不知道你是做什么的，但是至少我知道你不是公安局的人。”

原来是这样，罗爷唯一要确认的是我是不是公安局的人。公安局的人怎么了？你那么在意公安局吗？公安局把我们村子里的青壮年全都抓走了。我儿子我儿媳妇我女儿我女婿——还有我的大孙女全被他们抓走了。我的大孙女才十六岁。他们从我们村子里抓走了七百六十一人。我们村子里所有的青壮年全蹲在监狱里了。

这个鬼村，这个空心村子原来是这样形成的。难怪这个村子里没有人。它里面的人全都蹲监狱去了。我还没有听说过这样的事情，居然把一个村子的人全都抓走了。罗爷把面条端到桌子上，那是我今天的早餐。我问他吃过吗，他说吃过了。我的早餐比我昨天的晚餐要奢侈得多。面条里多了两只鸡蛋，汤面上漂着厚厚的油水。我很快吃完了面条。吃得这么快是因为我肚子早就饿了。还有一个原因是我心绪不宁。我开始意识到——因为迷路我无意间陷落到一个充满了罪恶的村子里。这里毫无疑问是个有罪的村子。尽管我看不到人，到现在我也只看到了罗爷一个人。但是这里所有的人都是有罪的人。我看不到的那些罪恶的面孔都曾经漂浮在这个村子的空气里。有罪的气息即使在我刚刚吃着的那两只鸡蛋里也冒出了墨汁的味道。必须离开响堂村，我要回到镇上去。

罗爷说他愿意带着我在村子里走一走。这也正是我求之不得的事情，告别离开之前，我也想一窥村子的全貌。村子并不大，但整洁。我大体上估算了一下，差不多有三百多栋楼房。接近四百栋，应该还不足四百栋。朝向一致，共分为四排，所以出现了三条街道。每栋楼房的面积和样式全都一样，街道上有路灯，有垃圾箱。楼房与楼房之间的空间也都是等距离。我仍然没看到人。有几条狗，昨天晚上跟在罗爷身边的狗在领头。它们从这条街道呼啸着跑向另一条街道，又从另一条街道跑回这条街道。罗爷说村子里还有十来个人。他们不敢出来，害怕和我打上照面。这十来个人也都是老人或残疾人。可能还有一两个孩子，这一两个孩子实在是因为没地方可去。村里其他上学的孩子都住到外村亲戚家里去了，他们还要上学。罗爷说他们肯定都躲在窗户后面看着我们。我说他们为什么不走出来呢？他们害怕陌生人。不是害怕把他们抓走，他们才不怕这个。他们害怕的是别人向他们打听孙叔伟的去向。虽然没有人知道孙叔伟在哪里，但是所有人只要经历过对他们的询问——他们都会自认为对孙叔伟是一种背叛。没有人会出卖孙叔伟，为此，他们甚至还要刻意躲开对他们的询问。他们以这种方式来保证对孙叔伟绝无二心。

“照你这么说，孙叔伟还没有被抓住？”

“没有，”罗爷开心地笑了，“这也正是令我们感到欣慰的地方，我们的孙叔伟还在外面，没人能抓住他。”

街上所有的房子都是一样的，只有一栋建筑有些特别，看上去很像是二十世纪六十年代的电影院。罗爷说每家房屋的样式都是孙叔伟设计的，他自己的房子也和我们一样，孙叔伟的房子没有搞特殊化。街道是他出资修建的。街上的垃圾箱、路灯也都是他买来的。还有这座像旧电影院的房子也是孙叔伟出钱修建的。它是我们村子里的灵堂。孙叔伟心细，他给村里人建了灵堂。哪里都要死人，死了人总要有个摆放的地方吧。只有响堂村有自己的灵堂，别的村子都没有。我老伴死了就停在这里。那时候村子里的青壮年还没有被抓走，那时候村子里多繁华啊。

“他们是因为什么被抓走的呢？”我等到现在才直言不讳地问罗爷。我已经走到村口了，再不问他我就离开了。虽然我也知道到了镇子上我也能打听清楚，但我还是更想听到罗爷亲口告诉我。

“他们做生意。”

“做什么生意？”

“他们做生意就是给人打电话，不停地给人打电话。给陌生人打电话，给不认识的随便什么人打电话。这个人挂掉了就打另一个人。”

我接着说：“然后告诉人家说人家得奖了，得大奖了。是这样吗？”这是我的直觉，我不知怎么就有了这种直觉。

罗爷说：“好像是这样。”

“再折腾上几个来回，让人家把钱打过来，是这样吗？”

“好像是这样。”罗爷说。

“这就是电信诈骗啊。”我说。

罗爷挺了挺腰，把头转到一边去。

“我在白龙山上还没有下来的时候就看到了你们村子，一大团火烧云落在村子里。我当时感叹着，在偏僻的山谷里面，你们村子真像是天上的街市。整齐划一，确实漂亮。可是现在我明白了，你们的钱来得不干净。”

罗爷这时急了，他扯着我的袖子，好像不准我离去。“那么你说，这世上谁的钱来得干净？你说，你告诉我。”

我忽然很厌恶这老头，厌恶他的拐杖，厌恶他那半截在拐杖之外摆动着的废腿。“你听说过那些被你们骗了钱之后的人吗？你听说过他们的悲惨故事吗？要不要我随便讲一个给你听听？”

我以为我击中了罗爷的要害，我以为他会软下去。但事实却并非如此。罗爷比刚才更激动。他单腿站立着，之前我还没见他这样站立过。他这样子很像是在表演金鸡独立。他举起拐杖，梆梆梆地敲打着他那条不受约束还在摆动着的断腿。

“你当然会讲那些故事，那些故事当然悲惨。可是我们响堂村从前的故事就不悲惨吗？你要不要我随便讲一个给你听听？我的故事——我敲断自己这条腿的故事难道就不悲惨吗？”

我猛地往前冲去，向着飞沙镇的方向奔跑。正是我这个动作，让罗爷扑倒在地。我这才记起来，罗爷还有一只手揪着我的袖管。看来他刚才能够金鸡独立跟我也有关系。他一条腿站着，另一只手敲打断腿。可是他还有一只手揪着我的袖管在保持平衡。我往前奔跑，挣脱了他的拉扯。罗爷于是扑倒在地。我回头看了一眼，罗爷扑倒在地腾起了一团灰土，他就躺在那团烟雾一样的灰土里。我只是看了一眼，并没有回去把他扶起来。

5

回到飞沙镇，拖拉机旅馆的杨老板问我昨天晚上怎么没有回来，我说我迷路了。我是不是早就提醒过你？他笑逐颜开地说道，又问，你在哪里过夜呀？我说响堂村。响堂村？杨老板大声喊叫着，那可不是一般的村子，你在那里过夜就不害怕吗？那个村子的人全在坐牢呢。我是没办法，误打误撞进去了。然后他提到我在拖拉机旅馆开的房间，按理说我又没在这里住是不是可以不收住宿费呢？我要这么想他也觉得有道理。可是，杨老板又说，你已经登记了，我就不能再让别人住那个房间，事实上昨天来住宿的人很多，因为没有房间我不得不放走了好几个旅客。所以那个房间的住宿费你还是得交。

我不知道杨老板说的是不是真话，有了响堂村的经历，我不会再轻易相信镇子上的人所说的话。但我还是如数交了住宿费。这是规矩呀，既然我开了房，我就得交住宿费。

杨老板把需要找补我的零钱递给我。他说："响堂村是个诈骗窝子。应该抓起来的人都抓走了，可是公安局的人怎么也抓不住孙叔伟。"

"你也知道孙叔伟？"

"瞧你说的，谁不知道孙叔伟呀？"

"为什么就抓不住他呢？"

"为什么呢？也不能说孙叔伟就有三头六臂。我在想，一定是响堂村里的男男女女老老少少所有人都在保护他，所有人都在掩护他。他们宁愿自己被抓走，宁愿自己的家人被抓住，也要想办法掩护孙叔伟逃出去。"

我在响堂村待过，只待过一夜，也只见过罗爷一个人，可我认为杨老板所言极是。

“孙叔伟到底是个什么人啊？我到现在也没有弄清楚。”

杨老板的右手原本捧在肚皮上，他就在那里竖起了大拇指。然后那只竖着大拇指的手慢慢往上移，一直移到他的额头上。“整个飞沙镇，孙叔伟是唯一让我敬服的人，”杨老板说，“这个人真有本事。”

孙叔伟并没有多少文化，小时候也很穷。他在外面打工，找了个四川女朋友。临到结婚时，女朋友被人骗了。两人打工攒了几年的钱，还要加上家里借来的钱一并被人骗走了。女朋友只是接听了几个神秘的电话，就心甘情愿地把自己的钱打给别人。孙叔伟心平气和地听完了女朋友的讲述。女朋友还在痛哭流涕，他却已经转身走开了。孙叔伟正是在那时候找到了一条生财之道。

虽然杨老板敬服孙叔伟，但同时他又认为他很傻。“我就不理解，他那么聪明的人怎么就那么傻呢？傻到极点傻到家了。”

“他怎么傻？”我倒是要问问杨老板。

“跑路呀，只要搞到钱就迅速跑路，那才是上上策。”

孙叔伟是响堂村第一个在外面搞电信诈骗的人，也不知道他是怎么弄通那些弯弯绕绕的技术的。这里面肯定有技术，不知道他是怎么无师自通的。听说他后来还编写了专门的小册子。接通电话先说什么后说什么，对什么样的人说什么样的话，全写得清清楚楚。跟着他干的人只要照着他的小册子一步一步去做就行了，照本宣科就行了。问题是他搞到钱了没想着跑路，却带着村里的人一起干。什么七姑八姨乡邻四舍的一串串的全给他捎出去了。这还不算，他还要回来做楼房。这不是显摆吗？你这么显摆不是明摆着树大招风吗？

不过呢，公安局怎么也抓不住他，也是咄咄怪事。按说警方的侦破手段越来越先进，怎么就抓不住一个孙叔伟呢?

我说：“是啊，不知道有没有人知道孙叔伟在哪里。”

不知道。

我开着车驶离飞沙镇。路上我打开车载广播，电台里在播放音乐。隔上半个小时，电台主持人就用武汉方言插播一条广告。孙叔伟是响堂村的首领，是他们的王。这个村子里国王级的人物，这会儿正在不知道哪个地方逃窜或隐匿。我想起了罗爷说过的一段话，他好像在扑倒在地之前这样说过：“不能让他们抓走孙叔伟，我们还要指靠着他呢。被抓进去的人没有杀人也没有放火，他们犯的不是死罪。因此不会被枪毙。总有一天他们还会出来。有的早点出来，有的晚点出来，他们都会出来。等到他们出来，我们再去找孙叔伟，让他再带着我们干。”

“再干那种事吗？”

“干不干那种事，干什么事，还是由孙叔伟说了算。”罗爷说。

我正是在这个时候突然想起来要拼命往前奔跑，猛地挣脱他的手，摆脱他对我的撕扯。我做到了，我看到罗爷扑倒在一团灰土里。

后记：我只想记住那些面孔

写作于我，最好能是一件永远无法完成并且永远都在进行着的事情。那样的话，意味着我始终在书写当中并且始终和我的书写对象在一起。那是一种真正“你中有我我中有你”的美妙时刻，人生难得有这种时刻。在我的思想和感官里面有我的文字，而在我的文字里面也有我的思想我的感官。当然还会有各种情绪，各种体验。我们水乳交融彼此相依，这种时候，无论语言图景还是人物，我几乎还能保持最初的真实。但是书写总有结束之时，手中的书稿也终有交出之时。每次交出书稿都是真正的远离，我将和我的作品分开。一旦完成写作，我所交出的书稿将不会是存留之书，很可能只是一部“消失之书”。事实通常都是这样：所有的“消失之书”都不会突然消失，而是会像流沙般毫无察觉地慢慢消失掉。

这世上曾经有过多少本消失之书啊，以及遗忘之书，难以计数。即便现在，已经出现了或者还将继续出现多少本消失之书啊，仍然难以计数。流沙，全是流沙而已。但这不是我的本意，不是我短暂的书写恐惧所能抹掉的记忆。

我将记住我在这本书里写下的那些面孔，当我这样想，我并没有把握真能记住他们，甚至好像这是不可能的事情。我们曾经朝夕相处，“我”中有他们，“他们”中有我。我紧握着他们的手已从我手中滑落。他们的面孔也会沉没，如同沉船，如同坠机，如同地陷时突然被埋于地底的植物昆虫或房屋基座。所谓像流沙般消失，很可能最先消失的就是那些面孔。我说过，我父亲的衰老“是从他的眼睛开始的”，那么这本书的消失则肯定是从那些面孔开始的。但是我父亲已经去世，他逝于二〇一七年十月一日国庆节这天。虽然我非常希望他能看到我这本书面世，但这显然是不可能的事情。

我在一所强制戒毒所待了几个月，陆陆续续进出差不多有一到两年时间。我采访了大量戒毒学员、公安干警和学员家属。那段时间我才明白，其实就在我们生活中间，或许就在我们身边，还隐藏着另外的生活。我们称之为邪恶的生活。我们不能因为没看见，就当他们不存在。就像光线在黑暗中蛰伏，或者就像黑暗在光线中绽放。时间的锈水会把很多东西洗旧，洗白。生活只是一张底片，犹如窥视之镜。就像被焚烧过，留下火焰的痕迹。胶质的视觉感受覆盖着灰烬，黑白错置。不知道哪些线条来自现实，哪些来自梦境或另一个世界。没有什么顿悟，没有启示，更没有什么神迹。通天大道正是跟陷阱和深渊连在一起。走上什么道路或者得到什么结果，可能只是极其偶然的幸运。我长时间和他们交谈，交谈的时候我经常走神。他们的语气和神态能带给我更多东西，我当然不是指道德忏悔或救赎意义上的东西。不是这些，事实上他们在为我建立另外的叙事逻辑。他们每个人关于自我的讲述都是一场宏大叙事。个人叙事也有宏大的一面，它们在很多时候如出一辙。我相信适度的谎言跟编造比真实更重要，对他们是这样，对我同样如此。但是我对所谓谎言的甄别也未必可靠，我性格中有些多疑，多疑有时候会影响到我的直觉。因此你可以想象一下我采访时的情景，一个多疑者在和戒毒者（即曾经的吸毒者）交谈：我们共同讲述某些真相、虚构某些谎言或者猜疑某些破绽。

交谈者保持着默契的共谋关系，或许我们都是在照搬生活。但是我终究还是要写出这本书。这时候，我唯一能做的是牢牢盯住讲述者的面孔。我以为无论他说什么不说什么，他的面孔不会欺骗我。有个故事这样说，最初的照相术可以把人的魂魄摄入照片，并保存在底片里面。这个故事在很久之前就令我迷惑，它让我对写作曾经抱持着永难抵达目标的好奇和期待。写作也许在此意义上与最早的照相术确实存有相似之处。面孔或许才是打捞灵魂的入口，文字和影像都能恰如其分地由此进入或镶嵌。去分解一张面孔，就像打开一只盒子，打开钟表或某个头盖骨。

所以我采访每一个人，写出每一个故事之后，都要尽可能地保存一张这个人的底片。我不能带相机，也不能带手机，我只能以我的观察为他们留下底片。并且我需要像最古老的照相术那样，把他们的灵魂放在底片里面。这是一种很笨拙的方法，它使得我的采访现场有时候就像是一场极其紧张的哑剧。我就像猜谜一样，必须跑到对话之外去寻找某些并不存在的应有之义。我需要延展某些东西，砍掉某些东西或者补齐某些东西。

如此说来，我还在采访的时候就已经开始了写作。这本书的完成时间是在二〇一九年十二月二十四日，刚好是平安夜。次日我发了条微信朋友圈，我说全书在平安夜完工只是个巧合。我还说，在我的写作生涯里，这本书是旁逸斜出的一个东西。也就是说，此书不在我有预谋的写作计划之列。之前我一直想写一本东湖故事集，会见日的故事是自己横插进来的。

我在这本书里共写了二十个故事，二十个故事都与毒品有关。涉毒故事，戒毒所故事。我尽量让每个故事都有完整性，有很好的独立的完成度。放在一起又能构成一个系列，一个迥别于外部世界的另一个世界。有些故事具有内在的关联性和生长性，相同的人物在不同的故事里出现。故事因此自动增殖。而会见日不是唯一可用的书名，戒毒所故事集也可作备用书名。会见日是戒毒所的法定日子，每月十五号，戒毒者家人或朋友可以前来探视他们。像是盛大的节日，又像是乡下集市里赶场的日子。我在这个日子见到很多人。许多戒毒者之外的故事，都是从会见日这天溢出来的。太多互动。太多的登场和退出。我发现，这个日子就像我正在写作的这本书的一个开关，一个按钮。舞台的幕布。巨大的洞穴，在黑夜里的洞穴岩壁上，落满乌云一样黑压压的蝙蝠。这个日子我有时候会躲到外面去，我需要退让。我闭上眼睛也能看到那些熟悉的面孔，那些稀疏的背影。我听到杂沓的脚步声，没有面孔没有身躯的脚步声。那些面孔在火焰中破碎、融化。我把那些面孔想象成我正在书写的文字，而把那些破布一样没有温度正在冰冷焚烧的火焰想象成时间。时间之刃即是冰焰，与流沙别无二致。

交出书稿，拿到校样了。我再次回望那些文字，企图从中找寻我所书写过的面孔和故事。但这是徒劳的，就像从水中捞出人脸那样徒劳。书页中只有痉挛的文字和五官，水纹往四处扩散。眼镜架在鼻梁上，更多人没戴眼镜。没戴眼镜的面孔和戴着眼镜的面孔同样悲怆。嘴唇闭着或者张开。我看不出他们的年龄。年龄和时间可能是本书中不太重要的内容，没有什么是重要的。让时间变得模糊恰恰是时间本身的原因，是它惯有的伎俩。一切只能无始无终。那些五官在文字的面孔上痉挛，在痉挛之前或之后假装平静。但是我认识他们，我在现实和虚构之中老早就结识了他们。

此时，我仍然想记住他们，重新和他们交谈。我的文字表面布满了陷阱。就像我们脚下隐藏着地缝，谁也不知道它会在什么时候裂开。这几乎就是书写常识，书写因此和现实一样危险，也一样不可信。现实不可能简单地区分为哪是谜面哪是谜底，如同因果永远不会黑白分明，善恶也永远不是非此即彼。当然还有生命跟死亡。谜之为谜正如人之为人，既是宗教哲学也是文学永难解开的谜团。正是在此背景下，我写下他们，写下一些生者和死者。罪人和非罪之人。他们在书中现在只是一些文字，一些符号。他们不再是面孔。为了描述他们，我有时候必须借用巴尔扎克式的记录方式。有时候我又将现实想象成一场浩大的诉讼，如同没有围墙的法庭。在庭审之时，我努力于众声喧哗中记下各种证言以及各种辩词。那些声音像水中的潜流相互冲撞。我也被冲撞，我的文字里像伤口那样裂着溃口，我看到时代的身影从那些文字的溃口里逃逸而出。逃逸和溢出，像洪水时越过栏网的鱼群。文字太不可靠，它里面的网洞和暗门比比皆是。我从来只相信文字变成文字之前的那种东西，正像我从来不相信历史，只相信史前史一样。

那么这些故事又有几分可靠？他们依附于我所写下的文字。我其实回答不了这个问题。我说过，我的写作在采访的时候就已经开始了。我采访时的状态也是我写作时的状态，我让现实和虚构混在一起。它们自有法则。书中也提到过，戒毒所坐落于城市郊区，对面是监狱，旁边是殡仪馆。我并非要强调戒毒所的地理隐喻意义，只不过碰巧就在那个地方。戒毒所内部的楼房有长长的内走廊，就像医院和学校那样的走廊。有沉重的铁门。我选择在阅览室里和戒毒者交谈。阅览室里摆满了书籍，那些摆放在书架上的书籍也曾倾听过我们的谈话，我为此感到心安。这可能是另一重隐喻，书籍的隐喻比地理意义上的隐喻更和谐体贴。文字和书页是见证我们交谈的地方，也是我们将要抵达的地方。文学经常讲述失败者和误入歧途者的故事，被命运击倒在地的人的故事。他们中的很多人都可以归于此类。文学也经常讲述哭泣、悲诉、哀怨、背叛、忏悔和求救的故事。他们中的很多人也应归于此类。海明威说很多人被打倒，并没有被打败，他提供的书写伦理也有隐喻意义。这样的隐喻意义不是我要在文末强加一条“尾巴”，而是生命本身的韧性和力量。

写完这本书没过几天，就进入到了二〇二〇年。新冠肺炎——一场席卷全球的疫情大爆发，在新年开端与这个世界迎面相撞。世界从此掀开了新的一页，此事一并记之。

图书在版编目 (CIP) 数据

会见日 / 曹军庆著. — 北京 : 北京十月文艺出版社，2021.1
ISBN 978-7-5302-2091-7

Ⅰ. ①会… Ⅱ. ①曹… Ⅲ. ①短篇小说—小说集—中国—当代 Ⅳ. ① I247.7

中国版本图书馆 CIP 数据核字 (2020) 第 226497 号

会见日
HUIJIANRI
曹军庆　著

出　版　北 京 出 版 集 团
　　　　北京十月文艺出版社
地　址　北京北三环中路 6 号
邮　编　100120
网　址　www.bph.com.cn
发　行　新经典发行有限公司
　　　　电话 010-68423599
经　销　新华书店
印　刷　北京盛通印刷股份有限公司
版　次　2021 年 1 月第 1 版
　　　　2021 年 1 月第 1 次印刷
开　本　880 毫米 ×1230 毫米　1/32
印　张　12
字　数　267 千字
书　号　ISBN 978-7-5302-2091-7
定　价　58.00 元
质量监督电话　010-58572393
如有印装质量问题，由本社负责调换。